计 算 机 导 论

车光宏　张　林 等编著

上 海 交 通 大 学 出 版 社

图书在版编目(CIP)数据

计算机导论/车光宏,张林编著. 一上海:上海交通大学
出版社,2006
ISBN 7-313-04576-X

Ⅰ.计… Ⅱ.① 车… ② 张… Ⅲ.电子计算机-概论
Ⅳ.TP3

中国版本图书馆 CIP 数据核字(2006)第 111720 号

计 算 机 导 论

车光宏 张 林 等编著

上海交通大学出版社出版发行

(上海市番禺路 877 号 邮政编码 200030)

电话:64071208 出版人:张天蔚

立信会计出版社常熟市印刷联营厂印刷 全国新华书店经销

开本:787mm×1092mm 1/16 印张:16.75 字数:408 千字

2006 年 10 月第 1 版 2006 年 10 月第 1 次印刷

印数:1~1 050

ISBN 7-313-04576-X/TP·661 定价:30.00 元

前　　言

计算机科学方面的知识丰富得让人眼花缭乱,同时又广博而艰涩。过早地深入细节,会让学习者陷入知识丛林而把握不了前进的方向,仅空泛地介绍基本知识和理论体系,会让人感到乏味且望而生畏。此时,应该有一个合适的向导,既要使学习者了解计算机专业知识的内涵,又要调动起其学习计算机理论和技术的兴趣,同时,还要提醒学习者,经过艰苦的跋涉才会有丰富的收获,才能体会到成功的乐趣。为此,我们编写了这本教材。

本教材的编写目的,旨在引导刚进入大学学习的计算机以及相关专业的学生顺利进入计算机系列课程的学习和研究。希望通过本课程的学习,既能使学习者的计算机基本操作和简单应用能力得到必需的训练,又能自顶向下地较全面地了解计算机科学与技术学科的特点,包括其历史渊源、发展变化、基础知识、理论体系、知识结构、分类体系、应用领域,以及相关新理论、新技术的研究和发展方向。以期能够对计算机学科有一个概括而准确的认识,建立起学科全局观,从而为系统地学习计算机专业课程打下必要的基础。

本教材的编写参考了 IEEE&ACM 提出的《计算机教程 CC2001》和中国计算机科学与技术学科教程 2002 研究组的《中国计算机科学与技术学科教程 CCC2002》的知识体系结构和教育思想,本着概括、准确、实际、实用的基本原则,结合计算机学科技术发展的现实情况,精心组织、编排教材内容,认真编选范例和练习,力求达到预期的"导论"目的。此外,还用一定的篇幅结合计算机学科的特点,介绍了怎样丰富知识、培养能力、提高素质的方法,赋予"导论"更深刻的内涵。

本教材介绍了计算机以及计算机中的信息表示方面的基础知识,计算机系统的组成,计算机学科的知识体系及主要研究方向,应用范围最为广泛的数据库技术与管理信息系统知识,操作系统的一般概念、Windows 的常用功能,程序设计的基础知识,常用的办公自动化软件,对现代社会影响最大的计算机网络技术,以及计算机信息系统安全与防范问题。

参与本教材编写的教师均具有多年计算机专业课程的教学经历,有着扎实的理论基础和丰富的实际操作经验,并对本书的教学对象应该掌握的计算机知识结构和应用技能有充分的了解。本书由车光宏、张林老师主编,刘莹老师负责总撰,包怀忠、王淮生、马季、张海、吴延辉、刘莹等老师分别编写了部分章节,王有刚、何宗林、张雪东等老师为本书提供了若干案例和指导性建议;教务处及计算机系其他教师对本书内容提出了具体的意见和要求,在此表示感谢。

尽管编写中为保证内容的合理、正确做了不少努力,错误和纰漏可能难免,欢迎批评指正,编者将虚心接受意见和建议。(E_mail:acjsjly@aufe.edu.cn)

编者

2006 年 7 月

目　　录

第 1 章　计算机基础知识

本章概要

- 计算机的发展历程
- 计算机的特点
- 计算机的不同分类
- 计算机应用领域
- 计算机的数值型数据存储
- 几种常见的非数值型数据编码

学习目标

- 了解计算机的诞生及其发展历程
- 了解计算机的未来发展方向
- 了解计算机有哪些特点
- 了解计算机有哪些分类
- 了解计算机应用于哪些领域
- 掌握数值型数据的存储方法
- 掌握常见西文编码
- 了解几种常见的汉字编码

今天,计算机已经渗入到社会的各个角落,无论是工作学习,还是休闲娱乐,计算机都是一种十分重要的工具。计算机从名字上来看应该是一个计算的机器,但是今天不仅仅应用于计算领域,它诞生的真正原因是什么呢? 虽然电子计算机从诞生到今天仅仅只有短短 60 余年,由于技术和需求的推动,计算机的发展是日新月异的,那么,计算机发展经历了哪些阶段? 计算机发展到今天又有哪些类型? 计算机的特点确定了今天整个世界都被"计算机化",那么和其他计算工具相比,计算机有哪些特点? 又在哪些领域发挥其巨大的作用? 这些将在 1.1 节阐述。

计算机中的数据表示是建立在二进制的基础上的,而人类社会主要应用的是十进制,那么这两种进制之间是如何转换的呢? 二进制的计算机只能识别 01 序列,而数学中的负数、小数又是如何表示的? 数据包括数值型的数据和非数值型的数据,英文字符以及汉字这些非数值型数据如何在计算机内表示呢? 答案就是编码,通过一定的规则把这些非 01 序列转换成 01 序列。一些常用的编码有哪些? 将在 1.2 节回答以上的问题。

1.1　概述

计算工具和非电子计算机的发展为电子计算机的诞生积累了一定实践经验,机械技术、电子技术等领域的发展为计算机的诞生提供了技术支撑,而数学的发展为计算机的诞生奠定了理论基础。本节从计算工具和非电子计算机发展开始,介绍计算机从诞生至今的发展历程,并探讨未来计算机发展的方向;然后详细阐述计算机的各种特点及一些较为流行的分类方法;最后介绍计算机在具体领域中的应用。

1.1.1 计算机的诞生及其发展历程

计算机的诞生是人类社会发展的必然,是人类科学技术发展的结晶。那么,创造计算机这个人类有史以来最伟大的工具的目的是什么? 这还得先从人类社会的计算工具发展进程来看。

计算工具是计算时使用的器具或辅助计算的某种实物。人类文明的发展伴随着计算的问题。在古人类生活过的岩石洞里的刻痕说明他们在计数和计算。人的手是大自然赋予人类最方便的计算工具,而那些遍地可寻的石子、小木棒等"计算工具"是手在这个方面功能的延伸。

随着文明的发展和物质财富的增加,带来了计算的问题,为了能够解决这些问题,人类发明了各种形式的计算工具。中国古代的算筹,以及后来在中国得到了真正发展和广泛使用的算盘,都是古代人类寻求计算工具的辉煌成就。

到了 17 世纪,从欧洲的工业革命开始,整个社会进入了工业时代,人们需要解决的计算问题越来越多,计算量也越来越大,这样数学和计算工具发展的重心才转移到了欧洲。当时的科学家也进行了有关计算工具的许多研究,取得了丰富的成果,各种各样的计算机器如雨后春笋般地出现了。1642 年,法国物理学家帕斯卡发明了机械的齿轮式加减法器,这是现存最早的一台机械式计算器(图 1.1),它只能计算加减法。这台机器的意义在于机器建造成功后,帕斯卡得出结论:人的某些思维过程与机械过程是没有区别的,用机器可以模拟某些思维过程。1673 年,德国数学家莱布尼兹发明了乘除器,可以进行完整的四则运算;同时他提出了一个伟大的想法:"可以用机械替代人进行一些繁琐重复的计算工作"。这方面最卓越的成果是英国发明家查里斯·巴贝齐(Charles Babbage)在 19 世纪三四十年代设计的差分机(图 1.2)和分析机。巴贝齐企图采用机械方式去实现一般意义下的计算过程,他设计的分析机已经有了今天计算机的基本框架。由于当时工业水平和技术限制,用机械方式实现现代意义上的计算几乎是不可能的,巴贝齐的计算机器只是停留在模型上。

图 1.1 帕斯卡 机械计算机

图 1.2 查里斯·巴贝齐 差分机

20 世纪是信息的时代,伴随着知识的大爆炸和科学技术的发展,大量信息的处理和高精确的数据计算成为了一个迫切需要解决的问题,而计算机正是为了满足这样的需求,作为一种现代化的计算工具问世的。它是人类生产实践和科学技术发展的必然产物。而军事上的需要对计算机的诞生起到了推波助澜的作用。

1946 年 2 月,标志人类计算工具历史性变革的计算机器——世界上第一台电子数字积分器和计算机——ENIAC(电子数值积分和计算机"恩尼亚克")在美国宾夕法尼亚大学莫尔学院诞生了。ENIAC 犹如一个庞然大物,它重达 30 000kg,占地面积 170m²,内装 18 000 个电子管,耗电 150kW。虽然她的运算速度和今天的计算机速度有天壤之别,每秒只能进行 5 000 次加减法运算,而进行一次乘法运算需要耗时 3ms,一次除法运算耗时 30ms。但是她的出现具有划时代的意义,标志着电子计算机时代的到来。直到 1955 年 10 月,ENIAC 被最后切断电源,前后共运行了 9 年。

实际上在 ENIAC 诞生之前,科学家们也有一些其他的尝试。第一个采用电器元件来制造计算机的是德国建筑工程师朱斯,在 1941 年完成了 Z-3 型,这是第一台通用程序控制机电式计算机。1943 年,英国人制造了一台专用计算机巨人(Colossus),是专门用来破译密码的。

1945 年,冯·诺伊曼等人加入了 ENIAC 的研究小组,开始研制 EDVAC(电子离散变量自动计算机"埃迪瓦克")。由于研究小组对计算机方案的分歧以及其他原因,这台计算机直到 1950 年才勉强完成。但是 EDVAC 研制方案中提出了存储程序的概念和初步确定计算机结构理论,为以后电子计算机的发展奠定了理论基础。

图 1.3 ENIAC

EDVAC 是第一个存储程序计算机设计方案,而第一台存储程序计算机——EDSAC(电子延迟存储自动计算机"埃迪萨克")于 1949 年在剑桥大学投入运行。世界上第一台商用计算机是 1951 年 6 月 14 日交付美国人口统计局使用的 UNIVAC-I 计算机。

从第一台计算机的诞生,已经有半个多世纪过去了,计算机技术获得了突飞猛进的发展。人们根据计算机使用的逻辑元件的不同,将计算机的发展划分为若干阶段。

1. 第一代——电子管计算机(1946~1957 年)

第一代计算机使用电子管作为逻辑元件,主存储器采用延迟线或磁鼓,辅助存储器使用磁带机、卡片、磁鼓等。特点有:体积大,可靠性差,耗电量大,维护较难且价格昂贵,寿命较短。第一代计算机没有系统软件,只能用机器语言和汇编语言编程。只能被极少数人使用,主要用于科学计算方面。

2. 第二代——晶体管计算机(1958~1964 年)

1954 年,贝尔实验室制成了第一台部分使用晶体管的计算机——TRADIC,使计算机体积大大缩小。1957 年,美国研制成功了全部使用晶体管的计算机,第二代计算机诞生了。

这一代计算机有了很大发展,它采用晶体管作为逻辑元件,体积减小,重量减轻,耗能降低,计算机的可靠性和运算速度得到提高,同时成本也有所下降。

它有了系统软件,提出了操作系统的概念,出现了高级语言(FORTRAN)。计算机使用范围也逐步扩大,除了科学计算外,还用于数据处理、事务处理和生产过程控制等。

3. 第三代——集成电路计算机(1965~1969 年)

20 世纪 60 年代初期,美国的基尔比和诺伊斯发明了集成电路,引发了电路设计革命。随后，集成电路的集成度以每3～4年提高一个数量级的速度增长。1962年1月，IBM公司采用双极型集成电路，生产了IBM360系列计算机。

第三代计算机以中小规模的集成电路作为计算机的逻辑元件，从而使计算机的体积更小、重量更轻、耗电更省、运算速度更快、成本更低、寿命更长。主存储器还是以磁芯存储器为主。

系统软件有了长足发展，出现了分时操作系统，多个用户可以共享计算机软硬件资源。这时提出了结构化程序设计的思想，涌现了多种高级语言，为研制更加复杂的软件提供了技术上的保证。

4. 第四代——大规模、超大规模集成电路计算机(1970年至今)

第四代计算机的逻辑元件已从小规模的集成电路发展为大规模和超大规模集成电路，体积、重量极度减小，成本大大降低，计算机的使用得到普及，还出现了微型计算机。

图1.4　电子管　集体管　　中小规模集成电路　　大规模超大规模集成电路

作为主存的半导体存储器，其集成度越来越高，容量越来越大；外存储器除广泛使用磁盘外，还出现了光盘；各种实用软件不断地被开发，极大地方便了用户；计算机技术与通信技术相结合，计算机网络把世界紧密地联系在一起；多媒体技术的崛起，使计算机集图像、图形、声音、文字处理于一体。

从第一代到第四代，计算机的体系结构都是相同的，即都由控制器、存储器、运算器和输入输出设备等五大部件组成，这种结构被称为冯·诺依曼体系结构。虽然这种结构奠定了计算机学科发展的基础，但是，由于早期的计算机是以数值计算为目的开发的，使得这种结构的计算机在并行处理、智能化等进行非数值计算领域一直无所作为。为了摆脱这种瓶颈的约束，现在研制新的计算机系统，试图采用非冯·诺依曼的体系结构。

智能计算机被人们称为第五代计算机，它的主要特征是具备人工智能，能像人一样思维，并且运算速度极快，其硬件系统支持高度并行和快速推理，其软件系统能够处理知识信息。神经网络计算机(也称神经计算机)是智能计算机的重要代表。

半导体硅晶片的电路密集，散热问题难以彻底解决，大大影响了计算机性能的进一步发挥与突破。这样一些生物计算机就进入了人们的视野。遗传基因——脱氧核糖核酸(DNA)的双螺旋结构能容纳巨量信息，其存储量相当于半导体芯片的数百万倍。一个蛋白质分子就是一个存储体，而且阻抗低、能耗少、发热量极小。基于此，利用蛋白质分子制造出基因芯片，研制生物计算机(也称分子计算机、基因计算机)，已成为当今计算机技术的最前沿。生物计算机比硅晶片计算机在速度、性能上有质的飞跃，被视为极具发展潜力的"第六代计算机"。

现在对量子计算机的研究，在理论上也是取得了较多的研究成果。目前，计算机正向巨型化、微型化、网络化和智能化等方向发展。

从计算机发展的历程我们可以看到，计算机从诞生到现在无论是形态，还是内部体系结构，都发生了翻天覆地的变化。现在所说的计算机是人们对计算机系统的简称。计算机系统是一种能够自动地、快速地、高效地按照预先存储的程序、数据对各种信息进行存储和处理的电子设备。它能够按照程序确定的步骤，对输入数据进行加工处理、存储或者传输，以便获得所期望的输出结果。

根据计算机系统概念的定义，我们可以知道：

（1）计算机是进行信息处理的工具。过去人们常把计算机的功能狭义的理解为实现某些算法的工具，以弥补人类计算能力的不足。这是片面的。特别是信息时代的到来，网络化的普及，人们越来越深刻地认识到计算机强大的信息处理能力。计算机应该看成是能自动完成信息处理的机器，是人脑的延伸（俗称电脑）。

（2）计算机是通过预先编好的存储程序来自动完成数据的加工处理。这就确定了计算机的局限性。如果一个问题，人类不能给出一个满意的答案，不能给出具体的解决方案，则计算机也是无能为力的。

1.1.2　计算机的特点

计算机之所以有这么广阔的应用领域，与应用计算机带来巨大的经济效益和社会效益是分不开的，这是由计算机所具有的强大功能决定的。同以往的计算工具及其他工具相比，它具有以下特点：

1. 运算速度快

运算速度快是计算机的一个突出特点。计算机的运算速度通常用每秒钟执行定点加法的次数或平均每秒钟执行指令的条数来衡量。计算机的运算速度已由早期的每秒几千次（如 ENIAC 机每秒钟仅可完成 5000 次定点加法）发展到现在的最高可达每秒千亿次乃至十万亿次以上。过去人工需要几年、几十年才能完成的大量科学计算，使用计算机只需要几天、几个小时甚至几分钟就能完成。历史上著名数学家契依列为了计算圆周率 π，整整花了 15 年时间，才算到 707 位，而现在交给计算机算，在几个小时可计算到 10 万位以上。正是由于计算机的运算速度不断提升，所以在信息检索、航空航天、气象预报、军事、科学研究等领域发挥了越来越重要的作用。

2. 精确度高

在理论上，计算机的计算精确度并不受限制，一般计算机运算精度均能达到 15 位有效数字，通过一定的技术手段，可以实现任何精度要求。比如前面提到得圆周率可以达到 10 万位以上的精确度。但是实际上，精确度受限于计算机的存储能力。

3. 超强的记忆能力

计算机内部承担记忆职能的部件是存储器。大容量的存储器能够记忆大量信息，不仅包括各类数据信息，还包括加工这些数据的程序。如一个计算机系统可以将一个大型图书馆所藏的几百万册图书的编目索引及书籍内容摘要等大量信息存入存储器，并建立自动检索系统，可为读者提供方便、快捷查询服务。

4. 逻辑判断能力

计算机的逻辑判断能帮助用户分析命题是否成立以便做出相应对策。有一个著名的数学中的四色问题，即任何地图，使相邻区域颜色不同，最多只需四种颜色就够了。100 多年来有不少数学家想证明它或者推翻它，由于其涉及到非常复杂的逻辑推理，现有的理论方法计算量非常大，因此一直没有结果。1976 年两位美国数学家终于使用计算机验证了这个猜想。

5．自动运行程序

计算机是自动化电子装置，在工作中无须人工干预，能自动执行存放在存储器中的程序。人们事先规划好程序后，向计算机发出指令，计算机即可帮助人类去完成那些枯燥乏味的重复性劳动。如：网络数据的传输、网络的监控以及自动化机床、无人驾驶飞机等。这也正是计算机的魅力所在。

1.1.3　计算机的分类

由于计算机的发展太快，计算机分类的界线一直在不停地调整，也没有一个统一的标准。下面是几种常见的分类：

（1）根据所处理的信息是数字量还是模拟量，电子计算机可分为数字计算机、模拟计算机和两者功能皆有的混合计算机。模拟计算机是一种对电流、电压、温度等连续变化的物理量直接进行运算的计算机，主要由运算放大器、积分器、函数发生器、控制器、绘图仪等部件组成，专用于过程控制和模拟。数字计算机是一种以数字形式进行存储、运算和交换信息的计算机。由于当前广泛使用的是数字计算机，习惯上把电子数字计算机简称为电子计算机或者计算机。模拟计算机精度比数字计算机要差。数字计算机使用离散的、不连续的数字（如 0、1）工作，具有逻辑判断等功能；模拟计算机操作的是连续变化的数据。

（2）按用途可分为专用计算机和通用计算机。专用计算机主要是应用于某个具体行业，如在导弹和火箭上使用的计算机、ATM 机等。通用计算机就是在各个领域内都可以使用的，如通常使用的 PC 计算机。专用计算机功能单一、适应性差，但在特定用途下最有效、最经济、最快捷；通用计算机功能齐全、适应性强，但效率、速度和经济性相对于专用计算机来说要低一些。

（3）根据处理器的个数可以分为并行机和串行机。并行机有多个处理器，而串行机只有一个处理器。常见的并行机的分类有 Flynn 分类、Handler 分类等等，由于其和一些具体的算法结合在一起，本书就不再介绍了。

（4）根据其技术、功能、体积、价格和性能等综合指标可分为 5 类：巨型计算机、大型计算机、小型计算机、微型计算机、单片机，其中运用最广泛的是微型计算机。但是这些分类随着时间和技术的发展而变化。不同种类计算机之间的分界线非常模糊，随着更多高性能计算机的出现，它们之间相互渗透。今天的微型机具有甚至超越十几年前大型机的功能和速度。

巨型计算机一般都是并行机，有几千甚至几万个以上的处理器。其运算速度快，存储容量大，每秒运算可达万亿次以上，主存容量也较高。如我国研制成功的银河Ⅲ型和"神威计算机"，美国 Cray 公司的 T3E 系列和 SV2 系列等。国外生产巨型机的主要公司有：IBM、Sun Microsystems 公司、惠普等。巨型计算机是一个国家工业水平的综合体现。在最新的计算机 500 强中美国占据 60%，我国也有 20 余台计算机上榜。IBM 的 BlueGene/L 安装于美国 Lawrence Livermore 国家实验室，是目前确认的最快的计算机，处理器的数量已经达到了 13 万个以上，运算速度达到 207.3 万亿次浮点/s。巨型机主要用于大型计算任务，如天气预报、科学研究和密码破译等。

大型计算机的运算速度在千亿次/s～几万亿次/s，字长 32～64 位，主存容量在几十 G 字节左右。拥有完善的指令系统，丰富的外部设备和功能齐全的软件系统，主要用于企业、政府部门及各种科研单位等，为其大量数据提供集中的存储、处理和管理。

小型计算机规模较小,成本较低,很容易维护。在速度、存储容量和软件系统的完善方面占有优势。小型机可以为多个用户执行任务,用户通过终端来输入处理请求并观察结果。终端是一种具有用于输入和输出的键盘和屏幕,但不能用于处理的设备。终端本身并不具有任何处理能力。小型计算机的用途很广泛,既可以用于科学计算、数据处理,又可用于生产过程自动控制和数据采集及分析处理。

微型计算机产生于 20 世纪 70 年代后期。微型计算机的字长为 8~64 位,具有体积小、价格低、可靠性强、操作简单等特点。最常见的微型计算机是 PC 机(个人计算机)。PC 机的产生,极大地推动了计算机的应用和普及。由于其发展速度很快,现在它的运算速度,已达到或超过某些小型计算机的运算速度。

微型计算机的种类也很多,可以用不同的标准来划分和分类。

微型机按照生产厂家及微型机的型号可分为三大系列:IBM-PC 机及兼容机、IBM-PC 不兼容的苹果机、IBM 公司的 PS/2 系列。

按照微机采用的微型处理芯片来分,有 Intel(英特尔)芯片系列和非 Intel 芯片系列。IBM 系列机中微处理器采用的就是 Intel 芯片,目前较为流行是 PIV、Celeron 等。非 Intel 芯片系列中,最常见的是 AMD 公司的芯片。

按照微处理器芯片的位数可分为:16 位微机(主要有 8086/8088 和 80286)、32 位微机(主要有 80386 和 80486)、64 位微机(主要有 pentium,PⅡ,PⅢ,PⅣ)等。

1.1.4 计算机的应用

在当今社会的各个领域,无处不见计算机的身影。计算机作为人类脑力劳动不可缺少的得力助手,极大地增强了人类认识和改造世界的能力,计算机的用途非常广泛,总结起来,主要有以下几方面:

1. 科学计算(数值计算)

最初计算机的发明,就是为了解决科学技术研究中和工程应用中需要的大量数值计算问题。如利用计算机高速度、高精度的运算能力,可以解决气象预报、火箭发射、地震预测、工程设计等庞大复杂人工难以完成的计算任务。

2. 信息处理(数据处理)

计算机可以对信息数据进行收集、存储、整理、分类、统计、加工和传送等操作。信息处理用来泛指非科学工程方面的所有对数据计算、管理、查询和统计等。使用计算机信息存储容量大、存取速度快等的特点,采集数据,管理数据,分析数据,处理大量的数据并产生新的信息形式。方便人们查询、检索和使用数据。例如:人口统计、企业管理、情报检索、档案管理等。

3. 过程控制(实时控制)

随着生产自动化程度的提高,对信息传递速度和准确度的要求也越来越高,这一任务靠人工操作已无法完成,只有计算机才能胜任。利用计算机为中心的控制系统可以及时地采集数据、分析数据、制定方案,进行自动控制。它不仅可以减轻人的劳动强度,而且可以大大地提高自动控制的水平、提高产品的质量和合格率。因此,过程控制在冶金、电力、石油、机械、化工及各种自动化部门得到广泛的应用;同时还应用于导弹发射、雷达系统、航空航天等各个领域。

4. 辅助工程

计算机辅助设计是利用计算机帮助设计人员进行设计的过程,以提高设计的自动化水平。

计算机辅助工程的应用,可以提高产品设计、生产和测试过程的自动化水平,降低成本、缩短生产的周期、改善工作环境、提高产品质量、获得更高的经济效益。

计算机辅助设计(CAD):是指利用计算机来辅助设计人员进行产品和工程的设计。计算机辅助设计已应用于机械设计、集成电路设计、建筑设计、服装设计等各个方面。

计算机辅助制造(CAM):是指利用计算机来进行生产设备的管理、控制。如利用计算机辅助制造自动完成产品的加工、装配、包装、检测等制造过程。

计算机辅助教学(CAI):是指利用计算机进行辅助教学、交互学习。如利用计算机辅助教学制作的多媒体课件可以使教学内容生动、形象逼真,取得良好的教学效果。通过交互方式的学习,可以使学员自己掌握学习的进度、进行自测,方便灵活,满足不同层次学员的要求。

计算机辅助测试(CAT):是指利用计算机进行产品等的辅助测试。

5. 人工智能和系统仿真

人工智能是利用计算机模拟人类的某些智能活动,例如智能机器人。系统仿真是利用计算机模仿真实系统的技术,也是计算机应用的崭新领域。人工智能领域是目前计算机应用研究最为活跃的领域,包括各种热点分支,如:模式识别、自动定理证明、感知问题、专家系统、机器翻译等。

6. 计算机通信(电子邮件、IP 电话等)

计算机通信是计算机应用最为广泛的领域之一。它是计算机技术和通信技术的高度发展、密切结合的一门新兴科学。互联网已经成为覆盖全球的信息基础设施,在世界的任何地方,人们都可以彼此进行通信,如收发电子邮件、进行文件的传输、拨打 IP 电话、视屏聊天等。互联网还为人们提供了内容广泛、丰富多彩、各种各样的信息。

7. 电子商务

电子商务是指依托于计算机网络而进行的商务活动。如银行业务结算、网上购物、网上交易等。它是近年来新兴的、也是发展最快的应用领域之一。

8. 休闲娱乐

使用计算机学习、玩电子游戏、听音乐、看 VCD,已经成为人们休闲娱乐的主要内容之一。

总之,计算机的应用已渗透到社会的各个领域,在现在与未来,它对人类的影响将越来越大。整个社会中计算机是无处不在的,社会也已经被计算机化了。

1.2　计算机中的信息表示

尽管计算机能够处理各种各样的数字、文字、图像、声音等数据、信息,但在计算机内部并不是按所处理的数据、信息的原始形式存储和加工的,而是采用数字形式来实现存储和计算的。计算机的外存和内存只能存储 0 和 1,也就是在计算机内部只能使用二进制,这是不同于日常生活中使用的十进制的一种进制。本节先讲述在计算机中常用的进制和其转换的方法。对于数值型数据,转换为二进制就可以存储了,然而,对于汉字、英文字符以及一些常用的标点符号等非数值型的数据在计算机,必须先通过一定的规则(编码)转换为数值型的数据,然后才能进行存储和交换,本节简单地介绍了英文字符以及一些常用的标点符号的编码——ASCII码,以及汉字各种常见的编码。

1.2.1 常用的数制及其转换

数制是数的表示及计算方法。人们日常使用十进制,但计算机内部则使用二进制。由于二进制和十六进制之间有着简明的对应关系,较易转换,二进制数据在一些场合常用十六进制的形式来表示。有时候也使用八进制。

为什么计算机使用二进制呢? 这是因为:

(1) 二进制只需用两种状态表示数字,物理容易实现;表示数据的单个 1 或 0 称之为"位"(bit)。

(2) 二进制的运算规则简单。

(3) 用二进制容易实现逻辑运算:逻辑量只有"真、假"两个值,和二进制两种状态可以一一对应。

二进制的缺点是位数太多,但是由于计算机的速度特别快,这个缺点相对来说已经不重要了。

通常认为十进制的书写是天经地义的,而十进制的书写规则和意义却被忽略了。下面了解一下十进制的书写规则和意义:

(1) 数码。只能用阿拉伯数字(小数点除外),有 10 个数码,分别是:$0,1,\cdots,9$。

(2) 进位。进位是根据基数确定的,如在十进制中,基数是 10,则进位就是"逢十进一"。如 9 下一个数是 10,个位变成 0,向高位进 1。

(3) 位权。对于 101 这个数中的两个 1 为什么表示数量不一样? 这是因为这两个 1 的位置是不同的,他们的"权"是不一样的,这个一般称之为"位权"。位权表示不同数位上的数码对整个数贡献的大小。在十进制中它用以基数 10 为底的幂表示,并且规定:小数点左边第 1 位的位权为 10^0,第 2 位的位权为 10^1,……。因此百位上的 1 表示的 10^2 而个位上的 1 表示 10^0。

通过上面对十进制的分析,推广到任何一种数制,都具有以下 3 个要点:(详见表 1.1)

(1) 基数及使用的数码。十进制基数为 10,有 10 个数码$\{0,1,\cdots,9\}$;二进制基数为 2,有 2 个数码$\{0,1\}$;十六进制基数为 16,有 16 个数码$\{0,1,\cdots,9,A,B,\cdots,F\}$,由于一般阿拉伯数字符只有 10 个,只能表示前 10 个,剩下用英文字符表示;R 进制基数为 R,有 R 个数码。

(2) 进位规则。二进制逢二进一;十六进制逢十六进一;R 进制逢 R 进一。

(3) 位权。位权用以基数 R 为底的幂表示,并且规定:小数点左边第 1 位的位权为 R^0,第 2 位的位权为 R^1,……,第 i 位的位权为 R^{i-1};小数点右边第 1 位的位权为 R^{-1},第 2 位的位权为 R^{-2},……,第 i 位的位权为 R^{-i}。

表 1.1 进制的特点

进制	基数	数码	进位规则	位权
二进制	2	0,1	逢二进一	2^i
十进制	10	$0,1,\cdots,9$	逢十进一	10^i
十六进制	16	$0,1,\cdots,9,a,b,$ c,d,e,f	逢十六进一	16^i
R 进制	R	$0,1,\cdots,R$	逢 R 进一	R^i

例如,十进制数 161.1,表示该数由 1 个 10^2、6 个 10^1、1 个 10^0 和 1 个 10^{-1} 组成。即:

$$161.1 = 1 \times 10^2 + 6 \times 10^1 + 1 \times 10^0 + 1 \times 10^{-1}$$

该式称为十进制数 161.1 的按权展开式。

一般地,对于任意一个 R 进制数:

$$d_n d_{n-1} \cdots d_1 d_0 . d_{-1} d_{-2} \cdots d_{-m}$$

均可按权展开为(即按权展开式):

$$d_n \cdot R^{n-1} + d_{n-1} \cdot R^{n-2} + \cdots + d_1 \cdot R^1 + d_0 \cdot R^0 + d_{-1} \cdot R^{-1} + d_{-2} \cdot R^{-2} + \cdots + d_{-m} \cdot R^{-m}$$

为了便于区分数的进位制,我们一般用符号 $(N)_R$ 来表示数 N 是 R 进制的。例如,$(123)_{16}$ 表示十六进制数 123。如果不书写角码,则默认为十进制的,如 123 即为 $(123)_{10}$。还有一种通过后缀符号表示不同的进制,如:十六进制数也可以加后缀 H 来表示:123H;八进制数可以加后缀 Q 来表示:101Q;二进制的后缀符号是 B。

【例 1.1】 分别将 $(10110)_2$ 和 $(A1F)_{16}$ 转换为十进制数。

转换方法:按照按权展开式展开,求和。

$$(10110.01)_2 = 2^4 + 2^2 + 2^1 + 2^{-2} = 16 + 4 + 2 + 0.25 = (22.25)_{10}$$

$$(A1F.1A)_{16} = A \times 16^2 + 1 \times 16^1 + F \times 16^0 + 1 \times 16^{-1} + A \times 16^{-2}$$
$$= 10 \times 16^2 + 1 \times 16^1 + 15 \times 16^0 + 1 \times 16^{-1} + 10 \times 16^{-2}$$
$$= 2560 + 16 + 15 + 0.0625 + 0.0390625 = (2591.1015625)_{10}$$

【例 1.2】 将 $(46.25)_{10}$ 分别转换为二进制数和十六进制数。

转换方法:整数部分:除基(2,16)取余,余数逆排;小数部分:乘基(2,16)取整,整数顺排。

转换为二进制:

整数部分:	小数部分:
$46 \div 2 = 23 \quad \cdots 0$	$0.25 \times 2 = 0.5 \quad \cdots 0$
$23 \div 2 = 11 \quad \cdots 1$	$0.5 \times 2 = 1.0 \quad \cdots 1$
$11 \div 2 = 5 \quad \cdots 1$	
$5 \div 2 = 2 \quad \cdots 1$	
$2 \div 2 = 1 \quad \cdots 0$	
$1 \div 2 = 0 \quad \cdots 1$	

所以,$(46.25)_{10} = (101110.01)_2$

整数部分:	小数部分:
$46 \div 16 = 2 \quad \cdots 14$	$0.25 \times 16 = 4.0 \quad \cdots 4$
$2 \div 16 = 0 \quad \cdots 2$	

所以,$(46.25)_{10} = (2E.4)_{16}$

【例 1.3】 将 $(10111011101)_2$ 转换为十六进制数。

转换方法:从小数点位置向两边,每四位为一组分组,每组用一位十六进制数替代。

$$(10111011101)_2 = (\underline{101} \ \underline{1101} \ \underline{1101})_2 = (5DD)_{16}$$

【例 1.4】 将 $(4D6)_{16}$ 转换为二进制数。

转换方法:将十六进制数的每一位用对应的四位二进制数替代。

$$(4D6)_{16} = (0100 \ 1101 \ 0110)_2 = (10011010110)_2$$

　　根据二进制和十六进制之间转换的规则,读者可以自己思考二进制和八进制之间是如何转换的? 如果能熟记一位十六进制数与四位二进制数的对应关系(如表 1.2),则二进制、十进制和十六进制之间的转换是非常方便的。

表 1.2　三种常用数制对照表

十进制	二进制	十六进制	十进制	二进制	十六进制
0	0000	0	8	1000	8
1	0001	1	9	1001	9
2	0010	2	10	1010	A
3	0011	3	11	1011	B
4	0100	4	12	1100	C
5	0101	5	13	1101	D
6	0110	6	14	1110	E
7	0111	7	15	1111	F

1.2.2　数值数据在计算机中的表示

1.2.2.1　负数的表示方法

　　通过进制转换,可以在计算机内存储任何正整数,但是负数的符号如何存储呢? 为了解决负数存储的问题,一般数值型数据都是以二进制补码的形式存储的。

　　所谓二进制补码实际上就是用最高位表示符号的一种编码形式。为简单起见,采用 8 位二进制举例。其公式如下:

$$[x]_{补} = \begin{cases} (x)_2 & 当\ x \geqslant 0 \\ (x)_2\ 取反,未位+1 & 当\ x < 0 \end{cases}$$

$(x)_2$ 表示 x 转换为二进制的 01 序列

如:$[100]_{补} = 01100100$;

$[-100]_{补} = \{01100100\}_{取反} + 1 = 10011011 + 1 = 10011100$

从上面的两个式子可以看出,正数最高位为 0;而负数最高位为 1。

那么如果已知一个补码,其对应的原数又是多少呢? 可以通过下面的公式转换:

$$X = \begin{cases} x & 当[x]_{补}\ 最高位为\ 0 \\ -([x]_{补} = 取反,未位+1) & 其他 \end{cases}$$

由于补码为二进制 01 序列,一般都转换为十进制形式。如:

若:$[x]_{补} = 01100100$,则 $x = (01100100)_2 = 100$;

若:$[x]_{补} = 10011100$,则 $x = -(\{10011100\}_{取反} + 1)_2 = -(01100011 + 1)_2$

　　　　　　$= -(01100100)_2 = -100$

1.2.2.2　实数的表示方法

　　实数在计算机中一般称为浮点数。浮点数的表示方法类似科学计数法,即把任意一个数通过移动小数点位置表示成阶码和尾数两部分

$$N = \pm M * R^{\pm E}$$

其中:M 为该浮点数的尾数;E 为该浮点数的阶码(含阶码的符号位);R 阶码的基数。如

图所示：

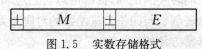

图 1.5　实数存储格式

为了解决小数的浮动带来的问题，计算机中一般用规格化小数来表示浮点数，即当 $0.5 \leqslant M < 1$ 称该浮点数是规格化的。阶码决定浮点数表示的范围，尾数决定浮点数的有效位数，也就是浮点数的精度。

1.2.3　字符的常用编码

计算机能够处理的数据是多种多样的，除了数值型数据，更多的是非数据型数据，如：文字、声音、图片、图像等等。但是，如上所述计算机内部所能表示的数据形式只有二进制代码，因此，为了能让计算机来处理上述各种形式的数据，就必须要将这些数据按一定的规则转换成计算机能够识别和处理的二进制代码，这种转换就叫做编码。

不同类型的数据形式有不同的编码方法（比如英文数据和中文数据的编码方法是不同的），相同的数据也可以有不同的编码方法（比如汉字在输入的时候，有不同输入编码）。声音、图片、图像等数据的编码非常复杂，我们不去探讨它们，只简要介绍中英文等文字信息的编码。与英文等拼音文字相比，汉字的编码要复杂得多。由于汉字的特殊性和计算机软硬件系统本身的特点，使得汉字在输入、输出、存储和处理等不同环节要使用不同的编码。

1.2.3.1　ASCII 码

ASCII(American Standard Code for Information Interchange)是美国信息交换标准代码，也是国际上通用的英文字符编码。为了和国际标准兼容，我国根据它制定了国家标准 GB1988。GB1988 给出了 128 个字符（10 个数码，26 个英文字母的大写和小写，32 个标点及其他专用符号，34 个控制字符）的编码。在 GB1988 中，每个字符用 7 位二进制数（$D_6 D_5 D_4 D_3 D_2 D_1 D_0$）表示，以一个字节（8 位）来存储（最高位 D_7 为 0）。具体编码如表 1.3 所示。

表 1.3　基本 ASCII 码表

$D_3 D_2 D_1 D_0$ ＼ $D_6 D_5 D_4$	000	001	010	011	100	101	110	111
0000	NUL	DLE	SP	0	@	P	`	p
0001	SOH	DC1	!	1	A	Q	a	q
0010	STX	DC2	”	2	B	R	b	r
0011	ETX	DC3	#	3	C	S	c	s
0100	EOT	DC4	$	4	D	T	d	t
0101	ENQ	NAK	%	5	E	U	e	u
0110	ACK	SYN	&	6	F	V	f	v
0111	BEL	ETB	’	7	G	W	g	w
1000	BS	CAN	(	8	H	X	h	x
1001	HT	EM	)	9	I	Y	i	y
1010	LF	SUB	*	:	J	Z	j	z
1011	VT	ESC	+	;	K	[	k	{
1100	FF	FS	,	<	L	\	l	|
1101	CR	GS	—	=	M	]	m	}
1110	SO	RS	.	>	N	^	n	~
1111	SI	US	/	?	O	_	o	DEL

从表 1.3 可查得，"A"的 ASCII 码为 1000001(从"A"所在的列查得 $D_6D_5D_4=100$，从"A"所在的行查得 $D_3D_2D_1D_0=0001$)。转换为十进制是 $(65)_{10}$，十六进制是 $(41)_{16}$。

由表 1.3 可见，字符 ASCII 码值大小的基本规律是：

空格(SP)<0~9<A~Z<a~z

1.2.3.2　汉字的输入码

汉字成千上万个，而键盘只有百十个键，不可能在键盘上为每一个汉字都做一个键，因此利用现有键盘来输入汉字时，必须要为汉字编制输入码。

国内外已经研制出的汉字输入编码方法有许多。归纳起来，可以分为如下几类：

(1) 数码：以数字作为汉字输入编码。如区位码、电报码等。

(2) 音码：以汉字的拼音或拼音缩写及数字作为汉字输入编码。如智能狂拼、智能 ABC、微软全拼等。

(3) 形码：以汉字的结构特征或笔画形状等为依据编制的汉字输入编码。如五笔字型输入法、表形码等。

(4) 混合码：根据汉字的读音和形状特征而编制的汉字输入编码。如音形码、快速码等。

目前，在一台能够处理中文信息的计算机上，一般都会安装多种常用的汉字输入方法，对于一般用户而言，学会其中的任何一种就行了。

1.2.3.3　汉字交换码

汉字交换码是汉字信息处理系统之间或者通信系统之间进行汉字信息交换时使用的汉字编码。目前使用的汉字交换码有 GB2312—80、GB18030—2000、BIG5 和 UNICODE。

(1) GB2312—80：GB2312—80 码是中华人民共和国国家汉字信息交换用编码(所以又称为"国标码")，全称《信息交换用汉字编码字符集——基本集》，由国家标准总局发布，1981 年 5 月 1 日实施，通行于大陆。新加坡等地也使用此编码。

GB2312—80 收录简化汉字及符号、字母、日文假名等共 7445 个图形字符，其中汉字占 6763 个[一级汉字 3755 个(拼音序)，二级汉字 3008 个(部首序)]，数字、希腊字母等其他字符 682 个。GB2312—80 规定"对任意一个图形字符都采用两个字节表示，每个字节均采用七位编码表示"(每个字节仅用低 7 位，最高位为 0)，习惯上称第一个字节为"高字节"，第二个字节为"低字节"。GB2312—80 包含了大部分常用的一级、二级汉字。该字符集是几乎所有的中文系统和国际化的软件都支持的中文字符集，这也是最基本的中文字符集。

(2) GB18030—2000：这是 2000 年颁布的，全名是《信息技术信息交换用汉字编码字符集基本集的扩充》。GB18030—2000(GBK2K)在 GBK 的基础上进一步扩展了汉字，增加了藏、蒙等少数民族的字形。而 GBK 是 GB2312—80 的扩展，它包含了 20902 个汉字。GB18030—2000，基本解决了人名、地名用字问题。

(3) BIG5：也称大五码，是港台地区使用的汉字交换码，每个字由两个字节组成。该码表总计收入 13868 个字(包括 5401 个常用字、7652 个次常用字、7 个扩充字及 808 个各式符号)。

(4) Unicode 编码：随着互联网的迅速发展，要求进行数据交换的需求越来越大，不同的编码体系越来越成为信息交换的障碍，而且多种语言共存的文档不断增多，单靠代码页已很难解决这些问题,于是 UNICODE 应运而生。UNICODE 是对国际标准 ISO/IEC10646 编码的一种称谓(ISO/IEC10646 是一个国际标准,亦称大字符集,它是 ISO 于 1993 年颁布的一项重要国际标准,其宗旨是全球所有文种统一编码)。目前版本 V2.0 于 1996 公布,内容包含符号 6811 个,汉字 20902 个,韩文拼音 11172 个,造字区 6400 个,保留 20249 个,共计 65534 个。目前,在网络、Windows 系统和很多大型软件中得到应用。

1.2.3.4 汉字机内码

汉字机内码是在计算机内部对汉字进行存储和处理时使用的编码。在一个系统中,一个汉字字符的输入码可能有许多形式,但其机内码是唯一的。无论用户使用何种方式输入汉字——使用不同的输入码,系统都会自动地将输入码转换成对应的机内码。

汉字机内码也是由两个字节组成,一般是相应国标码的简单变形,其目的是使其与西文字符编码有区别,以免发生识别上的冲突,从而使得系统能够中西文兼容。

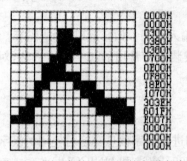

图 1.6 "人"字的 16×16 的字形点阵及其字形码(十六进制)

1.2.3.5 汉字字形码与字库

汉字的显示和打印是根据事先设计好的字形点阵进行的。字形点阵需要保存在计算机的存储设备中,但计算机只能识别二进制代码,所以需要将字形点阵编码。字形点阵的编码就是字形码,字形码的集合称为字库。图 1.6 是"人"字的 16×16 字形点阵及其字形码(十六进制)。

一个汉字 16×16 点阵的字形码占用 32 个字节(16÷8×16),存放 GB2312—80 的 7445 个字符的 16×16 点阵字库约需要 230KB 的存储空间。

习 题

1. 计算机有哪些特点?
2. 计算机应用于哪些领域?
3. 计算机有哪些分类?
4. 把 $(345.67)_{10}$ 转换为二进制、十六进制。
5. 把第(4)题中的结果,转换成十进制。
6. 把 $(1101010.0111001)_2$ 转换为十六进制。
7. 把第(6)题的结果转换成二进制。
8. 求 67 和 -76 的补码。
9. 根据表 1.3,查询"F"和"2"的 ASCII 码。
10. 计算机中的中文编码有哪些?

第2章 计算机系统的组成

本章概要

- 冯·诺伊曼结构计算机的主要组成
- 计算机软件系统的构成
- CPU 的主要技术指标、发展和组成
- 存储器的分类、性能和存储系统的层次结构
- 总线和输入/输出接口电路
- 常见的输入/输出设备

学习目标

- 了解硬件基本结构是什么
- 了解软件系统的主要有哪些分类
- 了解 CPU 的主要性能指标
- 了解存储器的分类及存储系统的层次结构
- 了解总线和接口电路的各种类型
- 了解一些常用的输入/输出设备

计算机的形态是千变万化的,其组成也较为复杂,但可以按其主要作用划分每一部分的功能。本章首先介绍组成传统计算机系统的五大组成部件,以及它们在计算机系统中有什么样的功能和地位,计算机系统整体上是如何工作的;另外还介绍了微机组成部件的结构特点。仅有物理部件,计算机就是一个没有灵魂的"躯体",而软件系统就是计算机的灵魂。本章介绍了软件系统有哪些分类,以及常用的软件类型。并重点介绍了微型机的核心硬件 CPU。介绍了存储器的分类与存储器的层次结构,以及将不同的输入/输出设备连接到计算机基本部件上的总线和接口电路。计算机外部设备作为人和计算机之间的接口,是能够直接接触的设备,因此其发展的形态也就最丰富,在 2.4 节通过对常用的输入/输出设备的种类及其性能的学习,将了解如何选择这些设备来满足日常对业务的需求。

2.1 概述

计算机系统通常是由硬件系统和软件系统两大部分组成。

硬件系统是指构成计算机的电子线路、电子元器件和机械装置等物理设备,包括计算机的主机及其外部设备等。看得见,摸得着,是一些实实在在的有形实体。

软件系统是指程序及有关程序的技术文档资料。包括计算机本身运行所需要的系统软件、各种应用程序、辅助文档和用户文件等。

硬件是软件工作的基础,离开硬件,软件无法工作;软件又是硬件功能的扩充和完善,有了

软件的支持,硬件功能才能得到充分的发挥。两者相互渗透、相互促进;可以说硬件是基础、软件是灵魂。只有将硬件和软件结合成有机的统一整体,才能称为一个完整的计算机系统。

2.1.1　硬件系统

当前计算机一般采用的仍然是冯·诺依曼结构,这种结构的计算机最重要之处是"程序存储",也就是程序像数据一样都存储在存储器中。这种方式确定了当前计算机的基本组成方式和工作原理。

冯·诺依曼结构的计算机硬件系统是由运算器、控制器、存储器、输入设备和输出设备五

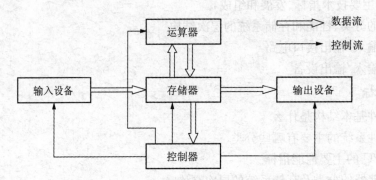

图 2.1　冯·诺依曼结构电子计算机的基本结构

个部分组成。如图 2.1 所示。

1. 运算器

运算器是计算机中进行算术运算和逻辑运算的部件,通常由算术逻辑运算部件(ALU)、累加器及通用寄存器组成。主要功能是完成各种算术运算和逻辑运算,如加、减、乘、除、逻辑判断、逻辑比较等。

2. 控制器

控制器相当于计算机的指挥中心,它负责控制和指挥计算机中的各个部件协调工作。通常由指令部件、时序部件及操作控制部件组成。主要功能是从存储器中取出指令、分析指令,并且按照先后顺序向计算机中的各个部件发出控制信号;指挥它们完成各种操作。

3. 存储器

存储器是用来存储数据和程序的"记忆"装置。计算机中的全部信息,包括数据、程序、指令以及运算的中间数据和最后的结果都要存放在存储器中。

4. 输入设备

输入设备是将数据信息和程序,通过计算机接口电路转换成电信号,顺序地送入计算机存储器中进行处理的设备。目前常用的设备有键盘、扫描仪、磁带输入机、光笔、CD-ROM 和视频摄像机等。

5. 输出设备

输出设备是用来将计算机中处理后的数据、程序和图形等转换成为人们能够识别的形式显示出来的设备。常用的输出设备有显示器、打印机、绘图仪、音响设备等。有些设备既可以作为输入设备,也可以作为输出设备。如:软盘驱动器、硬盘驱动器、磁带机等。

在上一章中讲述到现在最常见的 PC 机是微型机,微型机是目前发展最迅速的一类计算机。虽然它还是冯·诺伊曼结构,但是具体形态则有些变化。微型计算机硬件系统主要由 CPU、存储器、各种输入/输出接口电路以及系统总线组成。

微型机的总线系统结构图如图 2.2 所示。CPU 和存储器以及外部设备之间的连接都是通过总线的,总线是它们数据和信息交换的通道。

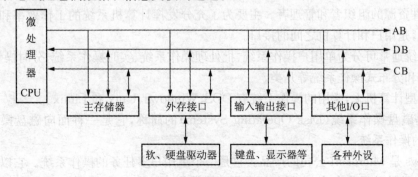

图 2.2　微型机的总线结构图

2.1.2　软件系统

软件是一系列按照特定顺序组织的计算机数据和指令的集合。软件系统则是一台计算机所有软件的总和。一般来讲软件被划分为系统软件、应用软件。其中系统软件为计算机使用提供最基本的功能,但是并不针对某一特定应用领域。而应用软件则恰好相反,不同的应用软件根据用户和所服务的领域提供不同的功能。

软件的正确含义应该是:

(1) 运行时,能够提供所要求功能和性能的指令或计算机程序集合。

(2) 程序能够满意地处理信息的数据结构。

(3) 描述程序功能需求以及程序如何操作和使用所要求的文档。

软件具有与硬件不同的特点:

(1) 表现形式不同。硬件有形,看得见,摸得着。而软件无形,看不见,摸不着。软件存在于存储器和 CPU 中,无法从直观上判断其优劣好坏,运行是检查其正确性唯一和正确的方法。这就给软件的开发和管理带来了困难。

(2) 生产方式不同。两者的生产都是工程化的,软件开发与硬件制造之间有许多共同点。但是硬件是工业化的大生产,而软件是逻辑产品,软件开发目前还是人智力的高度发挥,不是传统意义上的硬件制造。

(3) 要求不同。硬件产品允许有误差,生产时达到某种精度即可;而软件产品却不允许有任何的误差,必须有很高的质量保证体系。

(4) 维护方式不同。硬件存在着自然损耗,在理论上软件是不会存在自然损耗,但是软件存在由于需求的变更而产生的某种缺陷,这就要求软件必须根据需求来进行维护。

2.1.2.1　系统软件

系统软件是计算机必备的,用以实现计算机系统的管理、控制、运行、维护,并完成应用程序的装入、编译等任务的程序。系统软件与具体应用无关,是在系统一级上提供的服务,主要是面向硬件系统的。

常用的系统软件有:操作系统、语言处理程序、工具程序和数据库管理系统等。

1. 操作系统

操作系统是现代计算机中最基本的最重要的系统软件。它是整个软件系统的核心,是所有软件、硬件资源的组织者和管理者。主要为了充分发挥计算机系统的工作效率和方便用户使用计算机,是用户和计算机之间的接口。

操作系统通常可分为单用户操作系统、批处理操作系统、实时操作系统、分时操作系统、网络操作系统和分布式操作系统等几类。

目前微型计算机上,常用的操作系统有 DOS、Windows、Unix 和 Linux。

DOS 是磁盘操作系统(Disk Operating System)的简称,它是一种面向磁盘操作的单用户、单任务的操作系统。

Windows 是 Microsoft 公司的产品。它是一个单用户多任务的操作系统。它以图形化的用户界面、一致性的操作方法、多任务的操作环境等优点风靡全球,深受用户喜爱,特别是在最新版本中将多媒体技术、网络技术和 Internet 技术融为一体。

Unix 是一个相对复杂的多用户、多任务的操作系统。UNIX 操作系统在大型机、小型机以及工作站上形成了一种工业标准操作系统。

Linux 起源于 1991 年芬兰一个大学生的思想。目前应用面还不广,但它正以其良好的稳健的性能、丰富的功能,以及代码公开和完全免费得以迅速发展。

2. 语言处理程序

程序设计语言也就是实现人和计算机交流的语言。自从计算机的诞生,计算机程序设计语言共产生了上千种,但流行于世的不过几十种,现在仍在使用的不过十来种。程序设计语言一般可以分为汇编语言和高级语言等两大类。

3. 工具程序

工具程序是面向计算机维护的,主要包括错误诊断、程序检查、自动纠错、测试程序和软硬件的调试等。

4. 数据库管理系统

数据库管理系统(Data Base Management System,DBMS)是用于管理数据库的软件系统。DBMS 为各类用户或有关的应用程序提供了访问与使用数据库的方法,其中包括建库、存储、查询、检索、恢复、权限控制、增加、修改、删除、统计、汇总和排序分类等各种手段。它主要有三种数据模型:关系型、层次型、网络型。目前最流行的是关系型数据库管理系统。

目前比较流行的 DBMS 有 Access,MS SQL Server,Sybase,DB2,Informix 等。

2. 1. 2. 2　应用软件

应用软件是指用户利用计算机及其提供的系统软件为解决各类实际问题而编制的计算机程序。包括工具软件、用户利用系统软件开发的扩充系统功能的软件等。常见的应用软件有以下几种:

(1) 文档处理软件。其主要功能是对各类文件进行编辑、排版、存储、传送、打印等。三种最为流行的文档处理软件分别是字处理、桌面出版和网页创作软件。字处理软件具有编辑文档、拼写语法检查、设置文档的打印样式等功能。而且文档是电子格式的,它可以方便编辑、重用、共享。现在最畅销的字处理软件有 WPS Office,Microsoft Word 和 Lotus Word Pro 等。桌面出版软件使用图形设计技术来增强一个文档的格式和外观,以获得专业的效果,像报纸、杂志和书籍的编辑。桌面出版软件有 Adobe FrameMaker、方正 Founder 系列排版软件等。网页创作软件可用于设计和开发在互联网上发布的定制网页,较畅销的这一类软件主要有 Microsoft Front Page 等。

(2) 电子表格软件。对文字和数据的表格进行编辑、排版、计算、存储、传送、打印等,同时也允许用图表表示数据。现在常用的有 Microsoft Excel,Lotus1-2-3 等。

(3) 演示软件。演示软件提供用户需要的所有工具把文本、图形、图表、动画和声音结合成幻灯片。最常用的演示软件有 Microsoft PowerPoint 和 Lotus Freelance Graphics 等。

(4) 文件与磁盘管理软件。主要是对外存上的文件进行管理和维护。如 Norton 等。

(5) 病毒防治软件。维护软件系统和数据信息的安全,清理病毒和防御病毒的入侵。有瑞星、江民和金山毒霸系列等。

(6) 压缩软件。把文件按照某种压缩格式使得文件暂用较少的存储空间,减少网络的传输量。如:ARJ,WINZIP,WINRAR 等。

(7) 娱乐软件。包括各种游戏、软件玩具、媒体软件以及设计用来享受乐趣和闲暇活动的软件。

(8) 图像处理软件。就是产生、编辑和操作图片的软件。如 CorelDRAW,Photoshop,3DS 等。

(9) 互联软件。互联软件将计算机和一个局域网或是互联网连接起来,使用户能够利用这些网络所提供的信息和通讯功能。互联软件包括远程控制软件、电子邮件和 Web 浏览器等。最常见的 Web 浏览器是 Microsoft Internet Explorer,还有 Netscape Navigator 等。

(10) 教育软件。教育软件主要为了帮助用户学习知识和完善相关专业技能。

软硬件之间的界线不是固定不变的,因为软硬件在逻辑功能上具有等效性。例如早期的运算器硬件只有加减法运算的功能,当要做乘除运算,就要通过编程的方法把乘除法变换为加减法再通过硬件实现。这就是说,这种计算机的加减指令是用硬件实现的,而乘除指令则是借助软件方法实现的。当然后来的计算机都有了乘除法器的硬件,于是乘除指令也都用硬件实现了。这说明软硬件能提供同样的逻辑运算能力,对于某项功能,甲公司用硬件实现,乙公司可能用软件实现。这样用户就有了更多的选择余地。一般来说,用硬件实现成本高,但速度快。用软件实现成本低,版本的更新方便,但速度慢。

2.2　中央处理器 CPU

CPU 是 Central Processing Unit 的缩写,即中央处理器,用以完成指令的解释与执行。CPU 是整个微机系统的核心,它往往是各种档次微机的代名词。CPU 发展至今,由于制造技术的越来越先进,其集成度越来越高,内部的晶体管数也越来越多,今天晶体管数达到百万个以上;虽然构成 CPU 的晶体管集成度飞速提高,但是 CPU 结构没有太大变化,仍然主要由控制器、运算器和寄存器组成(还有一些支撑电路)。

2.2.1　CPU 主要指标和发展

CPU 的性能是它所配置的那部微机的性能的基础,大致上反映出了微机的性能。也就成了各种档次的 PC 的代名词,如往日的 386,486,586,pentium,PⅡ,PⅢ,到今日的 P4 等等。因此,CPU 的性能指标对于衡量一台微机的性能就十分重要了。CPU 主要的性能指标有以下几项:

1. 主频

主频是指 CPU 的时钟频率,也就是 CPU 的工作频率。一般说来,每个指令都是在一定的时钟周期完成的;所以主频越高,单位时间内处理的指令越多,CPU 的速度也就越快了。不过由于各种 CPU 的内部结构不尽相同,所以并不能完全用主频来概括 CPU 的性能。

内存总线速度也叫系统总线速度,一般等同于 CPU 的外频。内存总线的速度对整个系统性能来说很重要,由于内存速度的发展滞后于 CPU 的发展速度,为了缓解内存带来的瓶颈,所以出现了二级缓存,来协调两者之间的差异。倍频则是指 CPU 外频与主频相差的倍数。三者关系是:主频=外频×倍频。

2. 工作电压

工作电压指的是 CPU 正常工作所需的电压。早期 CPU(386,486)由于工艺落后,它们的工作电压一般为 5V,发展到奔腾 586 时,已经是 3.5V/3.3V/2.8V 了,随着 CPU 的制造工艺与主频的提高,CPU 的工作电压有逐步下降的趋势,Intel 的 Coppermine 已经采用 1.6V 的工作电压了。低电压能缓解耗电过大和发热过高的问题。

3. 协处理器

协处理器或者叫数字协处理器。在 486 以前的 CPU 里面,是没有内置协处理器的。由于协处理器主要的功能就是负责浮点运算,因此,早期微机 CPU 的浮点运算性能都相当落后,自从 486 以后,CPU 一般都内置了协处理器。现在协处理器的功能也不再局限于增强浮点运算,往往对多媒体指令进行了优化。

4. 流水线技术、超标量

流水线(pipeline)是 Intel 首次在 486 芯片中开始使用的。流水线的工作方式就像工业生产上的装配流水线。在 CPU 中由 5~6 个不同功能的电路单元组成一条指令处理流水线,然后将一条 X86 指令分成 5~6 步后再由这些电路单元分别执行,这样就能实现在一个 CPU 时钟周期完成一条指令,因此提高了 CPU 的运算速度。超标量是指在一个时钟周期内 CPU 可以执行一条以上的指令。Pentium 级以上 CPU 均具有超标量结构;而 486 以下的 CPU 属于低标量结构,即在这类 CPU 内执行一条指令至少需要一个或一个以上的时钟周期。

5. 地址总线宽度和数据总线宽度

地址总线宽度决定了 CPU 可以访问的物理地址空间,对于 486 以上的微机系统,地址线的宽度为 32 位,最多可以直接访问 4GB 的物理空间。数据总线宽度决定了 CPU 与二级高速缓存、内存以及输入/输出设备之间一次数据传输的信息量。

6. 乱序执行和分枝预测

乱序执行是指 CPU 采用了允许将多条指令不按程序规定的顺序分开发送给各相应电路单元处理的技术。分枝是指程序运行时需要改变的节点。分枝有无条件分枝和有条件分枝,其中无条件分枝只需要 CPU 按指令顺序执行,而条件分枝则必须根据处理结果再决定程序运行方向是否改变,因此需要"分枝预测"技术处理的是条件分枝。

7. L1 高速缓存

L1 高速缓存也就是我们经常说的一级高速缓存。在 CPU 里面内置了高速缓存可以提高 CPU 的运行效率。内置的 L1 高速缓存的容量和结构对 CPU 的性能影响较大,不过高速缓冲存储器均由静态 RAM 组成,结构较复杂,在 CPU 管芯面积不能太大的情况下,L1 级高速缓存的容量不可能做得太大。采用回写(Write Back)结构的高速缓存,对读和写操作均可提供缓存。而采用写通(Write-through)结构的高速缓存,仅对读操作有效。在 486 以上的计算机中基本采用了回写式高速缓存。

8. L2 高速缓存

L2 高速缓存指 CPU 外部的高速缓存。Pentium Pro 处理器的 L2 和 CPU 运行在相同频率下,但成本昂贵,所以 Pentium Ⅱ 运行在相当于 CPU 频率一半下的,容量为 512K。为降低成本 Intel 公司曾生产了一种不带 L2 的名为赛扬的 CPU。

9. 制造工艺

Pentium CPU 的制造工艺是 $0.35\mu m$,P Ⅱ 和赛扬可以达到 $0.25\mu m$,最新的 CPU 制造工艺可以达到 $0.18\mu m$。近年来的芯片里面都是用铝线来做导体,但是随着芯片和芯片内电缆的缩小,铝线的使用已经到达了极限,所以芯片制造商就用比铝线更加好的铜来做芯片,也就是所谓的铜芯片。并且将采用铜配线技术,可以极大地提高 CPU 的集成度和工作频率。

10. 指令集

CPU 依靠指令来计算和控制系统,每款 CPU 在设计时就规定了一系列与其硬件电路相配合的指令系统。指令的强弱也是 CPU 的重要指标,指令集是提高微处理器效率的最有效工具之一。从现阶段的主流体系结构讲,指令集可分为复杂指令集和精简指令集两部分。

计算机指令就是用来控制计算机,告诉计算机怎样进行操作的命令。而指令集就是一台计算机所有能够执行的指令的集合。

程序是由若干条指令按照一定逻辑组成的。计算机的工作过程就是执行程序的过程,程序中的每一个指令都指示计算机"做什么"和"如何做"的,只要这些指令能被计算机理解,则将程序装入计算机并启动该程序后,计算机便能自动按编写的程序一步一步地取出指令,根据指令的要求控制机器各个部分运行。这样计算机按照程序就能完成和解决一些问题了。

一条计算机的指令一般有两部分组成:一部分指出应该执行什么样的操作,另一部分指出该操作作用的对象是谁。如:同学们学习计算机课程。这句话如果变成计算机指令就是:

学习　　同学们,计算机课程

"学习"就是操作码,告诉计算机这条指令作什么样的操作。

"同学们,计算机课程"就是两个操作数。是操作码的施动者和被动者。

CPU 的发展非常迅速,个人电脑从 8088(XT)发展到现在的 P4 时代,只经过了不到 30 年的时间。从生产技术来说,最初的 8088 集成了 29000 个晶体管,而 P4 的集成度超过了 4200 万个晶体管;CPU 的运行速度,以 MIPS(百万个指令每秒)为单位,8088 是 0.75MIPS,到高能奔腾时已超过了 1000MIPS。

CPU 从最初发展至今已经有 30 多年的历史了,这期间,按照其处理信息的字长,CPU 可以分为:4 位微处理器、8 位微处理器、16 位微处理器、32 位微处理器以及正在酝酿构建的 64 位微处理器,可以说个人电脑的发展是随着 CPU 的发展而前进的。CPU 最大的生产厂商是英特尔公司,所以 CPU 的历史可以说就是英特尔公司的 CPU 历史。

1971 年,英特尔公司推出了世界上第一款微处理器 4004,这是第一个用于微型计算机的 4 位微处理器,它包含 2300 个晶体管。1974 年,第二代微处理器 8080 诞生。由于微处理器可用来完成很多以前需要用较大设备完成的计算任务,价格又便宜,于是各半导体公司开始竞相生产微处理器芯片,Zilog 公司生产了 8080 的增强型 Z80,摩托罗拉公司生产了 6800,都属于第二代微处理器。它们均采用 NMOS 工艺,集成度约 9000 只晶体管,平均指令执行时间为 1μs~2μs,采用汇编语言、BASIC、Fortran 编程,使用单用户操作系统。

1978 年英特尔公司生产的 8086 是第一个 16 位的微处理器。很快 Zilog 公司和摩托罗拉公司也宣布计划生产 Z8000 和 68000。8086 微处理器最高主频速度为 8MHz,具有 16 位数据通道,内存寻址能力为 1MB。同时英特尔还生产出与之相配合的数字协处理器 i8087,这两种芯片使用相互兼容的指令集。

1985 年 10 月 17 日,英特尔的划时代的产品 80386DX 正式发布了,其内部包含 27.5 万个晶体管,时钟频率为 12.5MHz,后逐步提高到 20MHz,25MHz,33MHz,最后还有少量的 40MHz 产品。80386DX 的内部和外部数据总线是 32 位,地址总线也是 32 位,可以寻址到 4GB 内存,并可以管理 64TB 的虚拟存储空间。

1993 年,586 CPU 问世,英特尔公司把自己的新一代产品命名为 Pentium(奔腾)。随后,PⅡ,PⅢ,P4 都相续问世。英特尔为进一步抢占低端市场,推出了和 Pentium 系列相对应的廉价的 CPU-Celeron(中文名叫赛扬)。今天 P4 成为人们配置计算机的主流 CPU。

硬件业界特别是芯片制造界有一条众所周知的摩尔法则,那就是说:放置在相同空间的晶体管数量和处理速度能力,在每到 18~24 个月就会翻一倍,从早期的 286 到今天的 P4 都是这样发展的。不过似乎现在的芯片发展比摩尔定律更快了。

2.2.2　CPU 的基本组成

CPU 的主要组成部分抽象如图 2.3 所示。

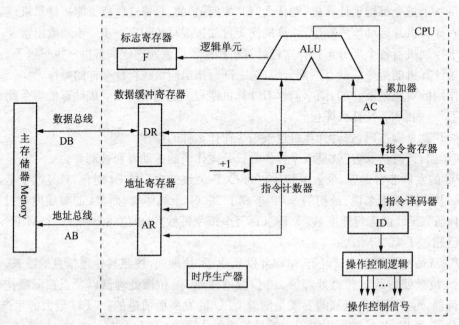

图 2.3　CPU 的基本结构图

CPU 中的运算器部分由算术逻辑单元 ALU、累加器 AC、数据缓冲寄存器 DR 和标志寄存器 F 组成,它是计算机的数据加工处理部件。以一个简单的 A、B 两数相加操作为例来说明运算器各部分的操作步骤。

如:计算 A+B。

(1) 从主存储器 M 取出第一个加数 A,经双向数据总线 DB、数据缓冲寄存器 DR、算术逻辑部件 ALU,送到累加器 AC 暂存。

(2) 从主存 M 取出另一个加数 B,经双向数据总线 DB 送入数据缓冲寄存器 DR 暂存。

(3) 在控制信号作用下,将数 A 和数 B 分别从 AC 和 DR 中取出送 ALU 进行加法运算,相加的结果写回累加器 AC,并将反映运算结果的诸如"零"、"负"、"进位"、"溢出"等标志状态写入标志寄存器 F。

(4) 将 AC 中两数相加之和经 DR 和数据总线 DB 送到主存储器存放。

CPU 中的控制部分由指令计数器 IP、指令寄存器 IR、指令译码器 ID 及相应的操作控制部件组成。它产生的各类控制信号使计算机各部件得以协调地工作,是计算机的指令执行部件。

CPU 中的寄存器主要辅助运算符和控制器进行工作。根据特定的功能设置,完成其相应的功能。

按冯·诺依曼思想,计算机的每一条指令的执行过程又可划分为如下四个基本操作:

(1) 取出指令:从存储器的某个地址中取出要执行的指令。根据指令计数器 IP 的内容(指令地址),经地址寄存器 AR 从主存储器中取出一条待执行指令,送入指令寄存器 IR;同时,使 IP 的内容指向下一条待执行指令的地址(一般通过 IP 内容加 1 来实现)。

(2) 分析指令:把取出的指令送到译码器 ID 中,译出指令对应的操作。

(3) 执行指令:根据分析指令过程中获取的操作命令和操作数地址形成相应的操作控制信号,通过运算器、主存储器及 I/O 设备执行,以实现每条指令的功能。

(4) 为下一条指令做好准备。

2.3　存储器

如前所述,存储器就是用来存储信息的部件,是计算机的记忆设备,有了存储器才使得计算机有了记忆功能。程序和数据以及计算机的运算结果都存储在存储器中,使得计算机能自动工作。计算机运行时,程序和数据在 CPU 的控制下首先通过输入设备输入到存储器,然后 CPU 再从存储器中取出程序指令和要处理的数据,并按程序指令的要求进行运算处理,最后处理的结果仍送回存储器中或通过输出设备显示、打印出来。

2.3.1　存储器的分类

计算机的存储器可以分为两大类:内部存储器和外部存储器。内部存储器简称内存或主存;外部存储器简称外存或辅助存储器。

内存的基本存储元件多以半导体材料制造。内存是 CPU 可以直接访问的,它用来存放当前正在使用的或经常使用的程序和数据。内存又可以分为:只读存储器(ROM)和随机读写存储器(RAM)。

只读存储器 ROM(Read Only Memory),只能读出原有的内容,而不能写入新内容。原有内容由厂家一次性写入,并永久保存下去,即使去掉电源,数据也不会丢失。ROM 主要用于固化某些在使用中不变或者很少修改的程序或数据。例如微机中的 BIOS 芯片、某些专用设备中的控制程序等等。ROM 可分为掩模 ROM,EPROM 和 EEPROM 等类型。

掩模 ROM(Rrogrammable Read Only Memory),它只允许写入一次,写入后就再也不能改了。写入的内容不丢失,也不会被修改,只能读出。这种器件主要适用于那些只有厂家才能改变的程序或数据。

EPROM 是可擦除的可编程只读存储器(Erasable Programmable Read Only Memory)。EPROM 上有一个石英玻璃窗口,紫外线通过这个窗口照在内部的硅片上,即可把原来存储的内容擦除。而 EPROM 的写入是通过专门的 EPROM 写入器实现的。由于 EPROM 既可以写入,也可擦除重写,这个特点使得 EPROM 在系统开发人员中得到了广泛的应用。

EEPROM 是电可擦除的可编程只读存储器(Electrically Erasable Programmable Read Only Memory),又可以写作 E2PROM。它的出现是为了解决 EPROM 擦除信息不很方便的缺点。E2PROM 用电就可以在线擦除,而不用把芯片在设备、擦除器、写入器之间移来移去。E2PROM 的另一个优点是可以按字节单元来擦除信息,不像 EPROM 那样擦除时把整个芯片全部擦除。这样,写入时只要写所需的单元即可,大大节省了时间。

随机读写存储器(Random Access Memory),又称为随机存取存储器,简称 RAM。它具有 3 个特点:

(1) 可以读出,也可以写入。读出时并不破坏所存储的内容。只在写入时修改原来所存储的内容。

(2) 可以随机存取。存取任一单元所需时间相同。因为存储单元按行和列排成二维存储体阵列,就像通过 X、Y 两个坐标就能确定一个点那样,通过行选和列选即可选中所需的存储单元。

(3) 易失性(或挥发性)。当断电后,存储器中的内容立即消失。

按信息存储方法的不同,又可分为静态 RAM(Static RAM,SRAM)和动态 RAM(Dynamic RAM,DRAM)两种。

SRAM:静态随机存储器 SRAM 是靠用双极型电路或双稳态触发器来记忆信息的。只要有电源正常供电,触发器就能稳定地存储数据,因此被称为静态存储器。SRAM 的特点是速度快,不需要刷新,外围电路比较简单,但集成低(存储容量小),功耗大。目前 SRAM 被广泛地用作高速缓冲存储器 Cache。

DRAM:动态随机存储器 DRAM 是靠 MOS 电路中的栅极电容来存储信息的,由于电容上的电荷会逐渐泄漏,需要定时充电以维持存储内容不会丢失(称为动态刷新,例如每隔 1～2ms 刷新一次),所以动态 RAM 需要设置刷新电路,相应外围电路就较为复杂。DRAM 的特点是集成度高(存储容量大),功耗低,但速度慢,需要刷新。由于 DRAM 芯片具有高密度、低功耗的特点,所以集成度的提高非常迅速。集成度差不多以每 3 年增加 4 倍的速度发展着。与此同时,DRAM 的性能也在不断提高。DRAM 被广泛应用于微机系统中的主存。

图 2.4 内存条

外存也是用来存储各种信息的。外存多以磁性材料或光学材料制造,如软盘、硬盘、光盘、磁带等。和内存相比外存的特点是容量大、速度慢,价格较便宜。更重要的是,外存不像内存那样在断电后会使存储器中的内容消失,其存储的内容不依赖供电维持,因而可以脱离计算机长期保存数据、信息。但是 CPU 要使用这些信息时,必须通过专门的设备将信息先传送到内存中,当然,需要时,也可以将内存中的信息存放到外存上。另外,外存总是和外部设备相关的,例如软盘驱动器、硬盘驱动器、光盘存储器等。

软盘驱动器(如图 2.5 所示)是一种广泛使用的外存储器,有(3.5 英寸)和(5.25 英寸)两种规格,其主要用途是向软盘读写数据,实现数据的携带与交换。我们通常使用的是(3.5 英寸)的软盘(如图 2.6 所示)。随着计算机的不断升级,软盘的容量已经不能满足存储需要。

图 2.5　软盘驱动器　　　　　　　　　　　图 2.6　软盘

软盘使用应注意以下几点:

(1) 软盘首次使用前需格式化。

(2) 软盘角上有一个方形小孔(写保护窗口),将窗口内滑块推上露出小口,则对软盘只能读出信息而不能写入信息,称为写保护。

(3) 软盘易损坏,受潮、受热、磁场干扰、挤压均会引起软盘受损。

硬盘驱动器由盘片、驱动器和控制器等部分组成,它是计算机中用来存储数据的介质,外形如图 2.7 所示。和软盘不同的是,硬盘将存储器盘片和驱动器做成一体,即使在断电的情况下硬盘中的信息也不会丢失,因此,我们通常把所使用的文件和程序存放在硬盘中。目前的硬盘容量从几十 G 到几百 G 不等。

图 2.7　硬盘外形图和结构剖面图

光盘是利用光学和电学原理进行读/写信息的存储介质(外形如图 2.8 所示)。它是由反光材料制成的,通过在其表面上制造出一些变化来存储信息。当光盘转动时,上面的激光束照射已存储信息的反射表面,根据产生反射光的强弱变化,可以识别存储的信息,因而达到读出光盘上信息的目的。光学介质非常耐用,它们不受湿度、灰尘或磁场的影响。其上的数据可以保存 30 年以上。常用的光盘存储器可分为下列几种类型:

(1) 只读型光盘存储器(CD-ROM:Compact Disk-Read Only Memory)。这种光盘存储器的盘片是由生产厂家预先写入程序或数据,用户只能读取而不能写入或修改。光盘一般尺寸为 13cm(5.25 英寸),容量为 650MB 左右。

（2）只写一次型光盘存储器（CD-W：Compact Disk-Write Once，Read Many）。这种光盘存储器的盘片可由用户写入信息，但只能写入一次。写入后，信息将永久地保存在光盘上，可以多次读出，但不能重写或修改。

（3）可重写型光盘存储器（CD-RW：Compact Disk-ReWritable）。这种光盘存储器类似于磁盘，可以重复读写，其写入和读出信息的原理随使用的介质材料不同而不同。例如，用磁光材料记录信息的原理是：利用激光束的热作用改变介质上局部磁场的方向来记录信息，再利用磁光效应来读出信息。

图 2.8   光盘驱动器和光盘

光驱的速度是指光驱的数据传输速率，单位为 kbps。最初为单倍速（150kB/s），其后发展为 2 倍速、4 倍速、…、48 倍速等。

DVD（Digital Video Disc 数字视盘）是新一代的光盘产品。尺寸和 CD-ROM 是相同的。而且 DVD 的光驱是兼容 CD-ROM 光盘的。其中 DVD-ROM 是只读光盘，DVD-R 是一次性写入光盘，DVD-RW 是可重复写光盘。

光盘存储器具有下列突出的优点：第一，存储容量大，如一片 CD-ROM 格式的光盘可存储 600MB 的信息，而采用一片 DVD 格式的光盘其容量可达 GB 的级别。因此，这类光盘特别适用于多媒体的应用。如用一张 DVD 光盘就可以存放一整部电影。第二，可靠性高，如不可重写的光盘（CD-ROM，CD-WORM）上的信息几乎不可能丢失，特别适用于档案资料管理。第三，存取速度高。由于光盘存储器的上述优点，现在已广泛地应用于计算机系统中。

U 盘（闪盘）是一种可以直接插入在 USB 接口上进行读写的移动外存储器。由于它容量大，体积小，保存信息可靠等优点，现在成为最广泛使用的移动存储器。

图 2.9   U 盘

磁带存储器是一种较老式的大容量存储设备。信息记录在磁带上。磁带是一种表面涂有磁性材料的塑料带子，为了操作和保存，磁带绕在磁带盘上。当磁带盘在电机的驱动下转动时，磁带从一个盘卷向另一个盘，使磁带在读/写头下移动（见图 2.10）。在 CPU 发出指令的控制下，通过读/写头便可实现对磁带的读/写操作。

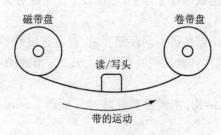

图 2.10　磁带存储机构

2.3.2　存储器的基本性能指标

从用户的角度来看,存储器的三个主要指标是:容量、速度和价格。由于不同类型的存储器由于制造原料不同,其速度和价格差别也大;特别是随着这些工艺技术的成熟,速度提高很快,但是价格却逐渐下降。

存储器存储数据的最小单位是比特(bit),每一个比特能存储一位二进制代码(0 或 1),比特并不是 CPU 每次对存储器进行读写的最小单位。CPU 每次对存储器进行读写的最小单位是字节(Byte),所以字节又称作是存储器存储数据的基本单位,存放一个字节的存储器位置就称为一个存储(器)单元。字节和比特的关系是:1 字节＝8 比特(位)。

存储器是一台微机中物理存储单元的总和,是存储量大小的量度。它与构成存储器的硬件配置有关。存储器容量的大小以字节数来衡量,其单位为 Byte(B),Kbyte(KB),Mbyte(MB)和 Gbyte(GB)。它们的关系是:

字节(Byte):8 个二进制位为一个字节,记为 1B。

千字节(KB):$1KB＝2^{10}B$

兆字节(MB):$1MB＝2^{10}KB＝2^{20}B$

吉字节(GB):$1GB＝2^{10}MB＝2^{20}KB＝2^{30}B$

太字节(TB):$1TB＝2^{10}GB＝2^{20}MB＝2^{30}KB＝2^{40}B$

除了位外,其他计量单位之间的倍数关系都是 $2^{10}＝1024$ 倍。有时,也可以简写为 1000 (1K)。

2.3.3　存储系统的层次结构

存储器是计算机的核心部件之一。其性能直接关系到整个计算机系统性能的高低。在一个计算机系统中,对存储器的容量、速度和价格这三个基本性能指标都有一定的要求。如何以合理的价格,设计出容量和速度满足计算机系统要求的存储器系统,始终是计算机体系结构设计中的关键问题之一。存储容量应确保各种应用的需要;存储器速度应尽量与 CPU 的速度相匹配并支持 I/O 操作;存储器的价格应比较合理。然而,这三者经常是互相矛盾的。综合考虑不同的存储器实现技术,可以发现:

(1) 速度越快,每位价格就越高。

(2) 容量越大,每位价格就越低。

(3) 容量越大,速度越慢。

按照目前的技术水平,仅仅采用一种技术组成单一的存储器是不可能同时满足这些要求的。只有采用由多级存储器组成的存储体系,才能较好地解决存储器大容量、高速度和低成本这三者之间的矛盾。

存储系统的层次结构是指把各种不同存储容量、存取速度和价格的存储器按层次结构组成多层存储器,并通过管理软件和辅助硬件有机组合成统一的整体,使所存放的程序和数据按层次分布在各种存储器中。

常用的存储系统的层次结构:主要由高速缓冲存储器 Cache、主存储器和辅助存储器组成,如图 2.11 所示。

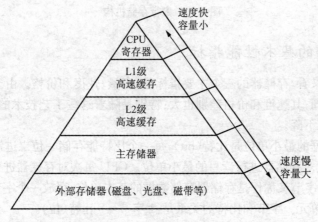

图 2.11 存储系统的层次结构

上图显示了微机系统中的存储器组织:它呈金字塔结构,越往上,存储器件的速度越快,CPU 的访问频度越高;同时,每位存储容量的价格也越高,系统的拥有量越小。图中我们看到,CPU 中的寄存器位于该塔的顶端,它有最快的存取速度,但数量极为有限;向下依次是CPU 内的 Cache(高速缓冲寄存器)、主板上的 Cache(由高速 SRAM 组成)、主存储器(由DRAM 组成)、外部存储器(半导体盘、磁盘)和大容量外部存储器(光盘、磁带);位于塔底的存储设备,其容量最大、每位存储容量的价格最低,但速度可能也是较慢或最慢的。

多级存储结构构成的存储体系是一个整体。从 CPU 看来,这个整体的速度接近于 Cache和寄存器的操作速度、容量是辅存(或海量存储器)的容量,每位价格接近于辅存的位价格。从而较好地解决了存储器中速度、容量、价格三者之间的矛盾,满足了计算机系统的应用需要。

随着半导体工艺水平的发展和计算机技术的进步,存储器多级结构的构成可能会有所调整,但由多级半导体存储器芯片集成度的提高,主存容量可能会达到几百兆字节或更高,但由于系统软件和应用软件的发展,主存的容量总是满足不了应用的需求,只要这一现状仍然存在,由主存——辅存为主体的多级存储体系也就会长期存在下去。

2.4 总线与输入/输出接口电路

2.4.1 总线

微型计算机内各部件之间传输信息的公共通路称为总线(BUS)。一次传输信息的位数则称为总线宽度。CPU 本身也是由若干部件组成,这些部件之间也是通过总线相连,通常将

CPU 芯片内部的总线称为内部总线,用于微处理器内部 ALU 和各种寄存器等部件间的互连及信息传送。而连接系统各部件间的总线称为外部总线,也称为系统总线。

按照总线上传送信息类型的不同,可将总线分为数据总线、地址总线和控制总线。

1. 地址总线(Address Bus)

地址总线是单向传送线,用来把地址信息从 CPU 传递到存储器或 I/O 接口,指出相应的存储单元或 I/O 设备。地址总线的宽度与所寻址的范围有关,即决定寻址的范围,如寻址 lMB 地址空间就需要有 20 条地址线。一般来说,若地址总线为 n 位,则可寻址空间为 2^n 字节。

2. 数据总线(Data Bus)

数据总线是双向传送线,而具体传送信息的方向,则由 CPU 来控制。用来供 CPU、存储器、I/O 设备相互之间传送数据信息。

3. 控制总线(Control Bus)

控制总线用来传送 CPU 向存储器或 I/O 设备发出的控制信号,以协调各部件的操作。它包括 CPU 对内存储器和接口电路的读写信号、中断响应信号等,也包括其他部件送给 CPU 的信号,如中断申请信号、准备就绪信号等。

通常用总线宽度和总线频率来表示总线的特征。总线宽度为一次能并行传输的二进制位数,即 32 位总线一次能传送 32 位数据,64 位一次能传送 64 位数据。总线频率则用来表示总线的速度,目前常见的总线频率为 66MHz,100MHz,133MHz 或更高。

微型计算机的总线结构对机器的功能及数据传送速度有很大的影响。微型计算机的总线结构现已形成标准,并具有开放性。其常用的总线结构有如下类型:ISA 总线、MCA 总线、EISA 总线、VESA 局部总线、PCI 局部总线和可选择总线等。

2.4.2　输入/输出接口电路

在机器内部中总线是各个部件的通信桥梁;而对于外部设备,则是通过总线连接相应输入/输出接口电路,然后再与输入/输出设备连接(图 2.2)。

输入/输出接口电路(I/O 接口电路)是微型计算机的重要组成部件。它是微型计算机连接外部输入、输出设备及各种控制对象并与外界进行信息交换的逻辑控制电路。由于外设的结构、速度、信号形式和数据格式等各不相同,因此它们不能直接挂接到系统总线上,必须用输入/输出接口电路来做中间转换,才能实现与 CPU 间的信息交换。

I/O 接口电路也称 I/O 适配器或接口卡,不同的外设必须配备不同的 I/O 适配器。I/O 接口电路是微机应用系统必不可少的重要组成部分。任何一个微机应用系统的研制和设计,实际上主要是 I/O 接口的研制和设计。I/O 适配器是一块印刷电路板,包含一些专业芯片、辅助芯片以及各种外部设备适配器和通信接口电路等。它是系统 I/O 设备控制器功能的扩展和延伸,也称为功能卡。常见的 I/O 适配器有:显卡、声卡、网卡等。由于总线的标准已经确立,I/O 适配器在主板上也就有了相应的标准件,即接口要遵循一定总线标准。根据总线的标准,有以下对应的接口标准:

ISA 接口:ISA 接口在 80286 至 80486 时代应用非常广泛,以至于现在奔腾机中还保留有它。ISA 是微机上即将要淘汰的接口,由于许多如声卡、MODEM 等老设备还是离不开它,所以现在的主板芯片组依然提供了对它的支持。

PCI接口：显卡、声卡、网卡、MODEM等接口大部分为PCI接口。可同时支持多组外围设备。

AGP图形加速接口：AGP接口是近几年主板上发展起来的最重要的接口之一。该接口让视频处理器与系统主内存直接相连，避免经过窄带宽的PCI总线而形成系统瓶颈，增加3D图形数据传输速度。

USB接口：USB接口即符合通用串行总线硬件标准的接口，用于外部设备。USB能使相关外设在机箱外连接，允许"热插拔"（连接外设时不必关闭电源），实现安装自动化。它比传统串口快100倍，能提供的传输速率最高达12Mbps。例如扫描仪、U盘、鼠标、调制解调器、游戏控制和键盘等均有USB接口。

微机与外部设备之间的信息传输方式：一种是串行方式，另一种是并行方式。串行方式是按二进制位逐位传输，传输速度较慢，但省硬件。并行方式一次可以传输若干个二进制位的信息，传输速度比串行方式快，但硬件投入较多。在微机内部都是采用并行方式传送信息。微机与外设之间的信息传送，两种方式均有采用。为了适应这两种传送方式，微机的I/O接口也有两种，即串行接口和并行接口。微型机中使用并行端口的设备主要有打印机、外置式光驱和扫描仪等。

2.5　输入/输出设备

2.5.1　输入设备

输入设备是计算机接受外来信息的设备，人们用它来输入程序、数据和命令。在传送过程中，它先把各种信息转化为计算机所能识别的电信号，然后传入计算机。现在的计算机能够接收各种各样的数据，如图形、图像、声音等，这些数据可以通过不同类型的输入设备输入到计算机中，并在计算机中进行存储、处理。计算机的输入设备按功能可分为下列几类：

（1）字符输入设备：键盘。

（2）光学阅读设备：光学标记阅读机，光学字符阅读机。

（3）图形输入设备：鼠标、操纵杆、光笔、触摸屏。

（4）图像输入设备：数码相机、数码录像机、扫描仪、传真机。

（5）模拟输入设备：手写输入板、语音输入装置、语言模数转换识别系统。

下面介绍几种常见的输入设备。

1. 键盘

键盘是人机对话的最基本的输入设备，用户可以通过键盘输入的命令程序和数据。目前

图2.12　键盘　　　　　　　　　　　　　　　图2.13　鼠标

常用的标准键盘有 101 键和 104 键两种。按键盘结构分,通常有机械式键盘和电容式键盘两种,一般地,电容式键盘手感较好。

2. 鼠标

鼠标(Mouse)是人机对话的基本输入设备。在图形界面下,鼠标器比键盘更加灵活方便。按其按键可分为 2 键和 3 键;按其与主机的接口类型可分为串行口鼠标和 PS/2 口鼠标;按其结构可分为机电式鼠标和光学鼠标,机械式鼠标器底座上装有一金属或橡胶圆球,在光滑的桌面上移动鼠标时,球体的转动可使鼠标器内部电子器件测出位移的方向和距离,并经连接线将有关数据传给计算机。光电式鼠标有一个光电转换装置。机械式鼠标价格低、使用方便,但可靠性较差;光电式鼠标器可靠性高。鼠标的主要技术指标是其分辨率,即当鼠标移动时,鼠标指针的移动情况。

3. 扫描仪

扫描仪是一种将图形、图像、文本从外部环境输入到计算机中是输入设备。如果是文本文件,扫描后还需用文字识别软件(如清华紫光汉字识别系统、尚书汉字识别系统)进行识别,识别后的文字以. TXT 文件保存。

图 2.14　扫描仪

4. 触摸屏

触摸屏是一种附加在显示器上的辅助输入设备。借助这种坐标定位设备,用手指直接触摸屏幕上显示的某个按钮或某个区域,就可以达到相应的选择目的。

2.5.2　输出设备

与输入设备相反,输出设备是用来输出计算机处理结果的部件。输出设备也是由输出装置和输出接口电路两部分组成。

输出设备是将计算机处理后的结果信息,转换成人们能够识别的和使用的数字、字符、声音、图像、图形等信息形式。通常使用的输出设备有显示器、打印机、绘图仪、影像输出系统、语音输出系统、磁记录设备等。

2.5.2.1　显示器和显卡

显示器又称监视器,是微型计算机最基本最重要的输出设备之一。

显示器的种类繁多。按其工作方式分,可分为图形方式和文字方式。按显示的颜色分,可分为单色显示器和彩色显示器,按显示设备所用的显示器件分,可分为阴极射线管显示器,液晶显示器和等离子显示器等;按其扫描方式分,可分为光栅扫描和随机扫描两种。

分辨率是指显示器能表示的像素个数,是显示器性能的一个重要指标。分辨率越高,显示的图像和文字就越清晰、细腻。目前计算机上普遍使用的像素间距为 0.28mm。常见的分辨率为 640×480,600×800,1024×768,1280×1024 等。

显示器的尺寸一般是指对角线的长度。目前计算机上普遍使用的显示器的尺寸为 14,15,17,19,或更大。通常每行显示 80 个字符,每屏显示 25 行。灰度级也是衡量显示器性能的重要指标。所谓灰度级指的是所显示像素的亮暗程度。在彩色显示器中。则表示颜色的不同。灰度级越多,图像层次越清晰逼真。目前,计算机常用的颜色等级有 16 色、256 色、65536

色或更多。

　　另外一个衡量显示器性能的重要的指标是刷新率。电子束扫描过后,其发光亮度只能维持及其短暂的时间,为了让人的眼睛能看到稳定的图像,就必须在图像消失之前使电子束不断地反复地扫描整个屏幕,这个过程称为刷新。每秒刷新的次数称为刷新率。目前,微型机算计上主流的显示器刷新频率一般为 75 Hz。其他常见的还有 56 Hz、60 Hz、72 Hz、85 Hz 或更多。

图 2.15　监视器　　　　　　　　　　　　　　　图 2.16　显卡

　　显示器的性能的优势主要取决于显示卡。显示卡用于连接并驱动显示器。显卡也分为两类:单色适配器和彩色适配器。在使用时,CPU 首先要将显示的数据传送到显卡的显示缓冲区,然后显卡再将数据传送到显示器上。一般情况下,显示卡必须与连接的显示器相匹配,通常显示卡有以下几种:CGA 彩色图形适配器。适用于低分辨率的图形显示器,EGA 增强图形适配器。适用于中分辨率的图形显示器,VGA 视频图形矩阵,适用于高分辨率的彩色图形显示器。

2.5.2.2　打印机

　　打印机是计算机系统的重要输出设备之一,它的作用是把计算机中的信息打印在纸张或其他介质上。

　　目前常见的打印机有针式打印机、喷墨打印机、激光打印机等几种。

　　1. 针式打印机

　　针式打印机主要有打印头、运载打印头的小车装置、色带机构、输纸机构和控制电路几部分组成。打印头是针式打印机的核心部件,它包括打印针、电磁铁、衔铁和复位弹簧。打印头通常有 24 针组成。这些针组成了针的点阵,当在线圈中通一脉冲电流时,衔铁被电磁铁吸合,使打印针通过色带打击在转筒上的打印纸而实现由点阵组成的字符或汉字。当线圈中的电流消失时,钢针在复位弹簧的推动作用下,回复到打印前的位置,等候下一次脉冲电流。

　　一般针式打印机价格便宜,对纸张要求低,噪声大,字迹质量不高,针头易耗损。

　　2. 喷墨打印机

　　喷墨打印机属于非打击式打印机,和针式打印机相比,最大的优点是噪声低。它是用极细的喷墨管将墨水喷射到打印介质上,在打印介质上形成图形和文字。

　　喷墨打印机体积小、重量轻、打印质量高、颜色鲜艳逼真、无噪声。

　　3. 激光打印机

　　激光打印机的原理比较复杂,它综合了计算机、复印机和激光技术与一体。激光打印机也是一种非击打式打印机,具有无击打噪声、分辨率高、速度快等许多优点,每分钟可打印几十页,是未来打印机的主流方向。

图 2.17 针式打印机

图 2.18 喷墨打印机

图 2.19 激光打印机

2.5.2.3 声卡和音响设备

声卡是多媒体电脑的重要组成部件,是实现音频与数字信号转换的部件。各种游戏、VCD、音乐效果都通过声卡来体现,声卡外形如图 2.23 所示。声卡主要用于声音的录制、播放和修改,或者播放 CD 音乐、乐曲文件等。

音响设备包括扬声器和麦克风等。扬声器可以使电脑中声音播放出来,麦克风可以进行录音和声音的输入。

图 2.20 声卡

习 题

1. 冯·诺伊曼结构计算机主要由哪些部件组成?
2. 计算机应用软件有哪些常用的类型? 每种类型有哪些常用的软件?
3. CPU 的主要技术指标有哪些?
4. 存储器有哪些类型?
5. 存储系统有哪些层次结构?
6. 总线有哪些常见的类型?
7. 常见的输入/输出设备有哪些?

第3章 计算机学科的知识体系

本章概要

- 应具备的知识、能力和素质
- 计算机学科的性质和特点
- 计算机学科的知识体系
- 计算机学科的主要研究方向
- 计算机学科的学习方法

学习目标

- 了解计算机学科性质和特点
- 了解计算机学科的知识体系结构与主要研究方向
- 了解作为计算机以及相关学科学生应具备的知识、能力和素质
- 掌握计算机学科的学习方法

知识、能力和素质是接受高等教育过程中应该积累和培养的重要内容,不同的专业对知识、能力和素质的要求有着自己的特点,同时又有着不同的培养步骤和方法。计算机知识是计算机及信息技术相关专业的核心或重点课程所研究和涉及的内容。那么,计算机知识究竟包括哪些内容? 计算机学科的主要研究方向是什么? 应该学习和掌握哪些计算机方面的知识? 又如何学习这些知识? 这些问题一时很难回答清楚,也很难给予圆满的解答,但这并不意味着不能探讨这些问题,本章试图对上述问题做初步的探讨,以期引领学习者初步了解计算机知识结构,了解其核心课程体系,对学习乃至以后的深造和工作有所帮助。

3.1 知识、能力和素质

“知识”、“能力”和“素质”是教育理论研究中的常见话语。每个具有学习能力的人都应该了解这些概念,并且通过不断的努力丰富自己的知识、培养自己的能力、提高自己的素质。

3.1.1 知识、能力与素质的基本含义

3.1.1.1 知识

“知识”是人类认识的成果。一般分为三类,即自然科学知识、社会科学知识和思维科学知识。包括经验和系统的科学理论两个层面。随着科学技术的迅猛发展,知识自身发生了深刻的变化,人们对知识的概念也有了新的认识。国际经济合作与发展组织在 1996 年发布的《以知识为基础的经济》报告中,对知识的形态做了明确界定,指出知识既包括能够编码的知识(如事实知识、原理知识),也包括那些可以意会但不可以编码的隐性知识(如技能知识、人力知识

等）。

3.1.1.2　能力

"能力"是个体顺利进行某种活动的个性心理特征。从不同的角度"能力"一词可以加上各种前缀。比如：一般能力与特殊能力（前者指的就是智力，它适合于各种活动，包括观察力、思维力、想象力等，也包括运用这些因素的速度、灵活性与准确性。后者是指某些特殊方面的能力）；模仿能力与创造能力；认识能力、操作能力与社交能力，等等。

3.1.1.3　素质

"素质"一词有多重涵义，但一般认为素质是个体在先天的基础上通过后天的环境影响与教育训练而形成的顺利从事某种活动的基本品质或基础条件。一般把一个人所具有的素质分为五个方面，即思想道德素质、科学文化素质、专业素质、身体素质和心理素质。

3.1.2　知识、能力与素质三者相互关系

3.1.2.1　关于知识与能力

传统的教育观念注重传授知识，认为知识是人才质量的基本要素，17 世纪初培根就说过"知识就是力量"。随着科学技术的迅速发展，特别是信息化社会的到来，人们逐渐认识到仅有知识是不够的，是不能适应社会发展需要的，因此开始重视能力。

知识与能力是紧密相连、互为促进的。获取知识的速度与质量依赖于能力（能力较强的人就较容易获得某种知识），而知识又为能力的发展提供基础（知识渊博的人，往往见解深刻，思维缜密，处理事情的能力比没有知识或知识面狭窄的人要强得多）。

可以这样说，没有相应的知识作为基础的"能力"不能算是真正意义上的能力，只能是一种低级的技能，甚至是本能。在某个领域内没有知识，在该领域内也必定是无能的。一个人，只有掌握了大量的知识，才能形成系统化、概括化的心理结构，从而形成某种能力。

观察能力和思维能力是人的认识活动所需的两种最基本的能力，它们都离不开知识。因为，观察并不是像照相机那样去给实际摄影，而是自觉或不自觉地运用已有的知识去看实际。比如一个没有见过毛笔的人和一个饱学之士对黄山"梦笔生花"一景的感受可能是很不同的。因此，一个人对某事物的观察是否具有敏锐性和精细性，取决于他（她）在何种程度上把握了与观察对象相关的知识、理论。思维更是如此，必须以一定的知识为原材料。

对于解决问题的能力，实质上就是能根据具体情况，应用已有的知识选择（或创造）解决该问题的操作程序。

综上所述不难看出，大量的知识占有是能力形成的基础。而知识是通过刻苦的学习慢慢积累起来的，所以"不学"的结果肯定是"无术"。

3.1.2.2　关于能力与素质

素质是能力的基础，能力是素质的表现，能力的大小是由素质的高低决定的。有了较高的素质，就会在认识世界和改造世界的活动中表现出较强的适应力和创造力。

能力并不是某种操作技巧。不同的工作需要不同的能力，有些能力对有些人是必须的，对

另一些人则是可有可无的。现在人们在不同行业不同领域之间流动是很正常的。人们无法确定将来会干什么,也就不可能把今后一生所需的能力都在学校学成练就。所以在学习阶段的任务就是打下坚定的基础,提高适应社会和终身发展所必需的基本素质。

能力也并不单指体力和智力,能力还包括非智力因素,比如情感、意志、理想、信念等。爱因斯坦说过,优秀的性格和钢铁般的意志比智慧和博学更加重要,智力上的成就很大程度上依赖于性格上的伟大。

3.1.2.3　关于知识与素质

人的素质的形成,绝不是仅靠生物学意义上的遗传获得,更重要的是靠"社会遗传"。每一时代都积淀着前人大量的经验常识、各种专门知识、技能以及该时代的价值观念、道德规范与行为准则。生活于特定时代的人的素质(无论是科学文化素质、专业素质,还是思想道德素质、身体素质和心理素质)都有其相对应的知识领域,而这些知识只能通过学习来获得。

一个人素质的高低,取决于他(她)所占有的知识的广度与深度,正是在对这些外部输入的经验与材料进行加工的过程中,人才确立了自己的认识结构、情感结构与行为模式,最终内化为以能力和价值观为核心的个体素质。

综上所述,素质内涵着知识和能力,但知识、能力并不等同于素质。学生阶段不仅要学习知识,更要注意培养独立的观察问题、分析问题与解决问题的能力、主动学习独立获取知识的能力以及自我约束和自我控制能力等各方面的能力,从而提高自身综合素质。

3.1.3　计算机学科的学生应该具备的知识、能力和素质

当今是一个竞争的时代。什么样的人才最具有竞争力呢? 一般认为创造性人才最具有竞争力。而"创造性"对于计算机学科更为重要。

综合《中国计算机科学与技术学科教程2002》(CCC2002)和许多学者的研究成果,我们认为,将来在计算机科学与技术领域工作的人应具备如下知识结构和能力素质。

3.1.3.1　计算机学科的学生应具备的知识结构

1. 自觉的哲学思想

哲学是一种非常重要的思想意识和思想方法。哲学告诉我们,对于一个事物要把握整体、总揽全局,要站得高、看得远、瞅得清。所谓"会当凌绝顶,一览众山小",说的就是这个道理。

哲学思想对于创造力的另一作用在于帮助形成、激活借鉴意识。"他山之石可以攻玉",为什么呢? 因为每一种事物都具有自己独特的行为方式,对相关、甚至不相关的行为方法等加以借鉴,应用于自身领域则可能产生出新的创造。计算机图形技术并不是微软发明的,但以图形技术为基础的微软Windows系列操作系统,已经成为计算机图形用户界面(GUI)的典范。对于计算机图形用户界面,不能不承认这确实是一个伟大的创举。

借鉴意识是很重要的,对于看来已经相当完善的知识、领域的创新以及交叉、复合、边缘学科或领域的建立、开辟来说尤为重要。表面上看,借鉴是一种模仿,本质上却是对知识的浓缩、提炼而形成的简单抽象模型在其他领域的创造性运用,其结果就是有自己特色的新理论、新产品、新成果。

2. 合理的知识结构

现代心理学认为,合理的知识结构有利于同化原有知识、概念而形成新观点、新概念。知识结构越合理,知识的质量越高,创新就越容易,创造力也就越高。那么,什么样的知识结构才算是合理的呢? 一般认为合理知识结构为:

(1) 扎实的基础理论知识:这是基础,是以后发展的支撑点,是知识结构这棵树的树根。在大学本科阶段所学的知识,大都属于此类。

(2) 较深厚的专业知识:一个人不可能是全才,什么都精通。因此,必须选择并主攻某一专业方向,获取该专业方向的有关知识。这是知识结构这棵树的枝叶。在大学本科阶段将会学习一些专业知识。

(3) 本专业方向发展的前沿知识:一个人要有所成就,就必须要在自己所从事的领域有所突破、有所创新。因此,对本专业方向发展的前沿应该有所关注、有所了解、有所研究。这是知识结构这棵树的花和果。对于这方面的知识,在大学本科阶段也可以"有所关注"。

(4) 广泛的邻近学科知识:据说牡丹和芍药栽种在一起时,彼此都会开得更旺。不同的学科也是这样,往往是相互影响、相互促进的。计算机上最早使用的读卡机就是受杰卡织机的启发而制造出来的。

(5) 学习策略知识:研究证明,有重大独创性贡献的科学家除了专业知识非常雄厚外,多半是兴趣广泛或者研究过其领域之外的知识的人。

对于自然界的树,根基深才能枝杈壮,枝杈壮才能花果旺。知识结构这棵树何尝不是这样。因此,应该努力打好基础。

3.1.3.2　计算机学科的学生应具备的能力与技能

计算机科学与技术学科与其他许多学科都有较为密切的联系。因此就要求将来在计算机科学与技术领域工作的人,不仅要具备计算机科学与技术学科所要求的能力与技能,而且还应该具备其他技术类学科所要求的能力与技能。

这些技能可以分成三大类:认识能力和技能、实践能力和技能、其他技能。

1. 认识能力和技能

能够理解并掌握计算机科学与技术学科的基础知识,包括基本事实、概念、原理和理论在内的基本知识以及相应的应用。因为计算机所做的事情,有许多是对现实世界中一些事物的模拟,因此对抽象事物的认知和理解能力是相当重要的。这些能力包括:

(1) 建模能力:要求能对相关业务知识的理解用在基于计算机的系统建模和设计中,并能表现出对权衡各种设计选择的理解。

(2) 需求分析和表达能力:对于要解决的具体问题,应该能分析清楚其需求,并能准确地表达出来,以及设计出解决它们的方案。

(3) 确切的评价和测试能力:要能够分析一个基于计算机的系统到何种程度才能达到标准,以适合目前的使用以及将来的发展。

(4) 使用方法与工具的能力:要能够将有关的理论和实践知识及相关工具应用到计算机系统的规格说明、设计、实现和评价中去。

2. 实践能力和技能

计算机科学与技术学科有较浓厚的工程特色,不管是从事学术研究工作,还是从事技术实

现工作,都需要有较强的实践能力。实践能力主要包括:

(1) 设计与实现能力:能够将基于计算机的系统规范描述,设计出"蓝图"并付诸实现,并能对系统的总体质量以及对给定问题的处理性能进行评价。

(2) 信息管理能力:能够把有效的信息管理、信息组织、信息检索的原理与技术应用到各种信息中去。

(3) 人机交互能力:能够把人机交互的原理与技术应用到评价和构建包括用户界面、网络页面和多媒体系统在内的各种实践活动之中。

(4) 风险评估能力:要能够识别出给定的计算机设备的操作中任何风险和安全问题。

(5) 实际动手能力:要能够有效地使用计算机系统的开发环境和工具,设计和开发各种计算机软件、硬件系统和计算机应用系统,并能够建立起良好的系统文档。

3.1.3.3　计算机学科的学生应具备的素质

如前所述,素质内涵着知识和能力,但知识、能力并不等同于素质。只有利用所占有的知识对外部感知的经验与材料进行加工和处理,才能确立自己的认识结构、情感结构与行为模式,最终内化为以能力和价值观为核心的个体素质。对于将来要在计算机科学与技术领域工作的人来说,一般认为应该具备如下良好素质:

1. 豁达的人生态度

计算机科学与技术领域,是充满创造活力的领域。学者们研究发现,人类创造性活动大致分为四个阶段,即:准备阶段、孕育阶段、豁朗阶段、证实阶段。在整个创造性活动过程中,创造性想像和创造性思维的发挥,是创造性活动的两大认识支柱。而这两大认识支柱恰恰与个体的个性品质有着重要的关系。一个人能否产生新颖独特的新理论、新思想、新产品,在很大程度上取决于他(她)是否具有不墨守成规、兴趣广泛、好奇心强、富有想象、独立自主等个性品质。当然,勇敢、敢于突破权威、幽默及不怕失败等品质,也发挥着重要作用。

一般来说,富于创造力的人具有高度的灵活性、自信心、坚持力、自尊感,他(她)们对待自己和世界的动力、兴趣、态度都不同于缺乏创造力的人。一般认为,在这些体现创造性个性的品质中,最重要的应是乐观自信,在这种条件下,其他的个性品质才能发挥良好的作用。只有把前途看得很光明,才能产生强烈的动机、投入极大兴趣,以坚强的毅力和不屈的精神去探索,进行创造性的想象和思维,诱发灵感,达到成功。

2. 和谐的合作精神

虽然独立自主是决定创造力的一个重要因素,但在科技发展越来越快、系统越来越复杂的当今社会,合作能力逐渐体现出在创造性活动中的巨大潜力。目前,无论是硬件系统还是软件项目,无论是系统软件还是应用项目,一般都不是一个人能够开发出来的,它们通常都是由一个具有一定规模的团队来实现的。因此,我们因该有意识地训练与培养团队合作精神。

如果没有与人合作相处的能力,不能较好地处理自己与他人、个人与社会的关系问题,即使有创造性的思维,也不太容易产生新理论、新思想和新产品。

一个团队的成员应该相互学习、相互尊重、和谐相处。但这并不排斥必要的讨论和争论。有研究发现,讨论和争论(相关主题、内容、兴趣等)对于激活知识、激发创造有不可忽视的作用,尤其是思维角度的转换常常使人拨云见日、灵感顿生。

团队工作精神的培养一般难以在小规模项目中体现,它需要持续时间较长、规模比较大的项目。为了培养团队精神,在几年的学习生活中,在某个阶段可以几个人凑在一起成立一个兴趣小组、课题小组之类的团队组织,来对某个实际课题进行研究与开发工作,这样不仅可以培养团队精神,而且可以锻炼自己的实践能力。

3. 旺盛的学习兴趣

在当今信息时代,知识的更新和淘汰的速度越来越快,智力、创造力的竞争越来越激烈。因此,如果不能把握知识创新的脉搏,主动学习、主动创造,也许会很快就会被时代所淘汰,这绝不是耸人听闻。

在学习问题上,最重要的是保持旺盛的主动学习的兴趣与意识。智力竞争的结果,一方面造就更高更富创造力的人才,另一方面也产生一批自暴自弃的失败者。例如,一起考入大学的学生,在一个班里读书,起点都差不多,可是一两年过后,就会出现明显的差异,一些人脱颖而出,变得很优秀,而另一些人则会落伍,多门功课不及格。一些人为什么会落伍,其原因最初可能是因为对自己的要求不严了,或者心理调适能力不够而产生了小小的挫折;继而在挫折面前没有能够勇于面对、积极调整来顺利地渡过这一道坎,而是消极应付、丧失了学习兴趣,以至于与所在"团队"其他成员的差距越拉越大,形成恶性循环。

所以,要保持学习兴趣与学习能力,一方面要培养乐观上进的个性品质,另一方面要学会如何放松自己,善于内省,对自己进行恰当评价并灵活调整自己,以积极的态度面对学习生活中发生的一切。再有,要多与他人交流,不要自闭。

4. 事业心和责任感

要在事业上取得成功,就要有很强的事业心和敬业精神,有强烈的社会责任感,有良好的职业道德。

使用计算机技术时要了解并遵循社会的、职业的、伦理上的规范和公德,要尊重知识产权、遵守法律和法规。

此外,还要有很强的自制和自律能力,能够计划和约束自身的学习(比如能对时间进行合理的安排和调配)、设计自身的发展。这些都应该在今后的学习生活中进行有意识地训练。

3.2　计算机学科的性质和特点

计算机科学与技术学科(简称计算机学科),虽然只有短短几十年的历史,但是它已经具有了相当丰富的内容,并且正在成长为一个基础技术学科。除了基本的知识体系外,该学科相应的学科方法论也已开始形成。因此,当今的计算机学科是由其基本的知识体系和相应的方法论构成的。

3.2.1　计算机科学与技术学科的定义

计算机学科包括了计算学科的大部分内容,是计算学科的一个子集。计算学科的许多特性计算机学科也都具备,而计算学科是一门古老的学科,对于它的起源与发展、学科性质与根本问题都有很深入的研究。因此,我们可以用计算学科的描述来定义计算机学科,来理清计算机学科的一些根本问题。

对计算学科根本问题的认识过程与人们对计算过程的认识是紧密联系在一起的,因此,要分析计算学科的根本问题,首先要分析人们对计算本质的认识过程。

3.2.1.1 对计算本质的认识过程

虽然在远古时代先人们就有了计算活动,然而,直到上世纪 30 年代以前,人们并没有真正认识计算的本质。

那么计算的本质究竟是什么呢? 20 世纪 30 年代后期,英国科学家图灵给出了答案,这就是"能行性"。

其实,在图灵给出该问题的答案之前,人们一直在对计算的本质问题进行苦苦地探索。

很早以前,我国的学者就认为,对于一个数学问题,只有当确定了用算盘解算它的规则和步骤时,这个问题才算可解。这就是古代中国的"算法化"思想,它蕴涵着中国古代学者对计算的根本问题的理解,这种理解对现代计算学科的研究仍具有重要的意义。中国科学院院士吴文俊教授正是在这一基础上围绕几何定理的机器证明展开研究,并取得了辉煌的成绩。

算盘作为主要的计算工具流行了相当长的一段时间,直到中世纪,哲学家们提出了这样一个大胆的问题:能否用机械来实现人脑活动的个别功能? 最初的实验目的并不是制造计算机,而是试图从某个前提出发机械地得出正确的结论,即思维机器的制造。

经过多代学者的研究、实验,终于导致了能进行简单数学运算的计算机器的产生。1641年,法国人帕斯卡利用齿轮技术制成了第一台加法机;1673 年德国人莱布尼茨在帕斯卡的基础上又制造了能进行简单加、减、乘、除的计算机器;19 世纪 30 年代,英国人巴贝奇设计了用于计算对数、三角函数以及其他算术函数的"分析机";20 世纪 20 年代,美国人布什研制了能解一般微分方程组的电子模拟计算机等。计算的这一历史包含了人们对计算过程的本质和它的根本问题进行的探索,同时,还为现代计算机的研制积累了经验。

其实,对计算本质的真正认识取决于形式化研究的进程。形式化方法和理论的研究起源于对数学的基础研究。数学的基础研究是指对数学的对象、性质及其发生、发展的一般规律进行的科学研究。

到了 20 世纪 30 年代后期,图灵从计算一个数的一般过程入手对计算的本质进行了研究,从而实现了对计算本质的真正认识。根据图灵的研究,所谓计算就是计算者(人或机器)对一条两端可无限延长的纸带上的一串 0 和 1 执行指令,一步一步地改变纸带上的 0 或 1,经过有限步骤,最后得到一个满足预先规定的符号串的变换过程。图灵用形式方法成功地表述了计算这一过程的本质。图灵的研究成果不仅再次表明了某些数学问题是不能用任何机械过程来解决的思想,而且还深刻地揭示了计算所具有的"能行性"的本质特征。

图灵的描述是关于数值计算的,不过,我们知道英文字母表的字母、汉字、以至声音和图像均可以用数字来表示,因此,同样可以处理非数值计算。不仅如此,更为重要的是,由数值和非数值组成的字符串,既可以解释成数据,又可以解释成程序,从而计算的每一过程都可以用字符串的形式进行编码,并存放在存储器中,以后使用时译码,并由处理器自动执行。

在关于可计算性问题的讨论时,不可避免地要提到一个与计算具有同等地位和意义的基本概念,那就是算法。算法也称为能行方法或能行过程,是对解题(计算)过程的精确描述,它有一组定义明确且能机械执行的规则(语句、指令等)组成。根据图灵的论点,可以得到这样的结论,任一过程是能行的(能够具体表现在一个算法中),当且仅当它能够被一台图灵机实现。

图灵机等计算模型均是用来解决"能行计算"问题的,理论上的能行性隐含着计算模型的正确性,而实际实现中的能行性还包含时间与空间的有效性(这将在"算法分析与设计"这门课程中讨论）。

3.2.1.2　计算学科的定义

图灵机是一种用数学方法精确定义的计算模型，而现代计算机正是这种模型的具体实现。计算学科各分支领域均可以用模型与实现来描述。而模型反映的是计算学科的抽象和理论两个过程，实现反映的是计算学科的设计过程，模型与实现已蕴含于计算学科的抽象、理论和设计三个过程之中。计算学科各分支领域中的抽象和理论两个过程关心的是解决具有能行性和有效性的模型问题，而设计过程关心的则是模型的具体实现问题。正因为如此，计算学科中的三个形态是不可分割、密切相关的。

计算运用了科学和工程两者的方法学，理论工作已大大地促进了这门艺术的发展。同时，计算并没有把新的科学知识的发现与利用这些知识解决实际的问题分割开来。理论和实践的紧密联系给该学科带来了力量和生机。

正是由于计算学科理论与实践的紧密联系，并伴随着计算技术的飞速发展，计算学科现已成为一个极为广泛的学科。

为了解决有关整个计算学科综述性导引《计算机导论》课程的构建问题，美国的 ACM（计算机协会）攻关组，于 1989 年 1 月在《ACM 通讯》杂志上发表了《计算作为一门学科》的报告。该报告在进行大量分析的基础上，给计算学科作了以下定义：

计算学科是对描述和变换信息的算法过程，包括对其理论、分析、效率、实现和应用等进行的系统研究。它来源于对算法理论、数理逻辑、计算模型、自动计算机器的研究，并与存储电子计算机的发明一起形成于 20 世纪 40 年代初期。这一定义同样也适合于计算机学科。

计算学科包括对计算过程的分析以及计算机的设计和使用。该学科的广泛性在下面一段来自美国计算科学鉴定委员会（Computing Sciences Accreditation Board，CSAB）发布的报告摘录中得到强调：

计算学科的研究包括从算法与可计算性的研究到根据可计算硬件和软件的时间实现问题的研究。这样，计算学科不但包括从总体上对算法和信息处理过程进行研究的内容，也包括满足给定规格要求的有效而可靠的软硬件设计——它包括所有科目的理论研究、实验方法和工程设计。

3.2.2　计算机学科的根本问题、性质与特点

如前所述，计算机学科是计算学科的一个基本子集，它除了具有计算学科的一些共性以外，还有自己的个性。

3.2.2.1　计算机学科的根本问题

计算学科的根本问题，是什么能被（有效地）自动进行。甚至还可以更为直接地说，计算学科所有分支领域的根本任务就是进行计算，其实质就是字符串的变换。这也就是计算机学科的根本问题。

3.2.2.2　计算机学科的特点

计算机科学与技术学科是研究计算机的设计、制造和利用计算机进行信息获取、表示、存

储、处理、控制等的理论、原则、方法和技术的学科。它包括科学与技术两方面。科学侧重于研究现象、揭示规律；技术则侧重于研制计算机和研究使用计算机进行信息处理的方法与技术手段。科学是技术的依据，技术是科学的体现；技术得益于科学、相互作用，两者高度融合是计算机科学与技术学科的突出特点。

3.2.2.3 计算机学科的性质

计算机科学与技术学科除了具有较强的科学性外，还具有较强的工程性，因此，它是一门科学性与工程性并重的学科，表现为理论性和实践性紧密结合的特征。计算机科学与技术的迅猛发展，除了源于微电子学等相关学科的发展外，主要源于其应用的广泛性与强烈的需求。它已逐渐渗透到人类社会的各个领域，成为经济发展的倍增器、科学文化与社会的催化剂。应用是计算机科学与技术发展的动力、源泉和归宿，而计算机科学与技术又不断为应用提供日益先进的方法、设备与环境。

计算机科学与技术学科和电子科学、工程以及数学有很深的渊源。计算机科学家一向被认为是独立思考、富有创造性和想象力的。问题求解建立在高度的抽象级别上，问题的符号表示及其处理过程的机械化、严格化的固有特性，决定了数学是计算机科学与技术学科的重要基础之一，数学及其形式化描述、严密的表达和计算是计算机科学与技术学科使用的重要工具，建立物理符号系统并对其实施变换是计算机科学与技术学科进行问题描述和求解的重要手段。该学科讨论利用计算机进行问题求解的"能行性"。

计算机科学与工程之间没有本质的区别，只不过它们强调的学科形态的重点有所不同而已。科学注重理论、抽象，工程注重抽象和设计。

在科学的"发现自然规律"、"实验"和"计算"三个范型中，计算机学科的研究与实践主要涉及实验范型和计算范型。这表明有些研究可以是以理论研究为主，也可以是以实践为主。所以，在学习过程中，理论和实践的学习都是非常重要的，而其中的理论则是重要的基础。

3.3 计算机学科的知识体系

扎实的基础理论知识和深厚的专业知识，是以后发展的基础。那么，计算机学科的基础理论知识和专业知识应该包括那些内容呢？中国计算机科学与技术学科教程 2002 研究组发表的研究成果《中国计算机科学与技术学科教程 2002》(CCC2002)给出了解答，其内容包括以下知识领域。

3.3.1 离散结构

离散结构(即离散数学)是现代数学的一个重要分支，是计算机科学基础理论的核心课程，其内容一直随着计算机科学的发展而不断地扩充与更新。

离散数学所研究的对象是离散数量关系和离散结构数学结构模型。其主要内容包括：集合论、数理逻辑、抽象代数、图论、可计算性理论、自动机理论、组合学和离散概率论等。本科阶段一般只介绍其中的数理逻辑、集合论、抽象代数等基础内容。

由于数字电子计算机是一个离散结构，它只能处理离散的或离散化了的数量关系，因此，无论计算机科学本身，还是与计算机科学及其应用密切相关的现代科学研究领域，都面临着如何对离散结构建立相应的数学模型、如何将已用连续数量关系建立起来的数学模型离散化,从而可由计算机加以处理实现。在计算机科学中普遍采用了离散数学中的基本概念、基本思想和方法。

在离散数学这门课程中介绍的离散数学各分支的基本概念、基本理论、基本研究方法和研究工具是计算机学科相关专业的核心基础。离散数学所涉及的概念、方法和理论,大量地应用在"数字电路"、"编译原理"、"数据结构"、"操作系统"、"数据库系统"、"算法的分析与设计"、"软件工程"、"人工智能"、"多媒体技术"、"计算机网络"等专业课程以及"信息管理"、"信号处理"、"模式识别"、"数据加密"等许多相关课程中。

离散数学所提供的训练,十分有益于概括抽象能力、逻辑思维能力、归纳构造能力的提高,十分有益于养成严谨、完整、规范的科学态度。这些能力与态度是一切软、硬件计算机科学工作者所不可缺少的。离散数学课程所传授的思想和方法,广泛地体现在计算机科学技术及相关专业的诸领域,从科学计算到信息处理,从理论计算机科学到计算机应用技术,从计算机软件到计算机硬件,从人工智能到多媒体技术,无不与离散数学密切相关。可以说,就像 20 世纪 30 年代图灵机的提出为现代计算机奠定基础一样,未来计算机系统的创新也取决于人类对离散结构、计算(包括思维与推理)模型的研究取得新的突破。

计算机技术作为当今信息社会信息技术的核心,已经成为知识经济最强有力的技术支持,成为人们在工作、学习和生活中获取信息、处理信息、运用信息的重要工具。众所周知,计算机要做到的,是对现实客观世界的尽可能的高度模拟仿真,那么实现这些联系就是它的主要任务。归纳起来,求解实现的基本模式就是:

实际问题➡数学建模➡算法设计➡编程实现

其中,"数学建模"和"算法设计"以及"编程实现"都离不开离散数学的理论知识。

通过离散数学的学习,我们不仅要掌握离散数学的基础知识和基本理论,了解离散对象的特征,同时还要能掌握处理离散对象的一些基本方法,从而培养和提高我们的抽象思维能力,逻辑推理能力,以及解决实际问题能力。

3.3.2 程序设计基础

深入地掌握几种(至少两种)程序设计语言并能够熟练地使用它们编写程序,是学习计算机学科中大多数知识的前提。

程序设计基础课程中介绍一种程序设计语言(比如 C 语言),以及使用该语言进行程序设计的基本技术。通过这门课程的学习,使我们能够掌握程序设计的基本方法并逐步形成正确的程序设计思想,能够熟练地使用该语言进行程序设计并具备调试程序的能力,为后继课程及其他程序设计课程的学习和应用打下基础。

程序设计基础课程的主要内容包括:程序设计的基本方法、程序的基本结构、选定程序设计语言(比如 C 语言)的语法结构、问题求解算法的描述、算法的实现、基本的数据结构等。

程序设计基础课程要解决的基本问题主要是:

(1) 对给定的问题如何进行有效的描述并给出算法?

(2) 如何正确选择数据结构?

(3) 如何进行程序的设计、编码、测试和调试?

3.3.3 算法设计与分析

算法设计与分析是计算机学科的一个重要的研究领域。其内容十分广泛，主要包括：算法的复杂度分析、典型的算法策略、分布式算法、并行算法、可计算理论、P 类和 NP 类问题、自动机理论、密码算法以及几何算法等等。本科阶段主要学习支持算法设计与分析的形式化技术，重点集中在基础数学理论以及实现效率的考虑上。主题包括复杂度界限、分析技术、算法策略、自动机理论导引及其在语言翻译中的运用等。

通过这门课程的学习，应该能够熟练掌握常用的算法、设计和分析各种算法的基本原理、方法和技术，为逐步提高编写高效率的程序、开发优秀的软件的能力奠定基础。

算法分析与设计课程要解决的基本问题主要包括：

(1) 对于给定的问题类，最好的算法是什么？要求的存储空间和计算时间有多少？空间和时间如何折中？

(2) 访问数据的最好方法是什么？

(3) 算法最好和最坏的情况是什么？

(4) 算法的平均性能如何？

(5) 算法的通用性如何？

3.3.4 计算机组织与体系结构

计算机组织与体系结构是计算机学科一门重要的专业基础课程。它所涉及的问题主要是"如何在现有的技术条件下设计出性能价格比高的计算机系统"，即着重介绍如何运用各种先进的技术将计算机系统的各个功能单元有效地组织起来，以最小的代价获取最高的系统性能。可以说计算机体系结构技术是一门设计计算机的艺术，要掌握这门设计的艺术，除了要具备相应的硬件知识外，还必须具有相应的软件知识和系统综合分析问题、解决问题的能力。其主要内容包括：数字逻辑、数据的机器表示、汇编级机器组织、存储技术、接口和通信、多道处理和预备体系结构、性能优化、网络和分布式系统的体系结构及并行处理等。

计算机组织与体系结构要解决的基本问题主要包括：

(1) 实现处理器、内存和机内通信的方法是什么？

(2) 如何设计和控制大型计算系统是按照我们的意图工作的？

(3) 哪种类型的体系结构能够有效地包含许多在一个计算中能够并行工作的处理元素？

(4) 如何度量性能？

3.3.5 操作系统

操作系统是计算机学科的一门核心课程。该课程下接计算机硬件结构，上接多种实用软件和应用软件，包括数据库系统、网络与分布式系统。课程中提出的若干概念，如进程、线程、虚拟、同步与互斥等，是计算机科学与技术领域中最重要的基础性概念。其主要研究内容包括：操作系统的逻辑结构、并发处理、资源分配与调度、存储管理、设备管理、文件系统等。

操作系统要解决的基本问题主要包括：

(1) 在计算机系统操作的每一个级别上，可见的对象和允许进行的操作各是什么？

(2) 于每一类资源，能够对其进行有效利用的最小操作集是什么？

（3）如何组织接口才能使得用户只需与抽象的资源而非硬件的物理细节打交道？

（4）作业调度、内存管理、通信、软件资源访问、并发任务间的通信以及可靠性与安全性的控制策略是什么？

（5）通过少数构造规则的重复使用进行系统功能扩展的原则是什么？

3.3.6　网络计算

网络计算是计算机学科的一门重要的分支，是 Internet 应用上的第二次革命。首先，从概念上，网络计算的目标是资源共享和分布协同工作。其次，网络是一种技术。为了达到多种类型的分布资源共享和协作，网络计算技术必须解决多个层次的资源共享和合作技术，制定网络的标准，将 Internet 从通信和信息交互的平台提升到一个资源共享的平台。最后，网络是基础设施，是各种网络来综合计算机、数据、设备、服务等资源的基础设施。网络计算的主要内容包括：计算机网络的体系结构、网络安全、网络管理、无线和移动计算以及多媒体数据技术等。

网络计算要解决的基本问题主要包括：

（1）网络中的数据如何进行交换？

（2）网络协议如何验证？

（3）如何保证网络的安全？

（4）分布式计算的性能如何评价？

（5）分布式计算如何组织，才能够使通过通信网连接在一起的自主计算机参加到一项计算中，而网络协议、主机地址、宽带和资源则具有透明性？

3.3.7　程序设计语言

程序设计语言是程序员与计算机之间"对话"的媒介。一个程序员不仅要掌握一门语言，更要了解各种程序设计语言的不同风格。工作中，程序员会使用不同风格的语言，也会遇到许多不同的语言。所以，为了能够迅速地掌握一门语言，程序员必须理解语言的语义及这些语言表现出来的设计风格；要理解编程语言实用的一面，也需要有语言翻译和诸如存储分配等方面的基础知识。程序设计语言研究的主要内容包括：程序设计模式、虚拟机、类型系统、执行控制模型、语言翻译系统、程序设计语言的语义学、基于语言的并行构件等。

程序设计语言要解决的基本问题主要包括：

（1）语言（数据类型、操作、控制结构、引进新类型和操作的机制）表示的虚拟机的可能组织结构是什么？

（2）语言如何定义机器？机器如何定义语言？

（3）什么样的表示法（语义）可以有效地用于描述计算机应该做什么？

3.3.8　人机交互

人机交互（或称人机界面）是计算机学科中最年轻的分支学科之一。它是计算机科学和认知心理学两大科学相结合的产物，它涉及当前许多热门的计算机技术，如人工智能、自然语言处理、多媒体系统等，同时也是吸收了语言学、人机工程学和社会学的研究成果，是一门交叉性、边缘性、综合性的学科。而随着计算机应用领域的不断扩大，广大的软件研制人员和计算机用户迫切地需要符合"简单、自然、友好、一致"原则的人机界面，事实上，几乎所有优秀的系统设计和成功的软件产品都必定涉及到友好的人机界面。其主要内容包括：以人为中心的软件开发和评价、图形用户接口设计、多媒体系统的人机接口等。

人机交互要解决的基本问题主要包括：

(1) 表示物体和自动产生供阅览的照片的有效方法是什么？

(2) 接受输入和给出输出的有效方法是什么？

(3) 怎样才能减小产生误解和由此产生的人为错误的风险？

(4) 图表和其他工具怎样才能通过存储在数据集中的信息去理解物理现象？

3.3.9 图形学和可视化计算

计算机图形学和可视化计算是一门复杂的综合性新兴学科，是建立在传统的图形学理论、现代数学和计算机科学基础上的一门边缘性学科，主要研究用计算机及其图形设备来输入、表示、变换、运算和输出图形的原理、算法及系统，本科阶段在这一领域主要开设的课程是计算机图形学。计算机图形学已广泛应用于计算机辅助设计、虚拟仿真、科学计算、事务管理等许多领域并发挥重要作用，其主要内容：包括计算机图形学、可视化、虚拟现实、计算机视觉 4 个学科子领域的研究内容。

计算机图形学要解决的基本问题为：

(1) 支撑图像产生以及信息浏览的更好模型是什么？

(2) 如何提取科学的和更抽象的相关数据？

(3) 图像形成过程的解释和分析方法是什么？

3.3.10 智能系统

智能系统集模式识别与人工智能于一身，是一门多学科综合的前沿学科，它由计算机科学、控制论、信息论、神经生理学、心理学、语言学等相互渗透交叉。主要研究如何用计算机来表示和执行人类的智能活动，以模拟人脑所从事的推理、学习等功能，并解决需要人类智力的问题求解以及图像识别、自然语言理解、演化和优化算法。现在，人工智能专家们面临的最大挑战之一是如何构造一个系统，可以模仿由上百亿个神经元组成的人脑的行为，去思考宇宙中最复杂的问题。或许衡量机器智能程度的最好的标准是英国计算机科学家阿伦·图灵的试验。他认为，如果一台计算机能骗过人，使人相信它是人而不是机器，那么它就应当被称作有智能。人工智能研究的主要内容包括：约束可满足性问题、知识表示和推理、自然语言处理、机器学习和神经网络、人工智能规划系统和机器人学等。

人工智能要解决的基本问题主要有：

(1) 基本的行为模型是什么？如何建造模拟它们的机器？

(2) 规则评估、推理、演绎和模式计算在多大程度上描述了智能？

(3) 通过这些方法模拟行为的机器的最终性能如何？

(4) 传感数据如何编码才使得相似的模式有相似的代码？

(5) 电机编码如何与传感编码相关联？

(6) 学习系统的体系结构是怎样的？

(7) 这些系统是如何表示它们对这个世界的理解的？

3.3.11　数据库

在计算机领域里有一个在软件产业与计算机科学的发展过程中,发展最快、涉及面最广、研究范围最宽的学科,这就是数据库理论与技术研究。

所谓数据库是长期储存在计算机内的、有组织的、可共享的数据集合。数据库中的数据按一定的数据模型组织、描述和储存,具有较小的冗余度、较高的数据独立性和易扩展性,并可为一定范围内的各种用户共享。数据库管理系统(DBMS)是位于用户与操作系统之间的一个数据管理软件,是一个帮助用户建立、使用和管理数据库的软件系统,是数据库与用户之间的接口。它的基本功能包括:数据定义功能、数据操纵功能、数据库的运行管理、数据库的建立和维护功能。

数据库要解决的基本问题主要有:

(1) 使用什么样的建模概念来表示数据元素及其相互关系?

(2) 如何把概念模型映射到合适的关系、层次、网络模型中?

(3) 为什么要进行关系的规范化处理? 如何进行关系的规范化处理?

(4) 如何使用 SQL 语言进行查询处理?

(5) 如何保证数据的完整性、安全性? 如何进行数据的备份和恢复?

(6) 如何保证数据库运行的性能问题?

3.3.12　信息管理

信息管理是指在整个管理过程中,人们收集、加工和输入、输出的信息的总称。信息管理的过程包括信息收集、信息传输、信息加工和信息储存。信息管理是融管理科学、信息科学、系统科学、现代通讯技术、计算机网络技术等为一体的一门新兴边缘学科,所开设的课程主要是《管理信息系统》,该课程是信息管理与信息系统专业、电子商务、地理信息系统以及经济管理类各专业的一门重要的专业必修课。其主要内容包括:信息模型和信息系统、数据库建模、关系数据库、数据库查询语言、关系数据库设计、事务处理、分布式数据库、数据挖掘、信息存储与检索、超文本和超媒体、多媒体信息与多媒体系统、数字图书馆等。

信息管理要解决的基本问题主要包括:

(1) 怎样建立信息模型? 怎样建立数据模型?

(2) 怎样把基本操作组合成有效的事务? 这些事务怎样才能与用户有效地进行交互?

(3) 哪种应用架构最适合于将要建立的信息管理系统?

(4) 高级查询如何翻译成高质量的程序?

(5) 哪种机器体系结构能够进行有效的恢复和更新?

(6) 怎样保护数据,以避免非授权访问、泄露和破坏?

(7) 如何保护大型的数据库,以避免由于同时更新引起的不一致性?

(8) 当数据分布在许多机器上时如何保护数据、保证性能?

3.3.13　软件工程

软件工程是指导计算机软件开发与维护的工程学科,是计算机及信息类专业一门重要的专业基础课。课程主要讲述软件工程学的基本原理、概念和技术方法,使学生能够掌握现代化的软件开发方法。其主要内容包括:软件过程、软件需求与规格说明、软件设计、软件验证、软件演化、软件项目管理、软件开发工具与环境、基于构件的计算、形式化方法、软件可靠性、专用系统开发等。

软件工程要解决的基本问题主要包括:

(1) 程序和程序设计系统发展背后的原理是什么?

(2) 如何证明一个程序或系统满足其规格说明?

(3) 如何编写不忽略重要情况且能用于安全分析的规格说明?

(4) 软件系统是如何历经不同的各代进行演化的?

(5) 如何从可理解性和易修改性着手设计软件?

3.3.14 科学计算

科学计算与程序设计密切相关,是用计算机模拟人类的思维去求解复杂的计算问题,科学计算是计算机最主要的用途之一。计算机发明的初衷就是为了解决复杂计算的问题,使人从繁重的手工计算中摆脱出来,从而有效地提高生产力。本科阶段最重要的一门科学计算方面的课程是计算方法,计算方法是以各类数学问题的数值解法作为研究对象,并结合现代计算机科学与技术为解决科学与工程中遇到的各类数学问题提供基本的算法。科学计算研究的主要内容包括:数值分析、运筹学、模拟和仿真、高性能计算。

科学计算要解决的基本问题主要包括:

(1) 如何精确地以有限的离散过程近似表示连续和无限的离散过程?

(2) 如何处理这种近似产生的错误?

(3) 给定某一类方程在某精确度水平上能以多快的速度求解?

(4) 如何实现方程的符号操作,如积分、微分以及到最小项的归约?

(5) 如何把这些问题的答案包含到一个有效的、可靠的、高质量的数学软件包中?

3.3.15 社会、道德和职业的问题

"社会、道德和职业的问题"是计算学科主领域之中的一个分支,强调对计算学科的重要作用和影响,要求计算专业的学生不但要了解专业还要了解社会。例如,要求学生要了解计算学科的基本文化、社会法律和道德方面的固有问题;了解计算学科的历史和现状;理解它的历史意义和作用。另外,作为未来的实际工作者,他们还应当具备其他方面的一些能力,如能够回答和评价有关计算机的社会冲击这类严肃问题,并能预测将已知产品投放到给定环境中去将会造成什么样的冲击;知晓软件和硬件的卖方及用户的权益,并树立以这些权益为基础的道德观念;意识到他们各自承担的责任,以及不负这些责任可能产生的后果等。其主要内容包括:计算的历史、计算的社会背景、分析方法和工具、专业和道德责任、基于计算机系统的风险与责任、知识产权、隐私与公民的自由、计算机犯罪、与计算有关的经济问题、哲学框架等。

社会和职业的问题要解决的基本问题主要包括:

(1) 计算学科本身的文化、社会、法律和道德的问题。

(2) 有关计算的社会影响问题,以及如何评价可能的一些答案的问题。

(3) 哲学问题。

(4) 技术问题以及美学问题。

3.4　计算机学科的主要研究方向

按照《计算机科学技术百科全书》的描述,计算机科学与技术的基本内容被概括为计算机科学理论、计算机组织与体系结构、计算机软件、计算机硬件、计算机应用技术以及人工智能 6 个方面。其中:计算机科学理论包括数值计算、离散数学、计算理论、程序理论;计算机组织与体系结构则着重研究计算机系统的物理和硬件结构、各组成部分的属性以及这些部分的联系;计算机软件研究计算机系统中程序的研究、开发、维护、使用等涉及的理论、方法、技术等;计算机硬件研究构成计算机系统的器件、部件、设备的工作原理及设计、制造技术;计算机应用技术着重研究计算机应用于各个领域所涉的原理、方法和技术;人工智能着重研究、解释和模拟人类的智能、智能行为及其规律。

近些年来,计算机技术和通信技术的结合,使得计算机网络迅速发展,并在极大地改变着人们的生活、工作方式和内容。同时它本身也在发展中形成了很丰富的内容。Internet,WWW 在学科中已经占有了相当重要的地位。

除了学科本身的发展之外,由此产生的新技术、新工具还需要有更广泛的应用。首先,人们希望计算机技术更多地、进一步地从学科中走出来,使得非计算机科学与技术学科的人们能够更多地、更好地使用计算机技术去完成他们的工作,或者是辅助(协助)他们完成一些工作,以提高能力、效率。其次,希望能够提供更多、更友好的应用系统和基本系统,这些系统能够使得人们可以更方便地使用计算机系统去完成相应的工作。然后,就是希望有大量的、高水平的基础系统和应用系统的开发人才。

就目前而言,计算机科学与技术学科主要研究方向可以划分为:科学计算与算法理论、信息安全、多媒体技术、软件工程、应用软件、体系结构等 6 个方向,现分别简介如下。

3.4.1　科学计算与算法理论研究方向

科学计算与算法理论研究方向主要利用多学科交叉与融合的优势,重点研究算法理论,并开展计算机科学相关理论研究。

3.4.1.1　科学计算与算法理论研究方向的先修课程

科学计算与算法理论研究方向的先修课程指的是与科学计算、算法理论研究相关的一些基础课程,主要包括:高等数学、线性代数、C＋＋和数据结构。同时,这几门课也是计算机科学专业本科生必须掌握的课程。

3.4.1.2　科学计算与算法理论研究方向的主要研究工作

科学计算与算法理论研究方向的主要研究工作包括:

1. 演化计算

演化计算(Evolution Computation,EC)是一类学习与借鉴大自然乃至人类社会的演化规律,特别是生物进化论规律进行问题求解的方法。主要包括:仿生演化(演化规格,演化策略,遗传算法,遗传程序设计);拟物演化(模拟退火算法,弹性松弛算法)。1999 年 7 月 6～9 日在美国 Washington 举行 Congrss on Evolutionary Computation 的主题,除上面仿生演化、拟物演化,还包括:分类器系统、人工生命、DNA 计算、演化硬件、演化机器人学、演化设计与演化神经网络等。

演化计算为什么要模拟大自然的演化过程呢?因为大自然是一位最伟大的设计师,它设计了万事万物,特别是它设计了人类。学习它的设计技术——演化过程,就抓住了问题的本质。由于演化算法模拟大自然的演化过程,故它具有自适应性、自组织性、自学习与自优化性等"智能"特征:

(1) 自适应性是以适应函数为驱动力使个体朝着一定的目标演化。

(2) 自组织性是指群体不断地改变与调整自身的"结构",形成新的群体。

(3) 自学习与自优化是通过竞争与淘汰,吐故纳新,不断"学习",不断优化。

与其他算法相比,演化计算具有以下特点:

(1) 原理简明性,故易学易用。

(2) 演化的随机性,故搜索能力更强,算法更简捷。

(3) 计算的并行性,可以充分发挥新一代并行计算机的性能。

(4) 应用的广泛性,可应用到不同的学科领域,特别是用来求解传统算法不易解决的高难度计算问题。

演化计算有了以上智能特征,能通过计算获得智能,已发展成为计算智能的基础。当前,计算机学科的大部分传统研究方向也在积极吸取演化计算的思想方法,产生了人工生命和演化神经网络,演化数据库、演化 KDD 和演化数据开采,基于演化计算的自动程序设计方法学和演化硬件等许多新方向。

2. 并行算法

并行计算和并行算法是计算数学与新一代计算机相结合的产物,是大规模科学计算的理论基础和支持工具。当科学技术发展在 20 世纪六七十年代后工程和科学研究领域中涌现出许多规模巨大、时限要求严格的数值计算问题(例如,天气预报、大型经济模型分析和核聚变等离子模拟等)向传统计算和传统串行机技术提出了挑战。并行算法是研究一类适合于大规模并行机的问题求解方法,主要宗旨是充分运用并行机的计算资源,提高并行机的利用率,达到快速求解大规模科学与工程问题。

并行算法的发展大致经历三个阶段:预研期(1972 年以前)、同步并行算法成熟期与异步算法实践期(1982 年之后)。这三个阶段和并行计算机发展阶段是相吻合的。20 世纪 70 年代以后,各种型号的并行计算机投入使用后,并行算法的研究开始从理论探索逐步转向实际开发。人们不但注意到并行算法和计算功能结构之间的相关性,一系列同步并行算法的软件产品逐步进入大型科学计算的各个领域,异步并行算法的研究工作也受到关注。

3. 科学计算

科学计算主要研究偏微分方程及积分方程的算法理论、高效算法设计及其程序实现。强调联系实际,用小的花费解决大规模实际问题,通过软件研制使研究成果直接转化为生产力。主要研究内容包括:光集成电路 CAD、集成电路 CAD、微机电系统 CAD、数字信号处理、智能天线、小波分析的应用、计算电磁场等。

3.4.2 信息安全研究方向

信息安全研究方向是利用计算机网络与通信技术解决信息的加密与认证、访问控制、存储、传输。主要研究密码学、认证技术、计算机网络安全与访问控制。

3.4.2.1 信息安全研究方向的先修课程

信息安全研究方向的先修课程指的是与密码学、计算机网络安全、通信技术相关的一些基础课程,本科阶段主要包括:高等数学、线性代数、计算机网络、计算机网络安全、现代通信系统概论等课程。

3.4.2.2 信息安全研究方向的主要研究工作

信息安全研究方向的主要研究工作包括:

1. 密码学

密码技术作为一个古老的技术其历史可以追溯到自人类社会出现战争的时候。在当今信息时代,随着计算机技术的发展,信息安全越来越重要。作为信息安全的核心技术,密码技术受到人们的高度重视。现代密码学的应用已不局限于军事、政治、外交领域,其商用价值和社会价值也得到充分肯定。密码技术主要由密码编码技术和密码分析技术两个互相对立又互相依存的分支组成。

密码编码技术的主要任务是产生安全有效密码算法实现对信息的加密或认证。密码分析技术的主要任务是破译密码或伪造认证码以窃取保密信息或进行破坏。

2. 网络安全

随着网络通信技术的发展和应用,过去各自独立运行的单机或单个系统通过网络互联起来,实现了跨地区和跨系统的资源共享和信息交换。然而随着网络广泛应用和网络空间的逐步开放,同时为自身系统安全运行埋下隐患,使网络的安全受到极大的影响(如受黑客、恶意软件和病毒的攻击)。据大量数据表明,在信息时代,由信息网络安全问题引发的损失将会全方位地危及一个国家的政治、军事、文化和社会生活的各个方面,使国家的安全受到威胁。

网络安全是指基于网络运作和网络间的互联互通造成物理线路的连接安全、网络系统安全、操作系统安全、应用服务安全、人员管理安全和信息安全等几个方面。

网络信息安全技术就是研究和解决这些问题的技术,包括:密码技术、可信计算机技术、电磁泄漏防护技术、系统入侵检测技术、计算机病毒检测消除技术等多门类安全防护技术。

3. 互操作性与软件可靠性

主要在信息系统的公共操作平台,信息安全产品的互操作性、软件可靠性等方面取得一定的成果。在该领域的主要研究内容有:

(1) 研究并开发拥有自主版权的安全管理平台、网络远程服务平台、面向三个重要行业的信息基础设施公共操作环境(COE)平台。

(2) 建立与这些平台配套的用户信息化标准体系,包括管理平台标准与 COE 平台标准、网络远程服务标准、平台与网络远程服务的安全标准,建立互操作性测评中心。

(3) 参与制定我国信息安全标准体系、行业信息安全保障体系。

3.4.3 多媒体技术研究方向

多媒体技术是指把文字、音频、视频、图形、图像动画等多种媒体信息通过计算机进行数字化采集、获取、压缩/解压缩、编辑、存储等加工处理,再以单独或合成形式表现出来的一体化技术。近年来多媒体技术已成为人们关注的交点，众多的产品和不断的产品更新令人目不暇接，应用多媒体技术已是 20 世纪 90 年代计算机时代的特征。多媒体技术为计算机应用开拓了更广阔的领域，不仅涉及到计算机的各应用领域，也涉及到消费性电子产品、通信、传播、出版、商业广告及购物、文化娱乐、各种设计等领域和行业。

3.4.3.1　多媒体技术研究方向的先修课程

多媒体技术研究方向的先修课程包括：数据结构、算法分析与设计、计算机网络、数据库技术等。

3.4.3.2　多媒体技术研究方向的主要研究工作

多媒体技术研究方向的主要研究工作包括：

1. 多媒体知识工程

应用人工智能、知识工程研究成果，重点研究基于多媒体信息处理的知识获取理论、技术和方法，机器学习理论和方法，知识表示语言，知识推理理论、推理模型和推理系统，为智能化多媒体软件系统建立理论基础和实用开发平台。

2. 多媒体软件工程

采用现代软件工程技术，重点研究多媒体数据库、基于领域的内容检索方法和技术、知识发现、知识挖掘技术和视频、音频压缩/还原技术。基于上述技术研制多媒体软件创作工具、开放式多媒体软件集成平台、多媒体软件系统的测试与验证工具。

3. 网络多媒体技术

网络多媒体技术从设备、系统、应用三个层次瞄准适合于多媒体通信与分布式计算的高速、宽带网络系统，研究网络的基本原理、系统结构、协议标准、互联技术及其发展趋势；研究实时交互特性、通信服务、服务质量（QOS）、交换技术和同步机制及 CSCW 分布计算、远程教育、视频会议系统等应用。

研究基于内容的多媒体编码短时流量预测、带宽资源请求与分配策略，信源与信道相结合的多媒体传输中的 QOS 管理与流量工程，基于信源编码策略的信息安全和信息隐蔽技术。基于短时流量检测与预测的网络控制视频编码器已经用于电视会议系统中，使视频通信的服务质量明显提高。基于信源编码的信息安全技术研究将为满足特殊需求的应用打下基础。

4. 多媒体信息特性分析与建模

主要研究语音/音频、图像/视频等信号的处理、分析、理解的理论与技术；基于语音识别和文字转换的多通道用户界面；语音、音频、图像和视频的编码器及其快速算法；解码端基于心理感知特性的错误掩盖与后滤波算法研究。

3.4.4　软件工程研究方向

软件工程学（简称软件工程）是一门迅速发展的新兴学科。软件工程是利用计算机及电子元器件实施信息的采集、转换、处理、存储和输出控制等软件程序的设计、制作、检测和质量控制的工程技术领域。为培养从事软件设计、开发、制作、检测和质量控制、软件应用及软件企业管理等的高级工程技术人才。该方向研究的范围非常广泛，包括技术方法、工具和管理等许多方面。

3.4.4.1 软件工程研究方向的先修课程

软件工程研究方向的先修课程主要包括：数据结构、操作系统、数据库原理、软件工程、计算机网络、高级语言程序设计等。

3.4.4.2 软件工程研究方向的主要研究工作

软件工程研究方向的主要研究工作包括：

1. 软件需求工程

软件需求工程研究一直是软件工程研究的热门，而面向嵌入式实时软件系统需求的定义和分析的研究又是目前需求工程的重点研究之一。现已开发出面向嵌入式实时软件的需求工程环境，并提出了将属性、时间特性与层次式自动机结合为一体、使用规则和模板技术的新的实时软件系统的需求描述模型及多种检测方法。此外，在基于组件的需求工程和基于多视点的需求分析等一些难度很大的前沿性研究方面取得了部分研究成果。

2. 软件重用和基于部件的软件工程方法学

软件工程方法学是指导计算机软件开发和维护的工程学科，它应用工程的概念、原理、方法、技术开发和维护软件，把经过时间考验而证明是正确的管理技术和当前能够用到最好技术方法结合起来。

软件重用和基于部件的软件工程方法学已成为软件工程研究领域最活跃的研究内容之一。提出并解决了支持动态组合、重用代码部件的三个关键技术：代码部件的封装技术、动态组合和互操作技术以及库管理技术；设计了支持动态组合重用代码部件的工具系统，能为动态组合重用代码部件的各种活动提供较为全面的支持；提出了重用软件分析部件和重用软件设计部件，前者用于需求分析阶段，后者用于软件设计阶段，为进一步深入研究基于部件的软件工程方法学作了一定的基础性准备工作。

3. 分布式软件工程

分布式软件工程主要是在分布式研究与软件工程研究基础上形成的研究领域，如分布式多视点需求描述模型、多 Asent 系统和分布式数据开采等是当今计算机领域前沿研究课题。

4. 基于网络环境的软件工程的理论与方法

为促进基于网络环境的软件工程的发展提供新的基础研究方法和技术，已在 Beyond UML 的软件建模方法的研究中，将角色建模方法与 UML 规约相融合，提出了 RSI 角色用例的分析方法，针对业务应用领域，提出了由基本模式、业务模式和体系结构组成的体系化软件模式。此外，网上软件系统需要复杂对象管理技术并要求对网上各种信息进行集成，它已成为软件工程的重要研究内容。

5. 软件的标准规范与示范系统

提出有关软件工程标准化的方案。在软件工程示范系统的研究与开发中，选择一些具有前沿性研究特色和指导意义的课题。

3.4.5 计算机应用技术和应用软件的研究方向

计算机应用技术和应用软件的研究范围极其广泛，其主要宗旨就是研究如何更好地将计算机技术应用于各行业之中，主要包括可视化技术及应用、计算机决策支持系统、计算机图形学与 CAD、生物信息工程、计算机控制与仿真、GPS 及应用软件等。

3.4.5.1　计算机应用技术和应用软件研究方向的先修课程

计算机应用技术和应用软件研究方向的先修课程主要包括:高等数学、线性代数、计算机网络、数据结构、操作系统、计算机原理、数据库原理、程序设计、软件工程等。

3.4.5.2　计算机应用技术和应用软件研究方向的主要研究工作

1. 可视化技术及应用

主要研究科学计算可视化及应用、多维数据可视化、视频数据库技术以及关系结构可视化。

2. 计算机决策支持系统

主要研究模型库及其管理技术,知识库及其管理技术,智能决策支持系统,群体决策支持系统,决策支持系统工具与生成器,网络化决策支持技术,谈判支持系统。

3. 计算机图形学与 CAD

计算机图形学、计算机辅助几何设计、VR 技术与虚拟空间、机械工程 CAD 与 CAM、土木、水利工程 CAD 和计算机辅助城市建筑与规划设计。

4. 生物信息工程

主要借鉴生物的一些原理和思想,来进行信息相应处理的研究。

5. 计算机控制与仿真

计算机控制以计算机技术与自动控制理论为基础,研究如何将计算机技术、自动控制技术、检测传感技术、通信网络等先进技术综合应用于工业生产过程及其他对象,设计出所需要的计算机控制系统,控制过程及对象的状态或输出。其主要内容包括计算机控制系统的基础理论、分析设计方法和实现应用方法。

6. GPS 及应用软件

利用卫星信息实现全球定位的应用。它是数字化交通、国防现代化、数字化地球的基础。

3.4.6　体系结构研究方向

计算机体系结构与计算机的性能密切相关,如,多级存储结构、多 PU 并行、分布式计算、机群式体系结构等,无不与计算机的高性能设计目标相符合。该方向就是要解决"如何在现有的技术条件下设计出性能价格比高的计算机系统",以及"高性能计算机体系结构研究应当朝哪个方向发展?"。

3.4.6.1　体系结构研究方向的先修课程

体系结构研究方向的先修课程主要包括:计算机原理、计算机外设与接口、操作系统、计算机网络、汇编语言等。

3.4.6.2　体系结构研究方向的主要研究工作

体系结构研究方向的主要研究工作包括:

1. 分布并行处理

主要研究分布计算系统、并行计算机系统的总体结构、硬件结构、操作系统、语言、并行算法；分布并行人工智能的理论模型、机制、算法及系统模拟；新型计算机的理论与技术；分布式数据采集、数据处理、过程控制系统的理论与技术。

2. 计算机网络与通信

主要研究局域网/广域网结构及协议、高速计算机网络原理、技术和工程、交换网络的基本原理与实现。

研究适合于多媒体通信和分布式计算的高速、高带宽网络系统；多媒体网络要求的实时交互特性、服务质量（QOS）保证、交换技术和同步机制；计算机网、电信网和电视网的融合和接入网技术；多媒体网络上的通信服务、CSCW、分布式计算、网络计算等应用。

3. 信息安全与容错

主要研究信息安全与容错计算的理论、技术与应用问题，主要包括密码、访问控制、认证、数字签名、病毒防治、信息对抗、容错系统、纠错编码、智能卡等方面的理论与技术以及其在计算机操作系统、数据库、网络通信、电子商务、金卡工程等领域的应用。

3.5 计算机学科的学习方法

计算机学科由于其本身的工科特性，决定了该学科的学习方法有别于其他学科，绝不可以死记硬背，只有在理解的前提下，才可能长久记忆并合理应用所学到的知识。计算机学科基础理论知识的学习方法可以简单地归结为如下几点：

1. 把握好预习、听课、复习三个环节

预习要在课前完成。预习可以分为两个层次，一是对整个教材进行预习；二是对即将讲授的章节进行预习。前一种预习可以在拿到教材后，花半个小时来完成，主要目的是了解这门课到底在讲些什么，从战略的高度来了解相关的知识结构；后一种预习应该是对具体章节内容的自习，这种自习应该达到基本清楚的目的，当然有些内容看不懂或者似懂非懂也是正常的，这正是预习的目的，预习就是要找到自己不懂的问题。

课堂上老师的任务是讲课，同时也是在解惑。如果在预习中遇到了不懂的问题，在听课时就可以着重注意老师是怎么解释或解决这些问题的，注意学习分析问题、解决问题的方法和过程。同时，记好课堂笔记，以便课后复习。可以说，听课应该是一个全身心投入的过程，要听、要想、要记。

课后复习非常重要。回忆一下遇到问题、解决问题的过程，想想当天有哪些收获，除了会加深对学习内容的记忆外，有助于从中获取新知识、新方法，更有助培养学习与理解能力。

计算机学科的课程是循序渐进的，必须踏踏实实地学。

2. 做好相关课程的实验和练习

计算机学科包括科学与技术两方面。科学是技术的依据，技术是科学的体现。在掌握理论、方法的同时，应该掌握一些具体的计算机技术，这就要求必须做好相关课程的实验和练习。实验和练习是用以训练掌握基本技术和技能的学习项目。

3. 善于总结、学会抽象

学习过程中，要学会及时总结，在总结中学会抽象。因为计算机所做的事情，有许多是对现实世界中一些事物的模拟,因此对抽象事物的认知和理解能力培养和训练是相当重要的。课堂上讲授某些理论和方法时,经常会举一些实际的例子,以期通过这些例子来加深印象、帮助理解。课本上的许多理论、方法是人们无数次实践和验证后总结出来的一般形式,是高度概括和抽象后的结果。通过些许事例,应该理解理论和方法的应用形式和效果,学会应用于解决同类或类似问题,千万不要被个例所限。同时,应该在解决问题的过程中,培养抽象能力,尝试对问题进行抽象,拂去问题的表面意义,看清问题的基本性质,找出问题的共同特点,从而掌握处理同类问题的方法。

4. 基础扎实、方向明确

在计算机学科的知识体系和主要研究方向的介绍中,每个研究方向都有若干基础课程作为方向课程的先修课程,这些课程就是踏上第 99 个台阶前的 98 个必须登踏的台阶。没有必需的知识做铺垫,在某一学科方向上的发展能力是没有源泉的,这一点在讨论知识、能力、素质问题时就论述过。基础知识是没有过时之说的,没有基础知识哪来新知识、新技术的产生? 又有那种新知识不会在一段时间后变为旧知识呢? 总想学新知识是不可能的,一种“新”知识当你“学会”时,很可能就已经成为“旧”知识了。

仅有基础知识是不足以支持在学科前沿的发展的。计算机学科的发展方向是众多的,应用领域是广泛的,任何一个人都不可能面面俱到地掌握、精通。因此,必须对今后的发展方向进行初步的选择。当然,这种选择开始时仅基于个人的兴趣或是直觉,不一定会成为最终的发展方向。个人发展方向应该在学习的过程中探索和确定,既要考虑主观因素,也要考虑客观因素,好高骛远是不现实的,碌碌无为则是颓废。有了方向,就有了目标,同时就有许多事情要做。要广泛收集某一方向的相关资料,阅读并掌握它们;要密切关注该学科方向的发展动态,不要落伍;要与周围的同学和老师进行交流,甚至可以在争论中加深自己的理解、巩固自己的知识、获取前进的动力。

5. 精通一种语言工具

这里所说的语言工具是指计算机程序设计语言。计算机学科的许多课程都将采用计算机语言描述问题的解决方法和过程,例如:数据结构、算法分析与设计等。另外,计算机程序设计语言也是计算机软件的生产工具,可以想象掌握不好工具能编制出好软件吗?

计算机程序设计语言的种类很多,在学习阶段中掌握好一种就够了,其实语言是相通的,只要学好并精通一门语言,其他的语言用不了三个月就会上手,切记学多而不精,否则用什么工具都干不了活。建议学好 C++,这是一种是最有前途的、应用最广泛的计算机程序设计语言之一,也是比较难学的语言。要学好它:首先要多看书,其次是上机实践,再次就是要多看如《C++编程思想》、《C++标准库》这些好书。同时,多看源代码对程序设计也有很大帮助。

学习 C++语言要注意以下几点:

(1) 不要被一些语言华丽的集成开发环境所迷惑,要学的是一门语言,不是外表。

(2) 不要放过任何一个看上去很简单的小编程问题——它们往往并不那么简单,或者可以引申出很多知识点。

(3) 看得懂的书,请仔细看;看不懂的书,请硬着头皮看。别指望看第一遍书就能记住和掌握什么,请看第二遍、第三遍。

(4) 和别人一起讨论有意义的 C++知识点,而不是争吵 XX 行不行或者 YY 与 ZZ 哪个好。

(5) 学习编程的秘诀是：编程、编程、再编程。

(6) 请把书上的程序例子亲手输入到电脑上实践，即使配套光盘中有源代码。并把在书中看到的有意义的例子进行扩充。

(7) 回顾自己以前写过的程序，并尝试重写，把自己学到的新知识运用进去。

(8) 当程序写到一半却发现所用方法很拙劣时，请不要马上停手；尽快将余下的部分粗略的完成以保证这个设计的完整性，然后分析自己的错误并重新设计和编写。

(9) 决不要因为程序"很小"就不遵循某些不熟练的规则——好习惯是培养出来的，而不是一次记住的。

(10) 保存好所写过的所有的程序——那是最好的积累之一。

总之，计算机学科的学习过程是比较辛苦的，要花大气力努力地钻研、练习，也只有这样才会有所斩获。

习　题

1. 什么是知识、能力、素质？三者之间有什么样的联系？
2. 计算机学科的学生应该具备的知识、能力和素质是什么？
3. 计算机学科的性质和特点是什么？
4. 计算机学科的知识体系涉及哪些？
5. 计算机学科有哪些主要研究方向？各研究方向主要研究内容是什么？
6. 怎样学好计算机学科的专业知识？

第4章 数据库技术与管理信息系统

本章概要

- 数据库相关概念
- 基本的数据模型
- 数据库技术的发展及其应用情况
- 管理信息系统相关概念
- 管理信息系统的结构及分类
- 管理信息系统的开发方法
- 几个典型的信息系统

学习目标

- 了解数据库相关概念
- 了解基本的数据模型
- 了解数据库技术发展情况
- 了解数据库技术的应用情况
- 了解管理信息系统相关概念
- 了解管理信息系统结构和分类
- 了解管理信息系统的开发方法
- 了解管理信息系统的发展趋势

　　大千世界中,万事万物都有着不同的形态、状况,它们彼此之间相互独立又相互影响,怎样才能描述和记录这些现象呢? 人们自然会想到数据和信息。那么什么是数据? 什么才能称之为信息呢? 围绕着数据这一主题,在计算机领域里有一个在软件产业与计算机科学的发展过程中发展最快、涉及面最广、研究范围最宽的学科,这就是数据库理论与技术研究。数据库利用计算机技术来帮助人们存储、加工和利用浩如烟海的数据。目前,数据库技术已经被应用到许多需要对数据进行处理的领域。不仅传统应用需要数据库技术和知识,使用 Internet 技术的公共或专用网络的应用也同样很需要数据库技术和知识。本章将学习关于数据库理论和技术方面的初步知识。信息是人们关心的事情的情况,它与数据密切相关,但又不同于数据。在企业和事业部门的管理过程中,每时每刻都会有大量的数据和信息产生及流动,如何收集和加工这些数据与信息,又如何利用这些数据和信息呢? 这就是管理信息系统这一学科的研究主题。在本章中,将了解到管理信息系统结构、分类情况,了解到管理信息系统是如何开发的,及其典型应用等知识。

4.1　数据库技术

4.1.1　概述

随着信息时代的到来和互联网的发展,数据与信息处理迅速扩展到社会的各个领域和各个方面。由于信息量的剧增与数据瞬息即变的现实,就要求数据库系统必须能够提供最先进的现代化手段,提供数据管理与信息处理的最新技术和强有力的工具。在各行各业的数据库应用中,数据库系统所管理、存储的数据,可以说是相关部门的宝贵的信息资源,这些资源直接关系到提高企业的效益、改善部门的管理、改进人们的生活方式。数据库技术与经济的增长、社会的发展、信息化的进程有着密切的联系,使得这门学科有着巨大的源动力,有着广泛的应用范围和深厚的应用基础。因此,数据库理论与技术的研究处于越来越重要的地位,其研究和实践吸引了众多的学者、专家,以及开发技术人才。

同时,随着信息高速公路、互联网络、多媒体技术迅猛发展,数据库更是信息产业中不可缺少的理论与技术,数据库技术与网络通讯技术、面向对象技术、并行计算技术、多媒体技术、人工智能技术、管理信息系统、决策支持系统等学科互相渗透,互相结合,形成了新一代数据库系统的大家族,使数据库充满活力、发展迅速,是一个充满挑战与机遇的研究和应用方向。

在进一步了解数据库之前,先来了解一些基本概念。

4.1.2　基本概念

4.1.2.1　数据

对大多数人来说,"数据"一词让他们首先想到的就是数字。其实,数字只是最简单的一种数据(Data),这是基于"数"的一种狭义的理解。其实,数据除了可以是数字之外,还可以具有其他多种类型,诸如:文字、图形、图像、声音、语言等。为了了解世界,交流信息,人们需要描述所遇到的各种事物。例如,在日常生活中直接用自然语言来描述所喜爱的某一物品;用数字来描述考试成绩;用文字来描述感想;用图像来记录妙曼舞姿等,这些记录都是"数据"。

可以对数据做如下定义:描述事物的符号记录称为数据。描述事物的符号可以是数字,也可以是文字、图形、图像、声音、语言等。数据有多种表现形式,它们都可以经过数字化后利用计算机来存储和处理。

事物的各方面特征对于不同的观察者来说,其关心的程度是不同的。在计算机中,为了存储和处理这些事物,就要提取出对这些事物所关心的特征,形成特定的记录结构。例如:在学生成绩表中,人们最关心的是学生的学号、姓名、考试课程、考试成绩。而在学生学籍表中,人们最关心的是学生的学号、姓名、性别、民族、出生年月、籍贯等内容。

数据的形式还不能完全表达其内容,需要经过解释,例如有这样一条记录:

李芬华,102302,87,234,49

如果不知道每项数据的具体解释,就不一定知道其所表达真正的内容。所以数据和关于数据的解释是不可分的,数据的解释是指对数据含义的说明,数据的含义称为数据的语义,数据与其语义是不可分的。当看到成绩表中的某行数据，就能知道考试分数时，实际上就已经知道了这行数据的语义。

4.1.2.2　数据处理

围绕着数据所做的工作均称为数据处理(Data Processing)。数据处理分为3类：

(1) 数据管理：收集信息、将信息用数据表示并按类别组织保存，以便在需要的时候能够提供数据。例如在通信录上记下同学的 E-mail 地址。

(2) 数据加工：对数据进行变换、抽取和运算，通过数据加工会得到更有用的数据，以指导或控制人的行为或事物的变化趋势。例如，计算班级同学的平均考试成绩，看看某人的成绩是否名列前茅等等。

(3) 数据传播：在空间或时间上以各种形式传播信息，而不改变数据的结构、性质和内容，使更多的人得到信息。例如，把一条短信发给朋友，把一张照片寄给父母。

4.1.2.3　数据库

过去人们把数据记录在纸上、胶片上、录音带上，存放在文件柜里，而在科学技术飞速发展的今天，人们的视野越来越广，数据量急剧增加，传统的数据存储方式已经远远不能应付现在的信息处理要求了。当人们收集并抽取出一个应用所需要的大量数据之后，需要采用更有效的方法将其保存起来以供进一步加工处理，进一步抽取有用信息。现在，人们借助计算机和数据库技术来完成记录、保存和管理大量的复杂的经过数字化处理的数据工作，以便能方便而充分地利用这些宝贵的信息资源。

顾名思义，数据库(Database,DB)是存放数据的仓库。只不过这个仓库存放的是按一定的格式组织的数据，而且是存放在计算机存储设备上的。严格一点来说，所谓数据库是长期储存在计算机内有组织的、可共享的数据集合。数据库中的数据按一定的数据模型组织、描述和储存，具有较小的冗余度、较高的数据独立性和易扩展性，并可为各种用户共享。

4.1.2.4　数据库管理系统

数据库管理系统(Database Management System,DBMS)是专门用于管理数据库的计算机系统软件。

数据库管理系统的主要功能包括以下几个方面：数据定义功能，DBMS 提供数据定义语言(Data Definition Language,DDL)，用户通过它可以方便地定义对数据库中的数据对象进行定义；数据操纵功能，DBMS 还提供数据操纵语言(Data Manipulation Language,DML)，用户可以使用 DML 操纵数据实现对数据库的基本操作，如查询、插入、删除和修改等；数据库的运行管理功能，数据库在建立、运用和维护时由数据库管理系统统一管理、统一控制，以保证数据的安全性、完整性、多用户对数据的并发使用及发生故障后的系统恢复；数据库的建立和维护功能，它包括数据库初始数据的输入、转换功能，数据库的转储、恢复功能，数据库的重组织功能和性能监视、分析功能等。这些功能通常是由一些实用程序完成的。目前比较流行的 DBMS 有 Access,MS SQL Server(其运行界面参见图4.1),Sybase,DB2,Oracle 和 Informix等。

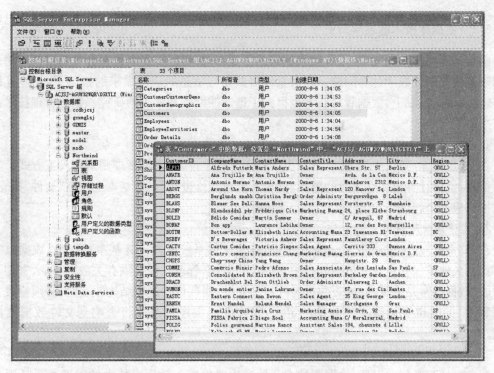

图 4.1　MS SQL Server 2000 运行界面

4.1.2.5　数据库系统

数据库系统(Database System,DBS)的构成所涉及的组件有:数据库、数据库管理系统、应用系统、数据库管理员和用户。从软件的角度来看,数据库系统的组件是数据库、DBMS 和应用程序,然而数据库系统还必须依靠管理和使用这个系统的人来完成相关的工作。数据库管理员(Data Base Administrator,DBA),是负责数据库的建立、使用和维护的专门的人员;用户是应用系统的日常使用者。在图 4.2 中,我们可以看出数据库系统在计算机系统中的位置。

当然,数据库系统的开发(其中包括应用软件设计)还涉及到诸多信息工人,例如:系统使用者、系统分析人员、系统设计人员、系统构造人员等。

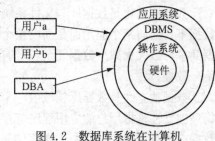

图 4.2　数据库系统在计算机系统中的位置

4.1.3　数据库技术的发展

人类所制造的工具、所采用的技术,都是为了生产、生活、工作的方便。正像计算机的产生是为了解决计算问题那样,数据库技术是应数据管理任务的需要而产生的,围绕着数据所做的工作均称为数据处理。其中的数据管理是指对数据进行分类、组织、编码、存储、检索和维护,这些任务是数据处理的关键任务,如何更好、更有效地完成这些任务就是数据库技术产生和发展的主要动力。

4.1.3.1 数据库技术的发展历史

随着计算机技术的发展,以及应用领域的拓展,计算机已经不再像设计它的最初用途那样仅用于解决复杂的数学计算问题。在大量针对数据与信息的应用需求的推动下,在计算机硬件、软件发展的基础上,数据管理技术也得到了迅速的发展和深入的研究。数据管理技术经历了三个阶段:

1. 人工管理阶段

在20世纪50年代中期之前,计算机主要用于科学计算,数据管理则采用人工方式。其基本特征是:不用计算机保存大量的数据;软件系统对数据进行管理;基本上没有"文件"概念;一组数据对应一个程序。

2. 文件系统阶段

在20世纪50年代后期到60年代中期,称为文件系统阶段。其基本特征是:数据以文件的形式长久地被保存在计算机的外存中;有专门的数据管理软件提供有关数据存取、查询及维护功能;数据经常是重复的;缺乏数据与程序独立性;当数据的逻辑结构改变时,必须修改它的应用程序,同时也要修改文件结构的定义,反之应用程序的改变将影响到文件数据结构的改变。

3. 数据库系统阶段

在20世纪60年代以后,数据库技术开始产生并发展。数据库技术的发展主要是用来克服文件处理的各种限制的。文件处理系统直接访问含有存储数据的文件,而数据库处理程序则是调用DBMS来访问存储数据。这种差异是非常重要的,因为它使得应用编程工作变得更加简单,也就是说,应用程序员不需要关心数据物理存储的形式,而是可以自由地把注意力集中在对用户重要的事情上,而不是集中在对计算机系统重要的事情上。

数据结构化是数据库与文件系统的根本区别。数据库系统从整体角度看待和描述数据,数据不再面向某个应用而是面向整个系统,因此数据可以被多个用户、多个应用共享使用。数据共享可以大大减少数据冗余,节约存储空间。数据共享还能够避免数据之间的不相容性与不一致性。

数据独立性是数据库领域中一个常用术语,包括数据的物理独立性和数据的逻辑独立性。物理独立性是指用户的应用程序与存储在磁盘上的数据库中数据是相互独立的。也就是说,数据在磁盘上的数据库中怎样存储是由DBMS管理的,用户程序不需要了解,应用程序要处理的只是数据的逻辑结构,这样当数据的物理存储改变了,应用程序不用改变。逻辑独立性是指用户的应用程序与数据库的逻辑结构是相互独立的,也就是说,数据的逻辑结构改变了,用户程序也可以不变。

目前,数据库已经成为现代信息系统的不可分离的重要组成部分。各种规模和形式的数据库已经普遍应用于科学技术、工业、农业、商业、服务业和政府部门的信息系统,成为信息管理的基石。

4.1.3.2 数据库新技术和新进展

数据库技术与数据库系统的发展是与计算机应用的领域拓展以及其他科学技术的发展密切相关的。数据库技术与其他学科的内容相结合,是新一代数据库技术的一个显著特征,例如:数据库技术与分布处理技术相结合,出现了分布式数据库系统;数据库技术与并行处理技术相结合,出现了并行数据库系统;数据库技术与人工智能相结合,出现了演绎数据库系统、知识库和主动数据库系统;数据库技术与多媒体处理技术相结合,出现了多媒体数据库系统;数据库技术与模糊技术相结合,出现了模糊数据库系统。数据库技术被应用到特定的领域中,出现了工程数据库、地理数据库、统计数据库、科学数据库、空间数据库等多种数据库,使数据库领域中新的技术内容层出不穷。下面介绍其中较重要的几种数据库系统。

1. 分布式数据库系统

随着地理上分散的用户对数据库共享的要求,结合计算机网络技术的发展,在传统的集中式数据库系统基础上产生和发展了分布式数据库系统。分布式数据库应具有以下特点:

(1) 数据的物理分布性。数据库中的数据不是集中存储在一个场地的一台计算机上,而是分布在不同场地的多台计算机上。它不同于通过计算机网络共享的集中式数据库系统。

(2) 数据的逻辑整体性。数据库虽然在物理上是分布的,但这些数据并不是互不相关的,它们在逻辑上是相互联系的整体。它不同于通过计算机网络互连的多个独立的数据库系统。

(3) 数据的分布独立性(也称分布透明性)。分布式数据库中除了数据的物理独立性和数据的逻辑独立性外,还有数据的分布独立性。即在用户看来,整个数据库仍然是一个集中的数据库,用户不必关心数据的分片,不必关心数据物理位置分布的细节,不必关心数据副本的一致性,分布的实现完全由分布式数据库管理系统来完成。

(4) 场地自治和协调。系统中的每个结点都具有独立性,能执行局部的应用请求;每个结点又是整个系统的一部分,可通过网络处理全局的应用请求。

(5) 数据的冗余及冗余透明性。与集中式数据库不同,分布式数据库中应存在适当冗余以适合分布处理的特点,提高系统处理效率和可靠性。因此,数据复制技术是分布式数据库的重要技术。但分布式数据库中的这种数据冗余对用户是透明的,即用户不必知道冗余数据的存在,维护各副本的一致性也由系统来负责。

2. 多媒体数据库

媒体是信息的载体。多媒体是指多种媒体,如数字、正文、图形、图像和声音的有机集成,而不是简单的组合。其中数字、字符等称为格式化数据,文本、图形、图像、声音、视像等称为非格式化数据,非格式化数据具有大数据量、处理复杂等特点。多媒体数据库实现对格式化和非格式化的多媒体数据的存储、管理和查询,其主要特征有:

(1) 能够表示多种媒体的数据。

(2) 能够协调处理各种媒体数据。

(3) 提供更强的适合非格式化数据查询的搜索功能。

(4) 多媒体数据库应提供特种事务处理与版本管理能力。

3. 数据仓库

数据仓库是面向主题的、集成的、稳定的、不同时间的数据集合,用以支持经营管理中的决策制订过程。面向主题、集成、稳定和随时间变化是数据仓库四个最主要的特征。分析工具是数据仓库系统的重要组成部分,有了数据就如同有了矿藏,而要从大量数据中获得决策所需的数据就如同开采矿藏一样,必须要有工具。如:

(1) 联机分析处理技术(OLAP)及工具。短短的几年,OLAP 技术发展迅速,产品越来越丰富。它们具有灵活的分析功能、直观的数据操作和可视化的分析结果表示等突出优点,从而使用户对基于大量数据的复杂分析变得轻松而高效。

（2）数据挖掘技术和工具。数据挖掘（Data Mining，简称 DM）是从大型数据库或数据仓库中发现并提取隐藏在内的信息的一种新技术。目的是帮助决策者寻找数据间潜在的关联，发现被忽略的要素，它们对预测趋势、决策行为也许是十分有用的信息。数据挖掘技术涉及数据库技术、人工智能技术、机器学习、统计分析等多种技术，它使决策支持系统（Decision and Support System，DSS）跨入了一个新阶段。传统的 DSS 系统通常是在某个假设的前提下通过数据查询和分析来验证或否定这个假设，而数据挖掘技术则能够自动分析数据，进行归纳性推理，从中发掘出潜在的模式；或产生联想，建立新的业务模型帮助决策者调整市场策略，找到正确的决策。

4. 空间数据库

空间数据库，是以描述空间位置和点、线、面、体等特征的拓扑结构的位置数据及描述这些特征的性能的属性数据为对象的数据库。其中的位置数据为空间数据，属性数据为非空间数据。其中，空间数据是用于表示空间物体的位置、形状、大小和分布特征等信息的数据。其描述所有二维、三维和多维分布的关于区域的信息，不仅具有表示物体本身的空间位置及状态信息，还具有表示物体的空间关系的信息。非空间信息主要包含表示专题属性和质量描述数据，用于表示物体的本质特征，以区别地理实体，对地理物体进行语义定义。

由于传统数据库在空间数据的表示、存储和管理上存在许多问题，从而形成了空间数据库这门多学科交叉的数据库研究领域。目前的空间数据库成果大多数以地理信息系统的形式出现，主要应用于环境和资源管理、土地利用、城市规划、森林保护、人口调查、交通、税收、商业网络等领域的管理与决策。空间数据库的目的是利用数据库技术实现空间数据的有效存储、管理和检索，为各种空间数据库用户实用。目前，空间数据库的研究主要集中于空间关系与数据结构的形式化定义，空间数据的表示与组织，空间数据查询语言，空间数据库管理系统。

在下图中我们可以看到数据库系统发展的简要过程。

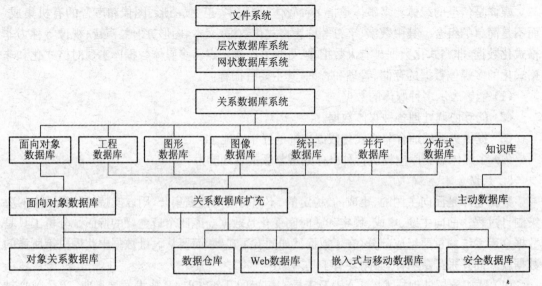

图 4.3　数据库系统发展简图

4.1.4 数据模型

模型是现实世界特征的模拟和抽象。数据模型也是一种模型，它是现实世界数据特征的抽象。现有的数据库系统均是基于某种数据模型的。因此，数据模型是数据库系统的核心和基础，了解数据模型的基本概念是学习数据库系统的基础。

数据模型应满足三方面要求：一是能比较真实地模拟现实世界；二是容易为人们所理解；三是便于在计算机上实现。一种数据模型要很好地满足这三方面的要求，在目前尚很困难。在数据库系统中针对不同的使用对象和应用目的，采用不同的数据模型。

不同的数据模型实际上是提供给人们模型化数据和信息的不同工具。根据模型应用的不同目的，可以将这些模型划分为两类，它们分属于两个不同的层次。第一类模型是概念模型，也称信息模型，它按用户的观点对数据和信息建模。另一类模型是数据模型（即结构模型），主要包括网状模型、层次模型、关系模型和面向对象模型等，它按计算机系统的观点对数据建模。

4.1.4.1 E－R 模型

概念模型用于信息世界的建模，与具体的 DBMS 无关。概念模型是现实世界到信息世界的第一层抽象，是数据库设计人员进行数据库设计的有力工具，也是数据库设计人员和用户之间进行交流的语言，因此概念模型一方面应该具有较强的语义表达能力，能够方便、直接地表达应用中的各种语义知识，另一方面它还应该简单、清晰、易于用户理解。

E-R 模型为实体联系模型，这是一种人们常用的概念模型。

实体（Entity）：客观存在并可相互区别的事物称为实体。实体可以是具体的人、事、物，也可以是抽象的概念或联系。例如，一个职工、一个学生、一门课、一个部门、学生的一次选课、部门的一次订货等都是实体。

联系（Relationship）：在现实世界中，事物内部以及事物之间是有联系的，这些联系在信息世界中反映为实体内部的联系和实体之间的联系。实体内部的联系通常是指组成实体的各属性之间的联系。实体之间的联系通常是指不同实体集之间的联系。

图 4.4 是用以描述学生成绩处理的 E－R 模型。

图 4.4 E－R 模型

通过该模型，可以看出这样的事实：

（1）一个学生可以有多个成绩，也可以没有成绩。

（2）一门课程可以有多个学生学习，也可以没有学生学习。

（3）一个成绩仅与一个学生和一门课程相关。

4.1.4.2 关系模型

目前，数据库领域中最常用的数据模型有四种，它们是：

（1）层次模型（Hierarchical Model）。

（2）网状模型（Network Model）。

（3）关系模型（Relational Model）。

（4）面向对象模型（Object Oriented Model）。

其中层次模型和网状模型统称为非关系模型。

现在计算机上使用的数据库系统几乎都是基于关系模型的关系型数据库系统。

关系模型（Relational Model）是通过一组具有相互联系的"关系"，将相关的数据集合在一起所表示出来的一种数学关系模型。这里，所谓"关系"是特指那种虽具有相关性，而非从属性的平行的数据之间按照某种序列排列的集合关系。关系模型的特点是用一组二维表来表示数据和数据之间的联系。

这里给出基本的关系模型相关术语：

（1）关系：是满足一定规范化要求的二维表。

（2）记录：二维表中的一行，也称为元组。

（3）字段：二维表中的一列，也称为属性。

（4）字段名：字段的名称，也称为属性名。

（5）字段的值域：字段的取值范围，也称为属性域。

（6）数据项：也称为分量，是某个记录中一个字段的值。

（7）主关键字段：也称为主关键字或主键，是关系中能够唯一标识某个记录的字段。

（8）关系模式：对关系的描述，一般表示为：

关系名（属性1，属性2，…，属性n）

表4.1～表4.3是关于学生、课程、成绩的关系型数据模型。

表4.1 课程

课程号	课程名
012103	计量经济学
012104	管理学
012015	财务管理

表4.2 学生

学号	姓名	性别
20060710043	吴艳爱	女
20060710044	陈志远	男
20060710045	卢锦连	男
20060710046	周广胜	男
20060710047	王活明	男
20060710048	杨素莲	女

表4.3 成绩

学号	课程号	成绩	考试日期
20060710043	012103	78	2006－01－02
20060710043	012104	83	2006－01－10
20060710044	012103	67	2006－01－02
20060710044	012104	69	2006－01－10
20060710044	012015	76	2006－01－14
20060710045	012015	74	2006－01－14
20060710046	012103	81	2006－01－02
20060710046	012104	80	2006－01－10
20060710047	012015	93	2006－01－14
20060710048	012103	75	2006－01－02
20060710048	012104	82	2006－01－10
20060710048	012015	88	2006－01－14

上面三个关系模式可以表示如下：

学生[学号 Char（11），姓名 Char（10），性别 Char（20）]；

课程[课程号 Char（6），课程名 Char（30）]；

成绩[学号 Char（11），课程号 Char（6），成绩 Int，考试日期 Datetime]。

4.1.5　数据库技术应用举例

在实际应用系统中,与现实系统的业务相呼应的相关数据库技术是有着很大差别的。有些系统所处理的业务简单、范围窄、数据量小;有些则是跨地区,乃至跨国的系统,其业务关系复杂、数据量庞大,对数据的安全性要求远比简单系统高得多。在各种应用系统中,数据库的应用是视业务需求而定的,我们可以通过以下几个例子简单地了解一下不同类型的数据库应用。

4.1.5.1　单用户的数据库应用

某音像租借商店经营着音乐、电影、电视剧作品的租借服务业务,这些作品的载体形式有:唱片、录像带、CD、DVD 等。所有作品均按件编号,同一作品应首选借出次数最少的那件。客户应能查到他所需的作品是否有现存,如没有,可以预约定租,商店将及时通知客户借阅。客户类型有两种,一般客户不打折,会员客户可享受 8 折优惠。普通客户一月内租借数达 30 件时,即可成为会员。为保证视听效果,商店将根据每个作品的平均借阅次数来决定是否更换。

为了达到上述管理目的,该商店请人在一台个人计算机上开发了一套数据库应用程序。该程序选用了 Microsoft Access 数据库管理系统,并利用 Access 提供的窗体和报表等功能制作了简单、实用的用户界面以及报表预览、打印,满足了商店的要求。这种数据库称为单用户数据库,因为在一个给定时间内仅有一个用户访问数据库。Microsoft Access 属于个人数据库管理系统,不支持多用户。

4.1.5.2　工作组使用的数据库应用

长途汽车站的售票处,利用数据库应用程序来记录所出售的每一张车票。因为在高峰期几个售票员可能同时出售同一班车的车票,每张票的车次、座位都是不重复的,至少不允许同一张票卖出 2 次,这需要一个多用户的数据库应用程序。该程序能够同时处理多名售票员同时访问数据库,以便获取票务数据,确认某张票是否尚未卖出。同时,售票处也要在不影响售票的情况下,查询和统计车票的出售情况。

这种用于典型并发用户数目小于 25 名的多用户数据库应用,一般划归为工作组级。使用一台服务器和若干客户机来构成系统的硬件平台,在服务器上运行支持多用户的 DBMS,像 MS SQL Server 2000、Sybase 等。在客户机上,安装专门的客户端软件,通过这种软件与 DBMS 联系,由 DBMS 进行数据处理。

4.1.5.3　企业使用的数据库应用

企业级的数据库应用,一般来说将会有数百个乃至更多的数据库用户,在同一时刻内,同时访问数据库的用户数也有可能达到数百个。例如,某银行的省支行,其业务网点遍布全省各市、县、区,在省内的任一个网点都能够办理异地存、取款业务。这些网点的业务人员通过数据库来进行他们的工作。在客户取款前,应该获取该客户最新存款余额以确定他是否可以取一定数额的钱,取款完成后,应该立即更新该客户的存款余额,否则他就可以超额取款。同时,银行还利用数据库进行其他多种金融业务。

这种企业数据库应用的规模是相当庞大的,而且对数据的时效性、安全性要求非常高。一般用若干小型机、服务器来提供 DBMS 服务,客户机通过专用网络连接与服务器进行联系。这种数据库应用一般都使用性能可靠、稳定的大型 DBMS 如 DB2、Oracle,整个系统运行着各种专用软件,从而形成复杂而有效的数据库应用系统。

4.1.5.4 Web 站点相关的数据库应用

某地的旅游公司,为了把该地鲜为人知的美丽景色介绍到世界市场,开发了具有三种功能的 Web 站点:宣传该地的特色和娱乐机会;为后续的邮件宣传而索取并保存 Web 站点访问者的姓名和地址;索取并保存对旅游、住房及旅游服务的要求,然后,把这些要求通报给相应的商家。

这个 Web 站点由两个数据库支持。第一个是用于宣传的数据库,存放数据、照片、录像片段、声音等。一般访问者以只读的方式访问这个数据库,他们可以使用标准的浏览器,在 Web 页上点击、观看他们所感兴趣的活动和设施。第二个数据库用于处理顾客和预定,存储访问者填写的顾客调查表及他们请求预订时加入的数据,如:顾客姓名、通信及 E-mail 地址、兴趣、爱好及预订要求等。

上面介绍的四种数据库应用,从数据库的规模上、应用架构上、实现的方法上有着许多差别。我们将在今后的课程中陆续学到相关知识,并进行设计训练,为从事数据库领域的工作打下坚实的基础。

4.2 管理信息系统

4.2.1 概述

人们一直生活在信息的海洋之中。早在原始社会,人类就与信息形影不离。当今世界,能源、物质和信息是三大支柱资源,特别是进入 20 世纪以来,三大资源正发生着角色互易的巨变,信息在三大资源中的地位、作用和重要性日益突出。面对每日、每时大量产生的与生产、生活等各种人类活动相关的数据和信息,如何进行有效的收集、传送、储存、加工、维护和使用,就成为人们倍加关注的问题。现在,人们借助计算机技术进行数据加工和信息处理,数据库技术被充分加以利用,形成了许多应用各行各业的数据库系统,但这些系统不一定是本节所要讨论的管理信息系统。

管理信息系统是指以应用数学、管理科学、决策科学、运筹学、控制理论和计算机科学与技术等相关学科的理论为基础的,用系统思想分析、设计和建立的一个由人、计算机等组成的能进行信息的收集、传送、储存、加工、维护和使用的系统。它能实测企业的各种运行情况,利用过去的数据预测未来,从企业全局出发辅助企业进行决策,利用信息控制企业的行为,帮助企业实现其规划目标。作为一门课程,管理信息系统首先研究、分析如何用计算机辅助对企业进行全面管理,继而进一步研究如何用计算机帮助指导工作、组织资源、监督和控制企业行为,进行预测和决策。

可以说,管理信息系统并不是"纯"计算机技术的应用系统,它是一个融合了多个学科知识的一种综合应用系统,这种系统的应用范围最为广泛,而且只要人们还需要信息,就一定会有对管理信息系统的需求。管理信息系统的开发涉及到多种从事信息技术工作的人员,其中与管理信息系统软件密切相关的有：系统分析人员、系统设计人员、系统构造人员（程序员）。各类人员有不同的分工，需要有不同的技术，必须具备一定的工作能力和业务素质。对系统分析人员来说，不仅要有丰富有效的信息技术知识、计算机编程经验和专长、一般商务知识、解决问题的技能、灵活性和适应能力，还要具有良好的人格和道德规范。在管理信息系统开发的过程中，系统分析人员是至关重要的角色。

下面先介绍管理信息系统的基本概念。

4.2.2　基本概念

4.2.2.1　信息

简单地说，信息是人们关心的事情的情况。例如：2006 年的大力神杯被哪个队捧走了；今年八月初是否有重要的国际马拉松赛事；王娟的数据库原理成绩为 87，等。一件事情发生了，伴随着这件事情有许多"信息"产生。当人们站在不同的角度去看待同一个事情时，会有不同的收获，会产生不同的思维活动。例如：摸象的几个盲人得到各自对大象的印象；一个不认识王娟的 3 岁小朋友并不会因王娟的数据库原理成绩产生行为或思维活动的影响。

可以说，宇宙间一切事物都处于相互联系、相互作用之中。许多事物之间的关系，难以简单地从物质运动与能量的转换去解释。一则新闻可导致一个企业倒闭，一纸传单可能引起全城骚乱，生长条件完全相同的各种生物，甚至同一种生物生长结果不一样，等等。这都说明，决定事物之间的相互联系、相互作用效果的往往不是事物之间物质和能量直接的量的交换和积累，而是借以传递相互联系与作用的媒介的各种运动与变化形式所表示的意义。由此可将信息理解为：事物之间相互联系、相互作用的状态的描述。

数据和信息是不可分割的两个术语，但它们又有一定的区别。首先是概念不同，数据是对客观事物记录下来的可以鉴别的符号。这些符号不仅指数字，而且包括字符、文字、图形等；信息是经过加工后并对客观世界产生影响的数据。请注意，数据只有经过加工处理后才能成为信息。有时，一些信息在进行进一步处理时又被当作数据来看待。例如：王娟的数据库原理成绩对王娟来说是重要信息，而对统计数据库原理成绩的教师来说只不过是待处理的数据之一。

ISO 的定义是这样的：信息是经过加工后对人们有用的数据。该定义明确了两点：

(1) 信息仍然属于数据的范畴，区别在于是经过加工后的。

(2) 信息具有价值。

信息可以从不同的角度分类。按照正式程度可分为正式信息和非正式信息，正式信息是较有规律的、经常性的信息，如发票的内容、订货点、成绩多少等，这些信息可完全用计算机来处理。而非正式信息不大有规律，比如意见、判断、传说等。它们是对正式信息的补充，而且是一种非常重要的信息。按照管理的层次可以分为战略信息、战术信息和作业信息。按照应用领域可以分为管理信息、社会信息、科技信息等。按照加工顺序可以分为一次信息、二次信息和三次信息等；按照反映形式可以分为数字信息、图像信息和声音信息等。

4.2.2.2　系统

对系统定义是这样的：系统是由处于一定环境中，若干个具有相对独立功能的部分组成，各部分之间相互联系，相互影响，并为共同完成系统的整体目标而存在的集合。系统大量地存在于现实世界中,例如:计算机系统、数据库系统、企业销售系统、学校的后勤保障系统、动物的神经系统等。

系统的分类有不同的方式,可以按照系统的复杂程度来分,比如一个省的经济发展系统、一个企业的订货系统;按照系统服务内容的性质来分,有经济系统、社会系统、军事系统、文化系统等;按照系统与外界的关系密切程度来分,有封闭系统和开放系统;按其组成可分为自然系统、人造系统和复合系统三大类。

有时,一个系统可能是其他系统的具有相对独立功能的一个组成部分,也就是说系统可由若干子系统组成,反之系统也可以进行分解,划分为若干子系统。

4.2.2.3 信息系统

信息系统是一个人造系统,它由人、硬件、软件和数据资源组成,目的是及时正确地收集、加工、存储、传递和提供信息,实现组织中各项活动的管理、调节和控制。

信息系统包括信息处理系统和信息传输系统两个方面。信息处理系统对数据进行处理,使它获得新的结构与形态或产生新的数据。信息传输系统不改变信息本身内容,作用是把信息从一处传到另一处。

任何信息系统都应该有如下功能:

(1) 输入、输出功能:环境与系统的相互作用就表现在环境向系统输入信息、系统向环境输出信息。只有具备这些功能,系统才能生存和发展。

(2) 处理功能:就是对输入进行处理。从本质上说信息系统的处理功能就是对信息的整理过程。信息系统的处理功能大小取决于系统活动技术力量和设备条件。由于利用了计算机,所以能够对大量的信息进行复杂的加工处理。

(3) 存储功能:是指系统有贮备各种处理后的有用的信息的能力。

(4) 传输功能:当信息系统规模较大时,信息的传输就成为系统必备的基本功能。实际上存储与传输常常联系在一起。

(5) 控制功能:信息系统必须具备实施控制的功能,控制功能是系统的关键所在,只有通过控制,信息系统才能处在最佳状态。

4.2.2.4 管理信息系统

1. 管理信息系统的定义

在管理信息系统发展的不同时期,人们从各种不同的角度对管理信息系统进行研究,分别给出了不同的定义,从 20 世纪 70 年代到现在,有以下几个具代表性的定义:

(1) Walter T. Kennevan 所下的最早的定义:以书面或口头的形式,在合适的时间向经理、职员以及外界人员提供过去的、现在的、预测未来的有关企业内部及其环境的信息,以帮助他们进行决策。

(2) Davis 的定义:是一个利用计算机硬件和软件,手工作业,分析、计划、控制和决策模型,以及数据库的用户—机器系统,它能提供信息,支持企业或组织的运行、管理和决策功能。

(3)《中国企业管理百科全书》中的定义:管理信息系统是一个由人、计算机等组成的能进行管理信息收集、传递、储存、加工、维护和使用的系统。管理信息系统能实测企业的各种运行情况,利用过去的数据预测未来,从全局出发辅助企业进行决策,利用信息控制企业的行为,帮助企业实现其规划目标。

由此可见,人们对管理信息系统的认识是一个不断提高和完善的过程,随着企业信息化的深入,其概念也在不断拓展和深化。

2. 管理信息系统的要素

全面地看,人、硬件、软件和数据是管理信息系统的四种基本资源。

人是指系统开发人员和系统使用人员,开发人员包括系统分析人员、系统设计人员、程序员、网络施工人员、设备安装人员、测试人员等;系统使用人员包括系统维护人员、操作员和利用系统获取信息及辅助决策的管理人员。

硬件主要指信息系统运行必需的网络硬件环境,包括服务器、交换机、工作站、外围设备和连接线路等。

软件是指信息系统运行和开发必需的系统软件和支持软件,如操作系统、数据库管理系统、开发工具,还包括一些成熟的商品化应用软件。

最值得强调的是数据,没有数据,计算机只能做“无米之炊”,同时,如果输入的数据不准确,也得不到正确的结果。有句话是这样说的:“输入的是垃圾,输出的也必然是垃圾。”

3. 管理信息系统的特点

由上述管理信息系统的定义,可以看出管理信息系统具有以下特点:

(1) 面向管理决策:能辅助管理者进行决策是管理信息系统的一个重要特点。如果只是简单地用计算机来代替业务人员和手工劳动,只能算是电子数据处理。

(2) 综合性:管理信息系统是一个对组织进行全面管理的综合系统。

(3) 人/机系统:管理信息系统是一个人机结合的系统,系统的目的是辅助决策,而决策只能由人来做,人既是使用者,又是系统的组成部分。

(4) 现代化管理方法和手段相结合的系统:管理信息系统要发挥其在管理中作用,就必须与先进的管理手段和方法结合起来。如应用数学模型,为决策者提供辅助决策信息;在数据处理的基础上进行预测和监控,也是为决策者提供决策信息。

(5) 具有统一规划的数据库。

4.2.3　管理信息系统的结构及分类

管理信息系统的结构是指组成管理信息系统的各部件的构成框架,由于对部件的不同理解就构成了不同的结构方式。而分类则是人们从不同的角度对具有不同功能的管理信息系统的一些划分或归纳。

4.2.3.1　管理信息系统的概念结构

从概念上看,管理信息系统由四大部件构成,即信息源、信息处理器、信息用户和信息管理者。如图 4.5 所示。

这里,信息源是信息的产生地;信息处理器担负信息的保存、处理任务;信息用户是信息使用者,应用信息进行管理和决策工作;信息管理者负责信息系统的设计实施,并在实现以后负责系统的运行和

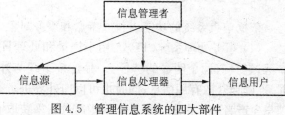

图 4.5　管理信息系统的四大部件

维护。

4.2.3.2 管理信息系统的层次结构

如果纵向来分析管理信息系统的结构,可以划分为三个不同管理层次。系统运行时,对基层信息管理的数据进行综合而提出中层管理所需信息,再从中层管理数据综合而提出上层战略管理所需信息。从信息处理的工作量来看,信息处理所需资源的数量随管理任务的层次而变化。一般业务处理的信息处理量较大,层次越高,信息量越小,形成金字塔式的系统结构。如图 4.6 所示,其中:

图 4.6 管理信息系统的层次结构

(1) 业务处理子系统的任务是确保基层的生产经营活动正常、有效地进行。

(2) 管理控制子系统的任务是为企业各职能部门管理人员提供用于衡量企业经济效益、控制企业生产经营活动、制定企业资源分配方案等活动所需要的信息。它从业务处理子系统中抽出信息进行汇总及其他处理。

(3) 战略规划子系统的主要任务是为企业战略规划的制定和调整提供辅助决策。该子系统所需要的信息一般都是经过业务处理子系统和管理控制子系统加工处理的,以及来自企业外部的。

4.2.3.3 管理信息系统的功能结构

管理信息系统是基于管理职能的系统结构。系统所涉及的各部门都有自己的信息需求,需要专门设计相应的功能子系统以支持其管理活动,同时各职能部门之间存在着各种信息联系,从而使各功能子系统构成一个有机结合的整体。

一般企业管理信息系统的主要功能结构如图 4.7 所示。

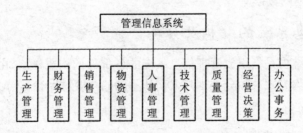

图 4.7 管理信息系统的功能结构

4.2.3.4 管理信息系统的分类

依据信息系统的功能、目标、特点和服务对象,管理信息系统可分为:

(1) 事务处理系统(TPS):用来记录和处理日常事务,如销售订单管理系统、机票预定系统等,它具有两个明显的特征:一是连接组织与外部的桥梁,它的运作,可以从外部环境中及时、准确地获取有用信息;同时也可以向外界进行有效的信息输出。二是它是其他信息系统的信息生产者和提供者。管理者只能通过它来获取有关组织的现行数据和历史数据,从而了解组织的现状,为管理决策提供依据。

(2) 管理信息系统:是对一个组织进行全面管理的人和计算机相结合的系统,它综合运用计算机技术、信息技术、管理技术和决策技术,与现代化的管理思想、方法和手段结合起来,辅助管理人员进行管理和决策。

(3) 决策支持系统(DSS):是以管理科学、运筹学、控制论和行为科学为基础,以计算机技术、人工智能技术、信息技术为手段,面对结构化、半结构化的决策问题,辅助支持中、高层决策者的决策活动,具有智能作用的人—机系统。

依据管理信息系统的功能和服务对象,管理信息系统又可分为:

(1) 国家经济信息系统:是一个包含各综合统计部门在内的国家级信息系统。这个系统纵向联系各省市、地市、各县直至各重点企业的经济信息系统,横向联系外贸、能源、交通等各行业信息系统,形成一个纵横交错、覆盖全国的综合经济信息系统。

(2) 企业管理信息系统:是面向工厂、企业,主要进行管理信息的加工处理,最复杂的管理信息系统。这类系统一般应具备对工厂生产监控、预测和决策支持功能。

(3) 事务型管理信息系统:面向事业单位,主要进行日常事务的处理,如医院管理信息系统、饭店管理信息系统、学校管理信息系统等。由于不同的应用单位处理的事务不同,这些管理信息系统的功能各不相同。

(4) 行政机关办公型管理信息系统:国家各级机关的办公管理自动化,对提高领导机关的办公质量和效率,改进服务水平具有重要意义。办公管理系统的特点是办公自动化和无纸化。如运用局域网、打印、传真、印刷、缩微等办公自动化技术,以提高办公效率。行政机关办公型管理信息系统,对上要与行政首脑决策服务系统整合,为行政首脑提供决策把握信息。

(5) 专业型管理信息系统:是指从事特定行业或领域的管理信息系统,如人口管理信息系统、科技人才管理信息系统、房地产管理信息系统等,这类信息系统专业性很强,使用的技术相对简单,规模一般不大。再如铁路运输管理信息系统、电力建设管理信息系统、银行信息系统、民航信息系统、邮电信息系统等,这类信息系统综合性很强,包含了上述各种管理信息系统的特点,也称为综合型信息系统。

4.2.4　管理信息系统的开发方法

管理信息系统的开发包括相关的软件系统的开发,软件系统是信息系统的一个很重要的一部分,但信息系统的开发的最终目标不是只提交软件,而是要满足要求地运行它。从信息系统的组成来看,系统的开发过程不仅包含了软件工程,还有硬件工程和管理工程。怎样才能保证系统按预定的目标被建立起来,并正常运行呢? 人们经历了许多失败和挫折,总结出多种开发方法,采用多种手段和技术来控制系统开发的质量。管理信息系统的开发方法与软件工程中所讨论的方法基本类似。通常不严格地将它们分为结构化系统开发方法、原型法、面向对象法和 CASE 开发方法等几大类。下面简单地介绍这些方法。

4.2.4.1　结构化生命周期法

信息系统在使用过程中随着其生存环境的变化,要不断维护、修改,当它不再适应的时候就要被淘汰,由新系统代替老系统,这种周期循环称为信息系统的生命周期。信息系统的生命周期共分为 5 个阶段,即:总体规划阶段、系统分析阶段、系统设计阶段、系统实施阶段、系统评价和维护阶段。结构化信息系统的开发过程严格按照这5个阶段规定的步骤和任务进行开发工作(在软件工程课程中,生命周期分为:问题定义、可行性研究、需求分析、概要设计、详细设计、编码、测试、维护等阶段,与之大同小异),如图4.8所示。

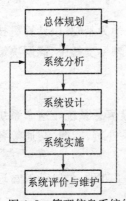

图 4.8　管理信息系统的
开发过程——生命周期法

其中,中间的系统分析、系统设计、系统实施合称为系统开发阶段,这是系统的重要"生产"环节。系统分析阶段,也称逻辑设计阶段。要求系统分析员在调查研究的基础上,进行新系统的目标分析,确定其逻辑功能需求,划分子系统以及功能的层次分解,构造出新系统的逻辑模型(或称新方案)。系统设计阶段,也称物理设计阶段。在这一阶段,系统设计员根据新系统的逻辑模型进行新系统的物理模型设计,也就是如何实现系统的逻辑模型问题。其中包括选择计算机及外部设备、网络、程序模块设计、有关数据输入、处理、输出及存储、数据库的设计,有关代码体系设计等。系统实施阶段,是将新系统付诸实现,即实现新系统的物理模型。包括,计算机硬件、软件人员进行计算机网络的安装调试,计算机系统软件的安装调试,程序员根据设计的模块进行程序设计和调试,数据管理人员进行数据的收集、整理和输入工作,建立数据库。与此同时,设计人员还要对用户和系统操作人员进行使用系统的培训,编制相应的技术档案和操作使用手册。

结构化系统开发方法强调"从上而下",注重开发过程的整体性和全局性,适合于大型信息系统的开发,它的不足之处在于开发过程复杂繁琐,周期长,系统难以适应环境变化。

4.2.4.2　原型化方法

原型法是计算机软件技术发展到一定阶段的产物。与结构化方法不同,原型法注重对管理信息系统进行全面、系统的调查分析,本着系统开发人员对用户需求的理解,先快速实现一个原型,然后通过反复修改来实现管理信息系统。图4.9描述了原型法开发过程。

其开发的步骤是:

(1) 先提出对目标系统的基本需求。

(2) 识别基本需求:对现行系统进行初步地调查、访问有关的决策者及关键个人,收集必要的信息,归纳识别用户的基本需求,包括系统的结构、功能、输入与输出信息及一些最简单的过程。

(3) 建立初始模型:在获得基本需求的基础上,开发人员着手建立一个初始模型,通常初始模型只包括系统的基本功能和用户界面,如数据输出功能和报表。快速开发原型的基本功能和用户界面是原型法的关键。

(4) 评价模型:通过在计算机上运行模型,将原型的功能向用户展示,征求用户的意见。用户对原型进行评价,并提出修改和添加意见。

(5) 改进原型:开发人员要按照用户提出的意见立即修订和改进原型,以及以原型增加新的功能,满足新的需求。这一步与上一步构成了反复的循环过程,不断改进原型直至用户满意,从而使用户接

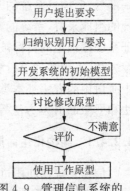

图 4.9　管理信息系统的
开发过程——原型法

受新系统。

　　与结构化方法相比,原型法强调"自下而上",开发过程符合人们认识事物的规律,比较适应小型系统的开发,但需要利用多种开发工具。

4.2.4.3　面向对象方法

　　20 世纪 80 年代以来,随着应用系统的日趋复杂、庞大,面向对象方法以直观、方便的优点得以广泛应用。这种方法以类、类的继承、聚集等概念描述事物及其联系,为管理信息系统的开发提供了全新的思路。其开发过程如下:

　　(1) 系统调查和需求分析:对系统将要面临的具体管理问题及用户对系统开发的需求进行调查研究,弄清要干什么。

　　(2) (OOA)分析问题的性质和求解问题:在问题域中抽象地识别出对象以及其行为、结构、属性、方法等,即面向对象分析。

　　(3) (OOD)整理问题:即对分析的结果作进一步地抽象、归类、整理,并最终以范式的形式将它们确定下来,即面向对象设计。

　　(4) (OOP)程序实现:用面向对象的程序设计语言将上一步的范式直接映射为应用程序软件。

　　面向对象开发方法虽然也分为分析、设计、实现等阶段,但它的生命周期是反复累增的过程,与结构化方法不同,既非严格的自顶向下,也非严格的自底向上。

4.2.4.4　CASE

　　CASE(Computer Aided Software Engineering)是一种自动化或半自动化的方法,能够全面支持除系统调查外的每一个开发步骤。严格地讲,CASE 只是一种开发环境而不是一种开发方法。它是 20 世纪 80 年代末从计算机辅助编程工具、第四代语言(4GL)及绘图工具发展而来的。目前,CASE 仍是一个发展中的概念,各种 CASE 软件也较多,没有统一的模式和标准。采用 CASE 工具进行开发,必须和一种具体的方法结合,CASE 只是为具体的开发方法提供支持每一过程的专门工具。

　　应当指出,以上对管理信息系统开发方法的分类只能说是大致的、不严格的分类。由于这些方法间有不少交叉的内容,分类并非在同一坐标维上进行,所以在概念上有含糊之处,例如用结构化方法的时候,有可能部分采用原型法;用面向对象法的时候,也可能采用了结构化分析的内容。

4.2.5　管理信息系统的运行维护与评价

　　系统切换后即可开始投入运行。系统运行包括系统的日常操作、维护等。系统的好坏和系统设计有很大关系,也和系统运行有很大关系。任何一个系统都不是一开始就很好的,总是经过多重的开发、运行、再开发、再运行的循环不断上升的。开发的思想只有在运行中才能得到检验,而运行中的不断积累问题是新的开发思想的源泉。当前,我国有重开发轻运行的思想,有喜新厌旧的思想,因而强调运行的重要性是十分必要的。

　　1. 系统运行的日常维护

　　这项管理包括数据的收集、数据整理、数据录入及处理结果的整理与分发。此外,还包括硬件的简单维护及设施管理。

　　2．系统运行情况的记录

　　整个系统运行情况的记录能够反映出系统在大多数情况下的状态和工作效率,对于系统的评价与改进具有重要的参考价值。因此,管理信息系统的运行情况一定要及时、准确、完整地记录下来。除了记录正常情况(如处理效率、文件存取率、更新率),还要记录意外情况发生的时间、原因与处理结果。记录管理信息系统运行情况是一件细致而繁琐的工作,从系统开始投入运行就要抓好。

　　3．系统维护

　　系统维护是为了保证计算机系统能够持续地与用户环境、数据处理操作、政府或其他有关部门的要求取得协调而从事的各项活动。其主要内容包括:

　　(1)硬件设备的维护:硬件的维护应由专职的硬件人员承担。维护安排有两种:定期的预防性维护和突发性故障维护。

　　(2)软件维护:软件维护的含义是使程序和数据始终保持最新的正确状态。软件维护的类型有四种,即:正确性维护、适应性维护、完善性维护、预测性维护。

　　(3)数据文件的维护:业务发生了变化,从而需要建立新文件,或者对现有文件的结构进行修改。

　　4．系统评价

　　信息系统投入使用一段时间以后,需要对系统进行全面的评价。根据使用者的反映和运行情况记录,评价系统是否达到了设计要求,指出系统改进和扩充的方向。

　　评价的内容主要有以下四个方面:

　　(1)系统运行的一般情况:用户付出的资源是否控制在预定界限内;用户对系统工作的满意度(响应时间、操作方便性、灵活性等);系统功能是否达到设计要求等。

　　(2)系统的使用效果:从系统提供的信息服务的有效性方面考察用户对系统提供的信息的满意度、提供信息的及时性、提供信息的准确性和完整性。

　　(3)系统的性能:计算机资源的利用情况;系统的可靠性;系统的可扩充性。

　　(4)系统的经济效益:系统的费用(包括系统的开发费用和各种运行维护费用);系统的收益(包括有形效益和无形效益,如库存资金的减少、成本下降、管理费用减低等等);投资效益分析。

4.2.6　几个有代表性的典型信息系统

　　现代计算机技术,尤其是在数据库技术和网络技术的支持下,各种各样的信息系统被人们建立和应用。从中,我们可以看出计算机技术对于当代人类社会的信息处理所产生的巨大影响,反之可以看到促进计算机技术发展的巨大动力。

　　1．电子数据交换

　　电子数据交换(Electronic Data Interchange,EDI)是以电子邮件系统为基础扩展而来的一种专用于贸易业务管理的系统,它将商贸业务中贸易、运输、金融、海关和保险等的相关业务信息,例如订单、发票、运单、采购单、银行对账单、报关单、商检证明、保单、进出口许可证等商业交易资料,用国际公认的标准格式,通过计算机网络快速传递。

2. 经理(总裁)信息系统

经理信息系统(Executive Information Systems,EIS)是 20 世纪 80 年代中期出现的面向组织高层领导,能支持领导管理工作,为其提高效率和改善有效性的信息系统,并能够利用该系统辅助制定战略计划和经营决策。国内有时也将 EIS 称为总裁信息系统或高层管理信息系统等。

3. 战略信息系统

战略信息系统(Strategic Information Systems,SIS)是一种支持企业赢得或保持竞争优势,制定企业中长期战略规划的信息系统。当今市场变化频繁,竞争日益激烈,企业在发展方向上的决策稍有失误就会蒙受巨大的损失,甚至被淘汰。因此人们对战略规划的重要性有了新的认识,企业不能仅考虑眼前利益,而更应着眼于长远的发展。在此背景下产生的 SIS 能为企业的经营战略的分析与决策提供有力的支持。

4. 计算机集成制造系统

计算机集成制造系统(Computer Integrated Manufacturing Systems,CIMS)是由管理信息系统、计算机辅助设计(CAD)及计算机辅助制造(CAM)等现代管理方法和先进技术有机结合的产物。

5. Internet

Internet,又被称为国际互联网络,是由美国国防部于 1969 年建立的高级研究项目部门网——ARPANET 网发展而来的,它是美国国防部专门为了进行国防项目研究而建立的网络。1986 年,美国国家科学基金会 NSF 建立了国家科学基金网 NSFNET,NSFNET 后来接管了 ARPANET,并将网络改名为 Internet。从 20 世纪 80 年代中期开始,商业机构开始连接到网络上,大量的资金投入带来了网络开发与应用的飞速发展,网络用户迅速增加,覆盖范围遍及全球,到 20 世纪 90 年代初,网络规模急剧膨胀,已超出了 NSF 的管理与控制能力,美国政府决定将 Internet 的主干网转交给私人公司来经营,并开始对接入 Internet 的单位收费。

Internet 最广泛的应用主要有:电子邮件、网上专题组或新闻组(电子公告板 BBS)、网上会谈、远程主机登录、信息检索、WWW 多媒体信息服务(建立主页,链接图、文、影、音等)。

6. Intranet

Intranet 称为企业内部网,是将 Internet 技术应用于企业或组织内部信息网络的产物,其主要特点是企业信息管理以 Internet 技术为基础。由于基于 Internet 技术的企业内部网在信息管理与服务方面比传统的数据管理有十分突出的优越性,用户的操作十分简单,信息系统的维护与管理相对方便得多,因此 Intranet 成为管理信息系统的一个十分重要的技术基础和发展趋势。Intranet 可以通过接入方式成为 Internet 的一部分,也可以独立自成系统。

7. 电子商务

电子商务的定义为:电子商务(Electronic Commerce,EC)是指通过网络以电子数据流通的方式在全世界范围内进行并完成的各种商务活动、交易活动、金融活动和相关的综合服务活动。作为新事物,电子商务在发达国家进展迅速,如美国 1998 年网上虚拟商场开拓的业务增长超过 200%。在国内,电子商务的研究与实践也已开始起步,企业之间的交易在一些商贸行业先行进行了尝试。

习 题

1. 解释数据、信息的概念，说明两者之间的差别和关系。
2. 数据库管理系统的作用是什么？
3. 尝试建立一个涉及三个以上实体的 E-R 模型。
4. 描述两个你了解的数据库应用。
5. 解释管理信息系统的作用是什么？
6. 系统分析人员为什么要具备多种知识和能力？
7. 管理信息系统的开发有哪些常见方法？
8. 讨论管理信息系统与数据库系统间的关系。

第 5 章　操作系统

　　由前面章节可以知道无论是巨型机计算机系统还是个人计算机,为了满足越来越高的性能需求,其硬件设备无一例外的越来越多,结构是越来越复杂;随着存储设备容量的快速增加,计算机软件系统的规模急速膨胀,高效地管理这些计算机硬件系统和软件系统就变得非常必要了。那么如何对这些硬件系统以及软件系统进行管理和维护,如何使得计算机的硬件系统和软件系统能够很好地协调工作,更好地发挥每个部件的功能? 这就是操作系统设计的目的和存在的价值。5.1 节介绍了操作系统的形成及其发展,常见操作系统有哪些特点和基本功能;5.2 节介绍了 Windows 的发展历程,并详细地介绍了 Windows 的桌面和窗口的配置、文件操作以及在 Windows 下如何安装、配置、卸载软硬件;最后便于今后的学习和实践,将在 5.3 小节简单地介绍几种应用较为广泛的操作系统。

5.1　概述

　　操作系统的产生是计算机发展的必然结果,它伴随着计算机系统及其应用的日益发展而逐渐发展和不断完善。它的功能由弱到强,在计算机系统中的地位不断提高,至今已经成为计算机系统中的核心,是计算机系统和人之间的接口,是今天计算机系统中不可或缺的部件。本小节集中阐述操作系统的形成、发展、特点和功能等内容。

5.1.1　操作系统的形成和发展

伴随着计算机系统的发展,操作系统也有它的诞生、成长和发展的过程。操作系统的许多基本概念都是在操作系统的发展过程中出现并逐步得到发展和成熟的。为了更清楚地把握操作系统的实质,了解操作系统的发展是很有必要的,下面来看一看操作系统是如何逐步形成的。

1. 手工操作——操作系统的史前"文明"

第一代电子管计算机是由成千上万的电子管和许多开关组成的庞然大物。这个阶段,程序设计全部采用机器语言,通过直接连线来控制其基本动作和实现相应的功能,计算机的结构比较简单,也谈不上有什么操作系统。

在一个程序员上机期间,整台计算机连同附属设备全被其占用。计算机使用效率十分低下。其特点是手工操作,系统资源独占。尽管后来人们开发了汇编语言及其汇编编译程序以及其他一些外部设备程序,但这些改进仍然属于这一阶段。

2. 监督程序(早期批处理)——操作系统的雏形

50 年代后期,计算机的运行速度有了很大提高,手工操作的慢速度和计算机的高速度之间就形成了矛盾,手工操作与机器有效运行时间之比大大地增大了。尽可能提高计算机的利用率成为十分迫切的任务。唯一的解决办法,只有摆脱人的手工操作,实现计算机运行不同任务的自动过渡。另外高级语言的诞生,使得操作人员和程序人员之间第一次有了明确的分工。基于上述条件和需求,一般都首先配备专门的计算机操作员,程序员不再直接操作机器,减少操作机器的人为错误。其次操作员把用户提交的作业(任务)分类,把一批要求类似的作业编成一个作业执行序列,然后一起提交。每一批作业将由专门编制的监督程序自动依次处理。这样就出现了批处理。缺点是:对于以计算为主的作业,输入/输出量少,输入/输出设备空闲;然而对于以输入/输出为主的作业,主机又会造成空闲。

3. 多道批处理——现代意义上的操作系统的出现

计算机进入第三代以后,系统软件有了很大发展,它的作用也日益显著。与此同时,硬件也有了很大发展,特别是主存容量增大,又出现了大容量的辅助存储器——磁盘以及协助 CPU 来管理设备的通道。这一切使得计算机体系结构发生了很大变化。以中央处理器为中心的结构改变为以主存为中心。而通道使得输入/输出操作与 CPU 操作并行处理成为可能。软件系统也随之相应变化,实现了在硬件提供的并行处理之上的多道程序设计。

所谓多道是指它允许多个程序同时存在于主存之中,由中央处理器以切换方式为不同程序服务,使得多个程序可以同时执行。计算机资源不再是被一个用户独占,而是同时为几个用户共享,从而极大地提高了系统在单位时间内处理作业的能力。这时,管理程序已迅速地发展成为一个重要的软件分支——操作系统。

4. 分时与实时系统出现——操作系统步入实用化

早期的单道批处理用户独自占用资源,虽然可以控制程序的运行,但是造成了计算机效率低下;而多道批处理提高了计算机效率,却使用户在提交作业以后就完全脱离了自己的作业,在作业运行过程中,不管出现什么情况都不能加以干预,只有等该批作业处理结束,用户才能得到计算结果。既能保证计算机效率,又能方便用户使用,成为一种新的追求目标。60 年代中期,计算机技术和软件技术的发展使这种追求成为可能。由于 CPU 速度不断提高和采用分时技术,一台计算机可同时连接多个终端用户,而每个用户可在自己的终端上联机使用计算机,好像自己独占机器一样。

所谓分时系统是指多个用户通过终端设备与计算机交互作用来运行自己的作业,并且共享一个计算机系统而互不干扰,就好像每个用户都拥有一台计算机。在分时系统中,由于调试程序的用户常常只发出简短的命令,而很少有长的消耗时间的命令,因此计算机能够为许多用户提供交互式快速的服务,同时在 CPU 空闲时还能在后台运行大的作业。

5. 用高级语言书写的可移植的通用操作系统——大众化的趋势

20 世纪 60 年代末,贝尔实验室设计了一个新操作系统,命名为 UNIX,随后,整个 UNIX 用 C 语言全部重新写成。UNIX 是现代操作系统的代表。UNIX 本身是一个支持多任务、多用户、多进程的分时操作系统。UNIX 运行时的安全性、可靠性以及强大的计算能力使其赢得广大用户的信赖。

20 世纪 70 年代末期,由于市场对于个人计算机操作系统的需求,出现了微软公司的 MS-DOS 操作系统。它属于单用户单任务操作系统。

1984 年,装配有交互式图形功能操作系统的苹果 Macintosh 计算机取得了巨大成功。1992 年 4 月,微软推出了具有交互式图形功能的操作系统 Windows 3.1。Windows 95 在 1995 年 8 月正式登台亮相,从此 Windows 操作系统系列成为个人计算机平台的主流操作系统。

1991 年,Linus Torvalds 开发了 Linux 操作系统。由于免费和源代码开发,逐渐地 Linux 从一个人的产品,变成了通过 Internet 而普及的一个操作系统。Linux 实际上是具有自由版权的 UNIX 类操作系统的一个代表。

6. 当代操作系统的两大发展方向——宏观应用与微观应用

在当代,操作系统的发展正在呈现更加迅猛的发展态势。从规模上看,操作系统向着大型和微型的两个不同的方向发展着。大型系统的典型是分布式操作系统和网络操作系统;而微型系统的典型则是嵌入式操作系统。

可以根据前面的论述归纳出操作系统的定义:操作系统就是管理和控制计算机硬件和软件资源,合理地组织计算机的工作流程,方便用户使用计算机系统的软件。操作系统追求的主要目标有两点:一是方便用户使用计算机,提供用户一个清楚、简洁、易于使用的用户界面;二是提高资源的利用率,尽可能使计算机中的各种资源得到最充分的利用。

5.1.2　操作系统的特点

和其他类型的软件系统相比,一般操作系统都具有以下四个基本特征:

1. 并发性

并发性是指两个或多个事件在同一时间间隔内发生。并发性是指在一段时间内,宏观上有多个程序在同时运行,但在单处理机系统中,每一时刻却仅能有一道程序执行,故微观上这些程序只能分时地交替执行。程序的并发执行能有效地改善资源利用率和提高系统的吞吐量,但显然会使操作系统由于增加了控制和管理各种并发活动的功能变得复杂化。

2. 资源共享

所谓资源共享,是指系统中的资源可供多个用户使用。根据资源的属性,资源共享可有以下两种方式:

（1）互斥共享。是指仅当一个程序使用某资源结束并释放后，其他程序才能使用。通常，人们把在一段时间内只允许一个进程（任务）访问的资源称为"临界资源"，如打印机、扫描机等外部输入输出设备都属于临界资源。对临界资源必须采用互斥共享方式。

（2）同时共享。指允许在一段时间内，多个作业同时对某一资源进行访问，典型的可同时共享的硬设备是磁盘。

"并发"和"共享"是操作系统的两个最基本特征，它们互为存在条件，即资源共享是以程序的并发执行为存在条件，没有并发执行，就不可能有共享；反之，若不能很好地实现共享，则程序的并发执行必将受到影响。

3. 虚拟

所谓"虚拟"，是指通过某种技术把一个物理实体变成若干个逻辑上的对应物。前者是实的，而后者是虚的，是用户感觉上的东西。例如，在多道分时系统中，虽然只有一个 CPU，但每个终端用户却都认为是有一个 CPU 在专门为他服务，亦即利用多道程序技术可以把一台物理上的 CPU 虚拟为多台逻辑上的 CPU。类似地，也可以把一台物理 I/O 设备虚拟为多台逻辑上的 I/O 设备。在操作系统中虚拟的实现，主要是通过分时使用方法。

4. 异步性

在多道程序环境下，每个程序在何时执行，何时暂停，以怎样的速度向前推进，每道程序总共需多少时间才能完成，都是不可预知的；或者说，进程是以异步方式运行的。尽管如此，但只要运行环境相同，作业经多次运行，都会获得完全相同的结果，因此，异步运行方式是允许的。这就是进程的异步性，是操作系统的一个重要特征。

5.1.3 操作系统的基本功能

在多道程序环境下，多个程序提出的资源要求系统通常无法同时满足，为使多道程序能有条不紊地运行，操作系统应具有以下 5 个方面的功能：

1. 存储器管理功能

存储器管理的主要任务是为每个软件的运行提供良好环境，提高存储器的利用率以及方便用户使用存储器。一般的存储器管理在程序运行前把程序调入内存并分配内存空间，运行结束后回收相应的内存空间。在程序运行期间，确保程序只能在属于自己的内存空间中运行，彼此不相干扰。

由于物理内存的大小毕竟有限，难以满足实际需要。借助于虚拟技术，也可以对存储器进行虚拟，从逻辑上扩充内存的容量，使用户所看到的内存远比实际内存大得多，这样既满足了用户需要，又不必增加硬件投资。

2. 处理机管理功能

处理机管理的主要任务，是对处理机进行分配，并对运行进行管理。由于处理机的分配和运行都是以进程（程序的一次执行）为调度的基本单位，因此对处理机的管理可归结为对进程的管理。进程管理应能够解决以下的问题：如何创建和撤消进程？如何协调不同进程之间的执行次序？如何使相互合作的进程之间交换信息？当前应该运行哪个进程？

3. 设备管理功能

设备管理的主要任务是为进程分配其需要的各种设备，完成进程对外部设备的请求，以及提高 CPU 和设备的利用率。设备管理应具有以下功能：缓冲 CPU 与 I/O 设备之间速度不匹配的矛盾;为进程分配其所需设备;处理设备的各种相关数据;虚拟设备用以提高设备利用率和加速进程的运行。

4. 文件管理功能

文件管理的主要任务是对用户文件及系统文件进行各种管理,以方便用户使用,并保证文件的安全性。其主要的功能包括:对外存空间的分配和回收,旨在方便用户和提高外存的利用率;对文件夹加以有效地组织,以提高对文件的检索速度;实现用户要求的从磁盘中读出或写入磁盘操作,简化用户的操作;对文件进行保护,以防文件被偷窃、修改和破坏;向用户提供一个统一的、使用方便的接口,以方便用户可取得文件系统的服务。

5. 作业管理功能

作业管理的主要任务是系统对作业进行合理地组织,并使用户能对自己的作业进行各种控制。按照一定的规则,从用户要求运行的程序中选出一批程序,为它们分配内存空间,并将它们调入内存为每个程序建立进程,等待处理机的运行。用户可以通过某种形式向系统发出各种命令,以对自己的程序进行有效的交互式控制和管理。

5.2　Windows

Windows 自从诞生以来在 PC 机中占有最重要的地位,伴随着 PC 机的发展。Windows有不同的版本,有些重要的版本在不同时期有广泛的应用,我们在本节首先看看常见的 Windows 版本,并以目前使用最多的 Windows XP 来讲述 Windows 的有关界面设置、文件基本操作和计算机硬件、软件的安装、配置和卸载。其他的 Windows 版本,功能是类似的,只是在使用界面上有些差异,因此本书就不再介绍了。

5.2.1　Windows 发展历程

1985 年 11 月,Microsoft Windows 1.0 发布,功能简单及界面的粗糙使得用户对 Windows 1.0 及不久发布的 Windows 2.0 的评价并不高。

1990 年 5 月,Windows 3.0 正式发布,由于在界面/人性化/内存管理多方面的巨大改进,终于获得用户的认同。之后微软公司趁热打铁,于 1991 年 10 月发布了 Windows 3.0 的多语版本,为 Windows 在非英语母语国家的推广起到了重大作用。1994 年,Windows 3.2 的中文版本发布了,由于消除了国内计算机用户的语言障碍,降低了学习门槛,因此很快在国内就流行起来了。

图 5.1　Windows 3.2 启动画面　　　　　图 5.2　Windows 98 启动画面

　　1995 年 8 月，Windows 95 发布，出色的多媒体特性、人性化的操作、美观的界面令 Windows 95 获得空前成功。业界也将 Windows 95 的推出看作是微软发展的一个重要里程碑。Windows 95 是一个混合的 16 位/32 位 Windows 系统，它成为有史以来最成功的操作系统。Windows 98 是基于 Windows 95 上编写的，曾经在 PC 上应用得十分广泛。

　　2000 年 2 月，Windows 2000 发布。Windows 2000 有四个版本：

　　(1) Windows 2000 Professional 即专业版，用于工作站及笔记本电脑。它的原名就是 Windows NT 5.0 Workstation。可以支持双处理器，最低支持 64MB 内存，最高支持 2GB 内存。

　　(2) Windows 2000 Server 即服务器版，面向小型企业的服务器领域。它的原名就是 Windows NT 5.0 Server。可以支持 4 处理器，最低支持 128MB 内存，最高支持 4GB 内存。

　　(3) Windows 2000 Advanced Server 即高级服务器版，面向大中型企业的服务器领域。它的原名就是 Windows NT 5.0 Server Enterprise Edition。可以支持 8 处理器，最低支持 128MB 内存，最高支持 8GB 内存。

　　(4) Windows 2000 Datacenter Server 即数据中心服务器版，面向最高级别的可伸缩性、可用性与可靠性的大型企业或国家机构的服务器领域。可以支持 32 处理器，最低支持 256MB 内存，最高支持 64GB 内存。

图 5.3　Windows 2000 启动画面　　　　图 5.4　Windows XP 启动画面

　　2001 年 10 月，Windows XP 发布。微软最初发行了两个版本：专业版（Windows XP Professional）和家庭版（Windows XP Home Edition），后来又发行了媒体中心版（Media Center Edition）和平板电脑版（Tablet PC Edition）等。

　　Windows XP Professional：专业版除了包含家庭版的一切功能，还添加了新的为面向商业用户的设计的网络认证、双处理器支持等特性，最高支持 2GB 的内存。主要用于工作站、高端个人电脑以及笔记本电脑。

　　Windows XP Home Edition：家庭版的消费对象是家庭用户，用于一般个人电脑以及笔记本电脑。只支持单处理器；最低支持 64MB 的内存，最高支持 1GB 的内存。

　　2003 年 4 月，Windows Server 2003 发布；有四个版本：Windows Server 2003 Web 服务器版本、Windows Server 2003 标准版、Windows Server 2003 企业版以及 Windows Server 2003 数据中心版。它是目前微软最新的服务器操作系统。

　　Windows Vista，是美国微软公司开发的下一版本 Microsoft Windows。它是继 Windows XP 和 Windows Server 2003 之后的又一重要的操作系统。该系统将带有许多新的特性和技术。目前还处于测试阶段，尚未正式发布。

5.2.2　桌面和窗口

桌面和窗口是 Windows 最常见的图形元素。这里所说的桌面,是指计算机启动后,我们在屏幕上见到的系统工作界面,是我们与计算机进行交流的一个平台。窗口是指应用程序执行时,用于人与某个应用程序交流的特定界面。下面我们就来认识桌面和窗口的特色。

5.2.2.1　Windows 桌面

Windows XP 启动以后,首先看到的是它的桌面。桌面是 Windows 系列操作系统软件的工作界面,它的背景可以是单一的色彩,也可以是某一幅图片(见图 5.5)。桌面上一般摆放着若干各种各样的图标。

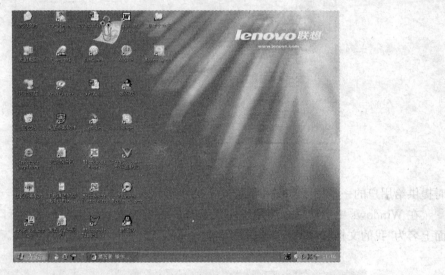

图 5.5　Windows 桌面

桌面下方有一灰色的长条,它是"任务栏",在这个任务栏上可以看到每一个正在运行的程序。任务栏的最左边有一个"开始"按钮,通过点击这个"开始"按钮可以访问系统安装了的各种程序。"开始"按钮旁边是快速启动栏,这里有几个用于快速启动特定程序的小图标。任务栏的最右边显示着系统的时间、输入法等系统状态信息,单击这些小图标也可以打开相应程序。任务栏上方是各种图标,一些常用软件的快捷方式在这儿可以找到。

在桌面上单击鼠标右键点击"属性"选项,均可出现如图 5.6 所示的"显示 属性"对话框,并选择对话框的"桌面"选项卡,可以设置屏幕桌面的背景图案和壁纸,操作步骤如下:

(1) 从背景列表中选择背景图片;也可以通过浏览选择其他文件夹下图形文件(背景图片扩展名可以是:. bmp、. gif、. jpg、. html)。

(2) 在"位置"组合框中,单击"居中"、"平铺"或"拉伸"。

(3) 单击"确定"或者应用,则桌面就是显示刚才设置的效果。

5.2.2.2　认识窗口

窗口是 Windows 的特点,所有的应用程序都是在窗口中打开的,或者说窗口是程序运行

图 5.6　桌面选项卡

时提供给用户的一个用于数据和信息交互的图形化操作界面。

　　在 Windows 中启动一个应用程序或打开一个文件夹,就会出现一个窗口。例如,双击桌面上名为"我的文档"的图标,就打开了"我的文档"窗口,显示如图 5.7 所示。

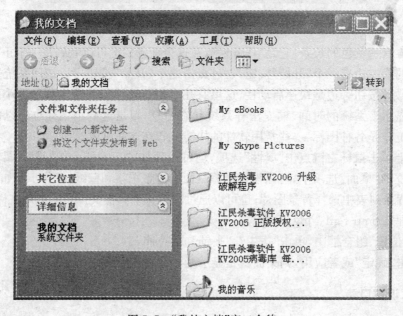

图 5.7　"我的文档"窗口全貌

下面我们列举窗口中主要组成以及相应作用和操作：

标题栏：用于显示应用程序或文件的名称，以便区分不同的窗口，例如在图 5.7 中的窗口标题栏上写着"我的文档"字样。当打开多个窗口时，处于高亮度状态的窗口成为活动窗口，此时所做的所有操作都针对此窗口进行。

最小化按钮：用于将窗口变为最小，并在任务栏中显示，单击任务栏中此按钮，则窗口又还原。

最大化按钮：用于将窗口扩大至整个屏幕，同时窗口右上角的最大化按钮自动变为还原按钮。

还原按钮：当窗口最大化时，单击此按钮则窗口还原为以前大小。注意，当窗口处于还原状态时，用鼠标左键单击标题栏并拖动可以将窗口移动到其他地方，或以鼠标拖动其边框以改变窗口大小。

关闭按钮：用来关闭当前窗口的按钮。

菜单栏：多数应用程序窗口的顶部会有菜单栏。菜单栏将有多个菜单组组成，如文件、编辑等等，每组含有多个菜单项。一般情况下，菜单仅显示各菜单组的名称，用鼠标点击菜单组名称时，将会有由本组菜单项组成的下拉式菜单出现，单击选择所需要的菜单项就可以让计算机执行与该项相应的操作。如图 5.8 所示。

工具栏：由称为工具按钮的小图标组成，每个工具按钮对应一个操作。由于它们直接出现在窗口中，因此可以很方便地直接点击。一般来说，这些操作与菜单中的某些最常用的菜单项相应，以免去选择菜单的麻烦。

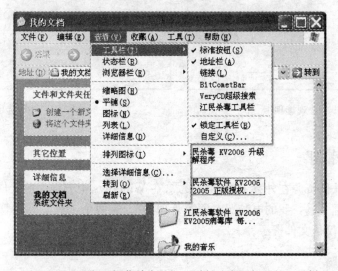

图 5.8　通过"查看"菜单中的"工具栏"选定要打开的工具栏

地址栏：在一些和位置相关的窗口中（如浏览器），工具栏的下方会有地址栏。在该栏中显示着当前所显示内容在计算机中的文件夹位置或网络地址。用户可以直接输入新的地址，或者点击其右边的小箭头，从下拉的地址列表中吸取一个地址，然后单击"转到"按钮或按 ENTER 键，这样将打开指定的文件夹或转到指定的网址。

控制按钮：标题栏最左端的一个小图标，单击此图标将打开控制菜单。可以选择：还原、移动、大小、最小化、最大化、关闭等操作。

　　窗口工作区：显示窗口内容。

　　滚动条：通常位于窗口的下方或右侧，拖动滚动条可改变窗口显示区域，当内容较多，在现有窗口范围内显示不下时，常以此法来滚动查看窗口中的内容。

　　在 Windows 中，窗口的基本布局变化不大，一般"显示 属性"窗口的"外观"选项卡设置在桌面上显示信息和程序的窗口的颜色和字体。如图 5.9 所示。可以简单地按下拉按钮，选择窗口和按钮的颜色、色彩方案以及字体的大小。也可以创建色彩方案，选择"高级"按钮，则系统显示窗口如图 5.10 所示。如果想修改某个项目的设置，只需要用左键点击该项目，则下面的项目就会改变为所选择的项目，然后根据需要修改字体和颜色的方案。点击"正常"项目所显示的图形如图 5.10 所示。

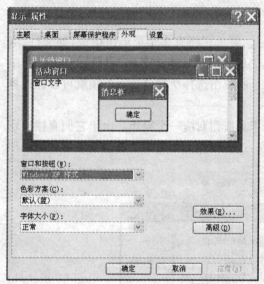

图 5.9　外观选项卡

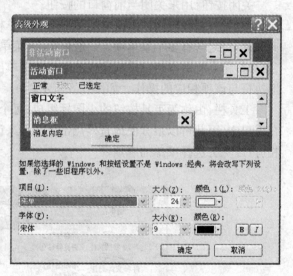

图 5.10　外观选项卡

5.2.3　文件管理

　　文件是所有软件资源在外存上的存储形式，在 Windows 中有强大的文件管理工具。首先了解两个文件管理工具："我的电脑"和"资源管理器"。这两个工具实际上管理着整个电脑的所有资源，而不仅仅是文件资源。

5.2.3.1　我的电脑

　　在 Windows 98，Windows Me 和 Windows 2000 中，"我的电脑"是在桌面上的一个系统图标。从"我的电脑"开始，可以找到所有的软件和硬件资源，不仅仅是文件资源。

　　有两种方法打开"我的电脑"：

　　（1）双击桌面上的"我的电脑"图标。或者，右键单击桌面上"我的电脑"图标，在弹出的快捷菜单中，选择"打开"命令。

　　（2）打开"开始"|"我的电脑"。只有 Windows XP 才把"我的电脑"放在开始菜单。

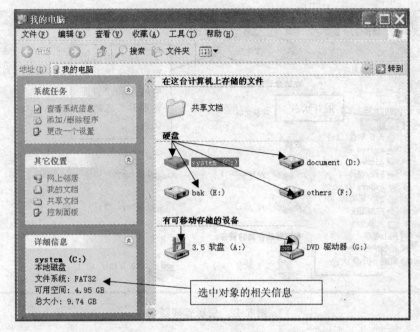

图 5.11　"我的电脑"窗口全貌

"我的电脑"窗口中,显示了当前计算机系统中所有磁盘的图标。左边显示当前对象(即选中的磁盘)一些信息的说明。通过打开相应磁盘,可以浏览计算机的整个文件系统。

5.2.3.2　资源管理器

"资源管理器"是 Windows 管理系统软硬件资源的重要工具。在"我的电脑"中可完成的工作,在"资源管理器"中同样可以完成。"我的电脑"是以窗口的形式显示计算机系统资源,而"Windows 资源管理器"是以层次结构显示的。具体选用哪个,主要看用户的喜好而定。

启动"资源管理器"的方法是多种多样的,具体有:

【方法 1】　使用"开始"|"程序"|"附件""资源管理器"命令。

【方法 2】　右键单击"开始"按钮,在快捷菜单中,单击"资源管理器"命令。

【方法 3】　右键单击"我的电脑"、"回收站"等图标,在快捷菜单中,单击"资源管理器"命令。

【方法 4】　按下键盘上"Windows 键"+E,快速打开资源管理器。

【方法 5】　当用户已经打开一个普通形式的文件夹窗口时,单击窗口中工具栏上的"文件夹"按钮,窗口将切换到资源管理器的窗口形式。

"资源管理器"也是窗口,其各组成部分与一般窗口大同小异。与"我的电脑"窗口相比,"资源管理器"窗口的右侧是一样的,但是左侧有一个文件夹窗口(文件夹的概念,下一节将详细说明)。

在文件夹窗口,可以看到是从桌面开始的。

小方格中"+"号代表该文件夹的子文件夹处于折叠状态,单击文件夹左侧的"+',文件夹就展开了;小方格中是"-"号,则代表该文件夹中的子文件夹已全部显示,单击文件夹左侧的"-"号,可以将该文件夹折叠。

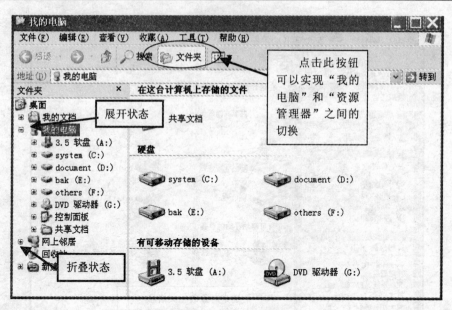

图 5.12　资源管理器

文件夹左侧没有小方格，表明该文件夹是最后一层子目录，不包含子文件夹。

另外，想看哪一个文件夹，只要单击这个文件夹，右边窗口就会显示出该文件夹的所有内容。

5.2.3.3　文件和文件夹的概念

在 Windows 中，软件、数据及一些硬件配置信息一般都是以文件的形式存放在外存的。因此文件是一种最常见、使用最频繁的资源。下面详细介绍文件的各种操作。

1. 文件的概念

在计算机中，文件是指赋予名字并存储于存储介质上的一组相关信息。文件是 Windows 中保存数据和信息的最基本单元。计算机中的数据及各种信息都是以文件的形式存储与外存的。文件可以是一个应用程序如字处理程序、打字程序等等，也可以是一组数据。

表 5.1　常见文件类型的图标和扩展名

扩展名	图标	文件类型
COM, EXE		可执行文件
TXT		文本文件
DOC		Word 文档
SYS,DLL		系统文件

（续表）

扩展名	图标	文件类型
BMP,GIF		图像文件
AVI, MID,MP3		多媒体文件
htm,html		网页文件

　　计算机能够处理的所有的信息都是以 0、1 序列保存于外存的,那么操作系统是如何对这些信息进行读写操作的呢? 为了解决这个问题,系统规定每个文件都必须有一个文件名,操作系统正是通过文件名对文件进行管理的。

　　文件名是由文件主名和文件扩展名两部分组成的。其中文件主名最好能够体现当前文件的内容,扩展名通常表示文件的类型,一般为 1～4 个字符,中间用圆点符号分隔。在 Windows 中,最多支持可达 255 个字符的长文件名。

　　文件名的格式是:文件主名[.扩展名]

　　在文件主名和扩展名中可以使用的字符包括:

　　(1) 汉字字符。

　　(2) 26 个大、小写英文字母。

　　(3) 0～9 十个阿拉伯数字。

　　(4) ♯ ( ) $ & ! _ ˆ @ ” ％ { } ‘ ’ 等符号。

　　在文件名中不能使用的符号有:＜ ＞ \/ | . * ” ? : 等。

　　由于圆点符号可以出现在文件名中,因此如果出现了多个,则以最后一个为分隔符。如 system. txt. bak,则扩展名为 bak。

　　操作系统是根据文件的类型也就是文件的扩展名作为其打开文件或者执行文件的依据,因此一个什么类型的文件则必须用什么样的文件名。下面是一些常见的文件类型。

图 5.13　图标

　　由于 Windows 是一个图形操作系统,因此在窗口显示的文件都是一个图标。由两部分组成,上面是该文件类型的图,下面则是该文件的全名。如图 5.13 所示。

　　2. 文件夹的概念

　　文件夹是用来组织磁盘文件的一种结构,是若干文件或文件夹的集合。计算机系统的文件通常有几十万个,如何有效地组织和管理这些文件,是操作系统的一个重要的功能。而文件夹概念的提出就是为了解决这个问题。

　　文件夹的命名和文件是类似的,但是文件夹由于类型已经确定,因此一般是没有扩展名的,而且其图标也是确定的。如图 5.14 所示。

　　文件夹中包含了若干文件,也可以包含其他的文件夹。那些被包含的文件夹相对于该文件夹而言就是子文件夹。Windows 允许文件夹嵌套,也就是子文件夹下还可以有自己的子文件夹。

图 5.14　一个文件夹
的图标

从资源管理器的文件夹窗口,可以看到有正号和负号的就是含有子文件夹的文件夹。

如果一个系统采用了文件夹组织方式,如 Windows,那么这个操作系统中的文件就可以同名,也就是可以有 2 个或 2 个以上的文件具有相同名字,这就像不同的班级如果有两个同学名字相同也不会引起什么误会。那么操作系统是如何来区分这些同名文件的呢? 原来系统对某个文件进行管理,不再仅仅根据文件名,而是文件句柄。

文件句柄包括文件的路径和文件全名。而文件的路径就是从磁盘到该文件所经历的文件夹序列。如图 5.15 所示文件 CCProxy.ini 的路径就是:E:\CCProxy,这个在地址栏中显示。该文件的文件句柄就是 E:\CCProxy\CCProxy.ini。在这里用"\"来分隔盘符、文件夹名以及文件名。

如果两个文件同名,而文件句柄不一样,系统是能够区分的。例如:有一个文件的文件句柄为 C:\CCProxy\Log\CCProxy.ini,这个文件和前面那个同名文件是可以共存于一个系统之中的。但是在同一个文件夹下不能建立同名文件。

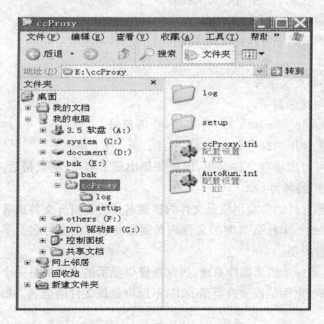

图 5.15　一个树型的文件夹系统

5.2.3.4　创建文件和文件夹

1. 文件(文档)的创建

应用程序文件是在安装 Windows 或是安装应用程序时系统自动创建的。文档是由应用程序创建的结果。对于一些常用的文件,也可以通过系统提供的快捷菜单来创建。

右键单击窗口或者桌面的空白处,弹出一个快捷菜单,选择新建,这时候会出现一个菜单,上面显示可以建立的文件。选择后,则在当前位置上,建立该空文件。如图 5.16 所示。或者,在窗口中选择"文件"菜单下的"新建"选项中的命令,如图 5.17 所示。

2. 创建文件夹

创建文件夹的操作步骤如下：

（1）选择创建新文件夹的位置。"我的电脑"、"Windows 资源管理器"的各个磁盘或文件夹下，以及桌面、"我的文档"都可以作为添加新文件夹的地方。

如果使用"我的电脑"方式，则双击桌面上"我的电脑"图标，打开"我的电脑"窗口，选择要建立文件夹的磁盘或者要建立子文件夹的文件夹并打开。

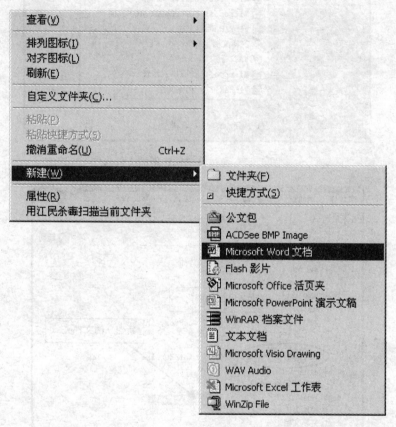

图 5.16   用快捷菜单创建新的文件

如果使用"资源管理器"方式，则使用前面介绍的几种方法之一打开"资源管理器"，并在文件夹列表窗口中，选择要新建的文件夹路径。

如果用户希望将新建的文件夹放在"我的文档"中，则首先打开"我的文档"窗口，并选择相应的文件夹路径（不过此路径是从"我的文档"开始的，而不是像普通的路径从磁盘开始）。

（2）在文件夹内空白处右键单击鼠标，弹出快捷菜单将鼠标指针指向"新建"命令，在"新建"子菜单中选择"文件夹"；或者，选择"文件"菜单下的"新建"选项中的"文件夹"命令（如图 5.16 和图 5.17 所示，方法和建立文件相似）。

（3）窗口出现新创建的文件夹，文件夹名称框中显示"新建文件夹"。如果是资源管理器，则在文件夹窗口中，添加一个子文件夹，如图 5.18 所示。

（4）由于还没有给文件夹命名，这只是一个缺省的名字。用户可以根据自己的需要输入新的文件夹名。在文件夹名称框中输入确定的文件夹名称，然后单击鼠标或按下回车键，新名

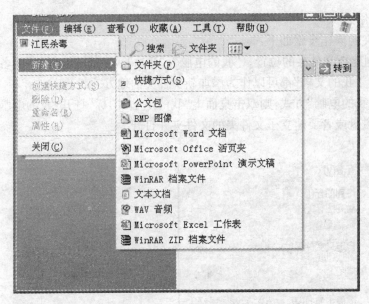

图 5.17　通过菜单创建新的文件

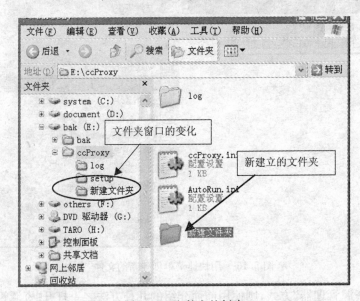

图 5.18　文件夹的创建

称代替了原来的"新建文件夹"。

通过以上四个步骤，用户就可以根据自己的需要，建立自己的文件夹了。

5.2.3.5　文件和文件夹的选择与打开

在对文件进行操作的时候，首先应选中文件和文件夹。文件和文件夹的选中有以下几种方式：

1. 选中一个文件或文件夹

用鼠标左键或右键单击该文件的图标即可。

2. 选中多个连续文件或文件夹

【方法 1】　先用鼠标单击第一个文件,按下键盘 Shift 后用鼠标单击最后一个文件;可选中多个连续文件或文件夹。

【方法 2】　使用鼠标拖动出一个虚线框,将所要选择的文件或文件夹选中。

3. 选中多个不连续文件

【方法 1】　按下键盘上的 Ctrl 键不放,使用鼠标单击需要选中的文件和文件夹。

【方法 2】　按下键盘上的 Ctrl 键不放,同时按下 Shift 键,再使用鼠标单击,可以选中多个不连续的文件组。

4. 选择全部文件

【方法 1】　使用键盘上的快捷组合键 Ctrl+A,选中窗口中的所有文件和文件夹。

【方法 2】　在"编辑"菜单下,使用"全部选定"命令,选中窗口中的所有文件和文件夹。

5. 反向选中

在"编辑"菜单下,使用"反向选定"命令,选中窗口中的所有刚才未被选中的文件和文件夹。而刚才选中的文件和文件夹则不再被选中。

用户可以直接在文件夹中打开文件或文件夹,基本操作方法有以下几种:

【方法 1】　打开"文件"菜单下的"打开"选项。

【方法 2】　选中要打开的文件或文件夹,单击鼠标右键,选择快捷菜单中的"打开"选项。

【方法 3】　双击需要打开的文件或文件夹。

文件夹的打开,可以显示其包含的所有文件和下级文件夹。文件的打开则是根据 Windows 的资源配置中的相关链接信息调用相关的应用程序来实现的。

5.2.3.6　文件和文件夹的移动和复制

移动或复制文件和文件夹的操作方法有多种,说明于下:

1. 使用鼠标的拖放功能

鼠标右键操作方法:选中文件或文件夹后,用鼠标右键拖放至目的文件夹;松开鼠标后弹出一个对话框,如图 5.19 所示。从中选择移动或复制命令。

图 5.19　快捷菜单

鼠标左键操作方法:在同一个磁盘中,选中文件或文件夹后,直接用鼠标左键拖动至目的文件夹,鼠标光标箭头尾部不带"+"号,将移动所选的文件和文件夹。按下 Ctrl 键不放,用鼠标左键拖动至目的文件夹,鼠标光标箭头尾部带有"+",将复制所选的文件和文件夹。在不同磁盘中,左键就是复制。

通过鼠标的拖放功能,在窗口形式下,只能在某个文件夹下使用。而在资源管理器中,则可以用于不同的文件夹。

2. 使用剪贴板

剪贴板是 Windows 下蕴含的一个应用工具,存放着系统交换的数据和信息。与剪贴板有关的操作有剪切、复制和粘贴。和复制、剪切操作一样,执行之前需要选中文件和文件夹。下面介绍利用剪贴板是如何进行文件的复制或移动的:

步骤一:移动(或复制)文件和文件夹到剪贴板。

这一步首先要选中需要移动(或复制)的文件和文件夹,然后有如下几种操作方法:

【方法1】 右击鼠标在弹出的快捷菜单中,单击"剪切"(或"复制")命令。如图 5.20 的左图所示。

图 5.20 快捷菜单

【方法2】 单击工具栏上 ✂ (剪切)或 📋 (复制)按钮。

【方法3】 单击"编辑"菜单,选择"剪切"(或"复制")命令。

【方法4】 使用快捷键 Ctrl+X 键(移动) 或 Ctrl+C 键(复制)。

步骤二:从剪贴板中将文件和文件夹粘贴到相应位置。

这一步首先要选中目的文件夹,然后有如下几种操作方法:

【方法1】 在目的文件夹中,右击鼠标在弹出快捷菜单选"粘贴"命令。如图 5.20 的右图。

【方法2】 单击工具栏上"粘贴"按钮。

【方法3】 单击"编辑"菜单,选择 📋 (粘贴)命令。

【方法4】 使用快捷键 Ctrl+V。

5.2.3.7 文件和文件夹的更名

在"我的电脑"或"Windows 资源管理器"中,可以非常方便地更改任何文件或者文件夹的名称。在更名操作之前,首先选中要改名的文件或文件夹。有以下几种方法:

【方法1】 选中要改名的文件或文件夹,单击该文件或文件夹的名称,名称上会出现一个方框,在方框中输入新的名称,然后单击方框以外任意位置,或按回车键即可。

【方法2】 选中要改名的文件或文件夹,在"文件"菜单中选择"重命名"或者按下 F2 键,选定的名字上会出现一个方框,在方框中输入新的文件名,单击回车键。

【方法3】 用鼠标右键单击要更名的文件或文件夹,在弹出的快捷菜单中选择"重命名"

命令,输入新名称,按回车键,如图 5.20 所示。

5.2.3.8 文件和文件夹的删除及恢复

当一个文件或文件夹不再需要的时候,如果继续留在磁盘中,就会占用磁盘空间,这样就降低了磁盘的利用率,因此需要把该文件或文件夹从磁盘中删除。在 Windows 中执行删除命令后,被删除的文件或文件夹并没有真正地从硬盘中消失,而是被放入了"回收站"中。回收站实际上是硬盘中的一块区域。就如同办公室里的纸篓。

文件或文件夹的删除和其他操作类似,先选中一个或多个要删除的文件或文件夹,再执行下面操作之一:

【方法 1】 选中的文件上右键单击鼠标,在弹出的快捷菜单中选"删除"命令。系统弹出如图 5.21 所示的对话框。单击"是"按钮后,将所选文件或文件夹放入"回收站"中。

【方法 2】 单击工具栏上的 ✕ (删除)按钮。

【方法 3】 按下键盘上的 DEL 键;系统弹出如图 5.21 所示的对话框。单击"是"按钮。或单击"否"按钮,取消删除动作。

【方法 4】 在"文件"菜单下选择"删除"命令。

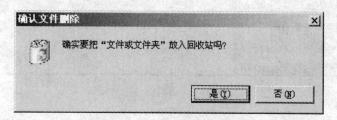

图 5.21 文件删除确认窗口

做删除操作时一定要注意,对于应用程序文件一般是不直接删除,应该有系统程序进行卸载。否则将会使系统中的某些功能无法使用。

一般情况下,删除后的文件或文件夹暂时存放在"回收站"中;如果删除同时按下 Shift,文件或文件夹将被永久性删除,不会再放入"回收站"中。

对于那些没有被永久性删除的文件或文件夹,存放在回收站中,可以恢复。恢复操作常见的有下面两种情况。

(1) 删除文件或文件夹后,若尚没有进行其他操作,则可以立即恢复,操作方法有如下几种:

【方法 1】 单击工具栏上 ↩ (撤消)按钮。

【方法 2】 在"编辑"菜单中选择"撤消"命令。

【方法 3】 按下键盘组合键 Ctrl+Z ,执行撤消操作。

(2)删除文件或文件夹后,已经做了其他操作,则可以选择从"回收站"中恢复。

"回收站"中有无文件或文件夹可以从其图标的状态上看出。如图 5.22 所示。

打开回收站,选中要恢复的一个或多个文件或文件夹,然后执行恢复操作。操作方法有二:

图 5.22

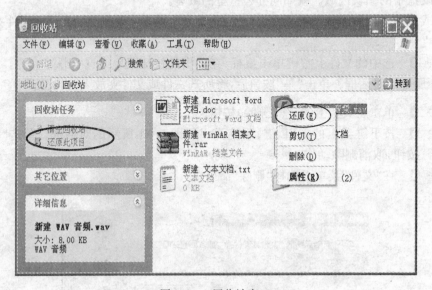

图 5.23 回收站窗口

【方法 1】 右键单击鼠标,在弹出的快捷菜单中,选择"还原"命令。

【方法 2】 在"文件"菜单下,选择"还原"命令。

有关回收站的其他功能,在其他章节继续讨论。

5.2.3.9 重命名文件或文件夹

给文件或文件夹重新命名,有以下几种方法:

【方法 1】 选中要改名的文件或文件夹,单击该文件或文件夹的名称,名称上会出现一个方框,在方框中输入新的名称,然后单击方框以外任意位置,或按回车键即可。

【方法 2】 选中要改名的文件或文件夹,在"文件"菜单中选择"重命名"或者按下 F2 键,选定的名字上会出现一个方框,在方框中输入新的文件名,单击回车键。

【方法 3】 用鼠标右键单击要更名的文件或文件夹,在弹出的快捷菜单中选择"重命名"命令,输入新名称,按回车键。

5.2.3.10 文件和文件夹的属性

Windows 操作系统的一些重要的文件或文件夹是不能进行任何修改操作的,系统将它们隐藏起来。此外一些文件,系统只希望应用程序去读取,不作任何的修改,这种文件属性是只读的。要想修改这些文件或文件夹,必须先修改它们的属性。

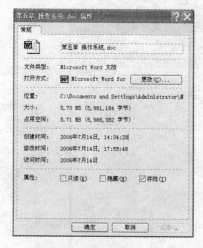
图 5.24　文件属性窗口

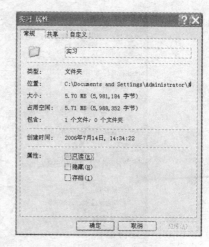
图 5.25　文件夹的属性窗口

Windows 中的文件属性：

只读：指文件或文件夹只读而不能删除或修改；

隐藏：指文件或文件夹不能用普通显示命令显示；

存档：文件可备份。

这三个属性是复选，用户可以根据需要选择或取消某种属性。

5.2.3.11　文件和文件夹信息的查找

由于计算机中的文件和文件夹很多，用户如果不知道一个文件或文件夹的路径，想要查找它是困难的。Windows 强大的搜索功能，可以帮助用户快速地找到所需要的文件或文件夹。具体操作步骤如下：

1. 打开搜索对话框

可以使用下列方法之一来打开搜索对话框：

【方法 1】　打开"开始"菜单，单击"搜索"，打开搜索对话框。

【方法 2】　右键单击"我的电脑"、"我的文档"、"开始"按钮等，在弹出的快捷菜单中选择"搜索…"命令，单击后打开搜索对话框。

【方法 3】　打开"我的电脑"或"资源管理器"；选择工具栏上的"搜索"按钮。单击后打开搜索对话框。

2. 执行搜索操作

打开搜索对话框后，可以搜索不同类型的对象。以搜索文件为例，选中"你要查找什么"下的"所有文件和文件夹"，则窗口如图 5.26 所示。

（1）根据名称和位置搜索文件或文件夹在"全部或部分文件名"文本框中，输入要查找的文件或文件夹的名称；在"在这里寻找"下拉列表框中，选择搜索的位置；输入完成后单击"搜索"按钮。在右侧的"搜索结果"窗口中就会显示搜索的结果。

（2）根据文件中包含的内容搜索。在"文件中的一个字或者词组"中输入要求文件中包含的内容，在"搜索范围"中选择搜索的位置；输入完成后单击"搜索"按钮。

（3）高级搜索。可以根据文件或文件夹的修改时间、大小等其他文件相关信息进行搜索。

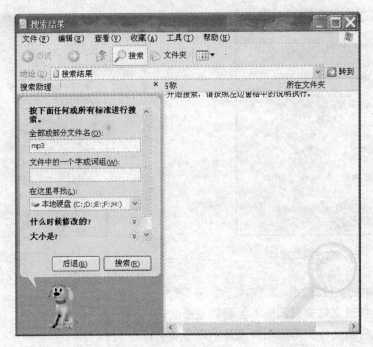

图 5.26　文件搜索

在搜索结果窗口中,查找到的文件或文件夹与普通文件夹窗口是一样的。可以完成打开、执行、复制、移动等操作。也可以在搜索窗口中选定文件,然后在"文件"菜单下或在快捷菜单下,选择"打开所在的文件夹",转到该文件所在的文件夹。

5.2.4　硬件和软件的安装、配置、卸载

在 Windows 中,软硬件的安装也就是把其相关配置信息写入注册表中,这样系统在启动该硬件或软件的使用时就可以直接从注册表中获取配置信息,方便了操作系统对计算机全部软硬件资源的管理。安装也包括把软件的某些文件复制到某个指定的位置。卸载也就是把相关信息从注册表中清除,这样可以使注册表保持简洁。下面介绍处理这些信息的工具——"控制面板"。

5.2.4.1　控制面板

控制面板中包含了一组设置硬件配置信息程序,用户可以在"控制面板"中调用相关程序对系统资源进行自由配置,包括各类硬件(部分软件)的属性和资源设置,可以增删某些软件和硬件等。

启动控制面板的方法如下:

【方法 1】　使用"开始"|"控制面板"命令。

【方法 2】　也可以双击"我的电脑"和"资源管理器"中"控制面板"的图标。

工作窗口有多个类别,下面选择几个有代表性的介绍。

图 5.27　控制面板

5.2.4.2　软件的安装与卸载

随着应用程序的规模越来越大，在 Windows 环境中，应用程序的运行都必须安装。安装软件可以直接点击该应用程序提供的安装运行程序。也可以通过控制面板中添加/删除程序，来安装应用软件。

在"控制面板"窗口中，双击"添加/删除程序"，弹出如图 5.28 所示的"添加/删除程序"对话框。在此对话框里，有 4 个按钮："更改/删除程序"、"添加新程序"、"添加/删除 Windows 组件"、"设定程序访问和默认值"，下面来分别介绍。

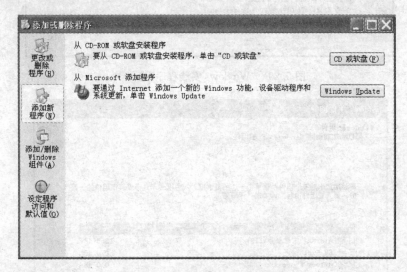

图 5.28　"添加/删除程序"对话框

1. 添加新程序

如果要添加新的软件，则单击"CD 或软盘"，然后根据相应软件安装的提示一步步选择即可；而 Windows Update 则是从微软下载最新的补丁程序。

2. 更改或删除程序

在图 5.29 所示的对话框中，从选项中选择要卸载的应用程序，左键点击。如点击 Borland Delphi 7 则如图显示，显示了该软件的相关信息。卸载就选择"删除"按钮，操作系统会自动调用应用程序的卸载程序进行执行。

3. 添加/删除 Windows 组件

在图中选择"添加/删除 Windows 组件"按钮，出现如图 5.30 所示的对话框。"组件"列表列出了 Windows 98 提供的所有组件，而在组件列表框中，每个选项旁边都有一个复选框，用户可以根据需要选用。

5.2.4.3　硬件设备的安装与卸载

硬件设备都是通过某个端口连接到计算机内部的扩展槽中，如网卡和声卡；而打印机和扫描仪则连接到计算机外部的接口上。

硬件设备能够在计算机上使用，除了硬件设备本身外，必须有相应的软件支撑，这类软件

图 5.29　"Windows 安装程序"选择卡

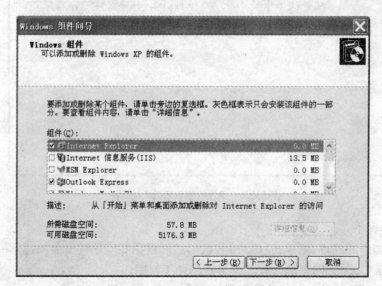

图 5.30　"Windows 组件"选项卡

被称为设备驱动程序。设备驱动程序一般由设备制造商提供;某些设备驱动程序是微软公司提供的。

安装设备时,一般分为以下三步:

(1) 将设备连接到计算机上。

(2) 为该设备安装合适的设备驱动程序。如果硬件厂商提供了安装程序,则直接运行该安装程序。

(3) 配置设备的属性和设置。一般安装程序的时候,有些属性和设置由用户进行选择和填写。

卸载一个硬件设备,首先从系统中删除设备驱动程序;再关闭电源从计算机中移除该设备。从"控制面板"中选择"性能和维护"类别的"系统",则弹出"系统 属性"窗口,再选择"硬件"选项卡,点击"设备管理器"按钮,则打开"设备管理器"窗口,如图 5.31 所示。选择某个硬件设备驱动程序,右键则弹出快捷菜单,然后进行选择"卸载",就可以卸载相应设备的驱动程序了。

有些连接的设备(例如调制解调器),可以采用禁用设备的方法而不必卸载设备。禁用设备时,该设备暂时不可使用。但保持与计算机的连接。再次启用该设备后,又可以使用了。

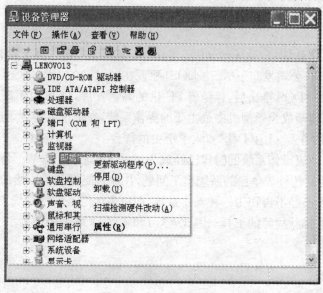

图 5.31 设备管理器

5.2.4.4 键盘与鼠标的设置

在控制面板中打开键盘或鼠标属性对话框,可以调整鼠标或键盘的工作状态。

键盘:可以调整在按住一个键之后字符重复前的延迟时间、字符重复的速率、光标闪烁频率等。如图 5.32 所示。

鼠标:可以调整鼠标双击的速度。要测试速度,可以双击测试区中的图像。左手与右手的使用习惯等。如图 5.33 所示。

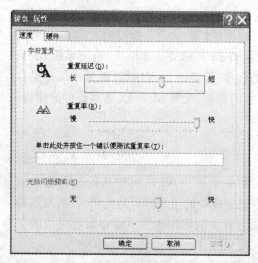

图 5.32 键盘属性

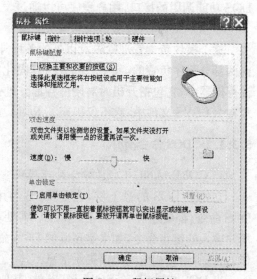

图 5.33 鼠标属性

5.3 几种常见操作系统简介

5.3.1 DOS

DOS 是磁盘操作系统(Disk Operating System)的简称,它适用于单用户单任务环境。1981 年 7 月 Microsoft 公司发布了 MS—DOS,配置在同时期的 IBM PC 推出,这就是 MS—DOS 1.0 版。自 MS—DOS 推出后,伴随着 PC 机的高速发展,DOS 也不断发布新的版本,加入了许多新的功能,逐渐成为微型机中最主要的操作系统,在全世界得到了广泛的应用。直到 Windows 操作系统的普及,才让 DOS 步入了历史的舞台。

尽管 DOS 作为主流操作系统的时代已经成为过去,但是无论是 Windows 9X,还是 Windows 2000/XP,一旦这些外表华丽的系统出了问题,往往只能借助最原始的系统 DOS 进行修复。因此,今天 DOS 已经不再作为一种操作系统,而更多地像是一种系统工具—— 一种可以恢复系统、保护数据、排除故障的工具。因此,学习和掌握 DOS 命令成为系统维护人员的必修课程。

5.3.1.1 DOS 的组成

DOS 尽管版本有所不同,但其核心均有一个引导程序和三个程序模块组成。

1. BOOT 引导程序

引导程序存放在磁盘开始的第一个扇区上,它的任务是将 DOS 引导到内存。在系统启动时 BOOT 程序首先被读入内存,首先检查磁盘是否是 DOS 系统盘,若不是则给出相应的出错信息。若是 DOS 启动盘,接着检查 DOS 的两个重要文件 IO.SYS 和 MSDOS.SYS 是否存在,如果存在,就将这两个文件读出并负责将它们装入内存。

2. MSDOS.SYS 磁盘操作管理模块

它是 DOS 的核心部分,主要任务是进行磁盘管理、文件管理和外设管理等。并提供了 DOS 功能调用的接口,用户程序可以通过发出中断的方式来调用这些功能。

3. IO.SYS 输入/输出接口模块

这个模块负责管理除磁盘以外的各种外部设备,检查他们的状态。控制输入/输出任务是由两部分程序负责的,其中一部分已经固化在被称作 ROM BIOS(基本输入/输出系统)的只读存储器中,它包括开机时对硬件各部分进行测试的程序、设备驱动程序等,而另一部分是存放在 IO.SYS 文件中,它不仅扩充了 ROM 中的 BIOS 的功能,又是 MS—DOS 与硬件的接口。

5.3.1.2 DOS 命令简介

1. COMMAND.COM 命令处理模块

它处于 DOS 的最上层,它是 DOS 与用户之间的一个接口,凡是用户从键盘上输入的 DOS 命令,都要经由 COMMAND.COM 处理。命令处理模块的主要任务是接收、分析与解释用户输入的键盘命令,如果是正确的 DOS 命令,则调用有关的程序来完成命令所要完成的工作。否则,给出相应的出错提示信息。

当 DOS 启动后,除 ROM BIOS 外,其他三个程序模块由引导程序将它们装入内存,提供操作系统的各种功能。MSDOS. SYS 和 IO. SYS 是蕴含文件,在列文件目录时不显示。用户一般只能看到 COMMAND. COM 文件。

在 Windows XP 中,集成了一个类似 DOS 的程序——cmd. exe。利用这个程序可以学习有关的 DOS 命令。直接启动 cmd. exe 程序,或者"开始|所有程序|附件|命令提示符"启动,如图 5.34 所示。

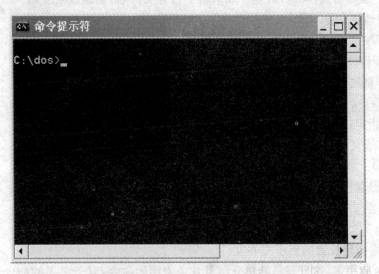

图 5.34　Windows XP 下的命令提示符窗口

Windows 系列的操作系统是图形界面的,而 DOS 是字符界面的。在 DOS 状态下,一般用户只能通过 DOS 命令与计算机打交道。

图 5.34 中,C:\dos> 是 DOS 提示符,这个相当于 Windows 窗口地址栏中地址,而 DOS 命令就是在提示符后的光标处输入的,DOS 命令必须符合一定的命令规则,符合了则 DOS 就去执行该命令,否则会在屏幕中给出相应的出错信息,告诉用户出错的原因。

2. DOS 常用命令简介

DOS 命令的一般格式为:

<DOS 命令名>　[命令参数表][/开关 表]

DOS 命令名是表明该命令执行什么样的功能,参数表是该命令执行时需要的数据,开关则是某些命令特性的简单设置。常用的 DOS 命令如下:

(1) 帮助命令 help

格式：HELP <DOS 命令名>

功能：显示该 DOS 命名的各种帮助信息。或者输入<DOS 命令名> /? 也是可以的。

(2) 磁盘格式化命令 FORMAT

格式：FORMAT　<盘符>

功能：格式化指定驱动器中的磁盘,即给出磁盘的存储格式。

(3) 查看文件和文件夹命令 DIR

格式：DIR　<文件夹>[/P][/W]

功能：显示指定文件夹中的文件和文件夹。文件名可使用通配符。参数/P 表示分屏幕显示目录项。参数/W 表示宽行显示目录项。在要显示文件目录信息较多的情况下,这 2 个参数非常有用处。

(4) 文件复制命令 COPY

格式:COPY　＜源文件名＞　　［目标文件］

功能:将若干个源文件复制到指定的目的地。在格式中如果目标文件名缺省,则源文件保持原来的名字被复制到新的目的地。如果带上目标文件名,则是改名复制。

(5) 文件改名命令 REN

格式:REN　＜旧文件名＞　＜新文件名＞

功能:将旧文件名改成新的文件名。

(6) 文件删除命令 DEL

格式:DEL ＜文件名＞

功能:将指定位置的文件从磁盘中删除。

(7) 建立子文件夹命令 MD

格式:MD　＜子文件夹＞

功能:在磁盘指定的位置建立一个新的子文件夹。

(8) 删除空子文件夹命令 RD

格式:RD　＜空子文件夹＞

功能:删除指定位置的空子文件夹。

DOS 命令有很多,这里只是简单介绍了几条常用的命令,对于更多的命令,读者可以参考一些 DOS 命令的专业书籍。需要注意的是由于 DOS 版本较多,有些命令在不同的版本中格式和功能是有所不同的。

5.3.2　UNIX

1964 年,美国电话电报公司的贝尔实验室参与合作开发一个名为 Multics,用于大型机的操作系统。Multics 的主要目标是提供一种多用户多任务的计算环境,使其具有较强的通用性,从而方便实现软硬件资源的共享。然而 Multics 所追求的目标实在是太过庞大和复杂,结果就失败了。1969 年这个项目的 AT&T 开发人员 Thompson 和 Dennis Ritchie 一起基于上述系统着手开发 DEC PDP-7 上的操作环境,这个环境只需要:①一个简单的文件系统;②一个进程子系统和 shell(命令解释器)。该操作环境实现了,这就是最初的 UNIX。Ritchie 受 Multics 的启发,将此操作系统命名为 UNIX。

下面从版本的发布看 UNIX 的发展历史。UNIX 的版本十分复杂。从第一版说起,简要说明有重要意义的几个版本。

V1(1971):第一版的 UNIX,以 PDP-11/20 的汇编语言写成。包括文件系统等软件。

V4(1973):以 C 语言从头写过,这使得 UNIX 修改容易,可以在几个月内移植到新的硬件平台上,这是 UNIX 迈向成功之路的关键一步。最初 C 语言是为 UNIX 设计的,所以 C 与 UNIX 间有紧密的关系。

V6(1975):第一个在贝尔实验室外(尤其是大学中)广为流传的 UNIX 版本。这也是 UNIX 分支的起点与广受欢迎的开始。

目前为止,UNIX 的版本主要还是"AT&T 发布的 System V"与"美国加州大学伯克利分校发布的 BSD"。现在市场上的 UNIX 也基本上都是这两大流派的变体和衍生物,他们大多只是在 AT&T UNIX 或 BSD UNIX 基础上进行一些修改,这样就形成了 UNIX 的许多变体。即以 AT&T 或 BSD 为蓝本,将它们移植到自己的硬件上,并加上一些自己的"增值"功能,如:SUN 公司的 Solaris 系统,IBM 公司的 AIX 和惠普公司的 HP−UX 等等。因此习惯上就把这种 UNIX 的变体称为类 UNIX 操作系统,或者称为 UNIX 操作系统。

5.3.3 Linux

Linux 系统有两种不同的含义。从技术角度,Linux 指的是由 Linus Torvalds 维护的开放源代码 UNIX 类操作系统的内核。然而,目前大多数人用它表示以 Linux 内核为基础的整个操作系统。从这种意义讲,Linux 指的是包含内核、系统工具、完整的开发环境和应用的类UNIX 操作系统。

Linux 是可以免费使用的,遵循 GPL (General Public License,公共许可证)声明,可以自由修改和传播。与 Windows 等商业操作系统不同,Linux 完全是一个自由的操作系统。Linux 内核最初是由芬兰籍大学生 Linus Torvalds 和通过 Internet 组织起来的开发小组完成的,其目标是与 POSIX(Portable Operating System Interface for Computer Environment,可移植操作系统界面)兼容。Linux 包含了人们希望操作系统拥有的所有功能特性,包括真正的多任务、虚拟内存、世界上最快的 TCP/IP 驱动程序、共享库和多用户支持(这意味着成百上千的人能在同一时刻通过网络、Internet 或连接在计算机串行口上的终端或笔记本电脑/微机使用同一台计算机)。

Linux 现在是个人计算机和工作站上的 UNIX 类操作系统。按照层次结构的观点,在同一种硬件平台上,Linux 可以提供和 UNIX 相同的服务,即相同的用户级和程序员级接口。Linux 绝不是简化的 UNIX,相反,Linux 是强有力和具有创新意义的 UNIX 操作系统,它不仅继承了 UNIX 的特征,而且在许多方面超过了 UNIX。作为 UNIX 类操作系统,Linux 具有下列基本特征。

(1) 是真正的多用户、多任务操作系统。

(2) 是符合 POSIX 标准的系统。

(3) 提供具有内置安全措施的分层的文件系统。

(4) 提供 shell 命令解释程序和编程语言。

(5) 提供强大的管理功能,包括远程管理功能。

(6) 具有内核的编程接口。

(7) 具有图形用户接口。

(8) 具有大量有用的实用程序和通信、联网工具。

(9) 具有面向屏幕的编辑软件。

大量的高级程序设计语言已移植到 Linux 系统上,因而它是理想的应用软件开发平台,而且,在 Linux 系统下开发的应用程序具有很好的可移植性。同时,Linux 还有许多独到之处:

(1) 源代码几乎全部都是开放的。任何人都能通过 Internet 或其他媒体得到 Linux 系统的源代码,并可以修改和重新发布。

(2) 可以运行在许多硬件平台上。Linux 系统不仅可以运行在 Intel 系列个人计算机上,还可以运行在 Apple 系列、DEC Alpha 系列、MIPS 和 Motorola 68000 系列上。从 Linux 2.0

开始,不仅支持单处理器的机器,还能支持对称多处理器(SMP)的机器。

(3) 不仅可以远行许多自由发布的应用软件,还可以运行许多商品化的应用软件。越来越多的应用程序厂商(如 Oracle、Sybase、IBM 等)支持 Linux,而且通过各种仿真软件,Linux 系统还能运行许多其他操作系统的应用软件,如 DOS、Windows、Windows NT 等。

(4) 强大的网络功能。Linux 诞生、成长于网络,网络功能相当强大,具有内置的 TCP/IP 协议栈,可以提供 FTP,Telnet,WWW 等服务,同时还可以通过应用程序向其他系统提供服务,如向其他 Windows 用户提供类似于网络邻居的 Samba 文件服务。Linux 系统的另一特征是能充分发挥硬件的功能,因而比其他操作系统的运行效率更高。在个人计算机上使用 Linux,可以将它作为工作站使用。在工作站上使用 Linux,可以使它发挥出更高的性能。Linux 以其特有的性能、功能和可用性将拥有广泛的应用前景。

当 Linux 走向成熟时,一些人开始建立软件包来简化新用户安装和使用 Linux 的方法,这些软件包称为 Linux 发布或 Linux 发行版本。发行 Linux 不是某个人或某个组织的事,任何人都可以将 Linux 内核和操作系统的其他组成部分组合在一起进行发布。在早期众多的 Linux 发行版本中,最有影响的要数 Slackware 发布,它是当时最容易安装的 Linux 发行版本。在推广应用 Linux 的过程中起了很大作用。Linux 文档项目(LDP)是围绕 Slackware 发布写成的,从出版物的角度看,围绕 Slackware 发布的出版物仍然占主导地位。目前,Red Hat 发行版本的安装更容易,应用软件更多,已成为最流行的 Linux 发行版本,2000 年秋已经发行了 7.0 版本;而 Caldera 则致力于 Linux 的商业应用,它的发展速度也很快。汉化的 Linux 发行版本也有很多,国内自主建立的有 BluePoint Linux,Flag Linux,Xterm Linux 以及美国的 XLinux,TurboLinux 等,这些发行版本大多对安装及使用界面进行了部分汉化(有些采用国际化技术,同时也支持其他语种,在支持多语种方面 XLinux 的工作最引人注目)。每种发行版本都有各自的优点和弱点,但它们都提供相对完整的应用软件及帮助文档,都使用相同的内核和开发工具,都使用同一个名称——Linux 系统。

习 题

1. 操作系统一般有哪些特点和基本功能?
2. 操作系统常见的种类有哪些?
3. 选择你喜欢的一张图片,把它设置为桌面背景。根据此图片的大小适当地修改显示器的分辨率。
4. 在 C 盘创建一个文件 MyDocument.txt,内容为"计算机资源管理",并修改其属性为只读、隐藏。
5. 在 D 盘创建一个文件夹 MyFile,把第 4 题创建的文件复制到此文件下,把名字修改为 MyDocument.bak。
6. 把第 4 题和第 5 题创建的文件和文件夹删除。
7. 把回收站中的文件,MyDocument.bak,彻底删除;MyDocument.txt 恢复。
8. 常见的操作系统有哪些? 它们有哪些常见的版本?

第6章　程序设计基础知识

本章概要
- 程序和程序设计的有关知识
- 程序设计语言和程序设计方法方面的有关知识
- 算法和算法设计的基本概念
- 算法的描述工具
- 算法设计的基本思想
- 一些常见的简单算法

学习目标
- 了解程序、程序设计的基本概念、基本内容、基本步骤
- 了解程序设计语言和程序设计方面的基本知识
- 懂得如何评价软件的质量
- 了解算法和算法设计的一些基本概念
- 学会使用程序流程图这种算法描述工具来设计一些简单问题的求解算法

要让计算机帮助人完成某项工作,必须事先编制指挥计算机工作的程序(这项工作称为程序设计)。有了正确的程序,计算机才能有条不紊地完成预期的功能。要设计一个能够指挥计算机完成某项任务的程序,设计者自己必须要知道完成该项任务的具体方法和步骤,解决问题的方法和步骤称之为算法。要将解决问题的算法转化为计算机程序,还必须要懂得计算机程序设计语言。

因此,要学习设计程序,必须了解程序及程序设计的有关概念、性质、特点,了解程序设计的过程,了解算法的概念、描述工具和算法设计的基本思想,掌握一定的程序设计方法,了解和熟悉程序设计工具和环境。在本章中,将对程序和算法的基本概念、程序设计语言、程序设计方法、程序设计环境和实现步骤以及算法描述工具和算法设计的基本思想等内容予以简单介绍。

6.1　程序设计的基本概念

要学习设计程序,首先应该对程序和程序设计的有关概念、程序设计的过程、程序设计工作的性质和特点等有所了解。由于每位程序员在对程序、程序设计以及相关知识和技术的理解和掌握上存在着许多差异,因而其程序设计的结果也存在着很大的差别。很难想象,连什么是程序、什么是程序设计等基本概念都不清楚的人能写出好的程序。本节将介绍一些基本而又重要的概念。

6.1.1 程序与程序设计

现在,计算机已经和人们的日常生活息息相关。工作时,它是好帮手;学习时,它是好师友;休闲娱乐时,它是好伙伴。由于计算机在各个方面的出色表现,使得很多人都以为计算机是个天才,但其实并非如此!

从使用计算机解决实际问题的用户角度看,计算机确实是个天才,它无所不会、无所不能,动作敏捷、做事利落,而且干得漂亮。但是从程序员的角度去看,计算机不但不是天才,简直就是一个傻瓜! 它"膂力"过人但智力低下,如果你让它每次加1地数数,它会老老实实地数。但是,如果你不让它停止,它就会这么一直数下去,不知自动停止。因为"数数"和"停止"是两个不同的操作。计算机所执行的每一个操作都需要程序员下达指令(由于某种原因进入"逻辑混乱状态"的例外),程序员不下达指令它就不知道下一步该做什么。可见,计算机所会的,仅仅是忠实、严格地执行程序员事先安排的指令而已。

为了解决某个实际问题而编排的指令序列称之为程序。程序运行时,计算机将严格按照程序中各个指令所指定的动作进行操作,从而逐步地完成预定的任务。例如,如果要让计算机计算 x 和 y 两个数的平均值,那就得发出如下指令序列(程序):

输入 x 和 y
计算 s=x+y
计算 a=s/2
输出 a

计算机执行上述指令,就完成了计算平均值的任务。编制让计算机完成某项任务要执行的指令序列的工作称为程序设计。

程序设计不是一件容易的事。因为程序员面对的计算机不但不是一点就明的天才,而是一个具有三岁幼儿般智力却有着惊人的处理能力的怪物。程序员的任务就是要通过编制指令序列来将这个怪物"调教"成一个"无所不会、无所不能"的天才。

所幸的是,随着计算机技术的不断发展,特别是程序设计语言的发展,计算机的"智力"也有一定程度的提高。就是说,现在的计算机能够听得懂较为复杂的指令了。

6.1.2 程序设计的过程

程序设计过程主要包括问题分析、确定算法和编码实现等三个步骤。

6.1.2.1 问题分析

问题分析是程序设计的第一步。在进行程序设计之前,必须要对程序将要解决的问题进行深入分析,弄清楚程序应该完成哪些功能? 有哪些输入数据? 需要输出哪些信息? 比如"计算 x 和 y 两个数的平均值"问题,要完成的功能是"计算两个数的平均值",需要输入两个数据 x 和 y,需要输出一个数据(计算出的平均值)。

6.1.2.2 确定算法

弄清楚程序应该"做什么"之后,就需要考虑"怎么做"了。这时需要寻找解决问题的方法(算法),如果该问题有多种解法,还应该对各种解法进行分析比较,从中选择一个比较好的解

法。比如前面"计算 x 和 y 两个数的平均值"问题,我们也可以这样计算:

　　输入 x 和 y

　　计算 $x_a = x/2$

　　计算 $y_a = y/2$

　　计算 $a = x_a + y_a$

　　输出 a

和前面的算法相比,显然前面的算法较好(少做一次除法)。

在寻找和确定算法的时候,可以用合适的方法和工具来记录和描述算法。

6.1.2.3　编码实现

编码实现就是将用程序流程图(或其他工具)描述的算法转换成某种程序设计语言表示的程序,并且通过在计算机上的实际测试、运行。例如将前面用自然语言描述的"计算 x 和 y 两个数的平均值"的程序(严格地说应该是算法),用 C++语言实现,则代码为:

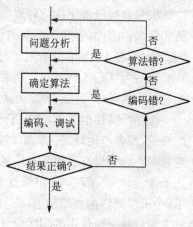

```cpp
#include <iostream.h>
void main()
{
    float x,y,a;
    cin >>x >>y;
    a=(x+y)/2;
    cout <<"a=" <<a <<endl;
}
```

图 6.1　程序设计过程

一般说来,程序设计过程不会是一蹴而就的,上述三个步骤往往需要反复多次。图 6.1 较为准确地描述了这一过程。

6.1.3　程序设计的特点

程序设计是一项非常具有挑战性的智力活动,与其他工作相比,有一些独特的性质。

6.1.3.1　构造性

程序员设计程序的工作与作家写文章、音乐家创作乐谱有很多相似的地方。作家通过调遣一个个简单的字词而创作出华丽的篇章;音乐家通过组织一个个简单的音符而谱写出优美动听的乐曲;程序员则通过编排一个个简单的操作而构造出能使计算机具有天才般本领的程序。这些工作的共同特点就是构造性。

构造性决定了程序设计结果(即程序)的多样性。因为只要程序能够正确地解决问题,怎么构造都行。因此,为了解决同一个问题,不同的程序员会设计出面貌迥异的程序来。甚至,同一个程序员,在不同的时期设计出的解决同一个问题的程序也会大相径庭。

构造性决定了不能用统一的标准来衡量程序的质量。为了表达同一个主题,一个作家写了一篇散文,而另一个作家却写了一首诗歌,显然不能用同一个标准来评价散文和诗歌。

构造性还决定了难以用形式化的方法来证明程序的正确性。由于对于解决同一个问题的程序存在着各种各样的构造方法,很难像数学定理的证明和推导那样建立起形式化方法来证明程序的正确性。因此,程序的正确性只能通过测试来进行验证。然而,测试只能是有限的,不可能测试出程序可能隐含的所有问题,这就是目前大多数软件都不同程度地存在着错误的原因。

6.1.3.2　严谨性

通常,讲演者偶然的口误和用词不当,不会对其表达的信息产生影响,因为听众有判断力,会在接受信息的过程中自动纠正讲演者的口误和用词不当。但是,和计算机打交道就不同了,计算机虽然有一定的智力,但它毕竟不是人,它不会主动地对所接受的信息进行合理的修正。计算机只会按照程序执行各指令所规定的操作,不会揣摩程序员的心思,也不会自动纠正程序员的笔误。因此,程序员编制的程序必须是非常严谨的,一点点的差错都有可能带来严重的后果。例如,在 1963 年美国用于控制火箭飞行的 FORTRAN 程序中,把一个指令"DO 5 I=1,3"误写为"DO 5 I=1.3",在系统测试中又未能发现这个错误,结果这一"点"之差,导致飞往火星的火箭爆炸,造成 1000 万美元的损失。

程序严谨性的要求,决定了不能用自然语言来书写程序。因为任何一种自然语言都是不严格的,都会产生歧义。比如,"老赵对老钱说他的儿子考上大学了",你能知道这句话的准确意思吗?如果没有其他补充信息,就不能知道到底是"老赵的儿子考上大学了",还是"老钱的儿子考上大学了"。但如果这句话之前还有这样的话语"老赵的独生女去年大学毕业了,……",则你能立即知道,是"老钱的儿子考上大学了"。

编制程序所使用的程序设计语言是上下文无关的形式语言,而程序要解决的问题都是用自然语言陈述的。程序设计的任务就是,将用有歧义的自然语言描述的求解要求转换成用无歧义的形式语言表达的解题程序。这就需要程序员应具有认真的工作作风和严密的逻辑思维能力等基本素质。

6.1.3.3　抽象性

现实世界中的事物,有着各种各样的特征,伴随着这些事物的存在和变化,大量的数据和信息不断地产生。为了能够用计算机来处理这些数据和信息,就必须对数据和信息进行抽象,因为计算机内部只能表示 0 和 1 组成的二进制代码。计算机中使用二进制代码来映射现实世界中的事物及其数据、信息。

现实世界中对事物进行的加工处理是千变万化的,就像人们眼中的世界一样绚丽多彩。而绚丽多彩的世界却是由三原色组合而成的。计算机可以完成各种各样的功能,而这些功能也是由有限的一些基本操作组合而成的。比如:读取一个数据、保存一个数据、计算一个算式的值、比较两个数值的大小、移动一下光标的位置、发出一个特定频率的声音等等。

要让计算机来求解现实世界中的某一实际问题,程序员必须将该问题的求解方法和步骤进行归纳和抽象,将一系列的解题步骤编排成一组计算机能够执行的操作指令(即程序)。这就需要程序员应具有较强的概括和抽象的能力。

6.1.4　程序的质量标准

如前所述,程序设计的构造性特点决定了设计出的程序必然是多样的。那么,什么样的程序才算是好程序呢? 至今还没有统一的标准。

实际上,随着计算机软硬件技术的飞速发展,人们所追求的目标也在不断的变化。20 世纪七八十年代之前,不管程序结构多么混乱,只要运行的速度快、占用的内存少,就可算是好程序,因为那时计算机的硬件价格昂贵、性能差,而程序的规模较小。而后来人们越来越注重程序的易读性了,因为计算机硬件的性能价格比不断提高,程序的规模越来越大,结构混乱、不易阅读和理解的程序将会增大维护成本。

评价程序质量的优劣虽然没有统一的标准,但有一个基本共识,即应该从正确性、易读性、有效性、可维护性和适应性等几个方面来综合评价。

6.1.4.1　正确性

正确性是对程序的最基本的要求。那么,什么样的程序才算是正确的呢? 答案是:正确的程序完成且仅完成其"规格说明"中所列举的全部功能。换句话说,正确的程序除了完成其"规格说明"中所列举的全部功能以外,不做任何其他额外的事情。

知道了什么样的程序是正确的,并不意味着就能知道一个程序是否正确。从理论上说,按照一定的规则设计出的程序是可以证明其正确性的,但不幸的是,这些证明方法都异常地繁琐,以至于无法使用。

迄今为止仍然没有证明程序正确性的有效方法,人们能够做到的还是通过测试来验证的正确性。然而,"测试只能找出程序的错误而并不能证明程序的正确"。因为不可能将程序的所有可能的输入、所有可能的操作和所有可能的结果都验证一遍,比如:输入有 1000 种可能,计算有 10 种可能,输出有 500 种可能,全部可能都验证到就有 500 万种组合。(大型程序的如此验证,也许得花上几十年乃至几万年!)

因此,在设计程序的过程中,程序员应该尽量使用好的程序设计方法,管理者应该加强管理和审查。这样,即使不能保证设计出的程序完全正确,但基本能够保证程序不出现严重问题。

6.1.4.2　易读性

易读性也称简明性,是指在程序设计时应该尽可能地使程序容易阅读、容易理解。这是现在程序设计所追求的重要目标。

一般来说,程序编制完毕不是投入运行就万事大吉了,而是进入了运行维护期。统计数据表明,程序维护的工作量要比程序设计的工作量大得多。程序维护人员可能就是程序设计人员,但一般不是:要维护一个程序,首先要读懂这个程序。

程序的结构清晰、层次分明,程序中标识名称含义清楚、注释详细等都有助于对程序的阅读和理解,有利于程序的维护。

6.1.4.3　有效性

有效性是指程序运行的速度快并且占用的空间少,这是所追求的目标。

一般情况下,时间和空间很难兼得:想节省时间,往往要以多占用空间为代价;想节省空间,往往要以增加处理时间为代价。因此,程序员应根据所解决问题的具体特点来决定时间和空间的取舍,以寻求一个合理配合。

值得注意的是,有效性和易读性往往是有冲突的。例如,要计算一个班级某门课程的平均分,在程序中可以写成:

班级平均分 = 班级总分 / 班级人数

也可以写成:

A = S / N

显然,前者的可读性要优于后者,但需要占用较多的空间。

应该指出,对于一般的应用程序而言,目前计算机的运行速度和存储空间已经基本上不用考虑效率问题,因此,当有效性和易读性发生冲突时,宁可要易读性。但对于一些实时控制系统(比如控制导弹飞行的程序)来说,时间效率仍然是要优先考虑的。

6.1.4.4 可维护性

可维护性是指程序投入运行之后,如果发现错误或缺陷,应该能够纠正;如果有新的功能要求,应该能够加入;如果程序的运行环境发生了变化,应该能使程序适应这种变化。可维护性也是好程序的一个重要指标。

开发一个软件需要投入大量的人力和财力,如果发现问题后能够修复并继续使用,这将延长软件的使用期限。

6.1.4.5 适应性

适应性有两个方面的含义:一是指程序对需求变化的适应程度;二是指程序对运行环境变化的适应程度。

对于信息管理类的应用程序来说,程序都是用高级程序设计语言开发的,适应运行环境变化一般不会有问题,需要关注的是对需求变化的适应程度。例如,一个企业的经营范围扩大了,该企业的管理程序应该能够不做修改或稍加修改就能适应。

在分析问题时充分考虑未来可能的发展和变化,在程序设计时注意留有扩充的余地,可以提高程序适应性。

6.2 程序设计语言

计算机只是一种工具。要让计算机帮助人完成某项工作,必须事先编制指挥计算机工作的程序。只有这样,计算机才能按照人的意志正确工作。程序设计语言就是编写计算机程序所使用的语言。

程序设计语言是人和计算机交互的基本工具,其特性会影响人的思维和解决问题的方式,会影响人和计算机交互的方式和质量,也会影响其他人阅读和理解程序的难易程度。

每一种不同的程序设计语言都有着各自的"长处"和"短处"、适合于做什么和不适合于做什么。因此,程序员对程序设计语言的一些基本特性应该有所了解,以便能在编程时选择一种适当的程序设计语言。

6.2.1　程序设计语言的分类

据报道,自 1960 年以来人们已经设计和实现了数千种不同的程序设计语言,但是只有其中很少一部分得到了比较广泛的应用。现有的程序设计语言虽然五花八门、品种繁多,但它们基本上可以分为汇编语言和高级语言两大类。

6.2.1.1　汇编语言

汇编语言的语句(指令)和计算机硬件操作有一一对应关系,每种汇编语言都是支持这种语言的计算机所独有的,因此,有多少种不同类型的计算机也就有多少种汇编语言。

6.2.1.2　高级语言

高级语言使用的概念和符号与自然语言使用的概念和符号比较接近,它的一个语句(命令)往往对应若干条机器指令。一般地说,高级语言与计算机的类型无关。现在,编写程序所使用的基本上都是高级语言。

对于高级语言,从不同的角度,又可以进一步分类:

根据应用特点,可以分为通用语言、专用语言和数据库管理系统三类:

(1) 通用语言:通用语言的特点是应用范围广泛,可以编写解决各类问题的程序,具有很强的过程能力和数据结构能力。比如,BASIC/Visual BASIC,C/C++/Visual C++/C♯,PASCAL 等等都属于这类语言。

(2) 专用语言:专用语言的特点是应用范围比较狭窄,只能编写解决某类问题的程序。例如,APL 是为数组和向量运算设计的简洁而又功能很强的语言;BLISS 是为开发编译程序和操作系统而设计的语言;FORTH 是为开发微处理机软件而设计的语言;LISP 语言和 PRO-LOG 语言特别适合于编写人工智能领域的应用程序。

(3) 数据库管理系统:数据库管理系统也是一种高级语言,它的应用范围介于专用语言和通用语言之间,它特别适用于开发需要数据库技术支持的各类应用程序。目前常用的数据库管理系统有,SQL Server,Oracle,Visual FoxPro 等等。

按照源程序到目标程序的翻译方式,可以分为解释型语言和编译型语言两类:

(1) 解释型语言:用某种程序设计语言编写的程序称为该种语言的源程序。例如,用 C++语言编写的程序称为 C++源程序。源程序是不能被计算机直接执行的,只有将源程序"翻译"成目标程序(由二进制代码组成)后,计算机才能执行。

解释型语言源程序的执行方式是,由一个称为解释程序的语言处理软件,对源程序语句逐句进行解释(翻译成目标程序),解释一句,执行一句,解释并执行完毕时,也就得到了完整的运行结果。图 6.2 描述了解释型语言源程序的执行过程。

图 6.2　解释型语言源程序的执行过程

这种翻译方式执行速度较慢,因为它不产生可执行文件,每次运行都要重新解释一次。现在,纯粹的解释型语言已不多见,还有人使用的大概就是 BASIC 语言了,Visual BASIC 不是纯粹的解释型语言,它也可以编译。

(2) 编译型语言:编译型语言源程序的执行方式是,由一个称为编译程序的语言处理软件,将整个源程序翻译成可以单独执行的目标程序,然后执行目标程序,得出运行结果。图6.3描述了编译型语言源程序的编译和执行过程。

编译生成了可执行文件之后,就不再需要源程序了,而且执行速度较快。目前使用的高级语言基本上都是编译型的。例如,C/C++,Visual C++,PASCAL,PROLOG 等等。

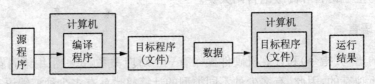

图 6.3 编译型语言源程序的编译和执行过程

6.2.2 程序设计语言的发展

从计算机问世以来,伴随着计算机硬件技术的发展,程序设计语言也经历了四代发展。

对程序设计语言的划代要比对计算机的划代复杂得多。目前所见到的划代观点有多种。例如,有一种观点认为:第一代程序设计语言是机器语言和汇编语言;第二代程序设计语言是高级语言(如 FORTRAN,BASIC 等);第三代程序设计语言是增强性的高级语言(如 PAS-CAL,FORTRAN77 等);第四代程序设计语言是按计算机科学理论指导设计出来的结构化程序设计语言(如 ADA,SMALLTALK-80 等)。而又有另一种观点认为:第一代程序设计语言是机器语言;第二代程序设计语言是汇编语言;第三代程序设计语言是面向过程的高级语言;第四代程序设计语言是面向问题的语言。

计算机程序设计语言的发展与硬件的发展不同的是,各代程序设计语言将会长期地同时存在下去,而不是像硬件那样,老一代硬件很快被新一代硬件所取代。

下面我们分别介绍一下:机器语言、汇编语言、高级语言和面向问题的语言。

6.2.2.1 机器语言

机器语言是第一代程序设计语言,也是计算机能够直接识别和执行的唯一的一种程序设计语言。机器语言的指令由二进制代码组成,程序中使用的数据是二进制数,数据在内存中的位置要由程序员负责安排。

用机器语言编写程序是十分繁琐的。例如,有这样一个任务:先将 3 和 9 两个数保存在内存中,然后计算这两个数的和,和也保存在内存中。若用 IBM PC 型计算机的机器语言编写完成该任务的程序,则程序是这样的:

```
10111000 00000011 00000000
10100011 00000000 00000010
10111000 00001001 00000000
10100011 00000010 00000010
10001011 00001110 00000000 00000010
00000001 11001000
10100011 00000100 00000010
```

写成十六进制是:

B8 03 00 A3 00 02 B8 09 00 A3 02 02 8B 0E 00 02 01 C8 A3 04 02

可见，使用机器语言编写的程序可读性极差。而且，由于机器语言与计算机硬件密切相关，在 A 型计算机上实现的机器语言程序，是不能在 B 型计算机上运行的。因此，机器语言程序基本上不具备通用性。

6.2.2.2　汇编语言

汇编语言是第二代程序设计语言。汇编语言的指令由容易记忆助记符表示（比如，ADD 表示做加法，MOV 表示传送数据），程序中可以直接使用十进制数，数据在内存中的位置不需要程序员安排。

用汇编语言编写程序，要比机器语言轻松许多。例如，用汇编语言编写完成前例功能的程序为：

```
x dw 3
y dw 9
z dw ?
Start：mov ax, x
mov cx, y
add ax,cx
mov z, ax
```

用汇编语言编写的源程序必须翻译成机器语言程序后才能被计算机识别和执行。翻译过程是由事先存放在机器里的名为"汇编程序"的程序完成的。

汇编语言源程序的可读性和通用性也很差（虽然比机器语言程序有所改善）。

6.2.2.3　高级语言

20 世纪 50 年代中后期出现的高级语言是第三代程序设计语言。高级语言不依赖于具体的计算机，其语法非常接近于自然语言，所以用高级语言编写程序比较容易，写出的程序也有较好的通用性。例如，用高级语言编写完成前例功能的程序为：

```
x＝3
y＝9
z＝x＋y
```

第三代程序设计语言是面向过程的语言。所谓面向过程，是指程序员在程序中不但要说明解决什么问题，还要告诉计算机如何去解决，即详细地告诉计算机解决问题的每一个步骤。

6.2.2.4　第四代程序设计语言

20 世纪 80 年代提出了第四代程序设计语言（4GL）的概念。人们对第四代程序设计语言的期望是，只需描述要解决的问题，计算机就能自动地生成求解程序，从而完成求解任务。就是说，第四代程序设计语言是一种"面向问题"的语言。

第四代程序设计语言以数据库管理系统所提供的功能为核心，进一步构造了开发高层软件系统的开发环境。例如，数据库设计器、查询设计器、报表设计器、窗口设计器和菜单设计器等等，都为用户提供了一个良好的应用开发环境。

第四代程序设计语言提供了功能强大的非过程化问题定义手段,用户只需告知系统要做什么,而无需说明怎么做,因此可大大提高软件生产效率。

要完全实现这种功能不是一件容易的事情,进入 20 世纪 90 年代以后,随着计算机软硬件技术的发展和应用水平的提高,大量基于数据库管理系统的第四代程序设计语言开始在计算机应用程序开发领域中得到了广泛的应用。例如:Visual FoxPro,Visual Basic,Delphi,PowerBuilder 等可视化开发工具中提供的各种设计器、生成器、向导之类的工具都属于第四代语言技术。不过,第四代程序设计语言应用的范围和程度离人们对于它的期待还有相当的距离。

6.2.3　常用程序设计语言简介

目前使用最多的几种程序设计语言应该包括 Visual Basic,C/C++/VC++,Java 等。

6.2.3.1　BASIC 语言

BASIC 语言是在计算技术发展史上应用得最为广泛的一种程序设计语言。Visual Basic 语言对原有 BASIC 语言进行了大幅度的扩展。由于 Visual Basic 保持了 BASIC 语言易学易用的特点,常常被初学者用来当成学习程序设计的入门语言。当然,专业人员可以用它开发出任何复杂功能软件。

6.2.3.2　C 语言

C 语言是一种结构化程序设计语言,与其他结构化程序设计语言相比,C 语言更加接近于硬件底层。由于 C 语言的这种特性,在很长一段时间内人们都认为它是功能最强大的一种程序设计语言,因此,学习、使用它的人也很多。不过 C 语言要比其他结构化程序设计语言更加难以学习。现在由于软件项目中大量使用面向对象的语言,C 语言的使用范围也越来越小,但是在一些特定的领域内,C 语言仍然是很好的选择。

C++是在 C 语言的基础上增加了面向对象的机制而形成的一种程序设计语言。C++支持 C 语言语法。用 C 语言编写的程序,一般不加修改就能在 C++编译器中顺利通过。但是 C++并不只是一个 C 语言的扩展版本。C++和 C 语言之间有着根本的区别,这就是面向对象程序设计思想和结构化程序设计思想之间的区别。C++支持几乎全部的面向对象机制,而 C 语言则是一种标准的结构化程序设计语言。现在 C++(如 Visual C++)已经成为程序开发的主流语言。

6.2.3.3　Java 语言

Java 语言是一种非常流行的面向对象的程序设计语言。Java 的优点之一是它的跨平台特性,即,用 Java 编写的程序可以在多种不同的平台上运行。Java 的语法和 C++具有很多相似的地方,因此,学过 C++的人很容易学会 Java。

6.3　程序设计方法

在计算机技术发展的早期,程序设计没有系统的方法,那时采用的是手工作坊中师傅带徒弟式的方法。由于计算机刚问世时应用领域单一(应用于科学计算),程序的规模都很小,手工作坊式的程序设计方法也支撑了一段时间。

到了 20 世纪 60 年代,由于计算机应用领域的扩大,程序的规模越来越大,对软件的需求也日益增长。这时,用手工作坊式的软件生产方法生产出的软件,无论是数量还是质量,都无法满足用户的需求。软件工程师们开始寻找新的程序设计方法。

20 世纪 70 年代末,结构化程序设计方法日趋成熟并得到了广泛的应用。结构化程序设计方法引入了工程思想和结构化思想,大型软件的开发和编程都得到了极大的改善。但是,随着用户需求功能的增多,软件变得越来越庞大、复杂,程序的维护、修改成为整个软件开发过程中非常繁杂的工作,结构化程序设计方法受到了严峻的考验。于是面向对象技术开始浮出水面。

20 世纪 80 年代开始,面向对象技术逐渐被程序员所接受,现在已经成为主流的程序设计技术。面向对象程序设计技术吸收了结构化程序设计的优点并提出了一些新的概念和强有力的技术,从而开创了程序设计工作的新天地。

6.3.1　结构化程序设计

结构化程序设计方法在程序设计技术发展史有着重要的贡献,现在虽然退出了统治地位,但是这种设计思想与方法现在仍然被广泛地应用着。

6.3.1.1　结构程序

程序是指令(高级语言中称为语句)序列,程序中的语句按照其执行方式,可以分成以下三种基本控制结构:

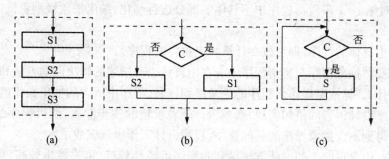

图 6.4　程序基本控制结构

(1) 顺序结构:按照书写顺序逐条执行该结构中的各个语句(如图 6.4(a)所示)。

(2) 分支(选择)结构:根据给定的条件成立与否,从该结构中所给的两个(或多个)语句序列中选择一个执行(如图 6.4(b)所示)。

(3) 循环(重复)结构:根据给定的条件,使该结构中的语句序列重复执行若干次(如图 6.4(c)所示)。

在实际应用中,也可以使用图 6.5(a)表示的选择结构和图 6.5(b)表示的重复结构。

所谓结构程序,是指按照"单入口和单出口"的原则,只用顺序、选择和重复三种基本控制结构组合、嵌套而构成的程序。

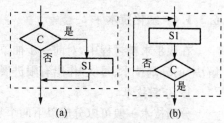

图 6.5　程序基本结构扩展

用这种方法构造出来的程序具有良好的结构,易于阅读、易于理解和易于维护,也易于验证其正确性。

6.3.1.2　结构化程序设计方法

结构化程序设计方法的基本原则是:自顶向下、逐步求精和模块化。

所谓"自顶向下",是指程序设计时,应先考虑总体,后考虑细节;先考虑全局目标,后考虑局部目标。

所谓"逐步求精",是指对于复杂的问题,应设计一些子目标做过渡,逐步细节化。

所谓"模块化",是指对于一个复杂问题,将其分解为若干个稍为简单一些的子问题,分别求解每一个子问题,如果每一个子问题都解决了,那么这个复杂问题也就解决了。对于每一个子问题的求解,也是使用"逐步求精"的方法。

6.3.1.3　逐步求精

使用逐步求精方法设计程序,可按下述步骤进行:

第一步,编出高度抽象的程序(即只说明程序要"做什么",而不指出"怎么做")。抽象程序不能在计算机上执行。

第二步,对第一步得到的抽象程序中指定要做的每一件事进行细化,即指出这件事"怎么做"或者进一步指出应该"做什么"(比前一步程序中的"做什么"要具体些)。这一步得到的程序可能还是抽象的程序,但要比前一步具体些,即抽象级要低一些;

……

第 i 步,对第 i-1 步所得程序中不具体的部分进行细化,编出抽象级别更低一些的程序;

……

最后,编出具体的程序(即可以在计算机上执行的程序)。

这里所说的"抽象程序",是指程序中含有用自然语言描述的解决问题方法和规则、自然语言说明的"做什么"等抽象操作。程序的抽象级别越高,程序中所含的抽象操作就越多,而具体操作(可用程序设计语言的语句实现)就越少。随着求精的逐步深入,所得程序的抽象级别越来越低,最终得到不含抽象操作的具体程序,程序设计工作也就完成了。

一般说来,用自顶向下的求精方法得到的程序可读性较好,可靠性也较高;用自底向上的求精方法得到的程序往往局部是优化的,但系统的整体结构却较差。由于计算机的硬件性能越来越好,价格越来越低,而软件的复杂度却越来越高,开发成本也越来越高,所以现在人们更加追求程序的可读性与可维护性。因此,现在多使用自顶向下的设计方法。

6.3.1.4　细化技术

在逐步求精过程中,对前一步抽象程序中抽象操作的细化有三种技术:分别称为"划分和解决"的分割技术、每次"作出有限进展"的递推技术和"区分情况"的分析技术。

1. 分割技术

分割技术一般可以分成以下两个步骤:

第一步,把问题划分成不相交的若干部分;

第二步,依次解决划分出的每一个部分问题。

　　例如,对于许多数据处理方面的程序,逐步求精第一步的抽象程序都可以写成:

　　　　读入已知数据

　　　　计算处理数据

　　　　输出结果

　　2. 递推技术

　　经常遇到这样的一些情况:对于一个问题,虽然无法直接得到最终的解,但是却有了一个朝最终解前进的方向,这时就可以重复使用递推技术,每一次向最终解的方向作出有限进展,直到求出最终解为止。

　　例如,求 n 个数 $x_1, x_2, \ldots, x_n$ 中的最大值问题。我们无法直接得到最终的求解程序,但是我们发现,如果用 Max 记录 $x_1, x_2, \ldots, x_i (i < n)$ 中的最大值($i = 1$ 时,$\text{Max} = x_1$),则下一步可以这样做:

　　　　将 Max 和 x_{i+1} 比较,如果前者小于后者则用 Max 记下 x_{i+1},否则什么也不做

　　显然,这又朝着最终解的方向推进了一步:Max 是 $x_1, x_2, \ldots, x_{i+1} (i+1 \leqslant n)$ 中的最大值了。重复这一操作直到 $i+1 = n$ 就求出了最终解。

　　3. 分析技术

　　有些问题的输入数据可以明显地区分为几种不同的情况,而每一种情况有着不同的处理方案。对于这类问题,可以使用分析技术来进行细化。

　　例如,增加教师工资的政策是:教授增加 300 元,副教授增加 200 元,讲师增加 100 元,助教增加 50 元,见习生增加 30 元。

　　在设计该问题的求解程序时,可以根据输入数据项(职称)的不同来将问题细化为几种不同的情况,程序为(暂时用自然语言书写):

　　输入职称

　　区分　职称　情况:

　　　　是教授:增加 300 元

　　　　是副教授:增加 200 元

　　　　是讲师:增加 100 元

　　　　是助教:增加 50 元

　　　　是见习生:增加 30 元

6.3.2　面向对象程序设计

　　面向对象程序设计方法是现在程序设计的主流方法。在以后的"面向对象程序设计"课程中将会详细讨论。

6.4　算法的概念

　　上一节,我们介绍了程序设计的基本方法。这些方法的核心思想就是对原来较为复杂的问题进行一系列的分解(求精),使其变得较为简单。当待求解的问题被细化到一定程度时,就需要具体地考虑"怎么做"了,即需要设计具体的算法了。

6.4.1　算法和算法设计

什么是算法？形式地说，算法是一组(有限个)规则，它提供了解决某个特定问题的运算序列。通俗地说，算法就是解决某个特定问题的方法和步骤的精确描述。所谓"精确描述"，是指对一个问题求解算法的描述，应该使算法的"执行者"能够根据算法所描述的方法和步骤逐步地完成对该问题的求解工作。

显然，对于同一个问题的求解算法，如果"执行者"不同，则描述的"精确"程度也不相同。例如，对于一元二次方程

$$ax^2+bx+c=0$$

求解其实数根的算法，如果算法的执行者是个中学生，算法应该这样描述：

先计算 $d=b^2-4ac$，然后根据 d 的值是正、负或 0 选择相应的计算公式计算出结果：

如果 $d<0$，则无解；

如果 $d=0$，则 $x_1=x_2=\dfrac{-b}{2a}$；

如果 $d>0$，则 $x_1=\dfrac{-b+\sqrt{d}}{2a}$，$x_2=\dfrac{-b-\sqrt{d}}{2a}$。

如果算法的执行者是个刚学完分数的小学生，则还应对 $\sqrt{d}$ 的计算方法(比如查平方根表)作进一步说明。

上述算法描述，对于算法执行者"人"来说已经足够了。但是，如果算法的执行者是计算机(懂高级程序设计语言)，则必须把算法步骤描述清楚，因此应该描述为：

(1) (通知操作员)输入方程系数 a,b,c；

(2) 计算 $d=b^2-4ac$；

(3) 如果 $d<0$，则输出"无解"信息，转到(6)；

(4) 如果 $d=0$，则计算 $x=\dfrac{-b}{2a}$，输出 x，转到(6)；

(5) 如果 $d>0$，则计算 $x_1=\dfrac{-b+\sqrt{d}}{2a}$，$x_2=\dfrac{-b-\sqrt{d}}{2a}$，输出 x_1 和 x_2；

(6) 结束。

求解一元二次方程是数学计算问题，针对这一问题给的算法就是求解方程根的计算步骤和方法。但是计算机所解决的不光是计算问题，例如，打印一个图案，播放一段音乐等等。因此不能将算法狭义地理解为"计算的方法"。

程序和算法是怎样的一种关系呢？从形式上看，程序是用某种程序设计语言表示的，而算法一般是用伪码(介于自然语言和程序设计语言之间的一种语言)或图形表示的；从功能上看，程序将原始数据加工成所需的结果(或者完成某个特定的任务)，而算法则描述了对于给定数据的加工方法(或者某个特定的任务是怎样完成的)。程序是外表，算法才是灵魂。所以有人给出这样的公式：

程序＝数据结构＋算法

可见，程序设计应该包括数据安排(构造数据结构)和算法设计两项工作。其中算法设计的任务就是对一个具体问题设计出可行的解决方法和操作步骤。

由于现代计算机的"智力"还不太发达,对于同一个问题,计算机解决的算法和人解决的算法可能会大相径庭。有时对于人来说非常简单的问题,要给出计算机求解算法却是很困难的。例如,要在纸上画出(打印)如下图案:

★ ★ ★ ★ ★ ★ ★ ★ ★
★ ☆ ☆ ☆ ☆ ☆ ☆ ☆ ★
★ ☆ ★ ★ ★ ★ ★ ☆ ★
★ ☆ ★ ☆ ☆ ☆ ★ ☆ ★
★ ☆ ★ ☆ ★ ☆ ★ ☆ ★
★ ☆ ★ ☆ ★ ☆ ★ ☆ ★
★ ☆ ★ ★ ★ ★ ★ ☆ ★
★ ☆ ☆ ☆ ☆ ☆ ☆ ☆ ★
★ ★ ★ ★ ★ ★ ★ ★ ★

这个任务交给一个小学生来做,不需要做任何说明,他(她)都能毫不费力地完成,但是如果让计算机来做,要给出打印算法就不那么简单了。因为计算机是逐行打印的,你得告诉计算机每一行如何打印,这可不是一件很容易说清楚的事。

6.4.2 算法的基本特性

计算机算法有 5 个重要特性,即:有穷性、确定性、能行性、有输入和有输出。

6.4.2.1 有穷性

一个算法必须保证执行有限步之后结束。请看下面描述的操作步骤:

(1) S=1;

(2) N=2;

(3) 计算 T=N * N;

(4) 将 T 加到 S 上;

(5) 将 N 加 1;

(6) 转到(3);

(7) 输出 S;

(8) 结束。

这不是一个正确的算法,因为它的操作步骤有无限多次(虽然给出了结束指令,但该指令永远也执行不到)。

再看下面描述的操作步骤:

(1) S=1;

(2) N=2;

(3) 如果 N≤10,则执行(4)以下,否则转到(8);

(4) 计算 T=N * N;

(5) 将 T 加到 S 上;

(6) 将 N 加 1;

(7) 转到(3);

（8）输出 S；

（9）结束。

这是一个正确的算法。因为其中的步骤（4）～（7）重复执行 9 次时，N 的值达到 11，再转到步骤（3）时，N≤10 的条件不再成立，于是执行步骤（8）、（9），算法结束。

这个算法是为了计算 $S=1^2+2^2+3^2+\cdots+10^2$ 而设计的。请拿出一张纸，按此算法进行计算，看看能否完成此计算任务。

应当指出，算法保证在执行有限步之后结束，并不意味着真的能够结束。例如，如果将上面算法中步骤（3）的条件"N≤10"改为"N≤10^{20}"，显然，这还是能够"保证在执行有限步之后结束"的算法，但是，该算法在每秒能够完成 100 亿次计算的计算机上也要执行上百年！

6.4.2.2　确定性

算法中的每一个步骤都必须准确的定义。由于算法的执行者是计算机，而计算机是不会去揣摩人的意思的。因此，算法中的每一个操作都必须描述准确，不能含糊。

下面是求解一元二次方程实数根的算法：

（1）输入系数 a,b,c；

（2）计算根 x_1；

（3）计算根 x_2；

（4）输出根 x_1,x_2；

（5）结束。

该算法中的一些操作就不够准确，比如"计算根 x_1"，如果无实数根，还要计算吗？正确的算法应该这样：

（1）输入系数 a,b,c；

（2）如果 $a=0$，则报告"输入错误"，并转（8）；

（3）计算 $d=b\times b-4\times a\times c$；

（4）如果 $d\leqslant 0$，则报告"无解"，并转（8）；

（5）计算根 $x_1=\dfrac{-b+\sqrt{d}}{2a}$；

（6）计算根 $x_2=\dfrac{-b-\sqrt{d}}{2a}$；

（7）输出根 x_1,x_2；

（8）结束。

6.4.2.3　能行性

算法的能行性有两层含义：

一是算法中的每一个操作都应该是基本的，是可以付诸实现的。例如，"计算 $x=1/3$"这一操作使可行的，但是"计算 $x=1/0$"是不可行的。

二是算法应该在人们能够容忍的时间内完成预期的任务。例如，假设有根据下面公式计算 π 值的算法：

$$\frac{\pi}{4}=1-\frac{1}{3}+\frac{1}{5}-\frac{1}{7}+\cdots$$

如果要求精确到 5 位,则该算法是能行的,但是如果要求精确到 50000 位,则该算法是不可行的,其运行时间人们可能无法容忍。

6.4.2.4　有输入

本质上,所有的算法都是在对数据进行加工和处理。只有输入了待加工的原始数据,算法才能将其加工成所需要的结果。例如,求两个自然数的最大公约数的算法,需要两个输入数据,求一个自然数阶乘的算法需要一个输入数据。

对于一个算法,输入总是需要的,它刻画了加工对象的初始情况,如果一个算法没有(即 0个)输入,则肯定在该算法的内部指定了默认的初始条件。

6.4.2.5　有输出

一个算法有一个或多个输出,没有输出的算法是毫无意义的。输出是算法对输入数据加工处理的结果。例如,求两个自然数的最大公约数的算法,有一个输出数据,既最大公约数;求一个自然数阶乘的算法也有一个输出数据,既某自然数的阶乘数。

一般说来,一个算法的输出和输入数据之间肯定存在着某种关系。在很多情况下,可以把算法看成是数学上的函数,输入就是函数的自变量,输出就是函数的值。当然,输出的结果不一定表现为数字,输出可以有其他形式,如:声音、图像、文字等。

6.5　算法的描述工具

为了准确地描述算法,需要采用适当的描述工具,就像用五线谱来记录音乐、用图表来说明股市行情一样。目前广泛使用的算法描述工具有程序流程图、N-S 图、PAD 图、伪码、自然语言等等。

6.5.1　程序流程图

程序流程图(程序框图)是一种历史最悠久使用最广泛的描述算法的工具,它用简单的几何图形、必要的文字说明以及箭头指向来直观地描述算法的执行过程。

6.5.1.1　程序流程图的基本符号

程序流程图的基本符号如图 6.6 所示:

如果要顺序地执行 P1 和 P2 两个操作,则可用程序流程图表示为图 6.7。

如果要根据条件 C 的成立与否从 P1 和 P2 两个操作中选择一个执行,则可用程序流程图表示,如图 6.8所示。

如果要根据条件 C 的成立与否来决定是否重复执行P 操作,则可用程序流程图表示,如图 6.9 所示。

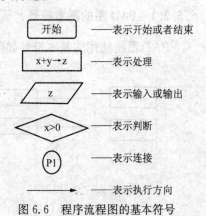

图 6.6　程序流程图的基本符号

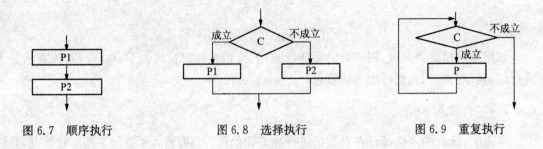

图 6.7　顺序执行　　　　　图 6.8　选择执行　　　　　图 6.9　重复执行

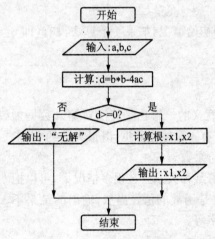

图 6.10　求一元二次方程根的算法

6.5.1.2　程序流程图应用实例

【例 6.1】　用程序流程图描述求解一元二次方程 $ax^2+bx+c=0$ 实数根的算法。

前一节已经描述了该问题的求解算法,现在用程序流程图表示,如图 6.10 所示。

6.5.1.3　程序流程图的优缺点

程序流程图的主要优点是对控制流程的描绘很直观,便于初学者掌握。

程序流程图的主要缺点如下:

(1) 程序流程图本质上不是逐步求精的好工具,它诱使程序员过早地考虑程序的控制流程,而不去考虑程序的全局结构。

(2) 程序流程图中用箭头代表控制流,因此程序员不受任何约束,可以完全不顾结构程序设计的精神,随意转移控制。

从 20 世纪 40 年代末到 70 年代中期,程序流程图一直都是描述算法的主要工具,尽管它有上述种种缺点,但至今仍在广泛使用着(特别在初学者当中)。

6.5.2　PAD 图

PAD(Problem Analysis Diagram)图用二维树形结构的图来表示算法的控制流。

6.5.2.1　PAD 图的基本符号

PAD 图所使用的基本符号如图 6.11 所示。

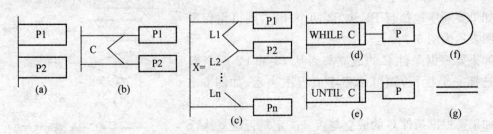

图 6.11　PAD 图的基本符号

其中：

（1）表示顺序执行两个操作 P1 和 P2；

（2）表示当条件 C 成立时执行操作 P1，否则执行操作 P2；

（3）表示当条件 X＝L1 时执行操作 P1，否则当条件 X＝L2 时执行操作 P2，……，否则当条件 X＝Ln 时执行操作 Pn；

（4）表示当条件 C 成立时重复执行操作 P；

（5）表示重复执行操作 P 直到条件 C 成立时为止；

（6）表示连接；

（7）表示定义。

6.5.2.2　PAD 图应用实例

【例 6.2】　用 PAD 图描述求解一元二次方程 $ax^2+bx+c=0$ 实数根的算法。

用 PAD 图表示的一元二次方程求解算法如图 6.12 所示。

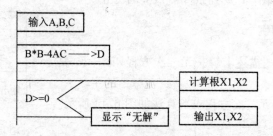

图 6.12　求一元二次方程根的算法（PAD 图）

6.5.2.3　PAD 图的主要优点

PAD 图具有如下一些优点：

（1）PAD 图所描绘的程序结构十分清晰。图中最左面的竖线是程序的主线，即第一层结构。随着程序层次的增加，PAD 图逐渐向右延伸，每增加一个层次，图形向右扩展一条竖线。

（2）用 PAD 图表现算法逻辑，易读、易懂、易记。PAD 图是二维树形结构的图形，程序从图中最左竖线上端的结点开始执行，自上而下，从左向右顺序执行，遍历所有结点。

（3）容易将 PAD 图转换成高级语言源程序，有利于提高软件可靠性和软件生产率。

（4）PAD 图支持自顶向下、逐步求精方法的使用。开始时设计者可以定义一个抽象的操作，随着设计工作的深入而使用定义符号逐步增加细节，直至完成详细设计。

6.5.3　N-S 图

N-S 图（盒图）用相邻的方框表示执行的流向，用嵌套的方框表示结构的嵌套，结构清晰，易读易懂，因而广泛用于结构化程序设计中。

6.5.3.1　N-S 图的基本符号

N-S 图所使用的基本符号如图 6.13 所示。

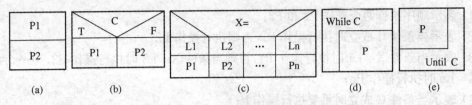

图 6.13 N-S 图的基本符号

其中：

（1）表示顺序执行两个操作 P1 和 P2；

（2）表示当条件 C 成立时执行操作 P1，否则执行操作 P2；

（3）表示当条件 X＝L1 时执行操作 P1，否则当条件 X＝L2 时执行操作 P2，……，否则当条件 X＝Ln 时执行操作 Pn；

（4）表示当条件 C 成立时重复执行操作 P；

（5）表示重复执行操作 P 直到条件 C 成立时为止。

6.5.3.2　N-S 图应用实例

【例 6.3】　用 N-S 图描述求解一元二次方程 $ax^2+bx+c=0$ 实数根的算法。

用 N-S 图表示的一元二次方程求解算法如图 6.14 所示。

6.5.3.3　N-S 图主要特点

（1）功能域（即一个特定控制结构的作用域）明确，从盒图上一眼就可以看得出来。

（2）不可能任意转移控制。

（3）很容易表现嵌套关系，也可以表示模块的层次结构。

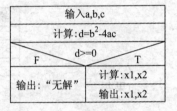

图 6.14 求一元二次方程根的算法（N-S 图）

盒图没有箭头，因此不允许随意转移控制。坚持使用盒图作为详细设计的工具，可以使程序员逐步养成用结构化的方式思考问题和解决问题的习惯。

6.5.4　伪码

一般说来伪码是一种"混杂"语言，它使用自然语言的词汇和某种结构化程序设计语言的语法。例如 6.4 节中一元二次方程求根算法的描述形式就可以看成是一种伪码（当然不是严格定义的伪码）。

伪码作为一种设计工具有如下一些优点：

（1）可以作为注释直接插在源程序中间。这样做能促使维护人员在修改程序代码的同时也相应地修改注释，因此有助于保持文档和程序的一致性，从而可以提高程序的质量。

（2）可以使用普通的文字处理软件（如 Windows 系统所带的记事本、写字板等）完成伪码的编辑工作。

伪码的缺点是不如图形工具形象直观。

6.6　算法设计的基本思想

解决不同的问题需要设计不同的算法。即便解决同一个问题,也可能会有不同的算法,正所谓"条条大道通北京"。例如,要将 n 个数按照从大到小的顺序排列,就可以有多种不同的算法。尽管各种各样的算法不胜枚举,但是设计算法的一些基本思想方法却是共同的。本节简单介绍枚举、递推、递归、迭代、回溯等几种基本算法的思想方法。希望通过对这些基本算法思想的学习,能够对计算机解决问题的基本思路有所了解,进而达到能够运用这些基本思想来设计一些简单问题求解算法的目的。

6.6.1　枚举

枚举就是从集合中一一列举各个元素。对于某一问题,如果能够知道其解所在的范围和一个解应该满足的条件,就可以应用枚举的方法来求得其解。

对于问题 P,设 S 是其解所在的范围,则应用枚举思想所设计的求解算法可用图 6.15 表示。

使用枚举思想可以设计出许多解决问题的算法。

【例 6.4】　高一(3)班在上体育课排队时发现,如果每排 3 人则最后一排剩 2 人,如果每排 5 人则最后一排剩 3 人,如果每排 7 人则最后一排剩 4 人。试给出求该班人数的算法。

对于该问题,由常识得知,一个班的人数应该不会超过 100 人,在本例中也不会少于 4 人,即解的范围应在 4～100 之间。另外,如果 x 是解,则 x 应该满足条件:

x 除以 3 余 2,且 x 除以 5 余 3,且 x 除以 7 余 4。

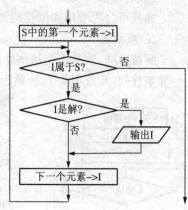

图 6.15　枚举算法思想

枚举 2～100 之间的每一个值并检查该值是否满足解的条件即可求出该班的人数。具体算法描述如下:

(1) 4→x;

(2) 如果 x>100,则转到(6);

(3) 如果 x 满足解的条件,则输出结果 x,转到(6);

(4) x+1→x;

(5) 转到(2);

(6) 结束。

该算法用程序流程图表示为图 6.16。

6.6.2　递推

有这样一类数值计算问题,它由若干数据项组成,而相邻两项数据之间存在一定的变化规律。比如:

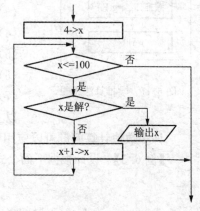

图 6.16　例 6.4 的算法

$$等差数列：F_i = \begin{cases} a & (i=1) \\ F_{i-1}+c & (i>1) \end{cases}$$

$$等比数列：F_i = \begin{cases} a & (i=1) \\ F_{i-1} \times d & (i>1) \end{cases}$$

$$\text{Fibonacci } 数列：F_i = \begin{cases} 1 & (i=0,1) \\ F_{i-2}+F_{i-1} & (i>1) \end{cases}$$

其中，a,c,d 为常数，a 为第一项的值（初始值），F_i 为第 i 项。

有了这种表示相邻数据项之间变化规律的递推关系式，就能从初始条件（或最终结果）入手，一步步地按递推关系式递推，直至求出最终结果（或初始值）。

一般地，递推关系式可以表示为：

$$F_i = g(F_{i-1}) 或 F_{i-1} = g'(F_i)$$

对于这类问题，如果我们是能够找到后一项数据与前一项数据的关系并且知道其起始条件（或最终结果），就能让计算机一步一步地求出结果来。这种方法称为递推。

递推可分为顺推和倒推两种形式。

1. 顺推法

所谓顺推，就是由初始条件出发，按照递推关系式一步一步地推算出最终结果。例如，有一等差数列，其首项为 1，公差为 3（即 $F_i = F_{i-1}+3$）。求其第 4 项（即 F_4）。

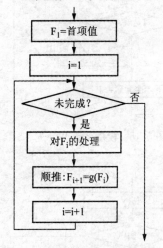

图 6.17 顺推算法思想

根据初始条件和递推关系式，很容易一步一步地求出 F_4 来：

$F_1 = 1$；

$F_2 = F_1+3 = 4$；

$F_3 = F_2+3 = 7$；

$F_4 = F_3+3 = 10$。

使用顺推方法求解问题的基本步骤如下：

(1) 由题意（或递推关系）确定初始值 F_1；

(2) $i=1$；

(3) 判断 F_i 是不是最终项，是则转到(7)，否则执行(4)；

(4) 根据递推关系计算下一项：$F_{i+1} = g(F_i)$；

(5) 对该项的处理；

(6) $i=i+1$，转到(3)；

(7) 输出结果。

以上算法步骤可用程序流程图表示为图 6.17。

许多数值计算问题可以应用顺推思想来设计求解算法。

【例 6.5】 设计根据下面公式计算 e 的近似值的算法，其中，n 由键盘输入。

$$e = 1 + \frac{1}{1!} + \frac{1}{2!} \cdots \frac{1}{n!}$$

这是求数列 $1, \frac{1}{1!}, \frac{1}{2!}, \cdots, \frac{1}{n!}$ 和的问题，该数列的首项 $T_0 = 1$，以后各项可用下面递推关系式求出：

$$T_i = T_{i-1} \times \frac{1}{i} \quad (i=1,2,\cdots,n)$$

所以,可以用顺推的算法思想设计出其求解算法(如图6.18所示)。

2. 倒推法

所谓倒推,就是根据问题的解或目标,通过某种递推关系,一步一步地倒推出其初始值。例如,已知一等差数列的第 4 项值为 10,公差为 2(即 $F_i = F_{i-1} + 2$),求其第 1 项(即 F_1)。

由题意,可得倒推关系 $F_{i-1} = F_{i-2}$,结合所给条件($F_4 = 10$),可以一步一步地倒推出 F_1 来:

$F_4 = 10$;

$F_3 = F_4 - 2 = 8$;

$F_2 = F_3 - 2 = 6$;

$F_1 = F_2 - 2 = 4$。

使用倒推方法求解问题的基本步骤如下:

(1) 由题意(或递推关系)确定结果项 F_n;

(2) $i = n$;

(3) 判断 F_i 是不是初始项,是则转到(7),否则执行(4)

(4) 根据递推关系计算前一项:$F_{i-1} = g'(F_i)$;

(5) 对该项的处理;

(6) $i = i - 1$,转到(3);

(7) 输出结果。

以上算法步骤可用程序流程图表示为图 6.19。

倒推方法的处理过程与顺推类似,主要差别在于:顺推是由前一项推出后一项,而倒推却恰恰相反。

【例 6.6】　赵老师上街买书,在第 1 个书店用去钱包中钱数的 1/2 差 1 元,在第 2 个书店又用去钱包中所剩钱数的 1/2 差 1 元,在第 3 个书店也是如此,……当赵老师到第 10 个书店时,发现钱包中只剩 10 元钱了。问赵老师钱包中原有多少钱? 请设计求解算法。

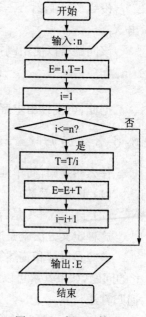

图 6.18　例 6.5 算法

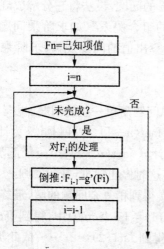

图 6.19　倒推算法思想

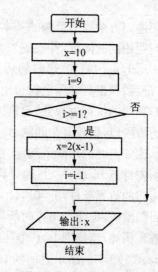

图 6.20　例 6.6 算法

设 $X_i(i=1,2,\ldots,10)$ 为赵老师进入第 i 个书店时钱包中的钱数,则 $X_{10}=10$,任务是求出 X_1。

该问题可以使用倒推法求解。根据题义可得递推关系:

$$X_i=\frac{X_{i-1}}{2}+1(即\ X_{i-1}=2\times(X_i-1)),X_{10}=10$$

据此,可设计出求解算法如图 6.20 所示。

6.6.3 递归

什么叫递归,简单地讲,就是用自己定义自己。例如,自然数的定义:

(1) 1 是自然数;

(2) 自然数+1 是自然数。

这种定义方法就是递归定义的方法。

递归是设计和描述算法的一种强有力的工具。对于规模(要处理的数的大小、个数等)为 n 的问题,如果其解可以由若干个规模更小的同一问题组合而成,则该问题的求解就可以采用递归算法。

例如,求 $n(\geqslant0)$ 的阶乘问题:

$$fact(n)=\begin{cases}1 & (n=0)\\ n\times fact(n-1) & (n\geqslant1)\end{cases}$$

即:当 $n=0$ 时,n 的阶乘等于 1;否则,n 的阶乘等于 n 乘以 $n-1$ 的阶乘。$n-1$ 的阶乘也是求阶乘问题,但是问题的规模变小了。

再如,求 m,n 的 $(m\geqslant n>0)$ 最大公约数问题:

$$gcd(m,n)\begin{cases}n & (m\bmod n=0)\\ gcd(n,m\bmod n) & (m\bmod n\neq0)\end{cases}$$

即:当 m 能够被 n 整除时,m 和 n 的最大公约数就是 n;否则,m 和 n 的最大公约数就等于 n 和 "m 除以 n 的余数" 的最大公约数(这还是求最大公约数的问题,但问题的规模变小了)。

使用递归方法构造算法的基本思路是:为求解规模为 n 的问题,设法将它分解成规模较小的与原问题相同的问题,并找到"原问题与规模较小问题的组合关系"(如求阶乘问题的 $fact(n)=n*fact(n-1)$)和"递归的边界条件"(即能够直接计算出值的问题规模,求阶乘问题的 $n=0$)。最后,根据具体问题构造出递归算法。

递归算法的执行过程分"递推"和"回归"两个阶段:

在递推阶段,把较复杂问题(规模为 n)的求解推到比原问题简单一些的问题(规模小于 n)的求解。比如上面的求阶乘问题,把求解 $fact(n)$ 推到求解 $fact(n-1)$。这就是说,为计算 $fact(n)$,必须先计算 $fact(n-1)$;而计算 $fact(n-1)$,又必须先计算 $fact(n-2)$;⋯⋯依此类推,直至满足递归的边界条件($n=0$),计算具体值($fact(0)=1$)。这时停止递推,开始回归。

在回归阶段,把递推结束时所得到的解,逐级返回,依次得到稍复杂问题的解,最终得到原问题的解。例如,当得到 $fact(0)=1$ 之后,将其返回到 $fact(1)=1*fact(0)$ 中,得到 $fact(1)=1$;再将 $fact(1)=1$ 的结果返回到 $fact(2)=2*fact(1)$ 中,得到 $fact(2)=2$;⋯⋯依此类推,最后将所得到的 $fact(n-1)$ 的结果返回到 $fact(n)=n*fact(n-1)$ 中,就得到了 $fact(n)$ 的结果。

递归算法一般具有如下形式：

(1) 如果问题的规模满足边界条件，则计算并返回结果；

(2) 否则，递归求解（即，将原问题用规模较小的问题组合表达）。

例如，计算 n 的阶乘的递归算法为：

(1) 如果 $n=0$，则 fact=1（即：返回 1）；

(2) 否则，fact=$n*$fact($n-1$)。

递归和递推看上去很相像，但它们的处理方式有很大的不同：递推从已知结果（顺推是起始值，倒推是终止值）出发，按照递推关系一步一步地推出所需的解；而递归则从原问题的定义本身出发，按照递归关系一步一步地展开（降低问题规模），直到满足递归边界条件而求出基本值，然后逐级回归到原问题，从而得到原问题的解。

由于递推求解过程中没有回归阶段，所以递推算法比递归算法效率更高。由于递归算法不涉及求解过程，所以用递归算法编写的程序比用递推算法编写的程序更加简练、清晰、易读。

对于某些复杂的问题，看起来似乎无从入手，但使用递归却变得异常简单。例如，汉诺塔游戏：

约在 19 世纪末，欧洲出现了一种称为汉诺塔（Tower of Hanoi）的游戏。据说这种游戏最早来源于布拉玛神庙（Temple of Bramach）里的僧侣。游戏的装置是一块铜板，上面有三根柱子，柱子上自下向上放着从大到小的 64 个盘子。游戏的目标是把所有盘子从一根柱子上移到另一根柱子上，还有一个柱子用于中间过渡。

游戏规定每次只能有一个盘子离开柱子（移动），并且大盘子不能压在小盘子上面。

要设计模拟和尚移盘子的算法，似乎很难，但使用递归却很容易。

设用 A，B，C 表示三根柱子，目标是将 n 个盘子从 A 移到 B，以 C 为过渡。具体算法描述如下：

(1) 如果 n＝1，则将 A 上的 1 个盘子移到 B 上，结束（返回）；否则，执行(2)至(4)；

(2) 将 n－1 个盘子从 A 移到 C，以 B 为过渡（想象一下此步完成后的状态：A 上 1 个盘子，B 上没有盘子，C 上 n－1 个盘子）；

(3) 将 A 上的 1 个盘子移到 B 上（现在状态是：A 上没有盘子，B 上一个盘子，C 上 n－1 个盘子）；

(4) 将 n－1 个盘子从 C 移到 B，以 A 为过渡（现在状态是：A 上没有盘子，B 上 n 个盘子，C 上没有盘子，任务完成）。

非常简单明了。n－1 个盘子怎么个移法？再分解为同样的四步。这是算法的执行者的任务，算法设计者不必关心这些细节，这正是递归算法的奇妙之处。

6.6.4　迭代

迭代法是数值计算中常用的一种方法，例如求解方程的近似根、求线性方程组的近似解等等。

用迭代法求方程 f(x)＝0 近似根的方法是，用某种数学方法导出迭代关系式 $x_i=g(x_{i-1})$，然后按以下步骤执行：

(0) 任选一个值 X_0 作为方程近似根的初始值；

(1) $x_1 = g(x_0)$；

(2) $x_2 = g(x_1)$；

...

(n) $x_n = g(x_{n-1})$；

当 x_n 与 x_{n-1} 差的绝对值小于指定的值时,计算结束,x_n 就是方程的近似根。

以上步骤中引入的变量太多,编写程序不太方便。实际上,每一步的迭代只需要用到前一步的结果,因此,使用循环结构,只需引入两变量就可以了,算法如下:

(1) x0=a(a 是任选的一个值,作为方程近似根的初始值);

(2) x1=x0;

(3) x0=g(x1);

(4) 判断:如果 |x0−x1|>ε(ε 为根据精度要求指定的值),则转到步骤(2);

(5) 输出近似根。

用迭代算法看起来很像递推算法,其实它们有很大的差别:递推关系式一般能够从问题的描述中总结归纳出来,而迭代公式则只有数学家才能发现;递推法总能得到结果,而迭代法有可能得不出结果(例如方程无解,或者方程有解但迭代公式选择不当)。

6.6.5 其他算法设计方法

需要用计算机求解的问题一般有两种类型:一种是问题的解有简明正确的数学公式表达。例如,求阶乘问题、求两点间距离问题等等。而另一类问题是无法建立数学模型(或者,即便有数学模型但解该模型的准确方法也没有现成的、有效的算法),也无法找到确定的求解步骤。例如,骑士游历问题(一个马,从棋盘上的一点出发,要求其经过棋盘上所有的点,而且每个点只经过一次,找出这个马的行动路线)、八皇后问题(在国际象棋的棋盘上放置八个皇后,使她们互不冲突)、走迷宫问题等等。

对于前一类问题,应该尽量使用解析法求解。因为一个好的数学模型建立了客观事物间准确的运算关系,运用这个数学模型求解一般是最简单而有效的。数学家们已经为许多计算问题建立了数学模型。

对于后一类问题,求解算法不是基于一条确定的必定成功的计算路径,而是采用一种搜索的方法解决,即从初始状态出发,根据问题给出的条件和规则逐步扩展所有可能情况,从中找出满足问题要求的解。求解这类问题有许多行之有效的经典方法。这里简单介绍几种(以后在"算法分析与设计"课程中会有全面的介绍)。

6.6.5.1 回溯法

回溯法是搜索算法的一种控制策略,也是求解特殊型计数问题或较复杂的枚举问题中使用频率最高的一种算法。

回溯法也称为试探法,该方法的基本思想是:将问题的所有候选解按某种顺序逐一枚举和检验,当发现当前候选解不可能是解时,就选择下一个候选解(替换掉当前候选解中最后加入的成分)继续试探;如果当前候选解除了还不满足问题的规模要求以外,已经满足了所有其他要求,则继续扩大当前候选解的规模,并继续试探。如果当前候选解满足包括问题规模在内的所有要求时,该候选解就是问题的一个解。

在回溯法中,放弃当前候选解,寻找下一个候选解的过程称为回溯。扩大当前候选解的规模,以继续试探的过程称为向前试探。

用回溯法求解问题,最朴素的方法就是枚举试探所有候选解,但其计算量有时是相当巨大的(有可能现代计算机也无法承受)。所幸的是,人们发现对于许多问题,有这么一种性质(完备性):

假设问题的解为 n 元组 $(x_1, x_2, \cdots, x_n)$,如果 $(y_1, y_2, \cdots, y_i)$ $(i<n)$ 不满足仅涉及到解的 $x_1, x_2, \cdots, x_i$ 部分的条件,那么,就可以肯定,以 $(y_1, y_2, \cdots, y_i)$ 为前缀的任何 n 元组 $(y_1, y_2, y_i, y_{i+1}, \cdots, y_n)$ 都不会是问题的解,因而就不必去检测它们。

例如,对于八皇后问题,其解为 8 元组 $(q_1, q_2, \cdots, q_n)$,其中 $q_i(i=1,2,\cdots,8)$ 为第 i 个皇后的位置(例如 $q_1 = A5$)。显然以 (A1,A2) 为前缀的任何 8 元组 (A1, A2, x1, x2, x3, x4, x5, x6) 都不会是问题的解,因为即使是两个皇后,也不能放置在 A1 和 A2 两个位置上。

回溯法正是利用这类问题的上述性质而提出来的比枚举法效率更高的算法。

6.6.5.2　分治法

对于一个规模为 n 的问题,如果求解较为容易就直接求解,否则就将其分解为 k 个规模较小且与原问题形式相同的子问题,逐个地(一般可以用递归方法)求解这些子问题,然后将各子问题的解合并得到原问题的解。这种算法设计策略叫做分治法。

分治法的理论依据是,求解一个问题所需的计算时间与问题规模有关:规模越小,所需时间越短,规模越大,所需时间就越长。

分治法的设计思想是,将一个难以直接求解的大问题,分割成一些规模较小的子问题,以便各个击破,分而治之。

由分治法产生的子问题往往与原问题形式相同但规模更小。反复应用分治方法,可以使子问题的规模不断缩小,最终使子问题规模缩小到可以直接求出其解。这就自然导出了递归求解的过程。所以,分治与递归像一对孪生兄弟,经常同时应用在算法设计之中,并由此产生许多高效算法。

6.6.5.3　贪婪法

贪婪法(也称贪心法)一般用于最优化问题的求解(每个最优化问题都包含一组限制条件和一个优化函数,符合限制条件的解称为可行解,使优化函数取得最佳值的可行解称为最优解)。

贪婪法的基本思想是,在逐步构造问题求解方案的过程中,每一个阶段,都作出一个"看上去"最优的决策,这样构造出来的求解方案可能就是最优解。

例如,找零钱问题:一个小孩买了价值少于 1 元的糖果,并将 1 元的钱交给售货员。售货员希望用数目最少的硬币找给小孩。假设提供了数目不限的面值为 5 角、1 角、5 分和 1 分的硬币。

找零钱的方案可以这样构造:每次加入一个硬币。选择该硬币的准则(贪婪准则)是使找出的零钱数尽量增大。

假设需要找给小孩 6 角 8 分,则首先给一枚 5 角的,再给一枚 1 角的,第三次给一枚 5 分的,第四、五、六次各给一枚 1 分的。

可以证明,采用上述贪婪算法找零钱时所用的硬币数目是最少的,即所构造出的解是最优解,但这并不是一般规律。在有些应用中,贪婪算法所产生的结果总是最优解,但对于其他一些应用,则可能不是。

6.6.5.4　动态规划

动态规划法与分治法和贪心法类似,是将原问题分割为更小的、相似的子问题,并通过求解各个子问题而获得原问题的解。

贪心法的每一步选择可能要依赖已经作出的所有选择,但不依赖于有待于做出的选择。因此贪心法可以自顶向下,逐步地作出贪心选择;而分治法中的各个子问题是独立的(即不包含公共的子问题),因此一旦递归地求出各子问题的解后,便可自下而上地将子问题的解合并成原问题的解。

在贪婪法中,如果当前选择可能要依赖子问题的解时,则难以通过局部的贪心策略达到全局的最优解;而在分治法中,如果各子问题是不独立的,则分治法要做许多不必要的工作,重复地解公共的子问题。

解决上述问题的办法是利用动态规划法。在求解过程中,该方法也是通过求解局部子问题的解来达到全局最优解,但与分治法和贪心法不同的是,动态规划允许这些子问题不独立,(即各子问题可包含公共的子问题),也允许其通过自身子问题的解来作出当前的选择。该方法对每一个子问题只解一次,并将结果保存起来,避免每次碰到时都要重复计算。

因此,动态规划法所针对的问题有一个显著的特征,即它所对应的子问题中的子问题呈现大量的重复。动态规划法的关键就在于,对于重复出现的子问题,只在第一次遇到时加以求解,并把答案保存起来,让以后再遇到时直接引用,不必重新求解。

6.6.6　并行算法

以上简要介绍了串行处理中常用的一些的算法思想和经典算法设计技术。随着并行计算机的问世,与之相适应的并行算法也逐渐成为研究的热门。

并行算法是一个较为高深的话题,这里不予介绍(某些方向的研究生会开设这门课程),只想通过一个小故事(我国学者洪加威讲的一个关于并行算法的童话故事)使读者对并行算法有个初步的认识。该童话故事的具体内容如下:

从前,有一个酷爱数学的年轻国王向邻国一位聪明美丽的公主求婚。公主出了一道数学题,并说若国王能在一天之内求出答案,就接受他的求婚。题目是:

"求出 48 770 428 433 377 171 的一个真因子。"

国王回去后立即开始逐个数地进行计算,他从早到晚,共算了三万多个数,最终还是没有结果。国王向公主求情,公主将答案相告:223 092 827 是它的一个真因子。国王很快就验证了这个数确实能除尽 48 770 428 433 377 171。公主说:"我再给你一次机会,如果还求不出,将来你只好做我的证婚人了"。

国王立即回国,并向时任宰相的大数学家求教,大数学家在仔细地思考后认为这个数为17 位,则最小的一个真因子不会超过 9 位,于是他给国王出了一个主意:按自然数的顺序给全国的老百姓每人编一个号发下去,等公主给出数目后,立即将它们通报全国,让每个老百姓用自己的编号去除这个数,除尽了立即上报,赏金万两。

最后国王用这个办法求婚成功。

在这个故事中国王最先使用的是一种顺序算法,其复杂性表现在时间方面,后面由宰相提出的是一种并行算法,其复杂性表现在空间方面。直觉上认为,顺序算法解决不了的问题完全可以用并行算法来解决,甚至会想,并行计算机系统求解问题的速度将随着处理器数目的不断增加而不断提高,从而解决难解性问题,其实这是一种误解。当将一个问题分解到多个处理器上解决时,由于算法中不可避免地存在必须串行执行的操作,从而大大地限制了并行计算机系统的加速能力。

6.7　算法设计举例

6.3 节介绍了程序设计的一些基本方法,不管是结构化方法还是面向对象的方法,都需要对原问题进行一系列的分解(求精),只是不同的方法对问题的分解策略和方法有所不同罢了。例如,结构化方法按程序功能逐步细化,而面向对象的方法则是按照问题所包含的对象进行一系列的分解。

算法设计,实际上就是被求解的问题细化到一定程度时(该具体地考虑"怎么做"了)的程序设计。所以,在进行求解具体问题的算法设计时,应该按照 6.3 节所介绍的"逐步求精"方法,综合使用上一节所介绍的一些基本算法思想,一步步地构造出算法。

下面给出一些算法设计的例子,希望通过这些例子,能够加深对算法设计的基本思想方法的理解,掌握设计简单问题求解算法的方法。

【例 6.7】　求最大值问题。设计求 10 个数 $x_1, x_2, \cdots,$ x_{10} 中最大值的算法。

本章前面已经提到了该问题的求解思路:递推。

如果 Max 记录了 $x_1, x_2, \cdots, x_i (i < 10)$ 中的最大值 $(i=1$时,$Max=x_1)$,执行操作:

"如果 $Max < x_{i+1}$,则 $Max = x_{i+1}$"

之后,Max 就是 $x_1, x_2, \cdots, x_{i+1} (i+1 \leqslant 10)$ 中的最大值了。

按照这一思路,设计出求解该问题的完整算法如下:

(1) 读取第一个数存于 x;

(2) Max=x;

(3) i=2;

(4) 如果 i<=10,则执行(5)～(8),否则转到(9);

(5) 读取第 i 个数存于 x;

(6) 如果 Max<x,则 Max=x;

(7) i=i+1;

(8) 转到(4);

(9) 输出结果:Max。(结束)

该算法的程序流程图如图 6.21 所示。

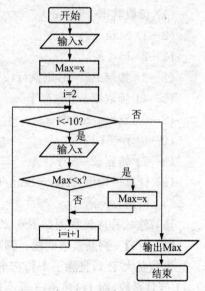

图 6.21　求最大数算法

【例 6.8】　求平均值问题。设计求 n 个数 $x_1, x_2, \cdots, x_n$ 平均的算法。

利用自顶向下逐步求精方法,首先得到一级算法(抽象程序):

(1) 读取数据个数 n;

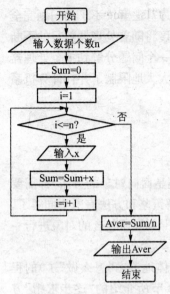

图 6.22　求平均值算法

(2) 输入 n 个数并计算它们的和存于 Sum;

(3) 计算平均值:Aver=Sum/n;

(4) 输出:Aver。

该算法的(1)、(3)和(4)步已经足够简单,无需继续求精,但步骤(2)需要求精:

与前例类似,使用递推思想,可得步骤(2)的求精结果(二级算法):

(2-1) Sum=0;

(2-2) i=1;

(2-3) 如果 i<=n,则执行(2-4)~(2-7),否则转到(2-7)后(即一级算法中的(3));

(2-4) 读取第 i 个数存于 x;

(2-5) Sum=Sum+x;

(2-6) i=i+1;

(2-7) 转到(2-3);

将步骤(2)的求精结果嵌到一级算法中步骤(2)的位置,得到完整的算法:

(1) 读取数据个数 n;

(2-1) Sum=0;

(2-2) i=1;

(2-3) 如果 i<=n,则执行(2-4)~(2-7),否则转到(2-7)后(即一级算法中的(3));

(2-4) 读取第 i 个数存于 x;

(2-5) Sum=Sum+x;

(2-6) i=i+1;

(2-7) 转到(2-3);

(3) 计算平均值:Aver=Sum/n;

(4) 输出:Aver。

该算法的程序流程图如图 6.22 所示。

【例 6.9】　判断素数问题。判断一个奇数 n 是否为素数。

素数是大于 1,且除了 1 和它本身外,不能被其他任何整数所整除的整数。例如,2,3,5,7,11 等是素数,而 1,4,6,8,9 等不是素数。

为了判断某数 n 是否为素数,可以利用枚举思想,2,3,4,5,…,n-1 这些数逐个去除 n,看能否除尽。若 n 被其中一个数除尽了,则 n 不是素数,否则(全都除不尽)n 是素数。

据此,可以设计出一级算法:

(1) 输入一个奇数 n;

(2) "用 2 到 n-1 去除 n,看能否除尽";

(3) 如果"都除不尽",则输出"n 是素数",否则输出"n 不是素数"。

该算法的步骤(2)和步骤(3)中的判断条件需要继续求精,但步骤(3)中的判断条件是由步骤(2)得出的,为此,引入一个标记变量 IsPrime,当 2 到 n-1 都除不尽 n 时,使 IsPrime=1,否则使 IsPrime＝0。于是步骤(3)中的判断条件"都除不尽"就求精为"IsPrime＝1"。

利用枚举思想,可将步骤(2)求精为(二级算法):

(2－1) IsPrime＝1;

(2－2) i＝2;

(2－3) 如果 i<＝N－1,则执行(2－4)～(2－7),否则转到(2－7)后(即一级算法中的(3));

(2－4) 如果 N Mod i＝0,则执行(2－5),否则转到(2－6);

(2－5) IsPrime＝0;

(2－6) i＝i＋1;

(2－7) 转到(2－3);

将上述求精结果代入一级算法,得到完整算法如下:

(1) 输入一个奇数 N;

(2－1) IsPrime＝1;

(2－2) i＝2;

(2－3) 如果 i<＝N－1,则执行(2－4)～(2－7),否则转到(2－7)后(即一级算法中的(3));

(2－4) 如果 N Mod i＝0,则执行(2－5),否则转到(2－6);

(2－5) IsPrime＝0;

(2－6) i＝i＋1;

(2－7) 转到(2－3);

(3) 如果 IsPrime＝1,则输出"n 是素数",否则输出"n 不是素数"。

该算法的程序流程图如图 6.23 所示。

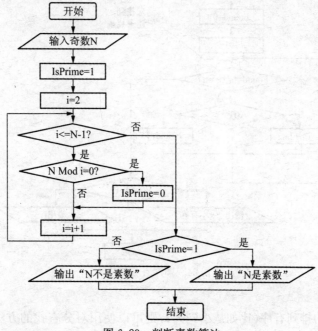

图 6.23　判断素数算法

【例 6.10】　查找问题。查找指定的值 x 在数组 A 中的位置。

所谓数组,就是一组数据。数组 A 中的第 i 个数据(元素)用 A(i)表示。

在数组中查找指定的值,根据数组元素的排列情况,可以有不同的查找方法:如果数组元素的排列无规律,则使用顺序查找的方法,如果数组元素的排列有序(从大到小或者从小到大),则可以使用对分查找的方法。

1. 顺序查找法

顺序查找可以使用枚举的方法,即将数组中的每一个元素逐个与要查找的值进行比较。具体算法如下(假设数组 A 有 n 个元素):

(1) 定义数组 A 并读取数据;

(2) 输入要查找的值 x;

(3) Found=0;(Found=0 表示还未找到,Found=1 表示已找到)

(4) i=1;

(5) 如果 Found=0 并且 i<=n,则执行(6),否则转到(8);

(6) 如果 A(i)=x,则 Found=1,否则 i=i+1;

(7) 转到(5);

(8) 如果 Found=1 则输出 I(即 x 所在的位置),否则输出"x 不存在";

(9) 结束。

该算法的程序流程图如图 6.24 所示。

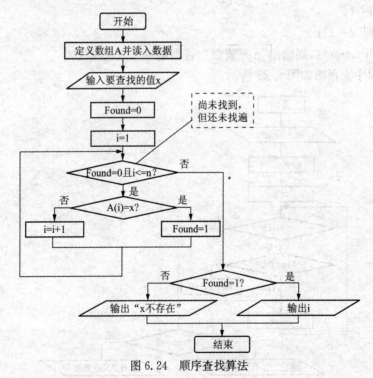

图 6.24　顺序查找算法

2. 对分查找法

如果数组元素的排列有序(比如从小到大),则可以使用对分查找的方法。对分查找不是漫无目的地枚举,而是充分利用"数组元素排列有序"的特点,以减少枚举的个数。

对分查找的基本思想是:逐步缩小搜索范围,每次以搜索范围的中点作为考察对象,看看是不是要找的元素,若是的,则已找到,否则缩小范围继续找,直到找到或范围已经缩小到 0 为止(没有找到)。

假设数组 A 有 N 个元素,并且元素按从小到大的顺序排列,要查找的值为 X,则对分查找算法描述如下:

(1) 定义数组并读取数据;

(2) 输入要查找的值 X;

(3) Found=0;(Found=0 表示还未找到,Found=1 表示已找到)

(4) L=1,U=N;(L 表示搜索范围的下界,U 表示搜索范围的上界)

(5) 如果 Found=0 并且 L<=U,则执行(6)~(7),否则转到(8);(X 不存在)

(6) 计算中点:M=INT((L+U)/2);(INT(x)表示取 x 的整数部分)

(7) 将 X 与 A(M)进行比较:

若 X=A(M),则 Found=1(表示已经找到了),转到(5);

若 X<A(M),则以 M−1 作为新的上界(即 U=M−1),转到(5);

若 X>A(M),则以 M+1 作为新的下界(即 L=M+1),转(5);

(8) 如果 Found=1 则输出 M(即 X 所在的位置),否则输出"X 不存在";

(9) 结束。

该算法的程序流程图如图 6.25 所示。

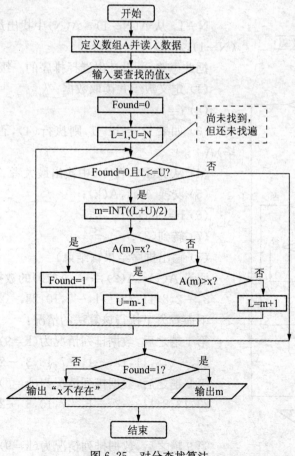

图 6.25　对分查找算法

【例 6.11】 排序问题。将数组 A 中的元素排序。

所谓排序,是指将一个数组中的元素按照其值的大小次序重新排列。

按照数组元素值的从小到大排列,称为升序排序;按照元素值的从大到小排列,称为降序排序。

数组元素 A(1),A(2),…,A(N)按升序排序后满足 A(1)≤A(2)≤…≤A(N);按降序排序后满足 A(1)≥A(2)…≥A(N)。

排序的方法有很多种,这里介绍一种简单的排序方法:选择排序。

选择排序的基本思想是这样的:对于具有 N 个元素的数组 A 进行选择排序(假定按降序),要对数组 A 进行 N−1 趟扫描,每一趟都从所扫描的范围中找出最大值,并将其交换到该范围的开始处。第 1 趟扫描的范围为 A(1)～A(N),第 2 趟扫描的范围为 A(2)～A(N),…,第 n−1 趟扫描的范围为 A(n−1)～A(N)。这样,当 N−1 趟扫描完毕时,数组元素排序工作也就完成了。这 N−1 趟的扫描可以描述为:

1. 从 A(1)～A(N)中找出最大者 A(k),交换 A(1),A(k)

2. 从 A(2)～A(N)中找出最大者 A(k),交换 A(2),A(k)

…

I. 从 A(i)～A(N)中找出最大者 A(k), 交换 A(i),A(k)

…

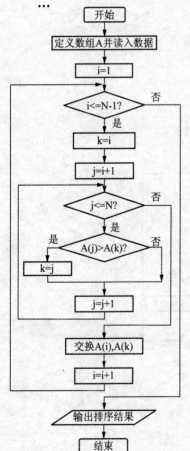

图 6.26　选择排序算法

N−1, 从 A(N−1)～A(N)中找出最大者 A(k), 交换 A(N−1),A(k)

据此思路,可设计出选择排序的一级算法:

(1) 定义数组并读取数据;

(2) i=1;

(3) 如果 i<=n−1,则执行(4),否则转到(8)(排序完毕);

(4) 从 A(i)～A(N)中找出最大者 A(k);

(5) 交换 A(i),A(k);

(6) i=i+1;

(7) 转到(3);

(8) 输出排序结果;(结束)

假设 A(1), A(2), …, A(10)的数据为

3,−2,8,11,13,−1,−7,10,23,−25

下面看人工执行该算法的情况:

第 1 趟之后,数据排列情况为(k=9):

23,−2,8,11,13,−1,−7,10,3,−25

第 2 趟之后,数据排列情况为(k=5):

23,13,8,11,−2,−1,−7,10,3,−25

…

第 9 趟之后,数据排列情况为(k=9):

23,13,11,10,8,3,−1,−2,−7,−25

可见第 9 趟之后,数据已经排好序了。

上述算法,人工执行没有问题,但计算机却不知道步骤(4)(即从 A(i)～A(N)中找出最大者 A(k))该"怎么做",所以需要对这一步进行求精。

根据例 6.7 的思路,"从 A(i)～A(N)中找出最大者A(k)"可以求精为:

(4-1) k =i (假定最前面的数为最大数,记下其位置);

(4-2) j=i+1;

(4-3) 如果 j<N 则执行(4-4)～(4-7),否则转到(4-7)以后(一级算法的(5));

(4-4) 如果 A(j)>A(k) 则执行(4-5),否则转到(4-6);

(4-5) k=j (记下所遇到的最大数的位置);

(4-6) j=j+1;

(4-7) 转到(4-3);

代入一级算法,得到选择排序的完整算法为:

(1) 定义数组并读取数据;

(2) i=1;

(3) 如果 i<=n-1,则执行(4),否则转到(8)(排序完毕);

(4-1) k=i (假定最前面的数为最大数,记下其位置);

(4-2) j=i+1;

(4-3) 如果 j<N 则执行(4-4)～(4-7),否则转到(4-7)以后(一级算法的(5));

(4-4) 如果 A(j)>A(k) 则执行(4-5),否则转到(4-6);

(4-5) k=j (记下所遇到的最大数的位置);

(4-6) j=j+1;

(4-7) 转到(4-3);

(5) 交换 A(i),A(k);

(6) i=i+1;

(7) 转到(3);

(8) 输出排序结果;(结束)

该算法的程序流程图如图 6.26 所示。

【例 6.12】 求最大公约数问题。求两个正整数 m,n (m>n) 的最大公约数。

在前一节,我们已经看到了两个正整数 m,n(m>n)的最大公约数的解析表达:

$$gcd(m,n)=\begin{cases} n & (m \bmod n=0) \\ gcd(n,m \bmod n) & (m \bmod n \neq 0) \end{cases}$$

据此,很容易写出其递归算法:

(1) 如果 m Mod n=0,则返回结果 n(算法结束),否则执行(2);

(2) gcd=gcd(n,m Mod n);(递归)

如前所述,递归算法结构简单,清晰易读,但执行效率很低。所以在程序实现时,一般都尽可能使用非递归算法。实际上,对

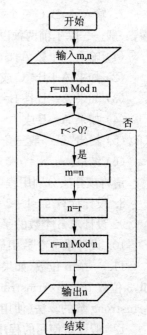

图 6.27 求最大公约数算法

于递归出现在递归表达式尾部的一类递归(称为尾递归)算法,是很容易转化为非递归算法的(使用循环)。其他形式的递归算法也可以转化为非递归算法,但较为复杂。

下面给出求两个正整数 m,n(m>n)的最大公约数的非递归算法:

(1) 输入 m,n;

(2) r=m Mod n;

(3) 当 r<>0 时,重复执行(4)~(7),否则转到(8);

(4) m=n;

(5) n=r;

(6) r=m Mod n;

(7) 转到(3);

(8) 输出结果:n;

(9) 结束。

该算法的程序流程图如图 6.27 所示。

习　题

1. 什么是程序?什么是程序设计?

2. 程序设计过程主要包括哪些步骤?各步骤的主要任务是什么?

3. 程序设计工作具有哪些独特的性质?

4. 简述用逐步求精的方法进行设计程序的过程。

5. 在逐步求精过程中,对抽象操作的细化技术有哪些?

6. 简述枚举、递推、递归、回溯等基本算法思想,并说明各自所适合解决的问题的特征。

7. 输入 A,B,C 三个数,判断以这三个数为三个边所构成的三角形属于哪一种(等边,等腰,一般——除了前两种以外的,或者不能构成三角形)的算法如下:

(1) 输入三个数 A,B,C;

(2) 如果 A+B≤C 或 A+C≤B 或 B+C≤A,则输出"不能构成三角形",转(6);

(3) 如果 A=B 且 B=C,则输出"是等边三角形",转(6);

(4) 如果 A=B 或 A=C 或 B=C,则输出"是等腰三角形",转(6);

(5) 输出"是一般三角形";

(6) 结束。

请将该算法分别用程序流程图、PAD 图和 N—S 图表达出来。

8. 设计计算 s=1+2+3+…+100 的算法。

9. 设计求 n 个数的平均值的算法。

10. 设计求 n 个数中最小值的算法。

11. 一个 n 位数,如果其各位数字的 n 次方之和等于该数,则称之为 Armstrong 数。例如,3 位数 153 是 Armstrong 数($153=1^3+5^3+3^3$)。试用枚举的思想设计找出 3 位数中所有 Armstrong 数的算法(使用循环实现)。

12. 假设所使用的程序设计语言没有计算 x^y 的运算功能,试设计求 x^y(y 为自然数)值的算法。

13. 观察下列数列 Pn(n=1,2,3,…),找出递推关系式,并设计计算其第 20 项的算法:

(1) 1,2,4,7,11,16,…。

(2) 1,1,3,7,13,21,…。

(3) 1/2,2/3,3/5,5/8,8/13,…。

14. 设计计算 $\cos x = 1 - \dfrac{x^2}{2!} + \dfrac{x^4}{4!} - \dfrac{x^6}{6!} + \cdots (-1 \leqslant x \leqslant 1)$ 近似值的算法(计算到末项的绝对值小于 10^{-5} 为止)。

15. 设计求 x^y(y 为自然数)值的递归算法。

16. 根据 Fibonacci 数列的定义,设计求 Fibonacci 数列第 15 项的递归算法。

$$F_n = \begin{cases} 1 & n=0 \\ 1 & n=1 \\ F_{n-2} + F_{n-1} & n>1 \end{cases}$$

第7章 办公自动化软件

本章概要
- 文字处理软件 Word 的基本应用
- 电子表格 Excel 的基本应用
- 电子演示文稿 PowerPoint 的基本应用

学习目标
- 掌握文字的编辑与排版的基本技术和技巧
- 运用电子表格计算及制作图表
- 制作演示文稿

通常在学习和工作时会接触到各种数字化的图文资料,包括:文档、表格、图形、图片等。这些资料可以从网络、实验室、个人计算机上获取,然后使用相应软件浏览、处理,更多情况下需要利用相关软件来创建和处理这些资料。因此,常用的办公软件是学习和工作的重要工具,应该认真地了解、学习,并应该通过大量的练习熟练地掌握和运用它们。本章将重点介绍目前流行的办公软件——Microsoft Office 中的字处理程序、电子表格和演示文稿。

7.1 Microsoft Office XP 的基本功能

Microsoft Office XP 是一个功能强大的专用程序套件。Microsoft Office XP 中文版包括以下组件:字处理软件 Word 2002 中文版、电子表格软件 Excel 2002 中文版、演示文稿制作软件 PowerPoint 2002 中文版、数据库软件 Access 2002 中文版、网页制作软件 FrontPage 2002 中文版、信息管理软件 Outlook 2002 中文版以及专业排版软件 Publisher 2002 中文版。这些组件涵盖了办公自动化的几乎所有方面,现简介如下:

1. Word 2002 中文版

Word 2002 中文版是 Office XP 组件中的字处理和版面编排软件,使用 Word 可以很好地编辑出图文并茂的文档,比如信函、报告、学术论文、公文、合同等一些文字操作较集中的工作。使用 Word 的 Web 功能还可以制作出精美的网页。当然较为复杂和专业的网页是不能仅用 Word 来完成的。

2. Excel 2002 中文版

Excel 2002 是 Office XP 组件中的电子表格软件,使用它可以显示和管理数据并可对表格中的数据进行公式计算或生成各种统计图和报表,用它进行财务、统计、数据清单、数据汇总等繁重的数学计算工作十分方便。

3. PowerPoint 2002 中文版

PowerPoint 2002 是用来制作演示文稿的组件,使用它可以方便地制作出精致的演示幻灯片,在其中编辑文字、插入图片、图形、表格等各种对象或制作各种特殊效果,例如动画等。在演讲、上课、或者做产品展示等场合都可以利用其能够动态播放的幻灯片来更好地进行说明、演示。

4. Outlook 2002 中文版

如果要发送 E-mail、浏览网页、获取新闻、安排日程等,可以使用 Outlook 2002 来完成这些工作。此外,将 Microsoft PowerPoint 和 Microsoft Outlook 一起使用还可以帮助将演示文稿用电子邮件发送给同事。

5. FrontPage 2002 中文版

如果要制作并在 Internet 上发布精美的个人或公司主页,FrontPage 2002 将是用户的最佳选择。

6. Access 2002 中文版

使用 Access 2002 可以建立庞大但非常易于管理的公司数据库,还可以建立表单以持续跟踪客户,为其提供各种服务。它易于学习和使用,具有很好的安全性,不仅是非专业人员建立和使用自己的数据库的好软件,也是提供给专业人员的很好的数据库工具。

当然,Office XP 中的这些软件不仅可以协同工作,而且有时可以数据共享,例如可以在同一篇 PowerPoint 演示文稿中插入 Word 文本、嵌入 Excel 电子表格。Office XP 的各组件有风格相类似的用户界面和操作步骤,用户只要熟练使用一种组件就可以很快地掌握其他各个组件的一般使用方法。

本章将介绍 Office XP 中最常用的三个组件:Word 2002,Excel 2002,PowerPoint 2002。

7.2 文字处理软件 Word

7.2.1 Word 的操作界面

Word 窗口如图 7.1 所示。

窗口主要由:标题栏、菜单、工具栏和状态栏等部分组成。Office XP 中为了方便用户使用帮助还在应用程序窗口中新增了"提出问题"文本框,无论是否正在运行"Office 助手",只要在菜单栏上的"提出问题"框中输入有关 Office 程序的问题时,就可以查看选项列表,阅读"帮助"主题。下面了解一下窗口中各主要部分的使用方法。

1. 标题栏

应用窗口最上端的部分称为标题栏。标题栏左侧的文字指示当前打开文件的文件名。标题栏右侧是"最小化"、"最大化"和"关闭"三个按钮。

2. 菜单栏

菜单的重要性是不言而喻的!因为所有操作都可以通过菜单命令完成。

一般性的操作步骤都是:首先选取要设置的"对象"。比如要设置某些文字的字体和颜色,这个所谓"对象"显然就是这些文字了,当然还有可能要设置的是段落格式、图片格式、图形格式、表格格式……要对谁进行设置就先选取谁;第二步就是在菜单中"找"相关命令;当然有的操作不是点一次菜单就能轻易完成的,可能还要在随后弹出的对话框中进行一些设置。

菜单栏中的命令就其功能可以分为如下几类:

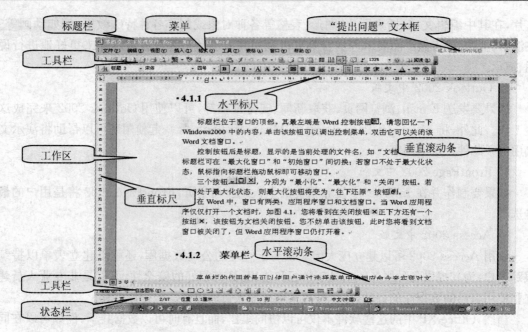

图 7.1　WORD 应用程序窗口

普通命令：这类命令没有任何标记，单击时将会立即执行相应的操作。

对话框命令：这类菜单命令一般以"…"省略号结尾。选择它们后将弹出对话框。

子菜单命令：这类命令以一个三角箭头结尾，只要鼠标指向该命令就会弹出子菜单。例如："格式"菜单中的"中文版式"命令。

开关命令：这类命令有选中和非选中两种状态。例如："视图"菜单中的"显示段落标记"命令。

命令前有一个图标的意味着该命令对应着一个工具栏按钮。例如："文件"菜单中的"保存"命令。

快捷键：所谓快捷键就是使用键盘上的按键组合完成固定的操作，有两种情况：

(1) 用 Alt 键配合选菜单。在菜单处于激活状态时(Alt 键可以切换菜单的活动状态)，按菜单标题中带下画线的字符(该字符也称为热键)即可选择该菜单。例如：按 Alt 键➡按 F 键(此时"文件(F)"菜单被打开)➡再按 N 键，则会立即执行"文件(F)"菜单中的"新建(N)"命令。

(2) 用组合键直接执行菜单。子菜单展开后，有些菜单项的右端有一个组合键或功能键，该组合键或功能键称为快捷键(比如"编辑(E)"菜单中的"全选(A)"菜单项的右端有"Ctrl＋A")，对于这类菜单项，可以直接按快捷键来执行相应的菜单项(菜单不必处于活动状态)。

Word 的菜单系统具有一定的"智能"，一段时间不用的菜单项将会被自动隐藏。当单击⊻项(或鼠标停留在⊻项上片刻)时，会显示出全部菜单项。

在工作区、标题栏、工具栏、任务窗格等几乎所有窗口元素中单击鼠标右键都可以弹出快捷菜单。快捷菜单中一般包含了对于鼠标所选定内容的各种操作。快捷菜单的内容会根据不同对象有所变化。

3. 工具栏

工具栏包括了一系列的常用菜单命令，使用各种工具栏中的按钮可以完成大部分的菜单功能。工具栏以其完成的功能命令分类,如"格式"、"绘图"、"图片"等。要显示或隐藏工具栏请选择"视图"菜单中的"工具栏"命令。此外,在工具栏中右击,然后在快捷菜单中选择所需工具栏名称也可以显示或隐藏它。

工具栏和菜单栏都可以在窗口中随意地移动位置,只要用鼠标指向工具栏的左侧即可出现一个四向箭头,这时就可以用鼠标拖动工具栏了,就像移动图片一样。

还可以自定义工具栏中的按钮,将个人常用的按钮显示在工具栏中。方法是:单击相应的工具栏右边外观为向下的箭头,在弹出的菜单中选择"添加和删除按钮"命令,按需重新选择即可。

4. 对话框

下面介绍一下组成对话框的各种常用控件。对话框中常用的各种控件包括:选项卡、文本框、列表框、下拉式列表框、复选框、单选钮和微调框等。请看图 7.2 中的"字体"对话框。使用时先选择需设置的文字,再选择菜单"格式"→"字体",就会弹出该对话框,可供设置文字的格式。

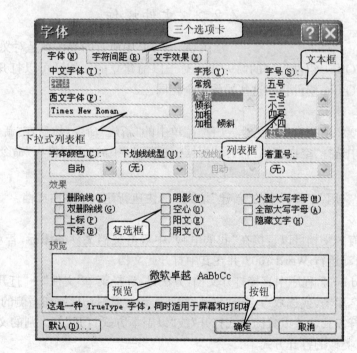

图 7.2　"字体"对话框

在对话框中除了使用鼠标外也可以使用键盘操作,每个对话框中都有一定的控件"Tab"键次序,就是说连续按"Tab"键可以使当前焦点在各个控件之间移动。

5. 状态栏

窗口最下端的就是状态栏,它指示了当前的编辑状态,以 Word 中的状态栏为例,从左至右分别指示了当前光标所处的页数、节数、在当前页面中的位置(包括行数、列数等)…等等一系列的状态信息。通过双击某些状态栏中的状态指示可以快速完成一些操作,例如:如果双击了"修订"指示则快速进入了修订状态中。

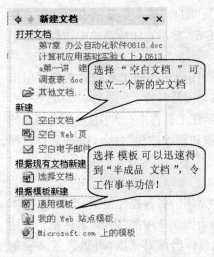

图 7.3　"新建文档"任务窗格

6. 任务窗格

Office XP 中新增的任务窗格可以更方便用户的使用，Office 中最常用的任务现在被组织在与 Office 文档一起显示的窗格中。

例如：搜索文件、使用剪贴板、创建新文档或打开文件时都可以显示出任务窗格。任务窗格根据每个 Office 程序的不同而不同，打开时通常位于工作区右侧，请注意其顶端右侧的小三角形，可打开一个下拉列表选择不同任务（如图 7.3 新建文档时的任务窗格）。

在任务窗格中可以和使用菜单一样使用上面的命令。如果打开的任务窗格不只一个，还可以在其中切换，单击任务窗格左上端的左、右箭头按钮，可以分别进入上一个和下一个使用过的任务窗格。

7.2.2　文件操作

在 Office XP 中所有的操作都是对文档进行的，新建一个文档是使用 Office 组件程序的第一步。对于以前建立的文档还可以打开后进行重新编辑。对于其他的 Office 组件程序这些操作完全相同。

1. 新建文档

打开 Word2002 应用程序。选择"文件"菜单中的"新建"命令，然后在"新建文档"任务窗格的"新建"一栏中选择"空白文档"，选择"根据模板新建"中的"通用模板"命令也可，如图 7.3 所示。

也可以使用"常用"工具栏中的"新建"按钮 ，快速新建一个空白文档。

2. 打开文档

若要打开已有的文档可以直接在"我的电脑"中双击文档文件的图标，若双击的是 Word 文档的图标，将自动运行 Word 2002 并在其中打开此文档。

也可在 Word 2002 程序中直接打开文档，方法是：选择菜单"文件"→"打开"，在"打开"对话框中找到文件名双击，或选取后点击"打开"按钮。请注意"打开"按钮右侧的三角钮，点击可以选择文档的打开方式，如"以只读方式打开"或"以副本方式打开"等。别的文档比如电子表格、演示文稿也有类似的打开方式。

3. 保存与关闭文档

保存文档操作是把进行了编辑和修改的文档保存到磁盘上。注意，及时保存自己的成果是十分重要的！有多种方法都可以将文档保存：①选择"文件"菜单中的"保存"命令；②使用"常用"工具栏的"保存"按钮；③选择"文件"菜单中的"另存为"命令；④甚至选择"文件"菜单中的"另存为 Web 页"命令将文件另存为 Web 页。

使用下列任何一种方法都可以关闭文档：①选择"文件"菜单中的"关闭"命令（注意，选择"退出"表示关闭 Word）；②单击菜单栏右端的"关闭"按钮关闭当前文档，单击标题栏右端的"关闭"按钮可直接关闭 Word；③使用快捷键"Alt ＋F4"或是"Ctrl ＋ W"。方法很多但记住最常用的就可以了。

4. 使用帮助

Office XP 为用户提供了丰富的联机帮助文档,使用它可以随时解决用户在使用 Office 组件时遇到的问题。有多种方法可以使用联机帮助,可以使用帮助菜单或"提出问题"文本框,也可以使用" Office 助手",还可以直接使用控件上的"这是什么?"功能,甚至可以使用 Internet 上的帮助。

7.2.3 编辑文档

熟练掌握输入和编辑文档的操作,是使用 Word 的第一步。这一小节我们主要学习:在 Word 中输入文本,在 Word 中编辑文本,撤销和重复操作,查找、替换和定位操作,更新输入法词典和汉字重组。

7.2.3.1 编辑文本

1. 键入和插入/删除文本

在 Word 中输入文字时只需简单地不断键入即可,不必担心文档的外观,当输入的文字"到达"窗口右边界时会自动换行,只有当一个自然段结束时才需要键入"回车"键结束前一段而另起一段。

提醒大家注意不必在每段的开头输入两个空格,因为将来可以给所有段落设置"首行缩进"。

若需插入缺漏的字词,首先要确定是在"插入"状态下,即状态栏中的"改写"指示为灰色(黑色为"改写"状态,用鼠标双击之可切换,或用键盘上的 Insert 键切换),光标移到需要插入新字的位置,然后输入缺少的字词。注意,如果是"改写"状态,则新输入的字会替换当前光标后的字符!

在 Word 中删除文本时按 BackSpace 键删除光标前的一个字符,而按 Delete 键则删除光标后的一个字符。也可以拖动鼠标选择多个连续的文字,然后按 Delete 键同时删除它们。

2. 插入特殊字符

如果想在文档中插入键盘上无法找到的特殊字符,如 ☆ ,可以使用 Word 的插入符号功能。只要选择菜单"插入"→"符号"→ "符号"选项卡,找到所需符号并点击"插入"按钮,或直接双击这个符号即可。

可以对自己频繁使用的特殊字符定制快捷方式,比如"→"之类,方法是:在"符号"对话框中选择目标符号,然后单击对话框中的"快捷键"按钮,在随后弹出的"自定义键盘"对话框里指定自己的快捷键,当然要尽可能不与系统中原来的一些快捷键重复。

3. 选定文本

选定文本有如下操作方法:

(1) 选定整个文件使用菜单:"编辑"→"全选",或者,三击某行行首(鼠标指针呈空心箭头↗状)处。

(2) 选定一段:三击行中某处(选定的区域包括回车符)。

(3) 选定连续的若干个整行:鼠标在行首位置(鼠标指针呈空心箭头↗状)→ 往上(下)拖鼠标,或者,按下 Ctrl 键后往上(下)拖鼠标。

(4) 选定一行:单击行首处(选定的区域包括回车符),或者,按下 Ctrl 键后单击行中某处(选定的区域不包括回车符)。

（5）选定一个词：双击该词中间或首字

（6）选定一个区域：使用鼠标拖，或者，使用键盘：Shift＋光标移动键，或者，单击欲选定区域的开始（或结束）处→按下 Shift 键后单击欲选定区域的结束（或开始）处。

（7）选定一个矩形区域：按下 Alt 键后拖鼠标。

注意：在 Word 2002 中按住"Ctrl"键可以选择不连续的多处文本！

4. 剪切、复制和粘贴

通过剪切、复制和粘贴可以将文档的部分或全部内容复制或移动到别处，可以是同一篇文档也可以是其他 Office 文档或应用程序中去。这是编辑文本时最常用的操作。

移动和复制文本的方法是这样的：要移动一段文字时，应先选择欲移动的文字，然后选择菜单"编辑"→"剪切"，这些文字将会被放置在"剪贴板"中。再把光标移到"目的地"，然后选择菜单"编辑"→"粘贴"，则刚才放到"剪贴板"中的文字就被"粘"到这个插入点了！如果一开始选择的是"复制"而不是"剪切"的话，那么原处的文本是保留的。常用工具栏上有"剪切"、"复制"和"粘贴"三个按钮可利用！

Word 中另一项方便的功能是鼠标拖放功能！选定要移动的文本，按住鼠标左键，拖动到目标位置后释放左键即可。按住 CTRL 再拖放可以起到复制的作用。也可以使用鼠标右键拖放，但释放后会弹出菜单可以选择"移动到目标位置"或"复制到目标位置"。

此外，用快捷键也是十分方便的，剪切用 Ctrl ＋X、复制用 Ctrl ＋C、粘贴用 Ctrl＋V、或者选定要移动的文本后按下"F2"键，然后在目标位置按"Enter"键。

5. 使用 Office 剪贴板

Office XP 的 Office 剪贴板可存放包括文本、表格、图形等对象 24 个，而且 Office 剪贴板被所有 Office 程序共享，就是说可以在 Word 中复制几个对象，然后在 PowerPoint 或 Excel 中同时使用！

选择"编辑"菜单中的"Office 剪贴板"，即可显示出"剪贴板"任务窗格。单击剪贴板中所要粘贴的对象图标，该对象就会被粘贴到光标所在位置。

6. 撤消和恢复

在编辑文档中如果出现了误操作可以使用"撤消"操作来避免，也就是"后悔药"。比如刚刚误删除了一段文本，那么可以使用撤消命令取消。"撤消"命令在"编辑"菜单里，"常用"工具栏上也有"撤消"按钮 ↶ ▾，其快捷键是 Ctrl＋Z。

与此相反，"恢复"命令可以重复最近进行的一步操作。还可以和撤消操作配合使用，如果刚进行的操作是撤消操作，选择"编辑"菜单中的"恢复"命令可以恢复被撤消的操作。也可使用"常用"工具栏中的"恢复"按钮 ↷ ▾，其快捷键是 Ctrl＋Y。

7.2.3.2 查找、替换和定位

Word 的查找、替换和定位操作提供了快速查找文档和浏览文档的功能。也可以用来"偷懒"，比如文章中频频出现的长词或名称可以先输入一个简称或符号替代，然后使用替换功能全部替换过来。

查找、替换的通常步骤是这样的：选择"编辑"菜单中的"查找"命令，弹出"查找和替换"对话框，其中有三个选项卡：

（1）"查找"选项卡：可用来查找指定内容的文本。

(2)"替换"选项卡:可执行替换操作,用来自动替换文字或符号。注意,替换时不仅能替换文字内容还能将文字格式同时替换!当然也可以查找和替换一些特殊字符(如段落标记、制表符等等)。

(3)"定位"选项卡:可以执行定位操作,可以把光标直接移动到指定位置。例如:选择"页",然后在"输入页号"框中输入目标页号,比如输入 39,就可以定位到该页。

7.2.4 文档格式

将文档格式化是使文档更加美观的一项基本操作,常用的操作包括:字符的格式化,段落的格式化,使用项目符号和编号,分栏,制表位,边框和底纹、首字下沉、竖排版等等。如果没有这些功能对文档格式化,文档将会十分"难看"!下面逐一介绍。

7.2.4.1 设置字符格式

字符格式包括了字体、颜色、大小、字符间距、动态效果等各种字符属性。通过设置字符格式可以使文字的效果更加突出。比如,标题通常使用大字体并加粗以便更醒目、贺卡上的祝福文字可使用动态效果、文档中不同部分的文字使用不同的字号等。

1. 使用"字体"对话框

"字体"对话框包括"字体"、"字符间距"、"文字效果"三个选项卡(见前面图 7.2)。请按如下步骤操作:

(1)先选定被设置的目标文本,再选择"格式"菜单→"字体",弹出"字体"对话框;

(2)选择"字体"选项卡,在该选项卡中可对选定的文本进行字体、字形(如倾斜、加粗等)、字号、效果(如上标、下标、空心、阴影、下画线等)等项目的设置。

(3)选择"字符间距"选项卡,在该选项卡中可对选定的文本进行文字缩放、字符间距、文字位置等项目的设置。

(4)选择"文字效果"选项卡可设置文字动态效果。

2. 使用"格式"工具栏设置字符格式

设置字符格式的更快捷的方式是使用"格式"工具栏。操作时先选择要设置格式的文字再点击工具栏上的对应按钮即可。

使用此工具栏可以方便地设置包括"字体"、"字号"、"颜色"、"字形"、"下画线"、"字符边框"、"字符底纹"、"字符缩放"在内的各种字符格式。具体的"格式"工具栏按钮说明如图 7.4 所示。

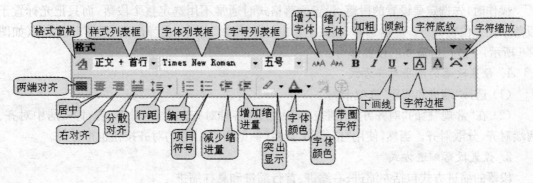

图 7.4 "格式"工具栏

注意：如果 Word 界面中找不到"格式"工具栏，说明还没有将它打开。选择"视图"菜单→"工具栏"→"格式"，就可以看到"格式"工具栏了，鼠标右键单击工具栏在快捷菜单中选择"格式"也行。其他工具栏的显示/隐藏方法是一样的。

选择"视图"菜单中的"工具栏"子菜单中的"其他格式"。会出现"其他格式"工具栏。其中包括"突出显示"、"着重号"、"分栏"、"合并字符"等等按钮。（如图 7.5 所示）

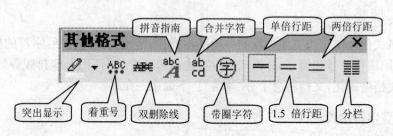

图 7.5　"其他格式"工具栏

3. 中文版式

在中文排版中经常要用到一些特殊的格式，Word 的中文版式支持包括"拼音指南"、"带圈字符"、"纵横混排"、"合并字符"和"双行合一"等几种功能。操作时请选定需要标注的文本，再选择"格式"菜单→"中文版式"。

4. 格式刷

对于已经设置了字符格式的文本可以将它的格式复制到文档的其他文本上，而不用对每段文本重复设置。方法如下：

先选择已设置格式的源文本，再单击"常用"工具栏中的"格式刷"按钮 ✑。鼠标外观变为一个小刷子后，用它拖过要设置格式的目标文本。所拖过的文本都会变为源文本的格式。

提示：双击"格式刷"按钮则可以"刷"多处，再点"格式刷"按钮一次鼠标外观恢复正常。使用格式刷时鼠标的拖动不容易准确，有时用快捷键也是不错的。方法是：选择源文本，按 Shift＋Ctrl＋C 键，再选择目标文本，按 Shift＋Ctrl ＋V 键。

7.2.4.2　应用段落格式

由"Enter"结束的文本即为一个段落，段落可以是文字也可以是图片。段落格式主要包括段落对齐方式、段落缩进距离、行距和段前段后距等。

操作时，先选定要设置的段落，设置段落格式时通常不用选定整个段落，而只把光标置于段落中任意位置即可。然后选择"格式"菜单中的"段落"命令，在弹出的"段落"对话框（如图 7.6 所示）中进行所需要的设置即可。

1. 设置段落的水平对齐方式

（1）选择"缩进和间距"选项卡。

（2）在"常规"栏的"对齐方式"列表中可以选择各种对齐方式：左对齐、右对齐、居中对齐、两端对齐、分散对齐。当然，使用"格式"工具栏（参见图 7.4）上的对齐按钮也很方便。

2. 设置段落缩进方式

段落的缩进方式包括左缩进、右缩进、首行缩进和悬挂缩进。

（1）选择"缩进和间距"选项卡。

（2）在"左"、"右"下拉框中设定左右缩进。

（3）在"特殊格式"栏中选择"首行缩进"或"悬挂缩进"，并在"度量值"栏中设定缩进大小。首行缩进 2 字符是最常用的设置。

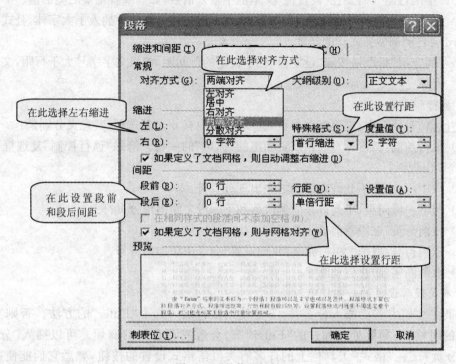

图 7.6 "段落"对话框

设置段落的缩进效果也可以采用拖动标尺的方式，这种方法更加简单快捷。如图 7.7。

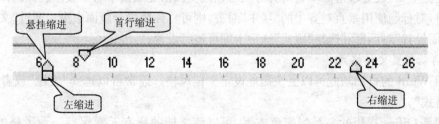

图 7.7 "页面视图"下的标尺

标尺的使用方法为：用鼠标左键按住相应缩进方式的按钮并拖动到所需位置即可。若需要精确设定缩进位置，可按住"Alt"键并拖动。注意：进行缩进操作前，光标应该至于目标段落上。

如果 Word 中找不到标尺，应该选中"视图"菜单中的标尺命令，而使标尺可见。

3. 段前、段后和行距设置

设置段前、段后距可以改变段落和前后段的距离，一般标题都应增大段前、段后间距。在"段落"对话框"缩进和间距"选项卡可设置。注意，用户在设置段前、段后距时也可不使用系统默认的单位"磅"，而是自己输入系统允许的单位（在"工具"菜单打开"选项"对话框，参考"常规"选项卡的"度量单位")。

设置段落中的行距可以提高文档的可读性。设定行距时可以选择多种行距：

（1）"单倍行距"、"1.5 倍行距"、"2 倍行距"。

（2）"多倍行距"，需要在"设置值"文本框中输入倍数，如 3 或者 1.2 之类的值。

（3）"最小值"指行间距最小值为指定的数值，但是如果文档中插入了大字体，公式等对象时，Word 会自动调整插入行的高度。

（4）"固定值"指严格按照"设定值"栏中设定的行间距，如果文字字号大于行距，文字会被剪切掉。

4. 换行和分页

在"段落"对话框中有"换行和分页"选项卡，其中有 6 个复选框，其意义分别是：

（1）孤行控制：孤行即页面顶或页面尾的"孤单"的一行。清除"孤行控制"复选框可以使 Word 允许出现孤行。

（2）段中不分页：不允许在段落之中出现分页符。

（3）与下一段同页：不允许在所选段落和下一段之间出现分页符。

（4）段前分页：在段落前插入分页符。

（5）取消行号：取消"文件"菜单"页面设置"命令中添加的行号。

（6）取消断字：防止自动断字。

5. 有关段落设置的一些提示

如果在文档中需要插入分页符，不要使用强行加入几个"Enter"的方法。否则文档进行修改的时候，必须要处理加过的"Enter"键，会造成不必要的麻烦。可以插入"分隔符"中的"分页符"。"格式"工具栏上的许多有关段落格式设置的按钮，熟悉它们能使操作更加便捷。

另外，前面介绍的"格式刷"也可用来复制段落的格式。

顺便提一下，设置段落的垂直对齐方式可以改变段落在版面中的垂直位置。例如：制作文档封面时，对标题使用垂直对齐中的"居中"对齐，则可将标题置于版面中央。通过"文件"菜单打开"页面设置"对话框并选择"版式"选项卡即可进行设置。

6. 自动设置文档格式

使用 Word 的自动功能可以更快捷地设定文档风格。通常可以选择"主题"或者使用"自动套用格式"。

主题是 Office 提供的一系列配色方案，可以使文档的所有元素保持一致风格的外观效果。应用主题后会影响某些页面元素，比如：文档中文字的字体、字号、颜色、页面背景、项目符号的图形等等。操作时请选择"格式"菜单中的"主题"命令。

当完成了文档的输入后可以采用"自动套用格式"功能自动分析文档的每个段落，Word 会给这些段落分别指定一个段落样式。例如：如果第一段文本只有一行，大写字母开头且没有句号结尾，那么 Word 会给它指定为"标题 1"样式。而如果一段文本是多行的，可能会被指定为"正文"样式。选择"格式"菜单中的"自动套用格式"命令即可设置。

7.2.4.3 项目符号和编号

Word 可以自动为列表或段落添加项目符号或编号，而免去了手动一一输入的繁杂工作。

使用 Word 的多级符号可以使文档结构更加清晰。

1．项目符号和编号

经常要在文章有列表的地方添加项目符号或编号，Word 可以自动添加，有几种方法：

（1）可在第一项输入时键入"1"或"＊"，然后键入空格或者"Tab"键再输入文字。

（2）选定需添加项目符号或编号的段落，再通过"格式"菜单中的"项目符号和编号"命令进行设置。该对话框（如图 7.8）有四个选项卡：项目符号、编号、多级符号、列表样式。

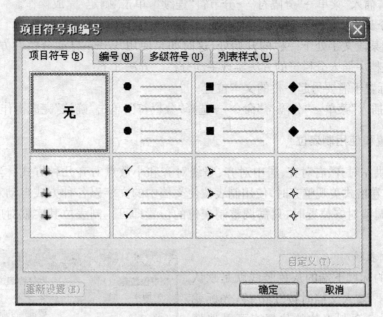

图 7.8　"项目符号和编号"对话框

（3）将光标置于要添加项目符号或编号的段落前，单击"格式"工具栏中的"编号"按钮 和"项目符号"按钮 ，可加入默认的（即最近使用过的）项目符号或编号。可一次选定多个列表项添加。

按下"Enter"结束段落时，Word 会自动在下一段落加入项目符号或编号。若要结束列表，请 Enter 两次，或删除列表中的最后一个编号或项目符号。

项目符号和编号还可以自定义。通过对话框中的"自定义"按钮即可开始设置。

2．多级符号

可以使用多级符号为列表项设定多个级别，甚至将各个级别与不同样式链接，这样当使用多级编号或符号时只要按 Tab 键即可降级，按组合键 Shift＋Tab 即可升级（等价于使用"格式"工具栏中的"增加缩进量"和"减少缩进量"按钮）。每级的格式还可以自己重新定义，十分方便。

7.2.4.4　使用分栏

报纸中多采用分栏排版的版式，Word 的分栏功能可以容易地达到这种效果。

1．创建栏

设置时请选择"格式"菜单中的"分栏"命令。注意：分栏操作只有在页面视图中才可见，在普通视图中只能见到一栏。若要使用页面视图,选择"视图"菜单中的"页面"命令。若要在文档中混排单栏与多栏,那么分栏前应先选定需要分栏的文本。

　　2. 建立等长栏

　　文档最后一页的分栏经常会出现最后一栏和其他栏之间的不平衡,这是我们所不希望看到的。可以使用建立等长栏操作使最后一页中的各栏长度相等。方法如下:

　　(1) 将光标置于分栏文档的末尾处。

　　(2) 选择"插入"菜单→"分隔符"→分节符"连续",单击"确定"完成操作。

　　3. 手动分栏

　　如果希望某段文字处于一栏的开始处,这时如果使用 Word 自动分栏的方式很难做到。可以采用在文档中插入分栏符的方法实现手动分栏。方法如下:

　　① 将光标置于需要另起一栏的文本位置。

　　② 选择"插入"菜单→"分隔符"命令 →选择"分栏符",单击"确认"完成操作。

7.2.4.5　设置和使用制表位

　　Word 提供左对齐、右对齐、居中对齐、竖线对齐和小数点对齐几种方式。当教师想要使自己的一套试卷格式美观整齐时,使用制表位使文档中的文字以各种方式自动对齐是很不错的方法,当要调整对齐位置时,只需调整制表位的位置即可。制表位其实就对应着键盘上的"Tab"键。

　　1. 默认制表位

　　Word 中的标尺下端的灰色竖线就是默认制表位的位置。输入文档时按 Tab 键,光标就会自动跳到下一个制表位的位置。可以选择"格式"菜单中的"制表位"命令并在弹出的"制表位"对话框中(见图 7.9)设置。

　　2. 自定义制表位

　　方法 1:使用"制表位"对话框:

　　(1) 打开"制表位"对话框,在"制表位位置"框中输入位置,并选择"对齐方式"及"前导符"。

　　(2) 点击"设置"按钮,则该制表位被加入列表,可一次设置多个位置。可用"清除"按钮删去。

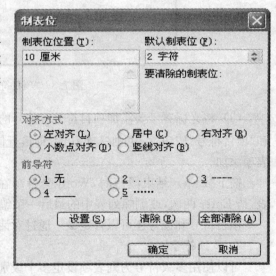

图 7.9 "制表位"对话框

　　方法 2:使用标尺设置,步骤如下:

　　(1) 先多次单击水平标尺左端的按钮　以选择制表位的对齐方式。因为它表示的是左对齐、右对齐、居中对齐、竖线对齐和小数点对齐几种方式中的一种。单击时注意该符号的变化。

　　(2) 在标尺的合适位置上——单击即可。在标尺上拖动这些图标可以改变其位置。

　　(3) 要删除自定义制表位只要把它拖出标尺范围。

7.2.4.6　使用"显示格式"任务窗格

Office XP 中 Word 的显示格式任务窗格方式,可以使用户很方便地察看所选文字的格式并进行修改。选择"格式"菜单中的"显示格式"命令在 Word 文本区右边会弹出"显示格式"任务窗格。

选择一段文本或是一个段落。则在上方"所选文字"区域内显示所选择的文本内容,单击它右端的三角钮可以在下拉列表中选择"选择所有各式类似的文本"、"应用周围文本的格式"或"清除格式"。

7.2.4.7　其他效果

1. 边框和底纹

用户可以通过给文本、图形或表格中的单元格添加边框和底纹达到强调、分离等目的。

(1) 使用边框:选择要加框的目标(可以是文本、段落、图形、表格、表格中的单元格),点击菜单"格式"→"边框和底纹"→"边框"选项卡。

(2) 使用底纹:文本、段落、表格或图片都可以添加底纹,方法与添加边框基本相似,只不过使用的是"边框和底纹"对话框中的第二个选项卡——"底纹"。

(3) 使用页面边框:使用"边框和底纹"对话框中的"页面边框"选项卡可以给整个文档页面设置页边框。

2. 首字下沉

在报刊中经常可以见到首字下沉的排版方式。在 Word 中是这样设置的:先将插入点放在需要首字下沉的段落中,然后选择"格式"菜单中的"首字下沉",在弹出的"首字下沉"对话框(见图 7.10)设置。

3. 文字方向

使用更改文字方向的功能可以实现竖排版或横竖混排。方法如下:选择菜单"格式"→"文字方向"。在"文字方向"对话框(见图 7.11)的"方向"区内选择需要的方向,别忘记选择应用范围,预览后单击"确定"即可。注意:改变文字方向的效果只能在页面视图中看到。设置页面视图的方法为选择"视图"菜单中的"页面"命令。

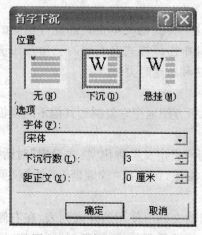

图 7.10　"首字下沉"对话框

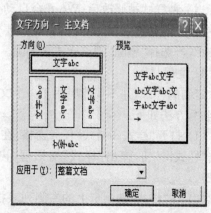

图 7.11　"文字方向"对话框

7.2.5 样式和模板

7.2.5.1 样式

样式就是一组字符和段落格式,它有一个样式名,包罗了一系列的格式特征,如:字体、段落格式、制表位、语言、边框和底纹、项目符号和编号等。通过使用样式就可以批处理地给文本设定格式。使用样式可以提高效率、保证格式的一致性!因为在文档中修改了一个样式就意味着在该文档各处的所有同种样式的文本都得到了修改。

1. Word 内置的样式

系统内置的样式很丰富,也允许自定义。不懂得如何运用样式实际上就是不懂得如何正确使用 Word,就很难体会在 Word 中制作文档的便捷。使用"样式和格式"任务窗格即可以完成对于样式的查看、新建、修改、删除等操作。

选择菜单"格式"→"样式和格式",或单击"格式"工具栏中的"样式和格式"按钮 ,则"样式和格式"任务窗格会在窗口右侧自动打开,可以看到光标所在位置的样式。若在"显示"框中选择"所有样式",就可以看到所有的 Word 内置样式。

Word 内部定义了多种标准样式,如:标题 1 至标题 9、正文、页眉、页脚、索引等。对于特定的对象 Word 会自动应用内置样式,例如:使用页眉或页脚时,Word 自动应用"页眉"样式于输入的文本中。"有效样式"与"有效格式"是有区别的,例如:有可能"正文 + 首行缩进"是一种格式,但不是一种样式。

运用样式时先选取目标文本,在"样式和格式"任务窗格中找到所需样式单击即可。

2. 新建自定义样式

可以灵活地自定义自己的样式,甚至可以把自己定义的样式加入到模板中,在其他文档中应用。自定义样式可以更好地保持文档格式的一致性,即使是使用内置的样式通过给它们更改一个好记的样式名,也可以使以后的操作更方便、快捷。

单击"样式和格式"任务窗格中的"新样式"按钮,即可弹出"新建样式"对话框。

另一种新建样式的方法是使用"格式"工具栏中的"样式"框,选定文本并设置其格式后,在"样式"框中输入新样式名,按"Enter"后,新样式即被建立。

3. 修改或删除样式

当一种样式被修改后,Word 会自动使文档中使用这一样式的文本格式都进行相应的改变。在"样式和格式"任务窗格中找到要修改的样式名并单击该样式名右端的三角按钮选择"修改",若选择"删除"则该样式被删除。修改样式的方法和新建时类似。

4. 复制样式

定制的样式,并不仅能应用于一个文档,实际上可以很方便地把它复制到其他不同模板的文档中,方法如下:

(1) 打开"样式和格式"任务窗格,在"显示"框中选择"自定义",弹出"格式设置"对话框,单击"样式"按钮,弹出"样式"对话框,再单击"管理器"按钮,则弹出"管理器"对话框(见图7.12)。

(2) 在"样式"选项卡上的左侧列表框中列出的是当前文档所使用的样式列表,在右侧的列表框中列出的是当前文档模板的样式列表。可以在右侧选择所需样式"复制"到左侧,反之

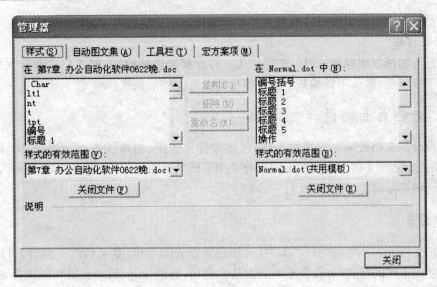

图 7.12　"管理器"对话框

亦可。或单击"关闭文件"按钮,它会变为"打开文件",可单击另外寻找所需的文档或模板来复制。最后,单击"关闭"按钮完成操作。

其实,最简便的复制样式的方法是把含有所需样式的文本直接拷贝到目标文档中,则该文本的样式也被自动添加到目标文档中,即使删除这些原本不需的文字时,它们"带来"的样式却仍然可以留下。

7.2.5.2　模板

模板是包括一系列固定文本内容和样式的框架。从这种框架上建立文档将自动包含模板中的文本和样式,并可以使用它的自动图文集和宏。通过模板建立的文档相当于一个有了基本框架的"半成品"。

Normal 模板是最常用的模板,当在 Word 中新建一个空白文档时,实际上就是基于 Normal 模板创建了这个文档。可以更改这个模板从而改变"新建"操作的默认文档格式。

1. 使用模板

在缺省状态下新建空白文档是基于" Nomal "模板建立的,但实际上 Word 自带了丰富的其他模板。使用方法为:

(1) 选择菜单"文件"→"新建",则弹出"新建文档"任务窗格。

(2) 选择 "通用模板"选项并在弹出的"模板"对话框中选择需要的模板。

说明:文件名以 .dot 结尾的模板为普通模板,以 .wiz 结尾的模板为向导类模板。向导类模板会自动引导建立基于它的新文档。

2. 创建模板

创建模板就要先创建一个普通文档,并建立所需要的内容。只不过保存的时候有些特别!保存的时候要在"文件类型"中选择"文档模板",则系统会自动将保存位置转到 Office XP 文件夹中的 Templates 子文件夹,下次新建时将在"模板"对话框中看到自建的模板,存放在别的地方则不然。

通常都是以已有的文档或模板为基准加以改进后建立模板的,这样更省力。

3. 修改模板

对于已有的模板很容易就可以进行修改。打开要修改的模板,修改格式和样式后保存即可。更改了模板后,默认不影响基于这个模板建立的文档的格式。

7.2.6　文档页面的设计

版式设计是文档最基本的排版步骤,包括设置页边距、选择纸张、页眉和页脚、脚注和尾注、批注等。如果在文档中需要在不同部分采用不同的页面设置,可以插入"分节符"。"节"就是使用相同的页面设置的划分单位。

7.2.6.1　分节

可以把文档分为不同的"节","节"是文档设置版式的单位,是文档的一部分,可以在不同的"节"中使用不同的版式,如设置某些页面格式选项:行编号、列数或页眉和页脚等属性,请创建一个新的节,可以使用插入分节符的方法实现。

1. 插入分节符

将光标置于需要分节的位置,选择"插入"菜单→"分隔符"命令,再选择 4 种"分节符"中的一个即可。这 4 种分节符分别是:①下一页,②连续,③偶数页,④奇数页。它们表示下一节是否另起一页等。

在分栏排版的时候,如果出现最后一页栏不平衡的现象,就采用在栏的结束处手动插入一个"连续"类型分节符的方法解决。注意:分节符在普通视图里可见。

2. 复制和删除分节符

先要切换到"普通视图"以使分节符显示出来。复制和删除分节符(按 Del 键)的操作和普通文本类似。注意:分节符的类型选定后如果要更改,建议先插入一个新的分节符,再删除旧的,因为删除分节符时,同时还删除了节中文本的格式。

由于分节符实际上包括了页面设置,所以从一节中复制的分节符可以把此节的页面设置同时复制。对于需要相同页面设置的节只要复制分节符即可。

7.2.6.2　页面设置

编辑一篇文档后有时需打印输出。通常的做法是,先设置好文档的格式,再进行页面设置,然后用打印预览功能观看打印效果,最后打印输出。

要进行页面设置,请选择"文件"菜单中的"页面设置"命令(或双击标尺)。"页面设置"对话框(见图 7.13)中有 4 个选项卡:"页边距"、"纸张"、"版式"、"文档网格",它们在不同方面影响打印效果,下面一一介绍。

1. 设置页边距

页边距就是正文和页面边缘之间的距离。设置页边距不仅使打印出的文档美观,而且后文将讲到的页眉、页脚和页码都是处于页边距中的图形和文字。只有在页面视图中才可以见到页边距的效果。所以应当先切换到页面视图。可以使用两种方法:

(1) 使用对话框设置页边距

在"页面设置"对话框的"页边距"选项卡(见图 7.13)的"上"、"下"、"左"、"右"栏分别设置

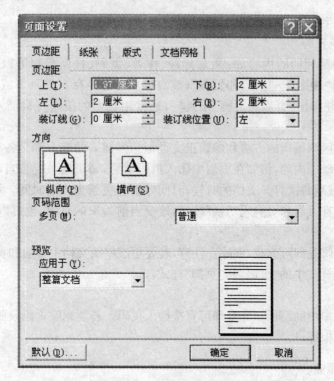

图 7.13 "页面设置"对话框中的"页边距"选项卡

页边距的数值。

（2）用标尺设置页边距

通过标尺设置的页边距会被应用于整篇文档。水平标尺可用来设置左右页边距，垂直标尺可用于设定上下页边距。水平和垂直标尺中的灰色区域宽度就是页边距的宽度。"视图"菜单中的"标尺"命令可以显示或隐藏标尺。选择菜单"工具"→"选项"→"视图"选项卡→"垂直标尺"复选框可显示或隐藏垂直标尺。

调整时用鼠标指向标尺中页边距的边界上，当鼠标外观变为双向箭头后拖动鼠标至合适的位置即可。

2. 选择纸张

设定打印纸张的大小、来源等是打印前必须完成的。请在"页面设置"对话框中选择"纸张"选项卡，并在"纸型"下拉框内选择打印纸型。

3. 设置版式

在"页面设置"对话框中选择"版式"选项卡。可以设置："节的起始位置"，"页眉和页脚"区，"奇偶页不同"（即奇数页与偶数页中使用的页眉和页脚不同，"首页不同"，"垂直对齐方式"，"行号"，页面"边框"等。

4. 文档网格

若文档中需要每行固定字符数或是每页固定行数，可以使用文档网格实现。设置每页的行网格数和每行的字符网格数就可以完成上述功能。在"页面设置"对话框中选择"文档网格"选项卡设置。

注意：使用"绘图网格"对话框设置的网格，只是在页面中显示，并不会打印出来。这些网格可以用于页面的字符数设置和图形绘制等。

5．插入页眉和页脚

文档中每页中都相同的内容如：文章标题、作者、页码、日期等都可以放在页眉和页脚区域中。选择菜单"视图"→"页眉和页脚"（或直接双击已经存在的页眉或页脚），即可进入页眉和页脚方式，并弹出"页眉和页脚"工具栏，通常用其中的按钮直接插入页码或者页数、日期等等。

在页眉或页脚区内编辑的方法和编辑正文类似。但插入的基本都是各种"域"，"域"简单地说就是文档中的动态内容，例如在页眉中插入页码域后，每页的页码会自动产生，不用手动调整，而插入时间域后每次打开文档的时候，时间域都会更新为当前时间。可以通过"页眉和页脚"工具栏中的"在页眉和页脚间切换"按钮，改变当前编辑的对象，也可以直接在页眉或页脚区内直接单击。

双击页眉和页脚处即可修改、删除。注意，若要更改整篇文档中页眉和页脚的格式可以直接修改 Word 内置样式中的"页眉"和"页脚"样式。

6．设置页码

利用"插入"菜单中的"页码"命令即可直接插入页码。若要删除页码只要在页眉和页脚区内删除页码的图文框即可。

7.2.6.3　脚注和尾注

脚注和尾注是对于文档的补充说明。一般脚注多用于文档中难以理解部分的详细说明，而尾注多用于说明引用文献的出处等。脚注一般出现在每一页的末尾，而尾注一般出现在整篇文档的结尾处。脚注和尾注都包含两个部分：注释标记和注释文本。注释标记就是在标注需要注释的文字右上角的标号，注释文本是详细的注释正文部分。

在 Word 中可以很方便地为文档添加脚注和尾注。添加脚注时先将光标置于需要插入脚注或尾注的位置，选择"插入"菜单→"引用"→"脚注和尾注"命令。

注意：添加了脚注或尾注后可以在文档编辑区的下方的脚注或尾注区对脚注和尾注进行编辑。由于使用视图的不同脚注和尾注编辑区会有所不同，若要使用脚注和尾注编辑窗口请使用"视图"菜单切换到"普通"、"Web 版式"或"大纲"视图中。

移动、复制或删除脚注或尾注的操作很简单。像对待文本一样移动、复制或删除其注释标记即可。

7.2.6.4　批注

批注是文档的审阅者为文档添加的注释、说明、建议、意见等信息。可以在把文档分发给审阅者前设置文档保护，使审阅者只能添加批注而不能对文档正文修改，利用批注可以有利于保护文档和工作组的成员之间的交流。为文档添加批注时应先选定要添加批注的文本，然后选择"插入"菜单中的"批注"命令，Word 会给选定的文本加入批注并打开审阅窗格。在窗口中可以输入和编辑注释文字。

阅览批注时只要在将鼠标置于批注处就可以看到显示出的批注框。或是使用"审阅"工具栏中的"显示"按钮，在弹出的菜单中选中"批注"。则所有的批注都会列出在窗口右端。使用"审阅"工具栏可以方便地添加、修改、删除和浏览批注。

7.2.7 在 Word 文档中插入表格

使用 Word 的表格处理功能可以很方便地制作出复杂的表格,使数据具有更好的可读性。

7.2.7.1 插入和绘制表格

1. 插入表格

使用工具栏和菜单都可以在文档中自动插入表格。

使用菜单插入表格:

(1)选择菜单"表格"→"插入"→"表格",弹出"表格"对话框(如图 7.14)。输入表格的列数和行数。

(2)可在"自动调整操作"区内选择或选择"自动套用格式"。

使用工具栏插入表格:

(1)单击要插入表格的位置,点击"常用"工具栏中的"插入表格"按钮 ▦ 。

(2)在弹出的小窗口中拖动鼠标选择自己所需的行列数。

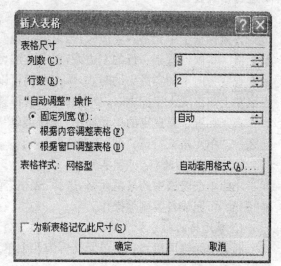

图 7.14 "表格"对话框

注意,另一按钮 ▦ 将插入一个 Excel 表格。

2. 绘制表格

用"表格和边框"工具栏可以"手工"绘制和修改表格,十分灵活方便。方法如下:

(1)在工具栏中单击鼠标右键,选定"表格和边框"或是选择"表格"菜单中的"绘制表格"命令,则打开了该工具栏(见图 7.15)。

图 7.15 "表格的边框"工具栏

(2)选定"绘制表格"按钮时,光标外观变为一支笔,拖动鼠标绘制表格边框线。还可以选择各种线型;选择边框线的宽度;选择边框线的颜色。若绘制出现错误,可以单击"擦除"按钮,这时光标外观变为橡皮擦,拖动鼠标擦除即可。

(3)绘制完表格后再次单击"绘制表格"按钮,完成操作,并返回文本编辑状态。

7.2.7.2 编辑表格

1. 输入内容

要在表格中的某一个单元格内输入内容,只要在该单元格内单击,插入点就位于该单元格内,按一次 Tab 键,插入点就移到右边单元格,当本单元格已是本行最后一个单元格时,按 Tab 键,将移到下一行的第一列;如果本行已是最后一行的最后一个单元格时,则按 Tab 键,还将在本行下面增加一行。

在表格中编辑内容和普通的文本编辑类似。键入时如果内容的宽度超过了单元格的列宽则会自动增加行宽,如果按"Enter"键则自动换行。可以和对待普通文本一样对单元格中的文本进行格式设置。

2. 在表格中选定内容

将鼠标置于单元格的左边缘,当鼠标外观变为右上方向的实箭头时,单击左键可以选择该单元格。将鼠标置于一行的左边缘,单击左键可以选择一行。将鼠标置于一列的上边缘,当鼠标外观变为向下的实箭头的时候,单击左键可以选择该列。将光标置于表格中的任意位置,当表格左上角出现十字标志时,单击它可以选择整个表格。

将光标置于要选定的单元格中,选择菜单"表格"→"选择"命令,在弹出的子菜单中选择下列之一:"单元格"、"行"、"列"、"表格"。

3. 插入和删除行、列和单元格

光标单击表格中的某单元格,选择"表格"菜单中的"插入"即可完成各类插入操作。若选择"删除"可完成各类删除操作。

4. 单元格的拆分和合并

拆分单元格可以将一个单元格拆为几个单元格,而合并单元格则可以将几个单元格合并为一个。

拆分时选定要进行拆分操作的单元格,选择"表格"菜单中的"拆分单元格"命令。在弹出的"拆分单元格"对话框中指定拆分操作后的行数和列数。

合并时选定要进行合并操作的单元格。选择"表格"菜单中的"合并单元格"命令,或单击鼠标右键单击单元格选择"合并单元格"命令。

5. 调整表格

有多种方法都可以改变表格的行高和列宽,比如将鼠标置于要改变的行或列的边框线上按住左键拖动即可调整行高和列宽。

使用表格控制点可以缩放和移动表格。将光标置于表格中任意位置。表格的左上角和右下角将出现表格控制点。在该控制点上按住鼠标左键并拖动可以移动整个表格。将鼠标放在右下角的控制点上时,当鼠标外观变为斜的双向箭头时,按住鼠标左键拖动可以缩放表格。若要整个表格按比例缩放,可以按住 Shift 键以后拖动。

在页面视图下将光标置于表格中任意位置。在标尺中将出现表格的列调节标志和行调节标志。将鼠标置于要调节的行或列的调节标志上,拖动到目标位置即可。

使用"表格属性"对话框进行调整也可以。

7.2.7.3 表格的属性和排版

1. 设置表格的分页属性

设置表格的"跨页断行"属性,可以允许或禁止表格断开出现在不同的页面中。而"在各页顶端以标题行形式重复出现"复选框可以使表格分页后每页的部分表格都有标题行。注意:标题行重复只能用于 Word 自动插入的分页符,对于自己手动插入的分页符设置这个属性不会有预期的效果。以上在"表格属性"对话框中可以设置。

2. 设置表格的对齐、缩进和文字环绕

对于表格中的文本对齐和缩进操作与设置段落类似。而对于整个表格也可以设置它的对齐和缩进属性。如果用户希望文档中的文字环绕在表格周围,可以通过"表格属性"对话框设定表格的文字环绕属性而实现。

3. 转换为文本

Word 中格式化的文本可以转换为表格,表格也可以直接转换为文本。

4. 拆分表格

拆分表格功能可以将表格分为上下两部分,使得成为两个独立的表格。拆分表格方法为:将光标置于要进行拆分操作的行中任意位置,选择"表格"菜单中的"拆分表格"命令即可。

7.2.7.4　对表格排序

Word 提供了对表格中的数据排序的功能,用户可以依据拼音、字母或数字等对表格内容以升序或降序进行列的排列。在排序中 Word 允许用户至多可以使用三重条件。假定有张成绩表,对成绩表中的同学按其总分降序排序,操作的方法如下:

(1) 将光标置于表格中的任意位置,选择"表格"菜单→"排序"命令。

(2) 在弹出的"排序"对话框中设置"主要关键字"为"总分"且"降序"。

提示,Word 在排序时首先依据主要关键字,如果有相同项则依据次要关键字,如果还有相同项再依据第三关键字。

(3) 选择"有标题行"单选框,并单击"确认"按钮完成操作。

7.2.7.5　在表格中用公式计算

Word 还提供了对表格内容进行公式计算的功能。但是这里的公式计算比较简单。如果用户要对于表格内容进行复杂计算,请使用 Excel 电子表格,或将 Excel 电子表格插入到 Word 文档中。

在公式计算中 Word 对于表格的引用有自己的编址方式(实际上为域代码)。对于列,用 A,B,C,D 等标示,对于行,用 1,2,3,4 等标识。所以如果用户要引用的单元格位置为第 3 行第 2 列则单元格的地址为 B3。

使用公式计算前应确保表格中有用来存放结果的单元格,如果没有则结果将会存放在光标所在的单元格中。对于公式中引用的单元格使用它的地址即域代码表示。作为公式的参数的单元格地址之间应该用逗号分隔开,例如"=SUM(A2,B3)"为 A2 单元格与 B3 单元格求和。而对于连续的单元格则用冒号分隔开首尾的两个单元格即可,例如"=SUM(B2:B4)"表示 B2,B3 和 B4 三个单元格的求和注意:使用公式计算得到的结果实际上是"域"的方式。所以如果表格中的数据发生了变化不需要重新

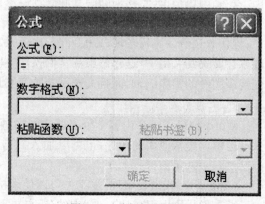

图 7.16　"公式"对话框

进行计算。只要更新域即可得到正确的结果。更新域的方法是,选定要更新的计算结果,按"F9"键。

对表格进行公式计算的步骤如下:

(1) 将光标置于存放结果的单元格中,选择"表格"菜单→"公式"。

(2) 在弹出的"公式"对话框(如图 7.16)的公式栏中输入要进行计算的公式,也可以从"粘贴函数"下拉框中选择需要的函数。

(3) 对结果的格式可以使用"数字格式"下拉框进行设置,最后单击"确认"按钮。

表 7.1   Word 提供的常用函数

函数	函 数 意 义
ABS(x)	求绝对值
AVERAGE()	返回一组数的平均值
SUM()	返回一组数的和
MOD(x,y)	求 x 被 y 整除后的余数
IF(x,y,z)	如果 x 为 1 则返回结果 y,否则若为 0 返回结果为 z
INT(x)	对 x 进行取整操作
ROUND(x,y)	返回对 x 进行舍入操作的结果,y 为规定的小数位
MAX()	返回一组数的最大值
MIN()	返回一组数的最小值
NOT(x)	对 x 进行取反操作,如果 x 为 1 则返回 0,若 x 为 0 则返回 1。
AND(x,y)	求"与",如果 x,y 均为 1 则结果为 1,否则结果为 0
OR(x,y)	求"或"操作,如果 x,y 均为 0 则结果为 0,否则结果为 1

7.2.8   在文档中插入各种对象

7.2.8.1   插入图片

Word 能帮助用户轻松地编辑出图文并茂的文档。Word 除了提供内容丰富的剪贴画库外还允许用户从文件插入图形对象和图片,或是编辑自选图形。

图形对象包括自选图形、图表、曲线、线条和艺术字图形对象。图片是由其他文件创建的图形。它们包括位图、扫描的图片和照片以及剪贴画。

Word 中的图片有插入和链接两种方式。其中,插入方式是将图片文件直接复制到文档中,这样做文档会比较多地占用空间。而链接方式则是动态地将图片文件和文档连接起来,其改变会反映到文档中,这样做虽然文档占用空间比较小,但是不能直接对图片编辑,必须调用创建该文件的程序编辑,而且文档不能脱离图片单独使用。

1. 来自剪贴画

Word 自带了一个内容十分丰富的剪贴画库,用户可以直接在其中选择需要的图片插入到文档中。经常使用的图片,也可以加入到剪贴画库中。选择菜单"插入"→"图片"→"剪贴画",进一步选择即可。

2. 来自文件

在文档中可以直接插入来自文件的图片。选择"插入"菜单中的"图片"命令,在弹出的子菜单中选择"来自文件",选择需要插入的图片文件,所选的文件必须是 Word 所支持的类型,并注意选择插入方式:"插入"、"链接文件"、"插入和链接"。

3．来自扫描仪或数字相机

如果操作系统中正确安装了扫描仪或数字相机,则可以直接从扫描仪或数字相机中获取图片。当然,直接复制粘贴也可以。还可通过"插入""对象"来进行。这里不再一一列举。

4．编辑和格式化插入的图片

对于插入到文档中的图片进行编辑和格式化后,包括剪裁、缩放、图文混排等操作,可以使之更符合文档的需要。利用"图片"工具栏(如图 7.17)可以编辑图片。

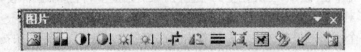

图 7.17　"图片"工具栏

例如,在"图片"工具栏中单击"裁剪"按钮 ,鼠标的外观改变后,将之置于图片句柄上,并拖动即可进行裁剪操作。如果需要重新进行裁剪或缩放操作可以选定图片后单击"图片"工具栏中的"重设图片"按钮。

无论是用户在文档中插入的图片、剪贴画或是艺术字,还是表格、图表、文本框等对象都可以通过使用 Word 的图文混排功能,将之置于文字中的任何位置,并可以通过设置不同的环绕方式得到个各种环绕效果。各种环绕方式的意义和该方式的图标中的样式类似。其中"嵌入型"表示不环绕;"穿越型"和"紧密型"类似,它们都可以通过拖动图片四周的控制点改变环绕边界;使用"衬于文字下方"方式可以制作页眉和页脚中的水印效果。

7.2.8.2　绘图

使用"绘图"工具栏(如图 7.18 所示)可以在文档中绘制包括基本图形和自选图形在内的各种图形。还可以方便地绘制组织结构图。并可以为绘制的图形填充颜色或制作阴影和三维等效果。

图 7.18　"绘图"工具栏

选择"视图"菜单→"工具栏"→"绘图"命令。或右击工具栏并在快捷菜单中选择"绘图"。都可以使"绘图"工具栏显示出来。

(1) 在该工具栏上选择合适的按钮(如椭圆、矩形、直线、自选图形等)单击,鼠标指针变成十字状,拖动鼠标即可画出相应的图形。

(2) 选择线型:"线型"按钮 、"虚线线型"按钮 、"箭头样式"按钮 。

(3) 选择线条颜色:"线条颜色"按钮 。

(4) 选择具有一定面积的图形(椭圆或矩形等)的填充颜色:"填充颜色"按钮 。

(5) 设置自选图形的默认效果。为方便绘制多个线条形状及颜色等属性都一致的图形，请先绘制其中一个，然后将其设置为默认。方法：选择这个图形，再选择"绘图"按钮 绘图(D) ▼ →"设置自选图形的默认效果"，则以后再绘制的其他图形的线条粗细和颜色等都会与前一个图形一样。

(6) 设置绘图网格。选择"绘图"按钮→"绘图网格…"；

(7) 图形的翻转或旋转。选择"绘图"按钮→"旋转或翻转"。

(8) 同时选择多个图形的方法：

【方法 1】 按住 Shift 键再逐个单击；

【方法 2】 先单击"绘图"工具栏上的"选择对象"按钮 ，再拖动鼠标使得虚框能框图住所需的几个图形对象，再单击"选择对象"按钮恢复正常。

(9) 设置多个图形的叠放次序。右键单击要改变层次的图形，然后在快捷菜单上选择"叠放次序…"，或者选择图形后，再选择"绘图"按钮→"叠放次序…"。

(10) 将多个图形的组合成一个图形。先选择要组合的多个图形（方法见第 6 步）再选择"绘图"按钮→"组合"，或按鼠标右键选择"组合"。提示：取消时相反。

7.2.8.3 艺术字

有时候需要更具表现力的字体，原来的基本字体就不够了。这时可以插入 Word 提供的艺术字对象。在文档中插入艺术字时单击"绘图"工具栏中的"艺术字"按钮 或选择菜单"插入"→"图片"→"艺术字"都可以。

7.2.8.4 使用文本框

文本框是一种可移动、可调大小的用来存放文字或图形的容器。使用文本框可以在一页上放置数个文字块，或使文字按与文档中其他文字不同的方向排列。灵活使用 Word 中的文本框对象，可以将文字和其他各种图形、图片、表格等对象在页面中独立于正文放置并方便地定位。使用链接的文本框可以使不同文本框中的内容可以自动衔接上，当改变其中一个文本框大小时，其他内容自动改变适应更改的大小。

选择菜单"插入"→"文本框"→"横排"（或"竖排"）；文档中会出现一块标明"在此处创建图形"。在其中按住左键拖动鼠标，即可将绘制出的文本框插入到文档中。

7.2.8.5 绘制组织结构图

新版本的 Office XP 中，Word 的"绘图"工具栏新增了"插入组织结构图或其他图示"按钮。使用它可以轻松地绘制常用的包括"组织结构图"、"循环图"、"射线图"、"棱锥图"、"维恩图"和"目标图"在内的 6 种结构图。

绘制方法如下：单击"绘图"工具栏中的"插入组织结构图或其他图示"按钮 ，弹出的"图示库"对话框，选择其中一个并"确定"即可得到一个基本图，进一步修改就行了，一般都能找到相应的工具栏，如，"组织结构图"工具栏。

7.2.9 使用 Word 中的工具

本节重点将介绍 Word 提供的一系列实用的工具。有时候灵活使用这些工具可以大大简化编辑文档操作。

1. 拼写和语法检查

输入文档时难免会出现拼写或语法错误,校对长文档是很繁琐的操作。使用自动检查功能,Word 会在输入文本时将拼写错误用红色的波浪线标示出来,将语法错误用绿色的波浪线标示,很方便地就可以修改输入的错误。

设置拼写和语法检查请选择"工具"菜单→"选项"→"拼写和语法"选项卡。

2. 可读性统计信息

在"选项"对话框中的"拼写和语法"选项卡中选中"显示可读性统计信息"。Word 在进行完拼写和语法检查后弹出"可读性统计信息"对话框。该对话框中列出了文档中的字符数、段落数、句数、平均每段中的句数和字符数等统计信息。

3. 信函

相对于其他类型的文档来说,信函是一种比较特殊的文档,它的格式比较固定。所以可以使用 Word 的信函编辑模板和向导快速制作出格式统一、美观的信函。

使用 Word 提供的"信函模板"或"信函向导"可以快速地制作格式统一的信函。比如使用"中文信封向导"轻松地编辑中文信封。

还可以制作邮件标签。标签就是用于贴在邮件上的含有收信人或寄信人姓名、地址等信息的文档。

经常会遇到这样的操作,编辑多封邮件但是只是收信人的信息有所不同,信件的内容完全一样,如果逐封编辑,显然费时费力。这时可以使用 Word 的邮件合并功能,从数据源导入不同的数据记录到文档中,即可解决这个问题。在 Office XP 中对于这一操作进行了简化,使用"邮件合并向导"可以轻松地进行邮件合并。

以上内容设置时可选择"工具"菜单→"信函与邮件"……

4. 字数统计

Word 的自动统计字数功能可以快速地统计文档的各种统计信息,使用它们可以方便地控制文档的长度。这些统计信息包括文档的页数、字数、字符数(记空格)、字符数(不计空格)、段落数、行数、非中文单词数、中文字符和朝鲜语单词数。

选择菜单"工具"→"字数统计",即可弹出"字数统计"对话框。

5. 使用自动更正

应用 Word 的自动更正功能可以自动更改编辑文档时经常出现的错误,也可以通过一定的设置把经常用到的图片、符号等插入到文档中。

Word 自带了一个常见错误的自动更正词条库,例如:如果输入了单词"probelm"则 Word 将自动将之更改为正确的" problem "。除了使用 Word 自带的词条外也可以自己添加词条。应用自动更正功能可以快速添加一些特殊符号到文档中。如输入:)时,可以得到☺。操作时通过"符号"对话框可以设置。对于经常在文档中使用的图片也可以将其设置为自动更正词条。

6. 使用自动图文集

对于文档中需要重复使用的文字、图形、表格等可以将之储存在自动图文集中。使用时通过插入该词条即可快速地添加所需文字、图形、表格等。可见自动图文集和前面刚介绍的自动更改的功能非常类似,但是使用自动图文集可以由用户自己控制是否插入,比自动更改操作要灵活得多。除使用插入菜单外,还可以使用多种方法在文档中插入自动图文集词条。比如,"自动图文集"工具栏。

为需要重复使用的对象创建自动图文集词条的方法是这样的:选定需要创建词条的内容后选择"插入"菜单→"自动图文集"→"新建",在"创建'自动图文集'"对话框中输入一个名称,最后单击"确定"。使用时先输入词条名称再按 F3 即可得到对应内容。

7. 保护文档

通过保护文档操作可以避免文档受到误操作的破坏。有如下几种保护文档方法:

(1) 设置打开文档的密码,可以防止未授权用户打开文档。

(2) 设置修改文档的密码,可以防止未授权用户对于文档修改。

(3) 设置"建议以只读方式打开文档",选定该选项后文档将以只读方式打开。

(4) 设置保护修订后,文档只能做修订操作。

(5) 设置保护批注后,文档只能做批注操作。

(6) 设置保护窗体后,文档不能编辑。

设置打开文档和修改文档的密码时请选择"工具"菜单→"选项"→"安全性"选项卡。通过设置保护文档选项可以保护整个文档或文档中的修订、批注。设置时请选择"工具"菜单中的"保护文档"命令,会弹出"保护文档"对话框。另外,可以在"选项"对话框的"保存"选项卡中重新设置"自动保存时间间隔",以防止意外丢失,比如断电。

注意:对于保护文档中设置的密码应该谨慎对待,如果丢失将造成文档不能打开或编辑等。最好将密码在安全的地方另行存放。

7.2.10　如何编写长文档

Word 提供了一系列功能使用户能够快速条理清晰地编辑长文档。使用大纲视图可以清楚地显示出文档的结构;使用主控文档和子文档可以将文档分为不同的部分分别编辑;交叉引用功能允许用户在文档中相互引用内容;在主控文档中还可以方便地创建索引和目录。

1. 使用大纲视图

一般的长文档结构比较复杂,各级标题交错,不容易清楚地显示出文档的结构。使用大纲视图显示文档可以提纲的形式使各级标题和正文分级别显示,还可以只显示部分级别高的标题。这样文档结构一目了然,给编辑和浏览长文档提供了方便的方法。可以先在大纲视图中编辑好文档框架再填入内容,这种方法对于编辑长文档很有效。

选择"视图"菜单中的"大纲"命令,文档界面即切换到大纲视图。请注意"大纲"工具栏。使用此工具栏可以设置大纲中的标题和内容的显示级别、修改标题级别、展开和折叠标题、进行主控文档和子文档的操作和目录操作等。Word 中提供了 9 级标题样式,使用它们可以将文档中的标题设置到各个不同的级别中,其中最高的级别为"标题 1",最低的级别为正文级。不同级别的标题会显示为不同的缩进,可清晰地显示文档结构。

在大纲中添加内容只需如同编辑普通文本一样输入需要添加的内容,然后选定所有内容,在"大纲"工具栏中的"大纲级别"下拉框中选择添加的内容的标题级别或设定为正文。它们的级别可以"提升"或"降低"。通过工具栏还可以将标题上移或下移。

2. 主控文档和子文档

在编辑长文档时常常会遇到这样的问题,由于文档长度过长造成浏览和编辑起来相当困难,而且储存文档的文件也会变得很大,影响了系统的效率。若需要多人合作编写文档,则更会感到非常困难。如果将文档分为不同的章节作为独立的文档编辑,虽然方便但是降低了文档的统一完整性,会给格式处理等操作带来麻烦。使用 Word 提供的主控文档和子文档功能可以很好地解决这个问题。将各个章节划分为子文档,通过主控文档管理它们,既可以在子文档中分别编辑,又可以在主控文档中对子文档进行新建、删除、查看、合并、拆分、设置格式等操作。

　　3. 题注

　　文档中对于图片、表格、公式、图表等的名称、注解和编号就是题注。添加题注后可以方便地使用交叉引用操作在文档的其他地方引用该内容。可以在 Word 中自动或手动地为图片、表格、公式、图表等对象添加题注。选择需要插入题注的对象后再选择"插入"菜单→"引用"→"题注",手工添加或者进一步单击"自动插入题注"按钮去设置。

　　4. 交叉引用

　　交叉引用就是在文档中的一个位置引用其他位置的题注、尾注、脚注、标题等内容。通过使用交叉引用功能可以使读者更方便地阅读较长文档,如果插入了超链接形式的交叉引用还可以通过单击该超链接快速定位到引用内容的位置。通过"插入"菜单中的"引用"命令可以完成设置。

　　5. 书签

　　和通常意义上的书签的功能类似,Word 的书签功能可以帮助用户在比较长的文档中快速定位光标,也可以在交叉引用中引用书签。将光标定位于需要制作书签的位置,再选择"插入"菜单中的"书签"命令设置。可通过"定位"的方法查找存在的书签。

　　6. 索引

　　索引就是列出文档中的内容的页码或页码范围等。使用索引可以方便在比较长的文档中查找信息。创建索引的操作包含两个步骤:首先应该在文档中需要创建索引的位置标记索引项,然后一般在文档末尾处创建索引。

　　7. 目录

　　在编辑长文档时制作目录一般是必需的操作。使用目录,读者可以轻松地在长文档中浏览、定位和查找内容。Word 提供了自动创建目录的功能,大大方便了编辑目录的操作,而且使用这个功能创建的目录可以对于文档内容的改变自动更新。

　　在编辑文档的时候把需要显示在目录中的标题用标题样式设置为相应的级别。实际上Word 是靠标题样式自动创建目录的。请先将光标定位于文档中需要插入目录的位置,一般在文档开头处,再选择"插入"菜单→"引用"→"索引和目录"→"目录"选项卡。

　　若文档修改了,例如标题内容改变了或是标题移动使其所在页变化了,这时应该将目录也进行相应的更新。可以使用重新插入目录的方法,也可以使用更新域的方法按"F9"键。

　　当选中某条目录然后按快捷键"Shift+F9"后可以看到目录显示的内容发生了变化,这时显示的是目录的域代码形式。在文档中创建的目录实际上也只是插入了域代码。

　　8. 创建图表和引文目录

　　如果在文档中插入了图或图表等对象且给它添加了题注,则可以为这些题注自动创建目录。在文档中插入引文目录的操作与创建索引类似,首先应该在文档中标记引文,全部标记完后再打开"索引和目录"对话框中的"引文目录"选项卡。

7.2.11 Web 功能

使用 Word 中强大的 Web 功能不仅可以快速地浏览本地文档,还可以创建和编辑自己的 Web 页,从而将本地和网络上的文字、图形联系在一起。

7.2.11.1 使用 Web 版式视图

使用 Web 版式视图可以使用户浏览文档更加方便、快捷。在 Web 版式视图中文档内容的换行将根据窗口的大小而定,文档编辑区的左边会出现文档结构图,使用它可以显示文档结构并快速在文档中定位。

1. Web 版式视图

选择"视图"菜单中的"Web 版式"命令即可进入到 Web 版式视图中。也可以使用位于文档编辑区下方水平滚动条左边的"Web 版式视图"按钮快速进入到 Web 版式视图中。

在 Web 版式视图中文档的格式与普通视图稍有不同,显示的并不是文档的打印效果,加入了一些便于阅读的属性,若要观看打印效果请切换到普通或页面视图中。这里文字是根据窗口大小换行的,而不同于普通视图中的固定页面宽度。就是说有时候若窗口宽度小于页面宽度时,在普通视图中需要用水平滚动条才能看到一行中的所有文档,但在 Web 版式视图中则不需要。

2. 文档结构图

浏览文档时经常使用到文档结构图。在 Web 版式视图中,文档编辑区的左边会出现文档结构图窗格。里面罗列了文档中的各级标题,单击它们就可以直接跳到该标题处。选择"视图"菜单中的"文档结构图"命令,即可弹出文档结构图窗格。点击"常用"工具栏上的"文档结构图"按钮也可。

Word 创建的文档结构图是根据标题的样式级别自动生成的。所以如果要得到正确的文档结构图应该使用 Word 提供的 9 级标题样式正确设定自己文档中的标题。在文档中添加删除或修改了标题后,文档结构图会根据所作的修改自动更新。

3. 超链接

使用过 Internet 的读者对于超链接一定不会陌生,它们通常的样子是带下画线的彩色文字或图形。在 Word 中也可以通过在文档中插入超链接使读者直接跳转到文档中的其他内容的位置、其他文档中或是 Internet 上的网页中,链接的内容可以是文本也可以是图形甚至可以是声音、图像等多媒体文件。选择需要显示为超链接的内容对象再选择"插入"菜单字中的"超链接"命令设置。

在文档中插入超链接后,作为超链接的文字就会变为蓝色带下画线的样式。当把鼠标移动到超链接上时出现浮动提示内容,一般指示了此链接的地址。在超链接上按住"Ctrl"并单击鼠标后即可直接跳到此地址的内容处。使用"Web"工具栏可以方便地在使用超级链接的文档中浏览。

7.2.11.2 创建 Web 页

Internet 的飞速发展使上网成为现代人生活的重要组成部分。Web 页就是在使用图片、图形、文字、多媒体等手段提供信息并用超链接的形式和 Internet 联系在一起的一种特殊文档。这种文档是使用"超文本标记语言"(HTML 语言)建立的。将 Web 页发布于网上后使用各种浏览器就可以浏览其中的信息。

Word 提供了方便地创建和编辑 Web 页的功能。使用这些功能用户可以轻松地制作自己的 Web 页。但 Word 毕竟不是专门的网页编辑工具,所以如果要创建复杂的 Web 页请使用 FrontPage 等专门工具。

在创建自己的 Web 页之前首先应该做步骤就是作出合理地规划,因为一般的个人主页并不止是一个文件,而是将多个 Web 页面通过超链接的形式组织起来。在创建 Web 页时可以使用模板创建也可以使用 Web 页向导,将已有的文档转存为 Web 页格式也可。

7.3　电子表格 Excel

7.3.1　Excel 的启动和界面

Excel 提供了多种数据格式,可以用来制作电子表格、完成许多复杂的数据运算,进行数据的分析和预测并且具有强大的制作图表的功能,还可以制作成网页。Excel 可以非常方便地与其他 Office 组件(如 Word、Access)交换数据。

启动 Excel 的操作方法有:

(1) 单击"开始"→"程序"→"Microsoft Excel "。

(2) 双击一个已经存在的 Excel 工作簿文件(. xls)。

(3) 也可以在桌面上直接建立一个 Excel 快捷方式,或建立快速启动的按钮。

成功启动 Excel ,将看到现图 7.19 所示的工作界面。

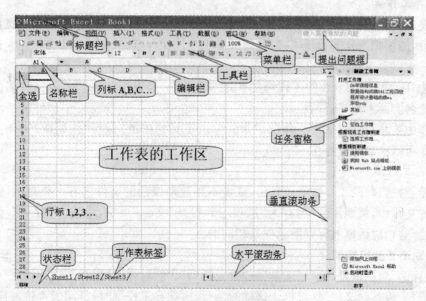

图 7.19　Excel 2002 的界面

名称框用来显示当前选定的单元格、图表项或绘图对象的名称,若在此框中直接输入单元格的名称,然后按 Enter 键,可以快速移动光标到指定的单元格。

7.3.2　工作簿

工作簿是 Excel 里的基本文档,在默认的情况下,一个工作簿中有 3 个工作表,分别用标签 Sheet 1、Sheet 2、Sheet 3(标签名称可修改)等表示,在操作过程中,可根据需要增加或减少工作表,一个工作簿最多可以包含多达 255 个工作表。

一个工作表可以有很多行和列,最大可以达到 256 列,65536 行。Excel 使用列标和行号来表示报表中的一个单元格。列标用 A,B,C,D 等表示 ,如第 1 列的列标为 A,第 2 列的列标为 B。行号用 1,2,3,4 等表示。如第 1 行的行号为 1,第 2 行的行号为 2。列标和行号连起来,就可以表示一个单元格的名称,如第 1 列第 1 行这个单元格的名称就是 A1,第 7 列第 5 行这个单元格的名称为 G5。

1. 建立新的工作簿

在 Excel 中创建一个新工作簿最简便的方法是在任务窗格中选择一种适当的方式:新建"空白工作簿"、"根据现有工作簿新建"、"根据模板新建"。其中根据模板新建又分为三种:"通用模板"、"我的 Web 站点"、" Microsoft. com 上的模板"。只要选择菜单"文件"→"新建"即可看到新建工作簿的任务窗格。

2. 打开已有的工作簿

如果要打开已经存在的工作簿怎么办呢? 首先,最近打开过的几个工作簿的文件名会列在 Excel 的"文件"菜单里。但也许要打开的并不是"最近的",那可以使用标准的"打开"方式。即从菜单上选择"文件"→"打开",或于常用工具栏上单击"打开"按钮使用"打开"对话框。同 Word 文档一样,也可以选择"只读"等等打开方式,请注意"打开"按钮旁边的小三角形。

3. 保存工作簿

当在使用 Excel 工作时,为了方便处理数据,需要建立、打开用于存放不同数据的工作簿。工作完成后,需要把工作簿关闭了,以便将成果安全地保存在文件中。

当第一次启动 Excel 时,或者当创建了一个新的工作簿时,就会注意到 Excel 开始用的默认文件名为"Book1"。Excel 的工作簿的扩展名为. xls,如果用"工资表"做文件名的话,所保存的文件全名实际上是"工资表. xls"。

在工作中要注意随时保存工作的成果。单击工具栏中的"保存"按钮或"文件"菜单中的"保存"命令可以实现保存操作。

4. 另存工作簿

有时希望把当前的工作做一个备份,或者不想改动以前的文件内容。要把所做的修改保存在另外的文件中,就要用到"另存为"选项了。打开"文件"菜单,单击"另存为",弹出"另存为"对话框。这个对话框与保存对话框是相同的。

5. 备份设置及密码保护

在"另存为"对话框里,选择"工具"→"常规选项"。然后弹出"保存选项"对话框(如图7.20所示),单击"生成备份文件"复选框。这样的话,每次保存工作簿时,早期版本将被存为一个备份文件而不是被覆盖。不过,备份文档的选项只是对设置过的文档有效。由于 Excel 不像Word 一样有全体备份的选项,不得不为每一个所保存的工作簿单独设置选项。此外,还可以在此界面中设置打开和修改权限密码!

6. 保存为网页

要把一个 Excel 文档存为一个网页，可以从菜单上选择"文件"→"另存为 Web 页"，这时会弹出含有网络选项"另存为"对话框。

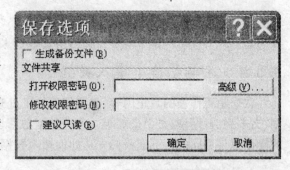

图 7.20　保存选项对话框

请注意与 Word 文档的不同之处：另存为"Web 页"时应考虑到一个工作簿中是否涉及所有工作表，此外，工作表中的数据并非全是静态的，要考虑是否保留交互性。

7. 设置工作簿属性

使用工作簿属性，可以使文件易于搜索。这些属性是关于工作簿的一组具有描述性的术语。要设置它们，请从菜单上选择"文件"→"属性"。

7.3.3　工作表操作

Excel 工作簿里的工作表可通过单击屏幕下方与水平滚动条平行的"Sheet 1"，"Sheet 2"，"Sheet 3"等标签来访问。确切地说，这些标签称为工作表标签。

一个工作簿中的工作表是可以添加或删除的。

7.3.3.1　添加和删除工作表

想在某张工作表之前添加一张新工作表，首先要点击它的标签，然后在菜单上选择"插入"→"工作表"。当然，也可用鼠标右键点击标签，在弹出式菜单上选择"插入"。

要删除一个工作表，用鼠标右键单击工作表标签，然后从弹出式菜单上选择"删除"，进一步确认就行了。

7.3.3.2　移动和复制工作表

要在某个工作簿内移动一张工作表，只要拖动它的工作表标签到需要的位置即可，如果先按住 Ctrl 键再拖的话，就可起到复制的作用。

可以鼠标右键单击工作表标签从快捷菜单上选择"移动或复制工作表"，在对话框（如图 7.21）中可以指定的目标位置不仅可以是当前工作簿还可以是另一工作簿！注意：选择"建立副本"复选框表示复制，否则即为移动！

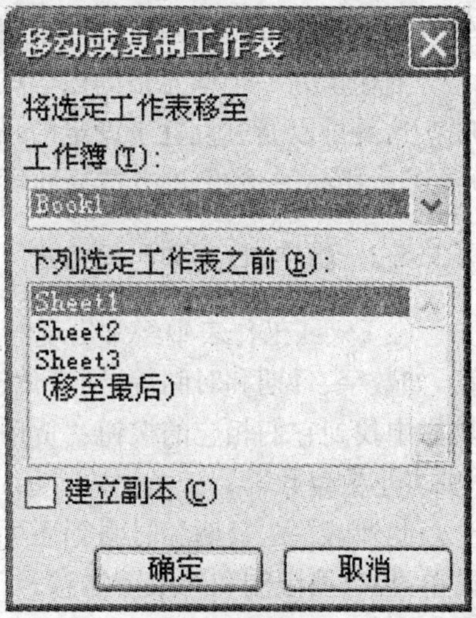

图 7.21　"移动或复制工作表"对话框

7.3.3.3　重命名工作表及设置彩色标签

工作簿中的工作表很多时我们难以找到所要的那一页报表，所以，给工作表命名是经常要做的事。

一个工作表的名称最多可以有 31 个字符。要重新给工作表命名的话，在工作表标签上双击，该工作表的名称就会高亮显示，这时只要在原先的名称上重新键入新的名称就行了。标签很多时可以使用窗口左下角的滚动箭头查找。

给工作表标签换颜色是一个很可爱的功能,只要右击标签,从快捷菜单上选择"工作表标签颜色",然后在对话框中选择合适的颜色就行了! 通过"格式"菜单也可以设置。

7.3.4　在单元格中填入数据

数据是工作表的真正内容,是我们要加工处理的工作对象。数据有各种类型,比如:数值型、文本型、日期型、货币型等等。各种数据有着自己特定的表示范围和格式,对不同类型数据的操作也是不同的。下面我们先从如何输入数据开始,逐步学习如何处理数据。

7.3.4.1　认识行、列和单元格

工作表是由单元格按行和列组织排列成的网格。Excel 中最小的单位是单元格,它用来容纳单项数据。在单元格里能输入字符串、数字或日期等信息。单元格的大小是无关紧要的,因为 Excel 会将它作为一个最小的整体进行操作。当然,也可以任意改变单元格的大小,以使得能够完整地看到单元格中所存放的数据内容。

单击某单元格,直接输入文字就自动进入了输入状态,比如输入"练习"。如果双击单元格,也可以直接进入输入状态。单击与双击的区别是,如果单击原本就有内容的单元格则输入的新内容会覆盖原有的内容,而双击可以令"插入点"出现其中,单元格中原有的内容可以被修改。

向单元格中输入数据的时候,在编辑栏上将出现与单元格中相对应的内容,并且会出现 ✖ 和 ✓ 两个工具按钮,前者表示取消(或按 Esc 键),后者表示确认(或按 Enter 键)。

在编辑状态时,单元格和编辑栏就充当了一个微型的文本编辑器。能使用方向键来前后移动,使用 Home 键或 End 键跳到数据的开头或结尾,用 Insert 键设置"改写"或"插入"模式,用 Delete 键或退格键来删除字符或选定文本等等,就好像在字处理软件中输入一样。在进行数据编辑时,上下光标键也具有特殊功能,按上光标键或下光标键会跳转到数据的开头和结尾。

当输入完一个单元格的内容按回车键时,希望光标会自动跳转到右边还是下面的单元格呢? 这是可以通过设置来设定的,选择菜单中"工具"→"选项",在"编辑"选项卡中的"按 Enter 键后移动"一栏中进行选择即可。

7.3.4.2　数字、日期和时间格式

在 Excel 工作表中经常出现的各种数据中,文本型数据的格式控制较为简单,其他一些类型,如数字、日期和时间等,则变化较为复杂。有几个常用的表示数字的格式可以在"格式"工具栏中找到它们相应的按钮:"货币样式"、"百分比样式"、"千位分隔样式"、"增加小数位数"、"减少小数位数"。

此外,数字、日期和时间等还可以有多种可以选择使用的格式。输入数字和输入文本一样简单,但有些限制和约束要注意。

Excel 的默认的单元格格式(称为常规格式)将只显示 11 个字符。可以使用内置的科学记数格式(指数格式)或自定义的数字格式。注意,Excel 可以限制 15 位有效数字。任何超过 15 位有效数字的数将被当作是零处理。

输入分数:如果得用分数的话,可输入 7　1/2 表示七又二分之一(注意,7 与 1/2 之间有空格)。但如果输入 1/8,Excel 会把它当作一月八日处理,Excel 把跟在整数后面的分式按分数处理,但是单独的一个分数(如 1/8)会被认为是日期。为避免这个问题,要么先设置单元格

格式以接受分数,要么输入一个前置的零(比如 0　1/8)。

在"单元格格式"对话框中可以得到更多更详尽的数字格式。

当输入日期和时间时,用斜杠或减号分隔日期的年、月、日部分:例如,可以键入"2002/9/5"或"5-Sep-2002"。如果按 12 小时制输入时间,请在时间数字后空一格,并键入字母 a(上午)或 p(下午),例如,9:00 p。否则,如果只输入时间数字,Excel 将按 AM(上午)处理。当相应的日期和时间被输入进单元格时,它们会自动地设置单元格格式,Excel 能够解释任何常规的日期或时间格式,如"2/2/1990"或"6:54P. M"。

时间和日期可以相加、相减,并可以包含到其他运算中。如果要在公式中使用时期或时间,请用带引号的文本形式输入日期或时间值。例如,下面的公式得出差值为 68:

　　　="2004/5/12"-"2004/3/5"

如果要输入当天的日期,请按 Ctrl+;(分号)。

如果要输入当前的时间,请按 Ctrl+SHIFT+:(冒号)。

7.3.4.3　创建数据标题

除非是在做一些非常简单快速的草稿般的计算,否则,所要做的第一件事就是给的数据设置标题,至少是标记工作表中的行和列。

设置标题的基本方式是使用一行来标识各列数据的意义,比如学生成绩表的第一行标题通常是"学号"、"姓名"、"成绩"…;或者使用一列,该列置于工作表的左侧面,该列中的单元内容用以标识各行数据的意义;有时我们也需要同时标识行和列,以表示表中的数据同时被两个特征所标识。一般情况下,标题都是从数据区的首列或首行开始的,特殊表格可以另外设计。

7.3.4.4　自动填充

Excel 有一种"填充序列"的功能,不必手工输入即可填充一系列的标题或数据。例如,如果输入的第一个标题是"Mon",可以用鼠标左键单击填充句柄(活动单元格或活动区域右下角上的点),然后横向或纵向拖动几个单元格的距离。当释放鼠标键时,其他几个单元格内将被填入后续数据。对于"Mon"这个数据来说,若向下拖动了 6 个单元格,则这 6 个单元格填入的将分别是"Tue,Wed,Thu,Fri,Sat,Sun"。如图 7.22 所示。

 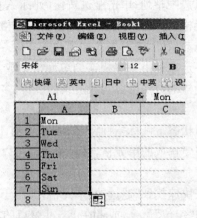

图 7.22　拖动填充句柄时(左)及填充后的效果(右)

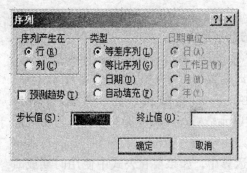

图 7.23 "序列"对话框

用自动填充方式可以快速输入一些特殊的序列,如年份、月份、星期等,可以创建并使用自定义序列。

如果要填充相同数据,可选取已有数据的单元格和要输入相同数据的单元格,选择菜单"编辑"→"填充"命令。

如果要填充数字、日期或其他序列,可选定包含序列初始值的连续两个单元格,用鼠标拖动填充句柄经过待填充区域。

还可以选择"编辑"→"填充"→"序列"命令(如图 7.23 所示)创建等差和等比序列。

7.3.4.5 冻结窗格和拆分窗口

当一张报表中的行列较多时,表格会很宽或很长。比如工资表,当想要输入最右边的列的内容时,却看不见最左边列的姓名和号码,很有可能张冠李戴。这时可以对窗口中的某些数据(比如帐号、姓名、首行标题)冻结,使其保留在窗口上,不随滚动条移动而移动。比如要冻结第 1 行,单击它的下一行即第 2 行,选择菜单"窗口"→"冻结窗格"命令。对列的冻结类似。撤消时选择"窗口"菜单中的"撤消窗口冻结"命令。

另外,使用窗口"拆分"功能也是不错的方法。这一功能可以同时显示一张大工作表的不同区域,在滚动时保持行列标志可见。

7.3.5 单元格与区域操作

单元格是存放数据的容器,当数据比较多的时候就会使用较多数量的单元格,我们常常需要选择或定位于那些需要修改的单元格,以便进行编辑。

7.3.5.1 选择单元格与区域

如果需要处理的单元格多于一个,我们就可以进行区域操作。单击行标可以选中一行,单击列标可以选中整列,单击全选按钮(列标 A 的左边)可以选中整个工作表。如果要选择一些连续的单元格,在要选择区域的开始的单元格按下左键,拖动鼠标到最终的单元格就可以了,若不喜欢拖动鼠标,则可先在左上角的单元格单击,再按住 SHIFT 键单击右下角的单元格。"区域"不一定总是由一些相连的单元格组成,可按住 Ctrl 键,再一一单击要选择的单元格就可以了。同样的方法可以选择连续的多行、多列;不连续的多行、多列;甚至行、列、单元格混合选择等等。

在不同状态下鼠标指针在 Excel 中会有不同形状,当鼠标指针是一个空心十字形状时,将它移动到想要选取的单元格,然后单击就可以激活它。这个单元格就获得了焦点,它就是当前选中的操作对象。

如果想快速找到"遥远的"单元格,即由于工作表大小的限制而不易看到的单元格,可以使用滚动条或"定位"命令,或者在 Excel 窗口的"名称"框中键入相应单元格地址(如 B2:F7),然后按回车键。

7.3.5.2 复制、移动和合并单元格

有时可能会需要从一个单元格把信息或格式复制到另一个单元格,或是移动整个单元格到工作表中的另一个位置,或对单元格的设计不满意而要重新组织单元格。

复制单元格到其他位置时先单击要复制的单元格,再单击工具栏上的"复制"按钮,单元格周围的边框会从实线变为一条运动的虚线,接着选择所要进行复制的目标单元格,再单击"粘贴"按钮就 OK 了!"剪切"操作类似。

要把同一内容复制到若干个不相邻的单元格的话,可以按住 Ctrl 键单击若干个不相邻的单元格,然后单击"粘贴"按钮。这样复制的内容就会被粘贴进所有选定的单元格。

由于可以进行拖放操作,移动单元格变得更加简单:单击活动单元格边框上的任何地方(除了右下角的填充句柄之外),鼠标指针变成空心箭头指针,按住鼠标拖动单元格到新的位置并释放鼠标键,单元格将被移动到这儿。如果刚才按住 Ctrl 键再拖动的话,那实际上就是复制了。

若创建的标题涵盖两行或两列甚至更多行和列时,合并单元格是好办法之一。虽然也可以通过改变行高和列宽等办法实现,但会影响同行或同列中的其他单元格。当然,只有相邻的单元格才能被合并。

要当心的是,如果这些要合并的单元格中不止一个包含数据,那么只有左上角的单元格中的数据会被保留。那么,合并单元格时,所有和那些单元格相关的公式都将受到影响。最终显示在名称栏内的合并单元格的地址将是区域左上角的单元格的地址,而仍旧可以通过在"定位"命令中键入区域中任何一个原先单独的单元格地址来定位到合并单元格。

有两种合并单元格的办法。选择要合并的单元格区域再右击鼠标选择"设置单元格格式",在"对齐"选项卡上选择"合并单元格"复选框就可以了。

还有一种办法比较简单:先选定要合并的区域,然后在工具栏上单击"合并及居中"按钮。当然,也可能并不想居中,只要通过其他对齐按钮来重新对齐即可。

7.3.5.3 添加以及删除单元格、行和列

要添加单元格时得先在需要插入的位置选定相应的单元格区域。注意,选定的单元格数量应与待插入的空单元格的数目相同。然后在"插入"菜单上单击"单元格"项。

要删除单元格、行或列的话,请选定需要删除的单元格、行或列,然后在"编辑"菜单上单击"删除"命令。周围的单元格将移动并填补删除后的空缺。

特别注意:清除和删除是不同的!如果删除了单元格,Excel 将从工作表中移去这些单元格,如果清除单元格,则只是删除了单元格中的内容(公式和数据)、格式(包括数字格式、条件格式和边界)或批注,但是空单元格仍然保留在工作表中。可选择清除单元格内容还是格式或批注,"编辑"菜单上的"清除"命令可以完成这一任务。

如果选定单元格后按 Delete 或 Backspace 键,Excel 将只清除单元格中的内容,而保留其中的批注和单元格格式。

7.3.6　格式化信息

7.3.6.1　改变列宽和行高

改变行高和列宽的方法很多,当设置数据格式时,改变会自动发生,有些方法是依靠鼠标进行实现的,而另一些则利用菜单。

虽然列并不依据输入其中的数据来扩展宽度,但是行却依靠所使用的字体大小或换行格式来自动调节它们的高度。可以通过双击列标题右边框来使一系列的宽度自动扩展到适合其内容。或于菜单中选择"格式"→"列"→"最适合的列宽",这方法对行同样有效,只要双击行标题的下边框就行了(或在菜单中选择"格式"→"行"→"最适合的行高")

想要一次性改变若干行的尺寸,先选择要改变高度的这些行的行标题,然后拖动其中某行的分隔线,则所有选中的行都会一起改变行高。对列的操作也是类似的。

7.3.6.2　隐藏列和行

隐藏行和列除了单元格的可见性之外,不造成任何影响。若有一个公式引用了被隐藏的列或行中一个单元格的数据时,它将仍然工作正常。想要隐藏哪列,就用鼠标右键单击它的列标题,并在弹出式菜单上选择"隐藏"。也可以用菜单解决,先单击该列,然后从菜单上选择"格式"→"列"→"隐藏",则所有列内的项目将完全消失。

想要取消刚才的隐藏,让它重新出现的话,就先选择此列两边的列标题,在它们的列标题上用鼠标右键单击,然后从弹出式菜单上选择"取消隐藏"。隐藏行与隐藏列的操作类似。

7.3.6.3　网格线

屏幕上的网格线并不是的表格中的边框线,类似于 WORD 中表格的虚线框,是为方便操作而设置的,表格中的边框线需要另外添加。隐藏网格线也不会造成任何影响,只是把自定义网格的交叉线隐藏起来了。

想要隐藏网格线,请按这样的顺序操作:在菜单中选择"工具"→"选项",然后单击对话框中的"视图"选项卡,找到"网格线"复选框并撤消它的选择,再单击"确定"按钮。反向操作即可恢复,会注意到"网格线"复选框下有"颜色"文本框,可以在此设置网格线的颜色。不妨一试。

7.3.6.4　使用自动套用格式

使用自动套用格式可以将事先设计好的格式套用于的表格,使免去了选择字号、边框、图案、颜色等等的麻烦。使用自动套用格式请从菜单上选择"格式"→"自动套用格式"。

全部死搬硬套别人的表格样式虽然省事,可总有些地方令自己不满意,虽然喜欢使用基本的自动套用格式,但有可能不想把示例的所有格式都应用到的工作表。比方说,不喜欢那个示例的颜色或图案,还有字体也可能是并不喜欢的。请点击"自动套用格式"对话框左边的"选项"按钮,就会立刻出现"应用格式种类",有一系列的复选框,可以自定义选项,决定哪些要从示例中应用,直到满意。选择标着"无"的那个表格样式即可消除套用格式。

7.3.6.5　使用字体和字形

令一张表格看上去美观,会使它更具有感染力和说服力,易于让人在短时间内便了解它意思,合适的字体与字形也是重要因素。它们都是通过"单元格格式"对话框(见图 7.24)中的"字体"选项卡进行设置的,要打开这个对话框,可以选择"格式"菜单中的"单元格"命令或者在选择要设置的单元格区域后单击鼠标右键,在快捷菜单上选择"设置单元格格式"。

图 7.24　"单元格格式"对话框中"字体"选项卡

它一共 6 个选项卡,有的前面曾用到过,它们是"数字"选项卡、"对齐"选项卡、"字体"选项卡、"边框"选项卡、"图案"选项卡、"保护"选项卡。通过它们可以对单元格的数据格式、字体字形字号字色、对齐方式、边框和底纹图案以及是否需要锁定或隐藏公式等进行设置。其格式设置的方法同在 Word 中大同小异,这是一些常用的对话框。

7.3.6.6　突出显示符合指定条件的单元格

有时想要突出显示符合指定条件的单元格,比如在成绩表中想要以红色显示那些不及格的分数,以蓝色或其他字体显示成绩优秀的分数等等,Excel 允许按条件设置格式。

要设置条件格式,请按下列步骤进行:

① 选择要突出显示的那些单元格。

② 单击菜单中的"格式"→"条件格式"命令,则弹出"条件格式"对话框。

③ 先设定条件,再单击"格式"按钮指定格式,最后点击"确定"。(见图 7.25)

7.3.6.7　批注

批注是数字世界中的便笺簿,是能贴在单元格上的便笺。比如在某班学生成绩表中,可以

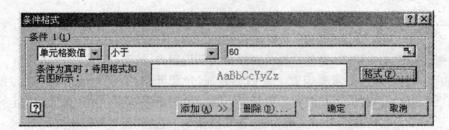

图 7.25　将条件设置为"单元格数值小于 60 为红色"

标明哪位是班长,哪位是学习委员,在班长姓名所在的单元格上加个批注即可。

给单元格添加批注时先单击需要添加批注的单元格,再选择菜单"插入"→"批注"命令,再输入文字。有批注的单元格右上角会出现一个红色小三角,鼠标指针指向它时,相关批注将被显示。

批注也可以被重新编辑、删除或直接显示出来。还可以利用"选择性粘贴"将之复制到别的单元格。

7.3.7　单元格和区域的引用

单元格和区域可以用三种不同的方式引用:一般引用、绝对引用和名称引用。下面分别讲述。

7.3.7.1　一般引用

通常在一个单元格中引用其他单元格或区域来进行计算时,要描述操作中所涉及的单元格或区域。比如,在工作表中对两个单元格求和,在 A1 中输入 89,在 B1 中输入 99,在 C1 中输入"=A1+B1",这里的 A1、B1 就是被引用的单元格。如果描述一批单元格,可以通过它们左上角及右下角单元格的名称描述,如:A1:D12。

当用于计算的单元格 C1 被移动到其他位置时,可以看到其内容没有变化,但当把它复制到其他地方时,新单元格内容就不再是"=A1+B1",而是与其当前位置相关的内容,这就是说复制的公式出现了相对的引用!

例如,图 7.26 中的成绩表的第一个同学(第 3 行)的总分被计算出来之后,其余的同学都应用类似的公式,只是要相加的数据在自己那一行而不是第三行。注意观察图中单元格 F3 在编辑栏的公式"=sum(C3:E3)"! 通常公式显示在编辑栏里,数值结果显示在单元格里。这时只要用鼠标拖动单元格 F3 的填充柄向下填充,则其余同学总分就会自动计算出来,这就是地址的相对引用或者说是一般引用。

7.3.7.2　绝对引用

有时需要复制公式,却不希望公式发生变化,这种引用就有问题了。请看下面图 7.27 的《某种电视机的当年销售统计表》,它显得颇为"古怪",因为单价是唯一的仅仅出现在单元格 C3 里,在单元格 D4 中用公式"=C4 * C3"计算 1 月的金额后,向下填充时,下面第 5 行 2 月的金额计算时公式中的数量 C4 相对变化为 C5,而单价 C3 不会相对变化。加上 $ 的地址就是绝对引用! 加在行号前是对行的绝对引用,加在列号前是对列的绝对引用,两个都加就

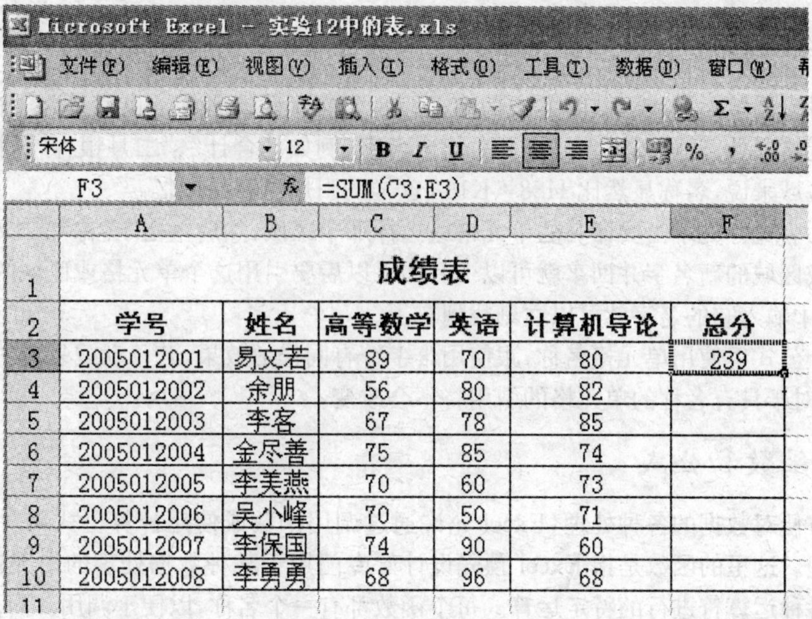

	A	B	C	D	E	F
1	成绩表					
2	学号	姓名	高等数学	英语	计算机导论	总分
3	2005012001	易文若	89	70	80	239
4	2005012002	余朋	56	80	82	
5	2005012003	李客	67	78	85	
6	2005012004	金尽善	75	85	74	
7	2005012005	李美燕	70	60	73	
8	2005012006	吴小峰	70	50	71	
9	2005012007	李保国	74	90	60	
10	2005012008	李勇勇	68	96	68	
11						

图 7.26　某班级成绩表

都是绝对引用。如：A＄32，＄A32，＄A＄32。即绝对引用是指在引用某个单元格或区域时，在其地址前加＄符号。这种引用出现在公式中且存放该公式的单元格被复制时，公式中引用的地址是不发生变化的。

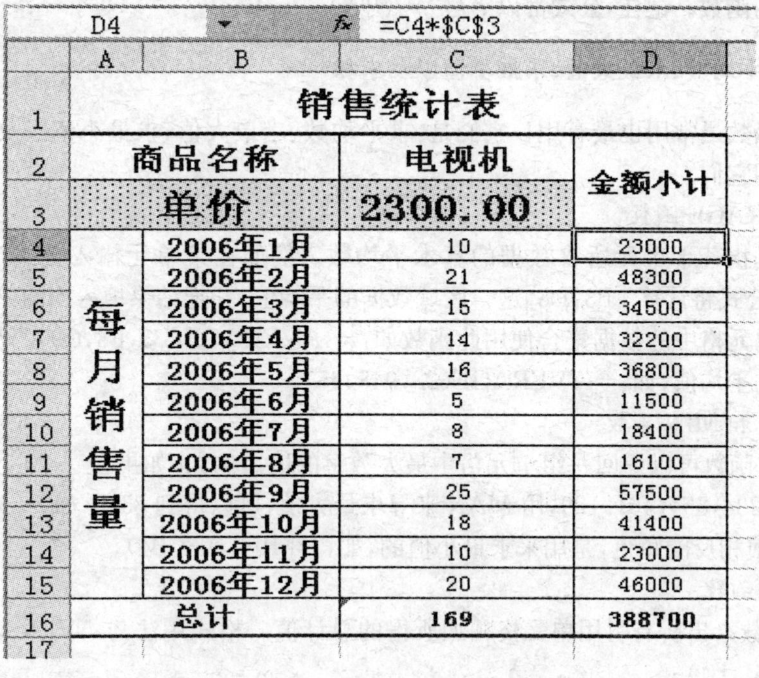

	A	B	C	D
1	销售统计表			
2	商品名称		电视机	金额小计
3	单价		2300.00	
4	每月销售量	2006年1月	10	23000
5		2006年2月	21	48300
6		2006年3月	15	34500
7		2006年4月	14	32200
8		2006年5月	16	36800
9		2006年6月	5	11500
10		2006年7月	8	18400
11		2006年8月	7	16100
12		2006年9月	25	57500
13		2006年10月	18	41400
14		2006年11月	10	23000
15		2006年12月	20	46000
16	总计		169	388700
17				

图 7.27　《某种电视机的当年销售统计表》

7.3.7.3 名称引用

第三种引用单元格或区域的方法是给它们一个描述性的名称。也就是除了像 A1,A2 这样引用单元格以外,还可以为单元格再另起个名字,例如,"合计"、"二月银存"这样的名称,对于固定的区域来说,名称显然比 H88:K133 这样的引用更容易记忆。

怎么命名呢? 先单击要命名的单元格或选择那个区域,然后单击"名称"文本框,在此键入该单元格或区域的新名字并回车就可以了。如果以后要引用这个单元格或区域的话,再在"名称"文本框中输入它的名字就可以立刻找到它了。

在一个公式里使用单元格名称,跟使用 $ 字符有同样的效果,若移动或复制的单元格内包含了公式,对于具有名称的单元格的引用将不会改变。

7.3.8 函数和公式

为了方便对数据的各种处理,Excel 允许通过调用函数或使用计算公式来对数据进行各种特殊处理。这里的函数是指 Excel 预先设计好专门用于某种数据处理的内部处理,它们是利用上述各种运算符进行的特定运算。每个函数都有一个名称,以便于调用。而公式,则是根据计算的需要,运用各种运算符构成的一种计算表达式,并且得由用户写入到单元格中。

7.3.8.1 使用"函数向导"

对于初学者来说,可能记不住那么多的函数。那么 Excel 的"函数向导"将使节约许多时间,可以选择需要填写公式的单元格,再单击常用工具栏上的"粘贴函数"按钮 f_x,在对话框中选择所需要的函数。记住,公式都以等号"="开头。

7.3.8.2 求平均数、求最大值、求最小值以及求和

有 4 个函数最常用也最有用! 它们是:求平均数、求最大值、求最小值以及求和。下面将学会如何使用它们。

1. AVERAGE 函数

平均数是指若干单元所含数据的算术平均数。例如在某单元输入公式:=AVERAGE(B3:D8),该公式将计算 [B3:D8]这一区域数据的平均值,并把结果填入当前单元。也可以对一组非相邻单元格中的数据集合使用此函数如:= AVERAGE(B3,F8,G9)。另外,也可以计算具体数据的平均值,如:=AVERAGE(22,948,65)。

2. MAX 和 MIN 函数

用 MAX 函数可以返回一组单元格中最大数字的值。例如,如果在一个单元格区域 B1:B4 中有数值 234,854,461,129,用 MAX 来寻求最大值,可以得到 854。如:=MAX(B1:B4)。MIN 函数扮演相反的角色,是用来求最小值的,如:=MIN(B1:B4)。

3. SUM 函数

SUM 函数给出所有引用单元格相加所得的总计值。格式用法与 AVERAGE 函数类似,如:=SUM(B1:B4)。

4. 自动求和

自动求和本身不是函数,而是 SUM 函数的一种使用方式。具体方法是:选择存放求和结

果的单元格,该单元格应该正好位于需要求和的那些单元格的后面(下面或右面)。单击"∑"按钮。

Excel 会认为需要相加的数字直接位于选定单元格的上方或左边,并且自动地把此区域放入函数公式内,则单元格区域被一条移动的点线所包围着,若不认同这个求和区域,这时也可以重新选择,然后确认。

在单元格中输入一个公式,那么就会在确认后看到在这个单元格中形式的计算结果。这个时候并不是说结果数据取代了公式,而是 Excel 按该单元格中现有的公式计算出来并显示结果,而非显示公式。如果选中这种单元格的话,仍可看到并可修改该公式。

7.3.8.3　创建公式

输入公式的时候应以一个等号(=)作为开始,然后才是公式的表达式。也可以对某个公式命名。

虽然包含公式的单元格通常显示公式的结果而不显示公式,但是只要单击该单元格,公式就会显示在编辑栏里。如果双击单元格,可以使公式暂时显示在单元格里。

若使工作表中的所有单元格都默认显示出的公式,从菜单上选择"工具"→"选项",→"视图"选项卡。在"视图"选项卡上,选择标有"公式"的复选框然后"确定"即可。

公式让对工作表单元格内数据进行操作以产生数学和逻辑的结果。没有公式的话,电子表格不过是零散数据的组合。使用公式会令数据产生有价值的信息!

7.3.8.4　了解运算符

公式由两个基本元素构成:单元格引用和运算符。

单元格引用就是工作表网格中的单元格位置。它们被用于告知 Excel 去哪里寻找要进行操作的数据。运算符是说明如何处理数据的符号。例如,+ 是加法运算符、* 是乘法运算符。在下面的表格中列出了 Excel 中可以使用的运算符。

表 7.2　Excel 中使用的运算符

序号	运算符	意义	序号	运算符	意义	序号	运算符	意义
1	一	负号	6	+	加	11	>	大于
2	%	百分比	7	一	减	12	<=	小于等于
3	∧	乘幂	8	&	连字符	13	>=	大于等于
4	*	乘	9	=	等于	14	<>	不等于
5	/	除	10	<	小于			

上表中,运算符是以优先级进行排列的,序号小的通常优先于序号较大的(尽管其中有些运算符的优先级是相同的)。例如,乘和除(* 和/)优先于加和减(+ 和—),所有的比较运算符(=,<,>,<=,>=和<>)享有同等的优先级。

例如,如果有公式"=B3+B4 * B5",则乘法将发生在加法之前,因为乘法的优先级高于加法。但可使用圆括号改变运算顺序,因为 Excel 认为放在圆括号里运算要比其他运算优先!比如,改为"=(B3+B4) * B5",则加法被强制在乘法之前运算。若优先级相同,则按它们出现的先后顺序,从左到右运算。

7.3.8.5　复制以及移动公式和函数

我们可以通过使用标准的菜单或工具栏技术来移动或复制包含公式或函数的单元格,也可以通过鼠标拖放来完成。

再强调一次,当移动单元格的时候,公式中没有一个单元格引用会受到影响,它们将完好无损。然而,当复制它的时候,情况就不同了。单元格引用将改为新的单元格位置。例如,如果复制一个单元格时把它向右移动两列并且向下移动三行,公式中的所有单元格引用将改变相同的数目,如果采用绝对引用将避免这种变化。

复制和移动的方法就不再重复了,但是有一点与 Word 不同! 那就是在 Excel 单元格中的公式和结果值可以通过使用"选择性粘贴"命令分别复制。"选择性粘贴"也是 Excel 别具一格的特色,是很常用也很有用的功能! 用法很简单,"复制"后不要"粘贴"而选择"选择性粘贴"就可以打开它的对话框,然后根据需要选择就行了。

此外,在选定源单元格之后,在单元格的边框上用鼠标右键单击,然后拖动到所需的单元格位置。当释放鼠标右键的时候,在弹出的快捷菜单上选择也行。

7.3.9　数据处理

在工作表中输入的每行数据的次序并不重要,这是因为可以在它们被输入后对它们进行排序和筛选。表中的一行数据被称为一条"记录",而列被称为"字段",比如一张学生成绩表中,每位学生的成绩就是表中的一行,称之为一条记录,而表中的每列,诸如"姓名"、"学号"等,就是字段。因此可以说,每个工作表记录由那一行中每个单元格内的数据所组成。

当一行(或"记录")可以包含许多不同的类型的数据时,在特定列中的数据(或"字段")总是拥有同样的类型。假如学生的成绩表中放姓名的列中存放了分数或性别的话,那会显得很奇怪,以后也难以计算和查找。

7.3.9.1　对数据进行排序

排序仅仅改变记录显示的顺序。实现排序的最容易的方法只是按列选择任何需要排序的单元格,然后单击"常用"工具栏上"升序" 2↓ 或"降序"按钮 Z↓ 中的任何一个。比如单击"成绩表"中的"总分"一列,再单击"降序"按钮,最高分的同学记录就会跑到第一行了。这个方法有它的缺点,和许多使用简单的功能一样,它缺少实际的用处。通常,会发现需要排序的对象不止一列。例如,可能在一个"人事工资表"内通过对"职称"和"工资"的同时排序来确定同样职称的职员工资的高低顺序。

要进行多列排序,请按以下步骤进行:

(1) 选择工作表中的任何单元格。

(2) 从菜单上选择"数据"→"排序"。如果没有选定工作表中的单元格,Excel 将提示找不到它。一旦发生这种情况,回到步骤(1)。

(3) 在"排序"对话框中,默认对活动单元格所在的字段进行升序排序。可以在下拉列表上单击来挑选工作表中的任意字段,然后可以通过单击字段选择框右边适当的单选钮来决定递增还是递减。

(4) 还可以根据需要设置"次要关键字"和"第三关键字"字段。当第一关键字值相同时按第二关键字来排列,以此类推。

　　(5) 单击"确定"按钮。

7.3.9.2　对数据进行筛选

　　筛选创建一个视图只显示那些符合指定标准的记录。排序限制只能对三列数据进行,但是可以筛选工作表中的任何一列或者所有的列。筛选从视图中(不是从工作表中)剔除了任何不符合标准的记录。当完成筛选后,仍然可以还原所有记录来进行查看。常用这一功能选择性地显示工作表中所需要的那一部分记录,例如,筛选成绩表中那些需要补考的学生的记录,或者各项成绩可以达到评优标准的学生记录。

　　若要筛选数据,请按以下步骤进行:

　　(1) 选择工作表中的任一个单元格,从菜单上选择"数据"→"筛选"→"自动筛选"。

　　(2) "自动筛选"在工作表中对每个字段创建了一组下拉菜单,并且在各个字段名的结尾处放置了一个箭头,单击这些箭头会出现菜单选项。

　　例如:从下拉菜单上选择"自定义"选项会引出"自定义自动筛选方式"对话框。若要筛选成绩表中不及格的学生记录,可以选择"小于",再输入 60,然后确定。

　　要想恢复视图以便使所有的行都可见,要么从用于筛选的每个字段的下拉列表单上选定"全部",要么从菜单上选择"数据"→"筛选"→"自动筛选"。

7.3.9.3　对数据进行分类汇总

　　Excel 的分类汇总功能是通过"数据"菜单进行的,并且用于一个已排序的数据清单。对所能创建的工作表并不是每个都可以使用它。

　　下面举例说明如何分类汇总,假设出版社有一个作者工作表,里面包含了书名和一些他们所著书的价格。要对书价按作者进行分类汇总,请按以下步骤进行:

　　(1) 对所需要分类汇总的字段进行工作表排序。在本例中对"作者"字段排序。

　　(2) 选择工作表内任何一个单元格,从菜单上选择"数据"→"分类汇总"。

　　(3) 在"分类汇总"对话框中的"分类字段"下拉列表中选择刚才排序的字段。

　　(4) 从"汇总方式"下拉列表中选择方式,比如:求和、计数、均值、最大值、最小值、乘积、计数值……等等。

　　(5) 在"选定汇总项"区域内选择需要汇总的字段。

　　(6) 单击"确定"按钮添加分类汇总,即会显示结果。

　　若要除去分类汇总,可以在刚刚进行完分类汇总后单击"取消"按钮或从菜单上选择"数据"→"分类汇总",然后单击"全部删除"按钮。

7.3.9.4　数据透视表

　　数据透视表可以进一步对工作表中的数据进行分析,通过设置数据项,可以重新组织数据,并进行计算。由于数据透视表是对工作表中的数据源进行分析计算,所以数据透视表中显示的数据是只读的,不能进行修改。使用菜单中的"数据"→"数据透视表和数据透视图"命令,根据向导提示逐步操作可以完成建立数据透视表的操作。

　　数据透视图报表是一种具有图表格式的交互式数据汇总。其创建与常规的 Excel 图表不同。在创建数据透视图报表后,还可以通过拖动其字段和项目来查看不同层次的细节信息或重新组织图表的版式。

7.3.10　图表

图表具有较好的视觉效果,可方便用户查看数据的差异、图案和预测趋势。例如,不必分析工作表中的多个数据列就可以立即看到各个季度销售额的升降,或很方便地对实际销售额与销售计划进行比较。

可以在工作表上创建图表,或将图表作为工作表的嵌入对象使用。也可以在 Web 页上发布图表。而要创建图表,就必须先在工作表中为图表输入数据,然后再选择数据并使用"图表向导" 来逐步完成选择图表类型和其他各种图表选项的过程。

也可以不使用"图表向导"而一步创建图表。使用此方法创建图表时,图表将使用默认的图表类型和格式,但以后可以更改这些设置。

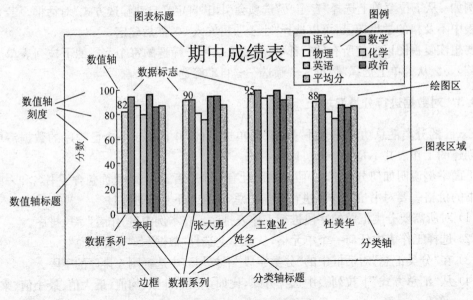

图 7.28　图表的各个组成部分

在 Excel 里有 14 种标准图表类型,每种基础图表还有 1 到 6 种附带的子图表类型。另外有 20 种自定义图表类型,它们是从标准图表类型上变化而来或者是标准图表类型的结合,它们主要是在颜色上和图表外观上有所区别。下面一一列举:

面积图:显示了一段时间或其他分类中数值的相对比例。一个数值占用的面积越大,那么它在总数中所占比例也越大。

条形图:是最常见的图表类型。它们用水平的长条来显示数值。

气泡图:比较三组数值。它们很类似 XY 散点图,用 X 和 Y 协调表示两个数值,气泡的大小由第三个值确定。

柱状图:是条形图的一种变体。它们由被称作柱状物的垂直长条的高度决定(这同从工作表网格中取出的是按行还是按列来用作源数据系列无任何关系)。柱状图是 Excel 中默认的图表类型。

圆锥图：是条形图或柱状图类型的一个变体。只不过用圆锥代替了长条或柱状物。

圆柱图：也是条形图或柱状图类型的一个变体。只不过用圆柱代替了长条或柱状物。

圆环图：与饼图非常相似，但是它们并不限制单个的数据系列。各个不同系列用圆环来表示，而不是用圆饼。

折线图：每个 X 值都有一个 Y 值相对应，就像一个数学函数。折线图常常用于显示由于时间推移而产生的改变。

饼图：只限于表示单个数据系列（工作表上的一行或一列数据），而且不能显示更复杂的数据序列。数据系列中各个部分的值被指定为一小片饼，并且所有的饼片累加起来等于数据系列的总数。然而，它们具有视觉上的吸引力并且很容易理解。

棱锥图：是条形图或柱状图类型的一个变体。只不过用棱锥代替了长条或柱状物。

雷达图：从一个中央点向外辐射以表示数据。中央点是零，并且分类坐标轴从中央点向外延伸。每个系列有一个数据点处于每个分类坐标轴上，并由一条线连接。数据系列可以通过被它们线条所合闭区域的面积来进行比较。

股价图：用于绘测股票的价值。其变体所需的三到五个不同的数值要按一定顺序给出：盘高－盘低－收盘，开盘－盘高－盘低－收盘，成交量－盘高－盘低－收盘，成交量－开盘－盘高－盘低－收盘。

曲面图：把数值趋势表示成一个跨越两维的连续曲线。

XY 散点图：比较成对的数值，把它们描写成 X 和 Y 的集合。某一种散点图的用处也许就是显示某次实验中的若干次试验结果。

7.3.11　保护工作表和工作簿

工作表最大的弱点之一就是，一旦完成了创建工作表的艰难工作，任何人都可以很容易改动它。例如，一些错误的击键或某人对表格的错误理解，若要使工作表避免发生不必要的更改，可以设置保护。

保护有三级层次。第一层是工作表的全部元素，如单元格和窗体控件，它设置为默认保护状态。然而，除非第二层的保护工作（工作表保护）被实行，否则第一层保护没有任何效果。保护的第三层是工作簿层次，用来防止任何人增加或删除组成工作簿的工作表之类的操作。

7.3.11.1　单元格和其他元素的保护

设置工作表保护意味着被保护的对象不能发生任何改变，对被保护对象如单元格内容的任何改动尝试只会引起错误信息。不过有时需要改变一些值，这需要解除那些保护，如果不希望别人改变，可以加上保护密码。

例如，有一个单元格，含有公式，在用户用鼠标点击它时，仅仅允许看到公式的计算结果，却不可看到公式，那么应该先设置它的格式为"隐藏"，再设置"保护工作表"。设置单元格或别的元素的格式为"隐藏"或"锁定"的步骤如下：

（1）鼠标右键单击该单元格并从出现的弹出式菜单中选择"设置单元格格式"。

（2）再从对话框中单击"保护"选项卡，选择"锁定"、"隐藏"复选框。

（3）单击"确定"按钮来结束任务。

想撤消被保护的每一个元素的步骤也是一样。想要令设置有效,还得设置"保护工作表"。

7.3.11.2 保护工作表

只有设置了保护工作表,单元格层次的保护才有效。请从菜单中选择"工具"→"保护"→"保护工作表"。

在"保护工作表"对话框中,可以撤消对内容、对象或方案的保护。也可以键入一个口令,当解除保护时必须正确输入该口令,否则将不允许解除保护。单击"确定"按钮完成操作。如果键入了一个口令,就得输入口令来确认。键入口令,接着单击"确定"按钮。

7.3.11.3 保护工作簿

如果想保护自己的工作簿,不让人随意增加、修改、删除、重命名工作表,可以选择保护工作簿。操作步骤为:从菜单中选择"工具"→"保护"→"保护工作簿"。

7.3.11.4 撤消工作表和工作簿的保护

想要撤消对工作簿或工作表的保护,只需要做与增加保护时差不多相同的菜单选择。唯一的差别是菜单选项上写的是撤消而不是保护,除此以外,连快捷键也是相同的。

注意,假如保护的时候输入了口令,那么撤消的时候也得输入口令,而且口令是区别大小写的,要是忘记了,就永远都不能撤消工作簿或工作表的保护了。

7.3.12 报表页面设置及打印

要想得到一张美观大方的报表,页面设置也是非常重要的。可以通过页面设置来确定打印时的纸张大小、打印位置、打印区域、打印方式等等。

在打印报表时首先应根据报表的大小选择合适的打印纸,目前常用的打印纸型号有 A4、B5 等。

使用菜单中的"文件"→"页面设置"命令,将会弹出"页面设置"对话框,对话框中有 4 个选项卡,分别是:"页面"、"页边距"、"页眉/页脚"、"工作表"。通常要进行纸张大小、页边距、页眉和页脚的设置,与 Word 中类似。但"工作表"选项卡中却有特别之处,比如,可选择"打印区域",设置"打印标题",当设置了打印标题后,即使表格有很多页也不必担心后面的页面上没有标题,每一页都会自动出现设置的标题。还有其他专门针对工作表的选项,可以自己试试以上设置,并通过预览 ![icon] 观察效果,对于要打印的内容,使用"打印预览"预先查看一下打印效果。

提示一下,要想进行页面设置,必须先添加打印机,当然也不是一定真的要有打印机,在 Windows 中添加某种打印机的驱动程序就行了。

若只要打印一份当前报表,直接单击常用工具栏上的"打印"按钮 ![icon] 就行了。但如果要打印好几份,或者只打印报表中的某几页的话,那就应该使用菜单中的"文件"→"打印"命令。步骤是这样的:

(1) 选择菜单中的"文件"→"打印"命令,则"打印"对话框被打开。

(2) 在"打印份数"数字框中选择要打印的份数,比如要打印三份,就选择"3"。如果报表很长,而只需要打印其中的几页,可以在对话框中选择所需打印的页号的"范围"。

（3）选择好后，单击"确定"。

7.4　电子演示文稿 Powerpoint

不同于 Word 文档和电子表格的是演示文稿往往插入了更多的大量图表、图片、声音等可视化元素，并且可以为演示文稿设置各种放映方式，以获取具有动感的、美观的、使人影响深刻的播放效果。因此，演示文稿多用于教学、会议等活动。

7.4.1　新建和打开演示文稿

7.4.1.1　新建演示文稿

新建演示文稿的方法有好几种，例如：

（1）新建空演示文稿：在通过开始菜单打开 PowerPoint 程序时默认就会自动新建一个空演示文稿。

（2）菜单操作：使用"文件"→"新建"菜单命令，在任务窗格中选择"根据设计模板"，然后选择自己认为合适的模板即可。

（3）新建演示文稿的方法：是利用"内容提示向导"，这是创建演示文稿最迅速的方式。可直接采用包含建议内容和设计的演示文稿。内容提示向导包含各种不同主题的演示文稿示范，只要按提示逐步操作，完成后便可以得到演示文稿雏形，接下来便可以按自己的想象来"改造"这个演示文稿了。

（4）创建文稿的方法：是从已有的演示文稿创建，选择任务窗格中的"根据现有演示文稿新建"即可。现在甚至可以选择从 Web 上的模板来创建演示文稿，从任务窗格中选择"我的 Web 站点模板 … "或者" Microsoft.com "上的模板。

7.4.1.2　打开已有演示文稿

选择任务窗格中的"打开演示文稿"，或者选择菜单"文件"→"打开"或者"常用"工具栏上面的"打开"按钮 ▢ 。便会弹出"打开"对话框，从中可以选择要打开的文档，其对话框与 Word 中的打开对话框类似。

7.4.2　演示文稿视图

演示文稿视图是指在 PowerPoint 程序中展示幻灯片的方式。单击"视图"菜单，其中有"普通"、"幻灯片浏览"、"幻灯片放映"、"备注页"几种视图方式。在窗口左下方有用以切换视图方式的按钮。

注意：在新的 PowerPoint 中，没有单独的"大纲"视图方式，代之以"普通"视图，其中包含了"大纲"和"幻灯片"两种方式。下面简单介绍一下这几种视图。

1. 普通视图

通过"视图"菜单或者视图切换按钮可以切换到普通视图，如图 7.29 所示，这也是默认的视图方式。

在左侧的窗格中包含了"大纲"和"幻灯片"两页，类似于选项卡，可以用两种方式定位幻灯

图 7.29　普通视图

片。在"大纲"中也可以修改文字,请注意运用"大纲"工具栏;而在"幻灯片"中则可以浏览幻灯片的缩略图,以及快速定位所要编辑的幻灯片,在每个幻灯片标号的下方有一个名为"播放动画"的小图标🈂,单击它可以方便地预览该幻灯片的动画效果。

"大纲"工具栏上的按钮从左到右分别是:"升级"、"降级"、"上移"、"下移"、"折叠"、"展开"、"全部折叠"、"全部展开"、"摘要幻灯片"、"显示格式"。

2. 幻灯片浏览视图

在幻灯片浏览视图中,可以同时显示多张幻灯片,各幻灯片按次序排列,可以预览各幻灯片及其相对位置,也可以通过拖动鼠标重排幻灯片次序,可以轻松地添加、删除和移动幻灯片。还可以使用"幻灯片浏览"工具栏中的按钮来设置幻灯片的放映时间,选择幻灯片的动画切换方式。所以通常在整个演示文稿基本完成的时候使用这个视图来做统一的调整。

3. 备注页视图

在备注页视图中,将在幻灯片下方显示幻灯片的注释页,可在该处为幻灯片创建演讲者注释。可以查看或编辑每张幻灯片的备注信息,还可以自由地调整备注文本框的大小。

4. 幻灯片放映视图

即放映幻灯片时的视图,在该视图方式下,整张幻灯片的内容占满整个屏幕。这就是放映出来的效果。

7.4.3　制作一个演示文稿的通常过程

一般说来,制作一个演示文稿通常都要经过下列步骤:

(1) 先利用系统提供的模板创建一个初步的文稿,这时它基本上是空的,只有模板提供的背景、字体、字号、项目符号等内容。

（2）可以先对该幻灯片的"母版"进行设置，比如：修改"标题母版"、"幻灯片母版"、设置字体、编号、项目符号、修改配色方案、甚至修改模版、在母版中添加动作按钮、日期、幻灯片编号等等，母版就好比是一个倒蜡烛的模子，它是什么样子，以它为母版生成的每一页幻灯片就是什么样子，并可在此基础之上进一步修改每一页幻灯片。

（3）整理事先准备的素材。切换到"普通视图"，在窗口左侧选择"大纲"页，然后将准备好的文字和素材（图、表、声音…）粘贴到幻灯片中，并对它们分页、调整先后顺序和级别或者逐页插入新幻灯片并即时手工输入文字和添加其他各种素材。

（4）作更进一步的设计和调整。有时需要在演示文稿中加入音效，或者插入超级链接以便调用其他对象。最后，还要对每一个局部细节做进一步修改，以达到最佳播放效果。

（5）设计幻灯片"切换方式"也是必需的，否则将来播放的时候每次换页都那么单调。

（6）对于播放时间有限制的演示文稿还要对它"排练计时"，需要添加解说的演示文稿还可以"录制旁白"。

（7）如果不是每一页都播放，或者需要循环放映的话，还需设置"放映方式"。

（8）演示文稿播放前，必须要先"观看放映"试试效果。有时需要反复修改。

一个演示文稿播放的时候对观众是否有足够的吸引力，就看作者的构思是否合理、巧妙、具有想象力，是否准备了足够的素材并且能够通过技术处理组织得当，内容是否新颖，特别是整个内容是否能够紧紧围绕主题！

下面介绍处理幻灯片的基本方法。

7.4.4 处理幻灯片

1. 选择幻灯片

制作幻灯片前首先要选择它，实际上选择幻灯片和选择资源管理器中的文件差不多。比如在普通视图中，可以通过"大纲"中幻灯片标号后面的图标或者"幻灯片"中的幻灯片缩略图来选择幻灯片。

2. 复制和移动

选中一张或者多张幻灯片，然后利用"编辑"菜单中的"复制"、"剪切"和"粘贴"命令可以复制、移动幻灯片。用鼠标拖动的方法也行。通过键盘快捷键可以更简便地操作。

3. 删除

删除幻灯片的操作很简单，选取某页后用"编辑"菜单中"删除幻灯片"命令或者用键盘上的 Delete 键可以删除所选中的幻灯片。

4. 幻灯片副本

在演示文稿中插入幻灯片副本可以节省时间。例如，如果希望在每张有项目符号的幻灯片上都添加动画设置，可以只创建一次，再将它复制到演示文稿中具有项目符号的每一张幻灯片。其快捷键是 Ctrl＋Shit＋D。操作步骤类同复制。

5. 插入幻灯片

首先，单击所要插入新幻灯片的位置，然后选择菜单"插入"→"新幻灯片"，或者格式工具栏中的"新幻灯片"按钮 ，这时任务窗格会显示"幻灯片版式"，可以从中选择新建幻灯片的版式。

　　"版式"指的是幻灯片内容在幻灯片上的排列方式。版式由占位符组成,而占位符可放置文字(例如,标题和项目符号列表)和幻灯片内容(例如,表格、图表、图片、形状和剪贴画)。

　　在可选的 31 种版式中除"空白自动版式"外,利用其他任何一种版式的幻灯片上都会有提示,告诉在什么位置输入什么样的信息,在提示处单击就会出现闪烁的光标,即可输入。这就是"占位符"。

　　占位符在创建新幻灯片时以虚线方框的形式出现,这些方框代表着一些待确定的对象(幻灯片标题、文本、图表、表格、组织结构图、剪贴画等等。)。

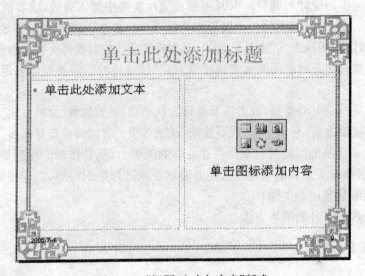

图 7.30　"标题,文本与内容"版式

　　单击文字占位符可以添加文字,单击内容占位符中央的不同按钮则可以插入表格、图表、剪贴画、图片、组织结构图和媒体剪辑(如图 7.30 所示"标题,文本与内容"版式)。双击占位符可以设置占位符的格式。占位符是幻灯片设计模板的主要组成元素,在占位符中添加文本和其他对象可以方便的建立规整美观的演示文稿。

　　另外,在幻灯片中输入的文字都是在"文本框"中输入的,想在哪里输入文字,就必须先在哪里添加文本框。幻灯片中文本框是文本对象的主要载体。

　　如果要在当前演示文稿中插入另外一个演示文稿的部分或全部幻灯片,可以选择"插入"菜单中的"幻灯片(从文件)⋯"命令,将会弹出"幻灯片搜索器",可以浏览并且打开已有的演示文稿,从中选取所要插入的幻灯片插入。

　　在 PowerPoint 2002 中,新增了从大纲插入幻灯片的功能。使用"插入"菜单中的"幻灯片(从大纲)⋯"命令可以弹出"插入大纲"对话框,可以浏览并选取 Web 文档、文本文件、RTF和 Lotus 1−2−3 等多种格式的文档作为大纲,插入当前演示文稿。

　　6. 编辑 PowerPoint 幻灯片

　　幻灯片内容一般由一定数量的文本对象和图形对象组成,其中,文本对象是幻灯片的基本要素,也是演示文稿中最重要的部分。合理的组织文本对象可以使幻灯片更清楚地说明问题,恰当地设置文本对象的格式可以使幻灯片更具吸引人的效果。

需要用到"项目符号"和"编号"时,可以使用格式工具栏上的按钮,也可以在"格式"菜单中选择"项目符号和编号"命令打开该对话框,来进行定义。对于每一小段,按 Tab 键可以下降一级,按 Shift+Tab 键可以提升一级。若通过"大纲"工具栏的"升级"、"降级"按钮也可轻松实现这一功能。当然也可让它们的位置"上升"或"下降"。

要编辑的文字信息都放在文本框内,没有文本框根本无法在幻灯片中输入任何文字! 不仅文本框内部的文字和段落的格式可以像在 Word 中那样调整,就连文本框本身的样子比如填充颜色、边框线条、尺寸、位置等属性的调整也跟 Word 中差不多。在这里,文本框扮演着更为重要的角色。需要指出的是,即使是一个小小的文本框内有时也要设置段落格式,比如缩进格式、行距等等,如果需要标尺的话,请选择菜单"视图"→"标尺"。

7.4.5　修饰 PowerPoint 演示文稿

一个幻灯片演示文稿如果仅仅是大量素材的堆砌,就等同一个普通文档。所以制作演示文稿必须要有合理的结构、一致的外观、美观的配色、漂亮的背景、增加表现力的动画,以及合理的换页切换。

7.4.5.1　幻灯片背景

幻灯片背景包括颜色、过渡效果、纹理、图案和图片。在演示文稿中的一张幻灯片上或者其母版上只能使用一种背景类型。

设置背景操作步骤是这样的:若只对一部分幻灯片设置背景,就先选取它们,然后点击菜单"格式"→"背景",则弹出"背景"对话框(如图 7.31),可以选择只针对当前幻灯片的"应用"、或者针对全部幻灯片的"全部应用",也可以用于幻灯片母版。如果选中"忽略母版的背景图形",则母版的图形和文本不会显示在当前幻灯片上。在母版视图中不能使用该选项。最后,点击"预览"按钮看看效果。

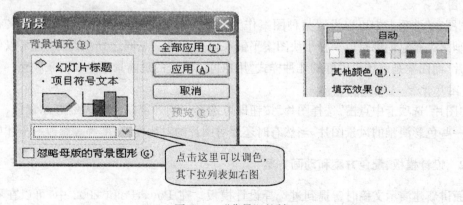

图 7.31　"背景"对话框

最简单的幻灯片背景是仅设定一种颜色背景。点击"背景"对话框中的颜色下拉框中的任一颜色即可。如果菜单中的颜色不能满足需要,可以点击"其他颜色",在"颜色"对话框步进一步选择。"颜色"对话框与 Word 中一样。

图 7.31 的右图中有"填充效果"命令,在"填充效果"对话框中可以设置 4 种背景:"过渡"、

"纹理"、"图案","图片",它们分为 4 个选项卡。

1. 过渡背景

在"过渡"选项卡 "颜色"选项区中可以选择单色、双色和预设三种颜色方案。

其中"单色"为仅仅是一种颜色的亮度过渡,可以设定颜色和深浅。"双色"可以选择过渡效果两端的颜色。"预设"则包含了一些预定义的过渡颜色方案,包括"红日西斜"、"金乌坠地"、"暮霭沉沉"等。其中"透明度"选项是值得一用的。"底纹样式"和"变形"选项区则确定了过渡的方向和过渡的变化趋势,适当选择对制造幻灯片的效果是很有效的。

2. 纹理背景

在"纹理"选项卡中可以选择纹理的填充效果,比如"纸袋"如图 7.32 所示。甚至可以选择外部图片作为纹理来填充背景,可以点击"其他纹理 … "。

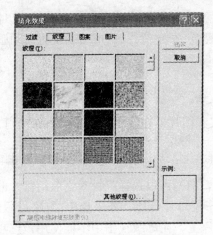

图 7.32 "背景"对话框及"纸袋"背景

3. 图案背景

在"图案"选项卡中可以设置某种图案作为背景。图案背景与纹理背景既相似又有所区别。相似之处是它们都是以一种小块图案平铺来填充背景。不同之处是,纹理是可以任意选择的图片,而图案是系统提供好的几种样式,用户可以改变的是前景颜色和背景颜色。

4. 图片背景

在"图片"选项卡中点击"选择图片"按钮即可选择一副外部图片作为幻灯片背景,通常可以选择一些色彩淡雅的风景图片,当然有时还要对图片的对比度、亮度等等修改一下才好用。

7.4.5.2 设计模板、配色方案和动画方案

前面讲新建演示文稿时曾提到过选择设计模板。在 PowerPoint 2002 中,可以在不改动幻灯片内容的前提下,在"任务窗格"中选择"幻灯片设计"来集中的设置它们以改变幻灯片的外观。

在编辑演示文稿的任何时候,"格式"工具栏上的"设计"按钮 设计(S) 可以直接进入"任务窗格－幻灯片设计"。选择菜单"格式"→"幻灯片设计"也可以使任务窗格呈现"幻灯片设计"页面,这时可以根据需要在任务窗格中选择"设计模板"、"配色方案"、"动画方案"(如图

7.33 所示）。

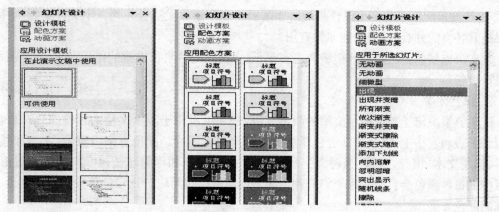

图 7.33 "幻灯片设计"任务窗格之"设计模板"、"配色方案"、"动画方案"

如果套用一个现成的模板，但又对这个模板的配色不满意，可以打开"配色方案"来修改。动画方案用于决定幻灯片中的文字、图形等各种对象的动画效果，与设计模板和配色方案有所不同，动画方案既可以"应用于所有幻灯片"（整个演示文稿），也可以"应用于所选幻灯片"。换句话说，设计模板和配色方案主要是针对演示文稿的，而动画方案主要是针对幻灯片的。

1. 设计模板

在"幻灯片设计"任务窗格中首先显示的可能是"设计模板"的缩略图，如果点击窗格下面的"浏览 … "选项，则可以从"应用设计模板"对话框（如图 7.34 所示）中浏览所有的设计模板，并从中选择。

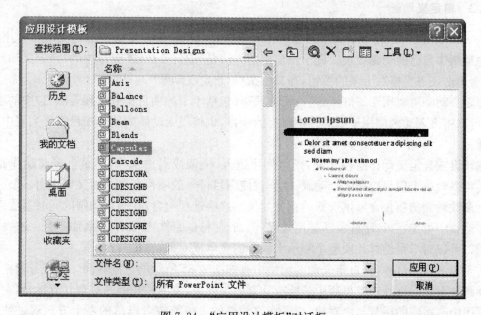

图 7.34 "应用设计模板"对话框

总之，设计模板决定了幻灯片的主要外观，包括背景、预制的配色方案、背景图形等。在任一设计模板上单击鼠标右键或者在鼠标移至其上的时候点击右侧出现的下拉按钮，就会弹出选择菜单,其子项包括:应用于所有幻灯片、应用于选定幻灯片、显示大型预览等。PowerPoint 2002 支持演示文稿中的多个设计模板。当需要将多个演示文稿合并到一个文件中,并每部分仍保持其各自的外观时,此功能非常有用。

其实可以创建自己的设计模板和内容模板,办法就是将自己满意的作品"另存为""演示文稿设计模板"。

2. 配色方案

配色方案决定了整个演示文稿的颜色风格,是一组可用于演示文稿的预设颜色。可将它们用于图表和表格上,以及重新着色添加到幻灯片中的图片。配色方案由背景、文本和线条、阴影、标题文本、填充、强调、强调文字和超链接、强调文字和尾随超链接 8 种颜色设置组成。方案中的每种颜色会自动应用于幻灯片上的不同组件。也可以为选定的部分幻灯片挑选一种局部的配色方案。

类似的,在配色方案任务窗格下方有"编辑配色方案"按钮,可以打开相应的对话框修改配色方案,比如背景、文本和线条、阴影等等的颜色。

3. 动画方案

PowerPoint 2002 在动画效果方面有较大的增强,包括进入和退出动画、其他计时控制和动作路径(动画序列中的项目沿行的预绘制路径),因此可以使多个文本和对象动画同步。使用任务窗格—动画方案可以立即将一组预定义的动画和切换效果应用于所选幻灯片或者整篇演示文稿。所有的预定义动画在任务窗格中做了分类,"温和型"如"典雅","华丽型"如"玩具风车"等,这样方便使整个演示文稿具有一致的风格,而每张幻灯片又互不相同的动画效果。

除了预定义的动画效果,用户可以更加自由的制作自己的动画效果。

7.4.5.3　自定义动画

PowerPoint 2002 有一个全新的自定义动画框架,就是"任务窗格—自定义动画",用户可以集中地制作自己的动画效果。调出该窗格的方法是"幻灯片放映"菜单中的"自定义动画"命令,或者单击任务窗格右上角的按钮,在其中选择"自定义动画"。

自定义动画可应用于幻灯片、占位符或段落(包括单个的项目符号或列表项)中的项目。例如,可以将飞入动画应用于幻灯片中所有的项目,也将飞入动画应用于项目符号列表中的单个段落。

除预设或自定义动作路径之外,还可使用进入、强调或退出选项,甚至自定义动作路径。同样还可以对单个项目应用多个动画;这样就使项目符号的项目在飞入后又可飞出。

大多数动画选项包含可供选择的相关效果。这些选项包含:在演示动画的同时播放声音,在文本动画中可按字母、字或段落应用效果,例如,使标题每次飞入一个字,而不是一次飞入整个标题。可以对单张幻灯片或整个演示文稿中的文本或对象动画进行预览。

对于每一张幻灯片,在自定义动画窗格中有如图 7.35 所示的定制界面。在任务窗格—自定义动画中有该幻灯片或者母版中的所有动画效果列表,按照时间顺序排列并有标号,左边幻灯片视图中有对应的标号与之对应,位置在该效果的占位符或者段落的左上方。通过效果列表和效果标号都可以选定效果项。选择目标对象,点击窗格中的"添加效果"按钮进行选择,即可为之设置动画效果。要设置单个段落的动画效果有两种方法,一种是直接点中左边幻灯片视图中的段落元素标号数字;另一种方法是点击效果列表窗格中的展开按钮,并从中选择。注

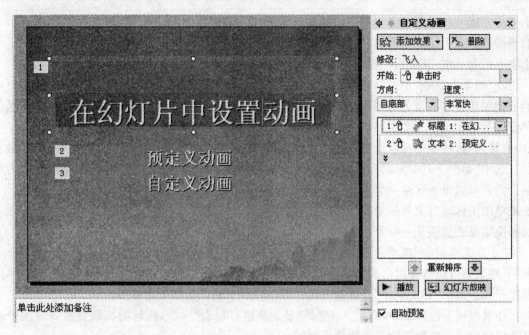

图 7.35　设置"自定义动画"的情形

意：可以对同一元素添加多个动画效果。

　　对于在母版中定义的效果，如果没有打开母版视图则以灰色显示，用鼠标右键点击或者点击右边的下拉按钮，将会出现如图 7.36 所示的下拉菜单。

　　对于在本幻灯片内定义的效果以黑色显示，若在任务窗格的动画列表里选中某对象的动画项目，则左侧的幻灯片视图中相应的效果标号将会变为蓝色，此时窗格上方的"添加效果"按钮变为"更改"按钮，点击后可以更改它的动画效果，如图 7.37 所示。

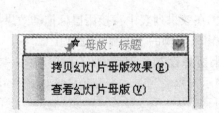

图 7.36　母版中设置的效果以灰色显示

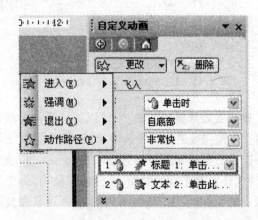

图 7.37　自定义动画时点击"更改"按钮

　　在自定义动画任务窗格的上方和每一个效果项的下拉菜单中，可以非常详细地设置动画效果。比如选择"飞入"这个效果项目，并点击其右边的小三角，则看到如图 7.38 所示的下拉菜单。

　　对应于任务窗格里的"开始"下拉框和下拉菜单中的前三项，可以选择鼠标单击时开始、和上一项一起开始或者从上一项之后开始。对于包含多个段落的占位符,该选项将作用于所有的子段落。在下拉菜单中选择"效果选项",将弹出含有"效果"、"计时"、"正文文本动画"3 个选项卡的对话框,其标题栏标明了该效果的名称,比如刚才选择的"飞入",如图 7.39 所示。

在"效果"选项卡中可以选择具体效果,比如飞入的方向。在"增强"区的选项提供了更多的下拉菜单方式的设置选项:"声音"、"动画播放后的效果"、"动画文本的发送单位"。发送的单位是指一次出现一个字还是一个词或整个一段。

"计时"选项卡中可以设定开始的出发条件、延迟、速度、重复方式等。值得一提的是"触发器",选中"单击下列对象时启动效果"的单选框,便可以从下拉框中选择用来触发该效果的对象。例如可以设置这样一个效果:只有单击了标题对象,下面的文本对象动画才会放映出来;如果单击了标题对象外的地方,那么将跳过该动画效果的播放,该功能可以用来让演讲者在放映时决定是否放映某一对象。

"正文文本对象"选项卡可以设定含有多个段落或者多级段落的正文动画效果。"组合文本"下拉菜单可以选择段落的组合方式。默认的段落之间的播放间隔是 0,可以以秒为单位设置间隔。选中"相反顺序"复选框可以让段落按照从后向前的顺序播放。

在效果项下拉列表中(图 7.38)选择"显示高级日程表"命令,所示的高级日程表视图中可以精细地设置每项效果的开始和结束时间。

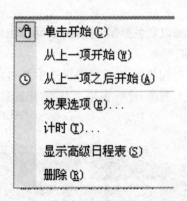

图 7.38 效果选项的下拉列表

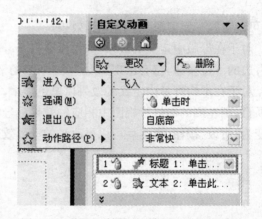

图 7.39 "飞入"效果对话框之"效果"选项卡

要改变效果播放的顺序,可以通过两种方法:①在效果列表中直接用鼠标拖动效果项至新位置。②先在效果列表中选中项目,然后使用任务窗格下脚的上下箭头按钮。

以上只是简要的对设置动画介绍了一下,如果要想设置合理动画,不但要把每一个操作"摸清",还要有丰富的经验、充分的想象力,一个演示文稿应当是一个完美的整体,每一步的设置都应恰到好处,要多看多动手才能真正掌握技巧。

7.4.5.4 页眉和页脚

从幻灯片外观的角度来看,页眉和页脚十分适合用来显示共同的幻灯片信息,例如演示文稿的日期和时间、幻灯片编号或页码或者是作者信息、公司标志等等,页眉和页脚也在备注和讲义中存在。设置了页眉和页脚以后,可以在幻灯片母版、讲义母版和备注母版中修改它们的外观或者位置。在"视图"菜单中选择"页眉和页脚"命令即可添加。

7.4.5.5　母版

母版是存储关于模板信息的设计模板的一个元素,这些模板信息包括字形、占位符大小和位置、背景设计以及配色方案。母版仿佛是一种模具,基于母版可以生成"模样"相同、动画一致的许多幻灯片来! 如果更改幻灯片母版,会影响所有基于母版的演示文稿幻灯片,如果要使个别幻灯片的外观与母版不同,可以直接修改幻灯片。但是对已经改动过的幻灯片,在母版中的改动对之就不再起作用。因此对演示文稿,应该先改动母版来满足大多数的要求,再修改个别的幻灯片。如果已经改动了幻灯片的外观,又希望恢复为母版的样式,可以选择任务窗格—幻灯片版式(或者在"格式"菜单中选择"幻灯片版式"命令)。在该幻灯片对应的版式上点击下拉菜单,从中选择"重新应用样式"。

母版分为 4 种:幻灯片母版、标题模板、讲义模板、备注母版。

1. 幻灯片母版

幻灯片母版是所有母版的基础,它控制了除标题幻灯片之外演示文稿中所有幻灯片的默认外观,也包括讲义和备注中的幻灯片外观。幻灯片母版控制文字的格式、位置、项目符号的字符、配色方案以及图形项目。

要显示母版视图,可以采用下面两种操作之一:① "视图"菜单中的"母版"子菜单,从中选择"幻灯片母版"。②按住键盘上的 Shift 键,点击大纲／幻灯片窗格水平滚动条左端的"普通视图"按钮(此时提示为"幻灯片母版视图")。

除了编辑其中的占位符,还可以编辑母版的背景和配色方案、动画方案,与前面讲述的编辑幻灯片的方法是一样的,这里不再赘述。

2. 标题母版

可以使用标题母版来设置演示文稿中的标题幻灯片,也就是"首页"。标题母版和幻灯片母版共同决定了整个演示文稿的外观。这里介绍两种显示标题母版视图的方法:①如果标题母版不存在,可以在母版视图下选择"插入"菜单中的"新标题母版"来建立一个与幻灯片母版对应的标题母版。②如果标题母版已经存在,那么可以在左侧的母版列表中选择对应的标题母版。幻灯片母版和标题母版是最常用的。

3. 母版列表和母版工具栏

在新的 PowerPoint 中,当处于母版视图时,左侧的大纲／幻灯片窗格变为母版列表窗格,其中幻灯片母版和对应的标题母版成对出现。对于未创建对应标题母版的幻灯片母版可以用鼠标右键单击,在弹出的菜单中选择新标题母版,或者单击"幻灯片母版视图"工具栏上的"新标题母版"按钮来创建标题母版。在母版列表中可以方便的通过点击来选中幻灯片母版或者标题母版来编辑。

4. 讲义母版和备注母版

讲义母版用于格式化讲义。备注母版用于格式化演讲者备注页面。

7.4.6　演讲者备注和讲义

可以在创建演示文稿时创建辅助幻灯片的备注页和讲义。作为幻灯片放映的是演讲者备注。每张幻灯片都有一个备注页,其中包含幻灯片的缩图及供演讲者备注使用的空间。也可以为听众创建幻灯片的讲义,在一个页面内可以包含 1 张、2 张、3 张、4 张、6 张或者 9 张的讲义,也可以创建大纲形式的讲义。用来帮助听众了解演示文稿的内容。备注和讲义都有母版,可以在母版上添加要在每页都显示的项目。

既可用彩色、灰度或纯黑白打印整个演示文稿的幻灯片、大纲、备注和观众讲义,也可打印特定的幻灯片、讲义、备注页或大纲页。

演示文稿中的大纲文字、备注等也可以发送为 Word 文档。反之,如果样式设置得当,Word 文档也可以直接发送到 PowerPoint 转换为演示文稿。

7.4.7　PowerPoint 图示对象和表格

在 PowerPoint 2002 中,如果选择了含有内容的版式,那么在内容占位符上将会出现内容类型选择按钮(如前图 7.30)。点击其中一个按钮即可在该占位符中添加相应的内容对象。6个按钮依次为:插入表格、插入图表、插入剪贴画、插入图片、插入组织结构图和其他图示、插入媒体剪辑、手工绘制图形。

PowerPoint 2002 在插入多个对象时具有自动调整幻灯片版式的功能,无论通过"插入"菜单还是通过"拷贝－粘贴"操作从别的应用程序(Word、Excel 等)向幻灯片插入对象时,PowerPoint 将自动调整幻灯片的版式,增加占位符,使之能恰当的容纳新的内容对象。插入内容对象后,幻灯片的版式会自动改变。注意:在删除内容占位符之后,PowerPoint 并不会自动调整幻灯片版式,需要手工应用版式来适应新的内容。

7.4.8　放映 PowerPoint 幻灯片

7.4.8.1　动作按钮和超链接

1. 动作按钮

PowerPoint 内置了一组预定义的三维按钮,可在选择"幻灯片放映"菜单中的"动作按钮"子菜单进行选择。其中包括如:跳转到上一张、链接到文档、播放声音和运行程序等动作。单击幻灯片插入它们即可。

在按钮上单击鼠标右键,在其中选择"动作设置",或者选择"幻灯片放映"菜单中的"动作设置"命令,将出现"动作设置"对话框,可以选择在鼠标单击或者鼠标移过按钮时执行的动作。

注意:播放声音的选项和其他选项不是互斥的,可以在其他动作执行的同时播放声音。注意:在动作按钮上是不能使用"超链接"选项的,选择"超链接"选项和"设置动作"是一样的,要达到超链接的效果,可以在动作中使用"超链接到"选项。

2. 超链接

对于图片对象,也可以使用动作或者超链接。在图片对象上使用动作的方法和动作按钮是一样的。如果在鼠标右键菜单或者"插入"菜单中选择"超链接选项",将进入超链接设置对话框。其中的选项一目了然,这里不再详述。

7.4.8.2　自定义放映

1. 创建自定义放映

使用这个功能,可以在一份演示文稿内定义有差别的幻灯片集合,而不必为了不同的观众创建多份类似演示文稿。选择"幻灯片放映"菜单中的"自定义放映"命令即可设置。可以任意增删幻灯片,并且可以改变幻灯片的顺序。为该自定义放映起一个意义明确的名字,有助于在演讲者在放映的时候区分不同的自定义放映。

2. 播放自定义放映

播放自定义放映有两种方法:

(1) 在文稿中创建一个动作按钮来指向特定的放映,在播放时使用。

(2) 在幻灯片放映时单击鼠标右键,在弹出菜单中选择"定位"→"自定义放映"。

3. 隐藏幻灯片

如果一个幻灯片中有一部分内容不想放映,也可以隐藏这些幻灯片,当幻灯片被隐藏时,在幻灯片标号上会出现划去标记。和删除操作完全不同,隐藏操作仅仅是使幻灯片在放映时不可见。工具栏上有"隐藏幻灯片"按钮或者从"幻灯片放映"菜单中选择"隐藏幻灯片"命令也行。取消隐藏和设置隐藏操作相反。

4. 设置幻灯片放映的时间间隔

有时候,演讲者可能需要控制播放的时间,或者需要幻灯片能够自动播放。这时候就需要设置幻灯片放映的时间间隔。有两种方法可以达到目的:

(1) 手工设置幻灯片的放映时间,然后运行放映来查看。

(2) 使用排练功能,将在排练时自动记录时间,也可以在排练的同时或者排练过后手工调整时间。

5. 创建摘要

"大纲"工具栏上的"摘要幻灯片"按钮用来根据指定的若干幻灯片来创建一个摘要幻灯片。只要选定要创建摘要的多个幻灯片,然后单击该按钮,即可于这些幻灯片之前自动生成一个摘要幻灯片。在幻灯片浏览视图中创建摘要更为直观和简便。

通过摘要幻灯片,演讲者可以向观众简述后面将要简述的内容。对于初级观众,演讲者可以选择只播放摘要幻灯片来做导论性质的讲解。在 PowerPoint 2002 中改变了以往不能创建标题幻灯片摘要的特性,可以为包括标题幻灯片在内的任意连续幻灯片集合创建摘要。

6. 设置幻灯片切换效果

除了幻灯片内的动画效果,还可以设置幻灯片切换时的动画效果,以使幻灯片切换时更加醒目动人,有提醒观众注意的作用,有时一个主题讲完之后我们就换一种切换效果。设置时选择菜单"幻灯片放映"中的"幻灯片切换"命令。

7.4.8.3　放映幻灯片

当制作演示文稿的全部工作完成以后,就可以进行幻灯片的放映了。制作演示文稿只是演讲的准备工作,PowerPoint 在放映幻灯片时又有许多演示、控制和作记录的功能。

1. 启动幻灯片放映

对于打开的演示文稿,有三种方法开始幻灯片的放映:

(1) 只要单击水平滚动条左方的"幻灯片放映"按钮。

(2) 单击"幻灯片放映"菜单中的"观看放映"命令。

(3) 使用快捷键 F5 。

另一种方法是将演示文稿保存为" PowerPoint 放映",这样以后只要打开该文件便自动进入放映状态,而且该文件是不可编辑的。保存它时请在"保存类型"列表中选中"Power-Point"放映,其文件的扩展名是.pps。而演示文稿的扩展名则为.ppt。

2. 定位

有时想给观众看特别的那一页时,可以使用定位功能,在放映时快速地切换到想要显示的幻灯片上,而且可以显示隐藏的幻灯片。

在幻灯片放映时单击鼠标右键,在出现的快捷菜单上单击"定位",在子菜单中单击"幻灯片漫游"命令,在对话框上选择要放映的幻灯片,然后单击"定位至"按钮,就可以立即切换到该幻灯片上。如果幻灯片总数不多,也可以在"定位"子菜单中选择"按标题"子菜单,其中有全部幻灯片的标题列表,直接点击选择即可,比从"幻灯片漫游"对话框中选择更为迅速。注意:在"幻灯片漫游"对话框和"按标题"子菜单中带括号的标题为隐藏的幻灯片。

3. 使用画笔

如果需要在放映幻灯片时在幻灯片上画一些线条来强调某些重点文字,可以选择使用画笔,这将有助于我们更好地表达要讲解的内容,当然这些"涂鸦"不会被存储到演示文稿中的。放映幻灯片时单击鼠标右键,在弹出菜单中选择"指针选项"→"画笔",然后看到鼠标形状变化了,用鼠标在幻灯片上拖动即可绘出笔迹。选择"擦除笔迹"命令即可擦除。绘图笔的颜色也可以更改。

4. 设置放映方式

设置放映方式必须在放映幻灯片之前,单击"幻灯片放映"菜单中的"设置放映方式"命令,可以按照在不同场合运行演示文稿的需要,选择三种不同方式运行幻灯片放映:

(1) 演讲者放映(全屏幕):这是最常用的方式,此方式可以运行全屏显示的演示文稿,通常用于演讲者播放演示文稿。演讲者具有完整的控制权,可以使用自动或者人工方式放映、可以干预幻灯片的放映流程、添加会议记录、录下旁白。需要将幻灯片放映投射到大屏幕上或召开文稿会议时,也可以使用此方式。

(2) 观众自行浏览(窗口):选择此选项可以运行小规模的演示。例如:个人通过公司的网络浏览。演示文稿会出现在小型窗口内,并提供命令在放映时移动、编辑、复制和打印幻灯片,还可以使用滚动条从一张幻灯片移到另一张幻灯片,可以同时打开其他程序,也可以显示"Web"工具栏以便浏览其他的演示文稿和 Office 文档或者 Web 页面。

(3) 在展台浏览(全屏幕):选择此选项可自动运行演示文稿。例如,在展览会场或者会议中,如果摊位、展台或其他地点需要运行无人管理的幻灯片放映,那么此方式将使大多数的菜单和命令都不可用,并且在每次放映完毕后重新启动,这样用户就不会改动演示文稿。如果某张人工操作的幻灯片已经闲置 5min 以上,它就会重新开始。选择该放映类型时,"循环放映,按 Esc 键中止"复选框会被自动选中,如果文稿中没有结束放映的动作按钮,那么 Esc 键是唯一结束放映的方式。

在设计自动运行的演示文稿时,需要根据播放演示文稿的环境考虑如下的选项:①自动或人工的定时方式:可以让幻灯片按预定的时间播放,也可以让用户通过鼠标或按钮自己控制播放进程。除非创建了超链接,否则鼠标单击对象时不会产生任何反映。②超链接:设置超链接可供用户在幻灯片中移动或者跳转到其他文档或者程序中。③声音旁白:添加声音旁白可以在文稿中与幻灯片一起播放。④反馈幻灯片:可以使用 PowerPoint 所附的 ActiceX 控件在演示文稿中创建一张反馈幻灯片。在其中可以让观众输入它们的姓名、地址等供演示文稿的制作者取得进一步的信息。

在 PowerPoint 2002 中新增了性能选项区：①"使用硬件图形加速"：在带有 3D 支持（Microsoft DirectX ）的显示卡时，选中该选项将会有更加的动画性能。②"幻灯片放映分辨率"：调整其可以在放映效果与放映速度之间找到性能的折中点。

5. 会议记录

可以使用"会议记录"在幻灯片放映时记下细节、即席反应，并将它们添加到备注页中，即席反应会出现在幻灯片放映末尾的新幻灯片上。并且可以将会议记录发送到 OutLook 或者 Word 。会议记录只会出现在会议组织者的屏幕上，其他参加者只能看到幻灯片放映的内容。如果安装了 OutLook ，还可以单击会议记录中的"计划"来调度会议。在幻灯片放映时，单击鼠标右键，即可在快捷菜单中选择"会议记录"命令。

在添加了会议细节和即席反应列表之后，可以选择"导出"按钮来发送到 Word 或者 Out-Look 。如果导出到 OutLook ，即席反应会发送到 OutLook 的任务列表内，随后可以将每个任务制定给合适的人做跟踪调查。

6. 控制放映的快捷键

使用键盘或鼠标可以方便地在运行放映的时候控制放映流程和效果，在运行时刻按 F1 键也可以显示。

7.4.8.4　打包演示文稿

如果要在另一台计算机上放映演示文稿，可以使用"打包"向导。这个向导可以将演示文稿和所需的外部文件以及字体打包到一起，如果要在没有 PowerPoint 的计算机上观看放映，还可以将 PowerPoint 播放器打包进去。打包之后如果又对演示文稿做了修改，再一次运行打包向导即可。

7.4.9　多媒体与 Internet 应用

1. 多媒体对象

可以在演示文稿中加入各种音频和视频对象：剪辑管理器中的影片或者剪辑管理器中的声音，连接到 Web 也就是 Microsoft Design Gallery Live 网站上的剪辑，CD 中的声音或者录制的声音，声音或影片对象。

2. 将演示文稿发布为 Web 页

为了方便在 Internet 上发布演示文稿，PowerPoint 提供了直接从演示文稿创建 HTML 文档的功能。PowerPoint 2002 更是新增了在生成的 HTML 文档中保留声音和动画的功能，这样从 Web 上浏览幻灯片也能得到几乎和在 PowerPoint 中放映演示文稿一样的效果。

3. 联机广播

可以在网络上广播一个演示文稿，在发送演示文稿的时候可以发送幻灯片、视频和音频。网络用户只要有 Web 浏览器就可以收看广播。使用 PowerPoint 和 Outlook 配合，可以安排一次完美的联机广播。

4. 联机审阅

将 Microsoft PowerPoint 和 Microsoft Outlook 一起使用可以帮助将演示文稿用电子邮件发送给同事，并开始审阅过程。当审阅者将演示文稿退还时，PowerPoint 可以帮助将他们的批注和更改合并到单个演示文稿中以便审阅。

习　　题

Word 习题

　　写一个学习《计算机导论》的小结，并适当排版，然后打印出来。希望文档中的标题能适当使用不同样式，较长的小结最好在开头生成一个目录，文档中最好插入一些有说明性的对象，比如表格、图形、或者图片、甚至文本框等等，可根据版面需要分栏。

Excel 习题

　　1. 按照正确的方法和格式输入下列数据，并用函数计算各门课的总平均分。完成一个简易的学生成绩表。

学 生 成 绩 表

时间：**2003 至 2004 学年第二学期**　　　　　　　　　　　　制表日期：**2004－7－10**

学号	姓名	性别	语文	数学	英语	物理	化学	生物	政治
20010506	张小小	女	89	95	90	85	84	82	94
20010507	李为民	男	78	80	50	76	89	95	75
20010508	姜丽	女	80	90	85	88	78	83	95
20010509	冯宫军	男	69	65	75	55	84	76	84
20010510	赵灵芝	女	78	88	85	86	89	98	90
总平均分									

　　2. 在报表中插入行和列：

　　(1) 在"姓名"左侧插入"班级"一列，用向下填充的方式全部填入"高二 1"。

　　(2) 在学生成绩表的"总平均分"行之前插入另外五位同学的数据（数据自备）。

　　(3) 在"政治"右侧插入"平均分"和"总分"两列，用函数计算每位同学的平均分和总分。

　　3. 设置学生成绩表的报表格式。要求如下：

　　(1) 报表标题居中（黑体、加粗、16 号）。

　　(2) 数值型数据不保留小数（如"平均分"那一列）。

　　(3) 数据在水平、垂直两个方向上均居中对齐。

　　(4) 表格的外边框为粗线，内边框为细线，"总平均分"行的上边线为双细线。

　　(5) "总平均分"行数字加上浅灰色底纹。

　　(6) 自由设置其余的文字的字体、字号和字的颜色，并设置适当的行高和列宽。（比如用条件格式将不及格的分数设置为红色）。

　　4. 在学生成绩表中设置页眉为打印日期（右对齐），页脚为页码和总页数（居中）。

　　5. 在"总平均分"行的下面增加两行"最高分"、"最低分"，分别计算并填入每门课的最高分和最低分。

　　6. 建立补考人员工作表。

　　7. 增加一个工作表，将需要补考的同学的记录复制到该工作表中，并将该工作表的名称改为"补考人员表"。

8. 对所有同学的所有成绩按性别进行分类汇总,分别求出男女生各门课的平均分。

9. 建立该成绩表的图表,图表类型自定,并将图表尽可能地设置美观一些。

10. 进行适当的页面设置,并观察效果,用 A4 的打印纸(纵向)打印学生成绩表,要求每页都输出左端标题列和顶端标题行。

Powerpoint 习题

自拟题目制作一个演示文稿。比如产品展示、个人简历/档案。

要求:内容得当,先后顺序有条理,画面布局合理,有各种素材作为对象插入以增强说明的效果,动画设置有条理,界面美观,所有内容能紧紧围绕主题。能按需要设置不同的放映方式。

第8章 计算机网络技术

本章概要

- 计算机网络的基本概念
- 网络的拓扑结构与基本功能
- 局域网技术与互联网的应用
- 常见的 Internet 接入方式
- 基于 Windows 环境下的局域网访问和 Internet 服务访问
- 网络信息安全学基础
- 网络技术应用的新发展

学习目标

- 掌握计算机网络的基本结构及主要功能
- 了解局域网技术的特点及常用的传输介质的特性
- 了解 Internet 的主要应用
- 了解 Internet 几种典型的接入方法
- 掌握 Windows 环境下访问局域网共享资源的方法
- 掌握 Windows 使用最为广泛的客户软件 IE 常用配置和使用技巧
- 了解网络信息安全学的基本知识
- 了解网络应用的最新发展

本章主要介绍计算机网络、局域网和 Internet 的基本知识以及计算机网络的最新发展动态。通过本章的学习,可以更深入地理解计算机在目前最有吸引力的一个应用:网络。可以说,如果没有计算机网络、没有 Internet,计算机不会像今天这样被人们重视。所以,一方面计算机是网络的最基本的构成,没有计算机就没有计算机网络,另一方面,计算机网络也促进了计算机知识及应用的普及。

在当前微机操作系统中,最为常用的就是 Microsoft Windows 系列产品。其中作为局域网服务器操作系统最为常见的有 Windows NT Server 4.0,Windows 2000 Server,Windows 2000 Advance Server 以及最新发行的 Windows 2003 Server。而作为局域网工作站操作系统最为常见的则是 Windows 98,Windows 2000 Professional,Windows XP。所以在学习计算机网络的基础上,介绍 Windows 环境下基本的网络应用。

8.1 计算机网络技术概述

计算机网络技术是计算机与通讯技术相融合的产物,它起源于 20 世纪 50 年代,至今方兴未艾,其研究目标是将分布在不同位置上的计算机相互连接,以达到通信和资源共享的目的。

近几十年,随着计算机科学、微电子学和通讯技术的飞速发展,计算机网络已逐步渗入到社会各行各业,成为现代文明的重要组成部分,是人们日常生活、学习的必备工具。

8.1.1　计算机网络的产生与发展

计算机网络从开始出现之日起,就引起了人们高度重视,并不懈地改进和完善,使网络技术不断由简单向复杂、由低级向高级方向演化和发展。计算机网络的发展大致经历了以下几个主要阶段。

8.1.1.1　面向终端的计算机网络

早期面向终端的计算机网络又可称作是有通讯功能的单机系统,它起源于上世纪 50 年代。其工作原理是将一台主机通过通信线路直接与多台终端相连,在远程的终端用户将信息通过线路送到主机上运行处理并将结果传回,实现终端用户"遥控"使用主机。

到了 60 年代,这种模式的网络又有了新的改进,就是在主机前设置一个控制处理机,专门负责通讯控制。而在终端聚集处增设了集中器,这样做既减轻了主机的负担,又降低了通讯线路的成本。

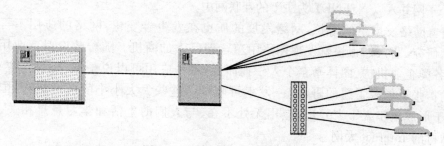

图 8.1　面向终端的计算机网络

面向终端的计算机网络从结构上来说是一种主从式的,与所说的现代计算机网络还不是一个概念,但它毕竟是现代网络发展中的一个阶段。

8.1.1.2　现代计算机网络

以分组交换(Packet switching)技术为基础,将分布于不同地理位置,具有自主功能的计算机连接起来,是现代计算机网络发展的重要标志。

分组交换技术的使用首次出现在 20 世纪 60 年代美国的 ARPANET 网络中,该网是美国军方组织,由一个名叫高级研究计划署(Advanced Research Projects Agency)的机构实施的研究项目。它是冷战时代的产物,其研制目的是要建立一个新型的通信网络,以应对外来核打击的威胁时,能够确保国防指挥系统这样的通讯中枢具有更强的适应性和生存能力。

也许 ARPANET 项目对现代网络发展的最大贡献就是产生了 TCP/IP 协议。协议就好比网络中计算机与计算机之间互相进行沟通、交流、对话的通用语言,它通过一系列标准和规则的制定,来完成网络系统中各种层面的通讯与会话。TCP/IP 协议的制定,实际上给网络提供了一个相互沟通的世界语,为日后的各种规格的网络应用乃至 Internet 网的形成奠定了重要的基石。

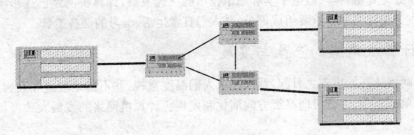

图 8.2　以分组交换技术为基础的计算机网络

8.1.1.3　Internet 的发展

APPNET 的出现,只是专业领域象牙塔上发生的事,在当时对社会并未产生多大影响,然而它却引起了相关学术机构的研究兴趣。80 年代,大学和其他研究机构的介入,使网络技术的发展大大向前推进了一步,发生了再一次飞跃。在美国国家科学基金(NSF)的鼓励和资助下,利用 TCP/IP 通信协议,许多大学和研究机构都纷纷将自己建立的局域网接入 NSFNET 之中,大家网网相连,从 80 年代中期,网络每年都以 100% 的速度不断扩展,到 1991 年已有 3000 多个子网并入以 NSFNET 为主干的互联网中。

伴随着网络发展量的增长,网络发展的质也在发生着变化,网络的应用不再只是单纯的学术研究,商人们很快就发现网络中蕴含着巨大的商机。随着政府对商业用途限制的解禁,各类企业机构、团体乃至个人一拥而上,各种应用可以说是五花八门,应有尽有,互联网的扩张更像脱了缰的野马,一发不可收拾。这些大大小小的网网相连,国与国的相连,终于形成了步入千家万户、应用无处不在、与人们的生活和学习息息相关、将世界变成地球村的 Internet 大网。

8.1.1.4　网格——网络应用的新目标

网格计算又称效用计算,它是伴随着 Internet 迅速崛起而发展起来的。该计算模式的基本理念是将分布在互联网不同的地理位置的各类计算机有机的组合成一个超级的虚拟计算机。它像一张由成千上万电脑组成的大网,整个计算处理工作是由网的每一个节点来联合完成,故而被称为"网格计算"。网格计算应用的宗旨是要人们使用信息网上的资源,就像现在人们通过电力网使用电力一样的方便。对网络用户来说,网格计算最诱人的优势就是充分利用互联网上闲置的处理器,给需求者提供一个超级强大的数据处理能力,实际上,网格计算是汇集互联网上广泛分布的数据计算、储存、信息、软件、硬件各种资源的综合服务平台,将互联网变成了一个功能超强、服务无处不在的、高超虚拟计算机系统。

网格计算即将引发又一场信息革命的浪潮,它将再一次改变人们对互联网应用的观念和模式。网格计算的本质是将网络上无限的软、硬资源协作管理起来,为用户提供一个虚拟的超级计算机平台,实现方便、价廉、超强的数据计算与信息处理服务,使过去普通用户不可能完成的工作变得轻而易举。尽管目前网格计算还存在着一些有待突破的技术问题,网格计算还没有进入大规模应用阶段,但随着技术的日臻完善,网格计算的应用势必大大地普及开来,成为社会进步的新动力,经济增长的新亮点。

8.1.2　计算机网络的分类

计算机网络的分类有着许多不同的方法,例如可以按其分布的地理位置、网络的用途、网络的拓扑结构、传输媒体和信息交换管理方式等方面来进行分类。一般按地理位置、拓扑结构是较为典型的分类方式。

8.1.2.1　按网络的地理分布范围分类

(1) 广域网 WAN(Wide Area Network)　广域网的作用范围为几十到几千 km,网络由不同的行业部门或不同的国家网构成。由于传输距离长,可跨国跨洲,因而也被叫做远程网。广域网是构成 Internet 的核心,其通信装置和传输介质一般由专业的电信机构提供,各结点交换机都是高速链路,通信容量巨大,能够实现较大范围信息传递和资源共享。

(2) 局域网 LAN(Local Area Network)　局域网是指在相对较小的区域内,如一幢楼、一个企业、一座校园范围内,为一个团体或单位所拥有,一般不超过几公里的专用网络设施。

局域网是构成互联网的最基本的成分单元,在网络中具有极为重要的位置,它不仅是企业单位、部门内部实现数据传递、信息管理、资源共享的工具,也是构成 Internet 网的最基本细胞体。局域网的通信媒介有双绞线、同轴电缆、光纤等,数据信息的传输速率在 $10\sim1000$Mbps 的范围里,目前主流的传输输率是 $100\sim1000$Mbps,支持高速数据通信的已达到 10Gbps 或更高。

(3) 城域网 MAN(Metropolitan Area Network)　城域网的作用范围介于局域网和广域网之间,覆盖域为一个城市或一个地区,其作用距离约为几十 km。城域网可以由内部的一个或多个单位机构所拥有,也可以是大家所共享的公共设施。从网络层次上来看,它属于局域网和广域网之间的纽带和桥梁,建立两者之间的连接。不过随着网络技术不断的发展和变化,局域网、城域网、广域网之间的界线也逐渐变得不很明确起来。

8.1.2.2　按网络拓扑结构分类

计算机网络拓扑结构是指网络构成时主机、网络设备、通信线路物理上的连接方式。拓扑学(Topology)是研究点、线组成几何图形的学科,网络拓扑就是将计算机网络抽象成由计算机构成的节点和通信线路构成的链路线,用这种方法来研究网络结构,可以使问题的处理更加清晰化、简明化。但实际网络的设计和布局还是较为复杂的,构成的形式丰富,可能是多种拓扑结构的组合,这里只讨论几种典型、常见的拓扑形式。

1. 总线结构(BUS)

如图 8.3 所示,将网络上的所有设备都连接到一条共用的总线上,信息沿总线进行广播式传输。总线的特点是结构简单、管理方便、成本较低、可靠性较高、安装容易。它的主要不足是任意两个节点间的通信数据都要通过总线传输,网上的设施共用总线一个通道,所以当节点较多时,可能发生由于信通争用而引起的数据拥堵现象,现今局域网的组建中应用总线结构的已经不太多见了。

2. 星形结构(STAR)

星型结构通常是以一台集线器(HUB)或交换机(switch)为中心节点,而其余的节点设备都独立地连接在这个中心节点上,外围节点之间的通信必须经过中心节点的转发而不能相互

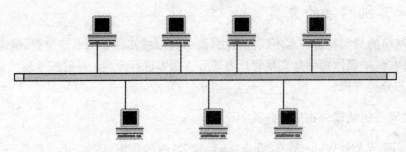

图 8.3　总线结构(BUS)型

直接传递信息。这种结构的特征是组网简单易行、易于管理,由于每个节点独占一条线路,故不会出现数据的争道拥塞,数据传递的速率较高。

　　星型结构目前是局域网中较流行的方式,其主要不足是对中心节点设备的要求较高,电缆较长,费用稍高。早期的中心节点多为一台功能较强的计算机主机,现在基本采用交换机之类的设备作为中心节点。

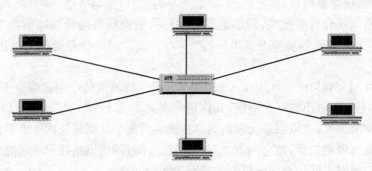

图 8.4　星形结构(STAR)型

　　3. 环型结构

　　环型结构是一封闭式的环,网络中所有的设施都被串在环上。环中的各节点之间没有主从关系,环中的数据信息沿环作单方向流动,经过所有的节点,回到始发处,环上任一节点发出的信息其他节点都可收到。所以它也是一种广播式通信。这种结构的特点是电缆线路短、结构简单、信息传输率高、安装方便,其主要问题在于:由于任意两个节点的通信都要通过其中间的节点,当环中任何一个节点出了故障都会导致整个网络中断,从而降低系统的可靠性。目前有许多新的技术(如双环技术,多路访问)的运用,可以削减故障,提高该网络的可靠性,环型结构是组建高速、大型局域网、光主干网的较为常用的一种结构形式。

　　4. 其他类型的结构

　　除了以上提及的总线、星型、环型三种常见的网络拓扑形式,还可以见到如下结构的网络类型:树型结构和网状型结构网络。

　　树型结构是一种类似目录树的分层结构,它实际上是星型结构的扩展和变形,这种网络的特点是较为灵活、易于扩充,利用网络转接和交换设备可方便地将网络连接成这种结构模式。

　　网状结构是将网络中的节点连接成能相互直接通信的网状,若网络中发生某个或某些节点通信有故障时,数据信息可以通过其他途径传递到目的地,从而提高系统的容错和生存能力,网状结构可以分为一般网状和全连接网状结构两种。

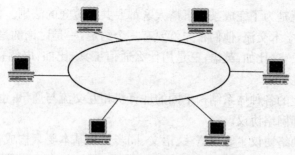

图 8.5　环型结构型

8.1.3　计算机网络的系统构成与基本功能

8.1.3.1　网络的系统构成

计算机网络系统是计算机与通信技术相融合的产物,它主要由计算机系统通信线路与网络节点来组成,其主要作用在于实现通信和数据处理。从逻辑结构上,可以将计算机网络视为一个两级网络。如图 8.6 所示。其中负责对数据进行收集和处理的部分叫做资源子网,负责信息传输的部分叫做通信子网。

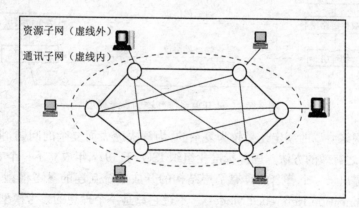

图 8.6　网络的系统构成

1. 资源子网

资源子网主要由大大小小的主机,外部设备及相关软件和数据文件组成,资源子网在网络系统的任务是对数据信息进行加工处理,为本地和网络用户提供诸如数据的计算、存贮、数据库支持等方面的服务。

2. 通信子网

通信子网主要由网络节点、通信链路和信息转换等设施构成;如交换机、集线器、路由器、网卡、传输电缆、调制解调器、无线发送与接收设备,通信子网的功能在于实现网络中信息顺畅地流动、交换、控制和转变。

8.1.3.2　网络协议

通俗地讲,协议就是为了完成某项事情大家都要共同遵守的法则。例如,中国学者刘海与德国学者汉斯要进行学术交流,他们首先就要有一个约定:一是讨论的是什么专业课题,比如:物理学;二是用什么语言,比如:英语;三是用什么通信工具,比如:电话;这个约定就确立了此次交流的规则或者说协议。

同理,要使网络上的各种体系结构不同的计算机相互交流与通讯,也要制定一个大家都要遵循的标准和规范,即网络协议。

更深入一步讲,网络协议主要由语法、语义、同步三个基本要素构成,内容包括数据与控制信息的格式的定义,发出何种控制信息,完成何种操作及应答,怎样协调收发方时间和速度上的匹配等。

图 8.7　OSI 开放系统互连的参考模型

当然,实现网络协议的制定还是较为复杂的,为解决庞大而复杂的问题,将其结构分层处理是一个较为行之有效的方法。国际标准化组织 ISO,于 1977 年成立了一个专门的机构来研究这个问题,并提出了一个著名的具有 7 层结构的开放系统互连的参考模型 OSI/RM(Open Systems Interconnection Reference Model)。不过它只是一个理想的参考模型,而实际使用的网络协议并不一定都要遵循这个模型,例如被广泛使用的 TCP/IP 协议就只有 4 层。

分层的主要好处是各层独立,整体复杂度降低,结构上可分割,灵活性好,各层都可以采用最合适的技术实现,且易于系统的维护,能够促进协议制定的标准化。

8.1.3.3　网络的基本功能

计算机与通信技术的结合产生了计算机网络,而网络的优势又是单独的计算机所不能比拟的,计算机网络的主要功能大致可归为以下几个方面:

1. 资源共享

资源共享是网络应用的核心功能之一,将分布在不同地理位置的计算机软硬资源充分利用起来,提高计算机资源的利用率。同时,也可使无力购买高性能计算机、大型数据库及较为昂贵外设的普通用户,通过网络来共享这些资源,扩大服务的覆盖面。

2. 数据通信

实现网络各节点计算机间的通信是计算机网络的基本任务之一,数据通信就是要使分散在不同位置上的计算机能够方便地传递信息,相互交流,协作工作。如利用 EMAIL 可以远隔千山万水传递信息,使用 EDI 可帮助企业及时可靠地进行电子数据交换,利用 FTP 可以传输各种类型的数据文件。

3. 分布计算

分布式计算机一般是指通过一定的算法、调度与控制措施,将一个需计算机量比较大的任务分解成若干小的任务,分配到网络各节点上的计算机去计算处理。最近引起人们高度关注的网络计算技术就是在分布计算的基础上发展起来的新一代网络应用技术,它将充分利用网络上巨大的闲置资源(包括计算处理、存贮、各类软硬设施),为普通用户提供虚拟的超级计算机服务,以减少浪费,提高网络设施的利用率。

4. 提高系统的可靠性和可用性

保证系统的可靠性和可用性是网络的另一重要功能,在单机运行的情况下,一旦该机出现故障,就可能会给工作造成损失。当计算机连成网络之后,网络中每台计算机都是可以互为后备,当某台机器出现故障时,另外一台机器马上可以替代它的工作,从而大大提高了整个系统的可靠性和可用性。其实,网络系统中还可增加几台公共备用计算机,它们不仅可以在出现故障时作为替代,在某台计算机负担过重时,也可将部分任务交过来,实现负载的平衡。

8.2　局域网技术

8.2.1　局域网概述

局域网(LAN,Local Area Network)是一种在小区域内通过传输介质和各种数据通信设备将计算机设备互连在一起的计算机网络。其中小区域可以小至一个房间、一幢建筑,大至一个校园、一个大型企业等,其范围在 10m~10km 的区域。传输介质可以是细缆、粗缆、双绞线和光纤。数据通信设备可以是中继器、集线器、交换机、网桥、路由器等。计算机设备可以是微机、小型计算机、大型计算机、终端及各种外部设备。从协议层次的观点看,仅具有 OSI/RM 参考模型下的三层功能。局域网在计算机网络中占有非常重要的地位,特别是为了适应办公自动化、协作设计、集成制造、信息管理的需要,各机关、团体和企业部门众多的微型计算机、工作站都可通过 LAN 连接起来,以达到资源共享、信息传递和远程数据通信的目的。

局域网的研究始于 20 世纪 70 年代,到了 90 年代,LAN 已经渗透到各行各业,在速度、带宽等指标方面有了很大进展。例如,Ethernet 产品从传输率为 10Mbps 的 Ethernet 发展到 100Mbps 的高速以太网和 1000Mbps 的千兆以太网,以及现在正推出的万兆(10Gbps)以太网,在 LAN 的访问、服务、管理、安全和保密等方面都有了进一步的改善。

局域网具备以下特点:

(1) LAN 覆盖的地理范围小。通常分布在一座办公大楼或集中的建筑群内,例如在一个校园内。一般在几 km 范围之内,最多不超过 10km。

(2) LAN 的传输率高。传输率一般在 10~1000Mbps 之间,支持高速数据通信,目前已达到 10Gbps；传输方式通常为基带传输，并且传输距离短。

（3）误码率低。因近距离传输，所以误码率低，一般在 $10^{-8} \sim 10^{-11}$ 范围内，因而可靠性高。

（4）多采用分布式控制和广播式通信。在局域网中各站是平等关系而不是主从关系，可以进行广播（一站发，其他所有站收）或组播（一站发，多站收）。

（5）LAN 主要以微型机为建网对象，以服务器、工作站和共享的各种外部设备组成。

（6）根据不同的需要，为获得最佳的性能价格比，可选用价格低廉的双绞线电缆、同轴电缆或价格较贵的光纤，以及无线电 LAN。

（7）LAN 通常属于某一个单位所有，被一个单位或部门控制、管理和应用。

（8）便于安装、维护和扩充，建网成本低、周期短。

LAN 与广域网相比，在拓扑结构、采用的传输媒体、媒体访问控制方法以及应用方面都有其特有技术特征，如表 8.1 所示。

表 8.1　LAN 的技术特征

拓扑结构	总线型、星型、树型、环型	
传输媒体	双绞线电缆、光纤，无线电通信	
	同轴电缆	基带同轴电缆：50Ω 的粗缆、50Ω 的细缆
		宽带同轴电缆：75Ω CATV 同轴电缆
媒体访问控制	CSMA/CD，Token Ring，Token Bus，FDDI	
LAN 标准化组织	ISO，IEEE 802 委员会，NBS，EIA，ECMA	
应用领域	办公室自动化、工厂自动化、校园、医院等	

8.2.2　局域网的组成

局域网是由网络硬件和网络软件部分共同组成，两者必须有效地结合起来才能构成完善的系统。

8.2.2.1　网络的硬件构成

当前局域网一般都采用基于服务器的网络模式，从硬件功能上来看，基本上可分为网络服务器、客户机、网卡、通信线路、网络管控设备等几个方面。

1. 服务器

网络服务器一般由大容量、高性能的专用计算机担当，早期的服务器是将一台或多台服务器与网上的计算机工作站连接起来，服务器是网络的服务和控制核心，其目的是要系统中的每一个工作站都可以共享服务器提供的软硬资源，如文件和设备服务，服务器只负责设备的管理、信息的接收与发送，不对应用程序进行处理，用户要处理的任务都要在本地机上进行。而现在的局域网已发生了一些变化，其工作模式基本上已成为主/从结构。这种模式下的服务器所提供的服务中，文件和设备共享仅占服务内容的一部分，过去许多要在工作站上完成的工作现在都可以在服务器上完成，工作站往往只要发送一些请求，服务器就给出了执行结果，所以工作站就演化成了客户机。

2. 工作站或客户机

工作站又叫客户机，是用户在网上直接操作的计算机，用户正是通过它连接上局域网，并访问网上的文件、数据和其他共享设备。

网络工作站或客户机有自己的软硬资源，如软件、硬盘、各种外部设备，是本地资源。而服务器及网上其他可以共享的各种资源被称作网络资源，工作站或客户机可以充分享有网络服务器提供的各种资源服务，所以它自身的配置就不需很高，可以用稍低档的计算机来担当，价格也较便宜一些。

3. 网络接口卡

网络接口卡简称网卡又叫网络适配器，它通常是一块集成电路板，主要起网络处理控制作用，网络中所有的服务器和客户机都要通过它连接上网络，网卡品质和性能的优劣直接影响着系统运行的效果。从工作原理上来看，当计算机发送信息时，网卡将数据转换为可以在介质上传输的信息形式，当计算机接收数据时，它又负责将通过传输介质发来的信号转换成计算机可以处理的数据。应当注意的是，不同类型的网络使用不同类型的网卡，网卡配有的驱动程序会将网卡的功能与网络操作系统有效地连接起来。

4. 通信介质

通信介质是网络中信息传输的通道，是信息流动的物质传媒。传输介质的特性对网络信息的传输率、网络间的通信距离、数据传输的可靠性及可连接计算机节点的多少都有较大的影响作用。局域网中常用的传输介质有：双绞线、同轴电缆、光导纤维及无线介质等。

（1）双绞线：双绞线是最普通、常见的传输介质，它是由两根互相绝缘的铜质导线按一定的密度规则互相扭合形成，故又称双扭线（如图 8.8 所示）。双绞线的传输距离一般是几米到几百米，数字和模拟信息都可以进行传递。由于双绞线连接方便，性能不错，价格又便宜，所以实际网络组建中使用较为广泛。非屏蔽双绞线分为 5 类，适合网络使用的是 3 类和 5 类非屏蔽双绞线。

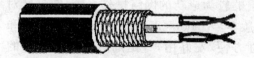
图 8.8　双绞线

图 8.9　同轴电缆

（2）同轴电缆：同轴电缆由一根铜导线、绝缘层、金属网、外套层 4 层构成（如图 8.9 所示）。其中内导线是导体部分，其上是绝缘层，用以防止与上一层金属网短路，金属网起屏蔽电磁信息的作用，最外层为保护套层。同轴电缆的频率特性比双绞线要好，能进行较高速率的信息传输，且抗电磁干扰性强，常被用于基带传输。

（3）光纤：光纤是光导纤维的简称，光纤分为光纤芯、覆层、保护管三层。光纤芯是由纯净的玻璃或塑胶拉丝而成，覆层也是由纯净的玻璃或塑胶制作的，但其折射率与光纤芯不同。与前述传输介质不同的是，光纤是靠传导光脉冲而不是电信号来进行信息传输的。

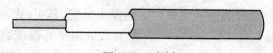
图 8.10　光纤

光纤不仅具有通信容量大、传输率高、抗静电电磁干扰强、传输损耗小、中继距离长等优点,而且体积小、重量轻、保密性好,数据不易被窃取。不足的是光纤脆性大,易折断,由于造价昂贵,主要用于大型、主干网的铺设。

8.2.2.2 网络软件

组建好网络硬件之后,还要配备相应的网络软件,局域网才能真正地运行起来。网络软件主要包括网络操作系统和网络应用服务软件两大类,其中操作系统是核心(下面将做简述),应用服务软件主要包括网络数据库系统,办公软件,各种管理软件。

1. 网络操作系统的功能与构成

(1) 操作系统的作用。网络操作系统的责任是对网络系统内所有软、硬资源进行管理,对它们进行指挥控制,使网络各部分能够协作一致,有条不紊地工作,所以说网络操作系统是网络的大管家。根据具体网络模式以及用户需求的不同,网络操作系统的种类、技术、功能方面也有相应的不同和区别。

(2) 网络操作系统的功能与构成。网络操作系统除了要对网络进行管理控制,还要对网上的所有成员提供各种网络资源服务,所有网络操作系统不仅要具有一般操作系统所要具备的基本功能外,还要担负起网络资源的管理、网络通信等方面的工作。

从系统的结构来看,网络操作系统主要由网卡驱动程序、网络协议和应用服务等模块组成。其中网卡驱动程序主要负责网上的数据信息的接收与发送工作,网络协议主要负责网络上的通信以及高层的应用服务的实现。

2. 局域网中常用的操作系统

不同类型的网络使用不同的网络操作系统。常见的网络操作系统主要有 Unix,Linux,Windows NT/2000 Server 等。

Windows 2000 Server 是微软公司 2000 年推出的较为成功的网络操作系统,它是针对先前 Windows NT Server 的不足进行改善、升级的版本,Windows 2000 Server 系统的特点和 Windows 其他产品一样,使用图形界面,操作管理方便,友好用户,是局域网中较常见的一种。

Unix 是一个历史较长、影响较大、应用较广的网络操作系统,它诞生于上世纪 60 年代末的贝尔实验室。由于系统本身具有的可开放性、可移植性和可扩展性,使该操作系统的性能被不断地改进和提升,正是 Unix 操作系统具有较优良的网络管理和较为完备的安全措施,使该操作系统一直有着广泛的商业应用。

Linux 是 1991 年芬兰的一个名叫 Linus Torvalcls 的大学生开发编写的,其最大特点是公开源代码,自由免费下载,可自行修改发布。由于极为有利于学术交流和研究,在世界范围内的学者和热心人的参与下,功能不断完善,并且越来越引起业界的重视。

8.2.3 Windows 下的局域网应用

Windows 系列操作系统是目前应用最广泛的操作系统,其中,Windows NT Server,Windows 2000 Server,Windows 2003 Server 可以作为局域网服务器或者 Internet 应用服务器,Windows 98,Windows 2000 Professional 以及 Windows XP 则广泛应用于局域网客户端操作系统或者家庭办公等。

8.2.3.1　基于 Windows 网络的基本模型

基于 Windows 网络可以分成两种网络模型：工作组模型（对等网）和域模型。

1. 工作组模型（基于对等网模式）

工作组模型是一种将资源、管理和安全性都分布在整个网络里的网络方案，工作组（网络）中的每一台计算机都可以既作为服务器又可作为工作站，并拥有自己独立的账号、管理和安全性策略。每台计算机在网络中的角色是平等的，所以凡是以工作组模型建立的 Windows 网络称为对等网。

这种工作组模型的优点是：对少量较集中的工作站很方便；容易共享分布式的资源；管理员维护工作少；实现简单。但也存在一些缺点：对工作站数量较多的网络不合适；无集中式的账号管理；无集中式的资源管理；无集中式的安全性。

2. 域模型（基于客户服务器模式）

域模型是管理和安全性都集中的网络方案，域包含的工作站和服务器利用一公共的共享安全性账号管理数据库来提供用户账号验证。允许用户账号在网络中仅创建一次，允许将资源的许可赋予在共享的安全性账号管理数据中的用户，能被作为一个组来管理。在域中，基于 Windows NT Server 或者 Windows 2000 Server 的服务器，计算机可以作为域控制器。域管理员只需在域控制器上创建一次用户账号，当用户登录时，域控制器对用户进行验证，检查自己的域用户账号数据库中的用户名、密码和任何登录限制。

整个局域网范围内（可以是企业网、校园网）是由多个域组成而不只是在一个域内。组成一个域至少需要一台运行 Windows NT Server 的服务器，作为主域控制器（PDC），保存用户账户数据库的主拷贝。

8.2.3.2　Windows 2000 环境下的网络配置

要将多台计算机通过网络传输介质（如双绞线、光纤等）连接起来形成网络，每台计算机必须安装网络适配器（网卡）。目前市面上流行的网卡多为 PCI 接口，传输速率有 10Mbps，100Mbps 以及 10/100Mbps 自适应，都支持即插即用功能（Plug and Play，简称 PnP）。Windows 9X/2000/XP 操作系统都能自动识别网卡硬件，将网卡插入计算机中的 PCI 接口上，启动计算机，系统就会找到网卡硬件并要求安装网卡驱动程序（在购置网卡时会随硬件提供相应的驱动程序，一般为软盘或光盘）。计算机会自动搜索软盘或光驱上的驱动程序进行安装，如果网卡安装成功，Windows 会在桌面上会增加“网上邻居”图标。

网卡安装完毕后要对网络参数进行设置。其内容有：网络标识、网络协议、登录方式、文件及打印共享等。在 Windows 2000 环境下，这几个属性都是在“我的电脑”或“网上邻居”的“属性”话框中完成。

1. 更改网络标识

用右键单击“我的电脑”，并单击弹出的“属性”菜单进入“系统特性”对话框。点击“系统特性”对话框的“网络标识”选项卡（如图 8.11 所示），可以看见当前设置的计算机名和工作组名，如果需要对此进行修改，可以单击“属性”按钮，进入“标识修改”窗口（如图 8.12 所示），在这个窗口中，可以修改计算机名，但要确保计算机名在此局域网中唯一；然后可以通过单击相应的单选钮决定此计算机是工作组还是域中的成员,并输入相应的工作组或域的名称。由于域模型受域服务器控制,所以将一台计算机加入到域中必须知道域服务器的管理员账号与密码。

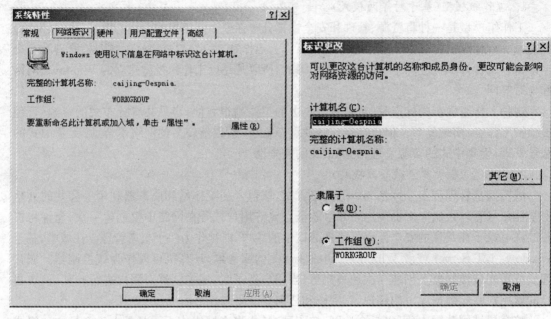

图 8.11 "系统特性"对话框   图 8.12 "标识更改"对话框

2. 配置 TCP/IP 协议

由于 Internet 的广泛应用,从 Windows 2000 后,TCP/IP 协议被默认安装,在不同的网络环境下,都需要对 TCP/IP 协议进行配置,其具体的步骤如下:

(1) 用右键单击"网上邻居",并单击弹出的"属性菜单",出现"网络与拨号连接"窗口(如图 8.13 所示)。

(2) 在"网络与拨号连接"中用右键单击需要配置的网络连接,并选择"属性" 菜单,将出现"连接属性"窗口(如图 8.14 所示)。

(3) 在"连接属性"窗口中选择"Internet 协议 (TCP/IP)",并单击"属性"按钮,将出现"Internet 协议(TCP/IP)"窗口(如图 8.15 所示)。

(4) 在"Internet 协议(TCP/IP)"窗口中可以输入合法的 IP 地址、子网掩码、网关和 DNS 服务器的 IP 地址。

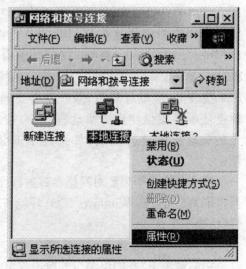

图 8.13 "网络与拨号连接"窗口

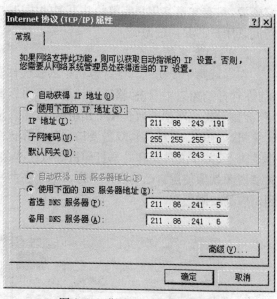

图 8.14　"连接属性"对话框　　　　　　　图 8.15　"TCP/IP 属性"对话框

8.2.3.3　提供和访问局域网共享资源

1. 设置资源共享

在网络互访中,若要访问某用户的计算机资源,需将资源共享出去。其方法简单,在"资源管理器"或者"我的电脑"中右键单击要共享的逻辑盘或文件夹,在出现的菜单中单击"共享",在共享对话框中输入共享名、设置用户数限制和访问权限即可(如图 8.16 所示)。单击"权限"按钮可以进入权限设置对话框(如图 8.17 所示),在此对话框中设置网络上的其他用户对该文件夹的访问权限。

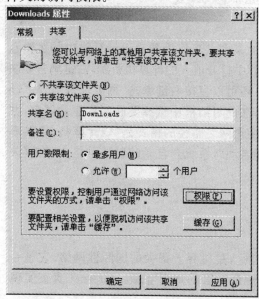

图 8.16　文件夹共享属性对话框

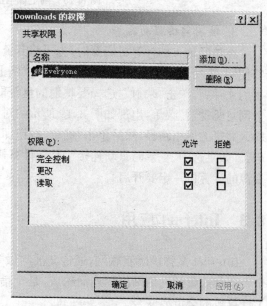

图 8.17　文件夹共享权限设置对话框

需要说明的是：如果共享名后跟上一个"＄"，则其他机器在网上邻居中看不到某用户的共享资源，只有知道某用户完整的共享名的用户才能通过手工输入或者映射网络驱动器的方式访问某用户的共享资源。

2. 访问共享资源

在局域网中要访问其他计算机中的软硬件资源，需双击 Windows 桌面上的"网上邻居"图标，在打开的窗口中双击"临近的计算机"，可以看见局域网中的计算机图标，或者双击"整个网络"会显示局域网中的域名和工作组名、双击对应的工作组或域名，则显示该域或工作组中的计算机（如图 8.18 所示），双击要访问的计算机图标，会出现该计算机共享的软硬件资源（如共享逻辑盘、共享文件夹和共享打印机等），这些共享资源都是以共享名的形式出现。访问这些共享资源就像使用自己的资源一样。如果在共享时设置了权限限制，则在访问共享资源时受到对应的权限限制。

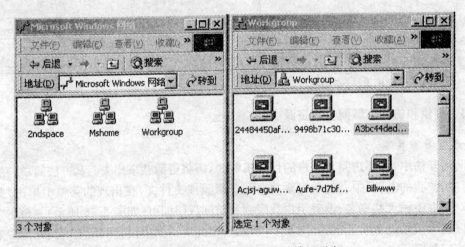

图 8.18　网上邻居的工作组和计算机列表

3. 映射网络驱动器

在访问他人的计算机资源时，为了将其资源中的某个共享作为像自己计算机中的逻辑盘符使用，需使用网络文件夹的"映射"。在"网上邻居"中打开他人的计算机资源，右键单击要映射的文件夹，单击"映射"，选择要映射的盘符即可。还可以直接右键单击"网上邻居"选择"映射网络驱动器"菜单，出现如图 8.19 所示的对话框；在此对话框中选择要映射的驱动器名，并输入共享的网络路径，然后单击"确定"按钮即可。注意网络路径的格式是"\\计算机名\共享名"。如果选中"登录时重新连接"，是指计算机重新启动时系统会自动映射该网络文件夹（该资源的计算机一定要开启）。

8.3　Internet 应用

Internet 又称国际互联网，通常又被叫做"因特网"，是世界上最大的国际性网络，它是一个个各种规模的网络网网相连而构成，是个信息资源最丰富的知识宝库。Internet 真正实现了计算机的全世界联合。

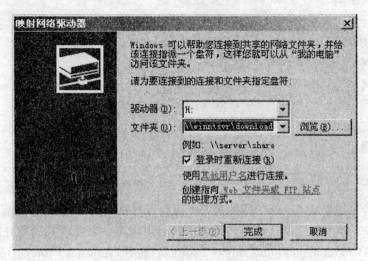

图 8.19　"映射网络驱动器"对话框

8.3.1　我国 Internet 的应用情况

　　Internet 的兴起和迅速发展,同样得到我国相关的研究机构、学者和政府部门的高度重视,在我国正式被接纳为 Internet 成员之前,中科院计算所和中科院高能所就率先进行了有关网络互联的组织和研究工作,目前中科院计算所的网络中心还是中国 Internet 管理中心,担负着中国区域内 IP 地址的分配和管理工作。

　　自 1994 年 4 月利用世界银行贷款项目 NCFC(教育和研究示范网)实现了与 Internet 的连接后,我国互联网上的各项目服务逐步展开,Internet 的影响迅速扩大,各行业、部门、团体、个人用户不断增加。当时根据国务院规定有权与 Internet 直接互连的四大网络分别是中国科学技术网,中国教育科研网,中国金桥网,中国公用计算机互联网,这 4 个基础的主干网形成了中国 Internet 的基本框架。

　　1. 教育科研网 CERNET

　　由原国家教委主持,目标是将大、中、小学校连接起来,目的是实现教育、科研资源共享和方便学术交流的网络。

　　2. 科学技术网 CSTNET

　　由中国科学院主持,它将中科院与分散在全国各地的分院及其他研究机构院所连接起来,是以科研、政府服务为目的,提供科技信息、IP 地址管理的网络。

　　3. 公用计算机互联网 CHINANET

　　由原邮电部投资建设,覆盖全国各地,通过电信部门、单位和个人都可接受 CHINANET 的网上服务。

　　4. 金桥信息网 GBNET

　　金桥信息网主要为从事商务活动的单位、机构和个人提供商务信息、金融、贸易方面的服务,是国家经济信息的主干网。

　　网络应用在不断增长,网络的建设也在不断扩大,不包括一些正在建立中的网络,目前较为有影响的八大网络是:

中国教育科研网	CERNET
中国公用计算机互联网	CHINANET
中国科学技术网	CSTNET
中国金桥网	GBNET
中国联通网	UNINET
中国网通网	CNCNET
中国国际贸易网	CIETNET
中国移动网	CMNET

8.3.2　Internet 协议

分布在世界各地组成 Internet 网的成千上万台计算机，各自的软硬件性能差异很大，若要在属于不同系统的计算机之间正确地传递信息就必须制定一个大家共同遵守的法则，即通信协议。著名的 TCP(Transmission Control Protocol)和 IP(Internet Protocol)简称 TCP/IP 就是互联网上最基本的通讯协议。

8.3.2.1　TCP/IP 协议

OSI 的 7 层协议体系结构既复杂又不实用，但其概念清楚，体系结构理论较完整。TCP/IP 的协议现在得到了广泛的应用，但它原先并没有一个明确的体系结构。OSI 是一个 7 层的体系结构，而 TCP/IP 是一个 4 层的体系结构，具体层次及其对应关系分别如图 8.20 所示。不过从实质上讲，TCP/IP 只有 3 层，即应用层、运输层和网际层，因为最下面的网络接口层并没有什么具体内容。

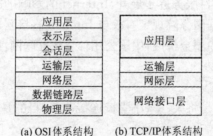

(a) OSI体系结构　(b) TCP/IP体系结构

图 8.20　OSI 参考模型与 TCP/IP 协议的比较

网络接口层对应 OSI 的物理层和数据链路层，是与具体的物理网络有关。网际层，又称 IP 层，负责网络数据包的传送以及网络主机之间数据包的路由选择和主机寻址。运输层主要功能是为应用进程提供端对端的通信服务。应用层则为最高层，它的实际功能相当于 OSI 参考模型的会话层、表示层和应用层三层，用于支持网络应用协议(如 FTP，HTTP，DNS，TEL-NET 等)。

TCP/IP 协议是个开放的，不受任何厂商控制的网络协议。实际上 TCP/IP 是由一组协议构成，只不过 TCP 和 IP 协议是其中两个最为重要的协议，所以有些文献上又称之为 TCP/IP 协议簇。

8.3.2.2 IP 地址

IP 协议为网络上的硬件提供了一个 32 位长的逻辑地址，该地址用于唯一地标识一个 Internet 网络接口，这就是人们所熟知的 IP 地址。

为了使 IP 地址更加易读易写，通常将其 32 位的二进制转换为带点的十进制数表示，这种格式叫做"点分十进制表示"。具体的方法是将 IP 地址每个字节转换为一个整数，各整数间用小数点分隔开。例如某 IP 地址的二进制为：11001010 01111000 00000000 00100001，则对应的点分十进制为：202.112.0.33。

IP 地址分为 A，B，C，D，E 五大类，其中 D，E 类地址用于特殊用途。A，B，C 类是可分配的。IP 地址实际上包含网络标识和主机标识两部分内容，如图表 8.2 所示，每一类地址的网络标识和主机标识的长度都不相同，这种定义是为了适应不同规模的网络要求。

表 8.2   IP 地址的分类

类	头部标识	地址位数	说明
A	0	网络号——7 本机号——24	用于具有大量设备的网络
B	10	网络号——14 本机号——16	用于具有中等规模的网络
C	110	网络号——21 本机号——8	用于具有小规模的网络
D	1110	不分配网络号与本机号	用于有限距离广播的情况
E	1111	不分配网络号与本机号	留待后用

根据 IP 地址分类可知，A 类地址最多可以表示 126 个网络（全 0 和全 1 的网络号有特殊用途），但其可以表示的主机数最多，所以它适用于规模量非常大的网络。B 类地址一般适用于中型网络，如较大的局域网或广域网。C 类网络的网络号有 21 位，最多可表示 221 个网络，但每个网络只能表示 254 个主机（全 0 和全 1 的主号有特殊用途），故适用于较小规模的网络。

8.3.2.3 IP 资源管理

IP 地址是分层管理的，每一个 Internet 地址都必须向相应的网管机构申请才能被认可。国际信息中心 NIC(Network Information Center) 负责分配 A 类地址并授权分配 B 类地址。B 类地址的分配组织是 InterNIC，ARNIC 与 ENIC，它们分别负责北美、亚洲和欧洲地区 IP 地址的分配。我国由负责亚洲地区的组织 ARNIC 分配 B 类地址，C 类地址则要向更低一级的 NIC 组织申请分配。

Internet 的地址分配管理组织还为 IP 资源预留了专用于内部网络的三段地址：一个 A 类地址：10.0.0.0～10.255.255.255；16 个 B 类地址：172.16.0.0～172.31.255.255；256 个 C 类地址：192.168.0.0～192.168.255.255。

这些预留地址只能用于使用 TCP/IP 协议的内部网络，不能直接通过 Internet 访问它们，但利用一些技术手段，也可以用 1 或几个外部 IP 地址实现局域网中所有使用内部地址的主机来访问 Internet。实际应用中，这种技术不仅可缓解 IP 地址资源的不足，对局域网来说还可以起到安全防黑的作用,因此该技术也常被用来做内网的防火墙之用。

8.3.2.4　IP 协议的发展

随着基于 Internet 的各种应用的迅猛发展,每年连入网中的计算机成倍地增长,在辉煌成功的背后,现役 IP 协议地址设计中的各种重大缺陷便凸显出来。32 位表示的 IP 地址资源严重不足,按目前 Internet 的扩展势头,不用多少年头,IP 地址将被耗尽。尽管可以使用一些暂时性的缓解措施,从根本上来讲,起用新一代的 IP 协议才是问题的最终解决方案。

新一代的 IP 协议即 IPv6,1995 年由 IETF 开始进行研究发布以来,经过不断的修正与扩充,现已基本形成了一组比较完整实用的协议簇。新协议为网络主机提供了长达 128 位的地址,也就是说新一代 IPv6 协议可为网络提供 2^{128} 个地址,这几乎是永远用不尽的资源。

新一代 IPv6 协议除了具有取之不尽的地址资源之外,还具有简化数据报头,显著缩短数据报处理时间的优点,另外灵活的扩展报头更是大大方便了其他功能的扩充。

8.3.3　Internet 上常用的服务功能

随着 Internet 技术的普及、进步和发展,为网络用户提供的服务功能也日益丰富起来。有些服务如 WWW,EMAIL,FTP 是 Internet 基本的服务项目,而另一些服务项目则需用户的进一步开发,如电子商务、电子政务等。以下仅介绍一些常见的 Internet 服务内容。

8.3.3.1　电子邮件(EMAIL)

电子邮件即 EMAIL,昵称伊妹儿,是 Internet 上最早提供的服务,也是最受欢迎的 Internet 应用服务之一。电子邮件是新型的邮政通信方式,用户与用户之间通过计算机网络来传递信息。目前据相关资料表明,网络应用中 60％以上的活动都与电子邮件有关。使用 EMAIL 可以发送文字、图形、声音等多种文件格式,信息传递范围十分广泛,由于电子邮件具有方便、快捷、可靠,成本低廉的特性,正在逐步取代传真和部分取代传统信件的功能。

使用电子邮件的用户必须拥有一个属于自己的电子邮箱,通过该邮箱才能进行邮件的接收和发送工作,邮箱要事先申请,可以是收费的,也可以是免费的。邮箱的实质是邮箱提供和管理者在网络中某台计算机的磁盘上,为用户分配的一块专用的存贮空间,该区域由邮件系统负责管理。

8.3.3.2　文件传输(FTP)

文件传输协议 FTP(File Transfer Protocol)是用来实现计算机与计算机之间文件传输(而不是报文传输)的协议。用户一般不希望在联机的情况下在线阅读文件,将文件信息下载到本地,不仅方便、节时,还可随时阅览式处理。FTP 协议原本就是 TCP/IP 协议组中的一个协议,是 Internet 上的一个重要服务之一,实际应用时,网上的随意两台计算机只要都支持 FTP 协议就可以相互传递文件。Internet 上的 FTP 服务器是专业提供文件传输服务的计算机,访问服务器的方法也有多种,可用专门的工具软件,也可用 WEB 方式实现。一般,普通的 FTP 服务器在用户登录时会要求用户给出用户名和密码。

8.3.3.3　远程登录(TELNET)

远程登录是通过网络登录进入远程的计算机上,使本地机成为远程主机的一个仿真终端。

远程登录成功后,就可以共享远程计算机允许提供的各种资源为自己服务,例如登录到一台千里之外的高性能主机来运行本地机无法胜任的大型、复杂的运算等,就像使用本地机一样方便。

远程登录是 Internet 上一个传统的应用之一,使用的工具为 TELNET。当然,在远程登录某台主机之前,必须是这台计算机的合法用户,拥有相应的账号和密码,才能登录进入并有权使用该机的资源。实际登录时要先给出该远程主机的域名或 IP 地址,出现系统提示对话窗以后,给出账号和密码。

8.3.3.4 信息浏览(WWW)

可以说 WWW 是 Internet 应用服务中最重要、最成功、最鼓舞人心的应用。只要轻轻一点鼠标,图文并茂的网页就会方便地带用户到世界各地的信息王国去漫游,操作方便,老少皆宜。WWW 降低了 Internet 应用的门槛,使信息服务走入千家万户,它带来了互联网应用真正意义上的一场革命。

WWW 被叫做 3W,又称万维网,它是 World Wide Web 的缩写。它基于 TCP/IP 协议簇中的超文本传输协议 HTTP(Hypertext Transport Protocol),使用超文本标识语言 HTML(Hypertext Markup Language)制作页面,页面内容包括文字、声音、图片、动画、视频等多媒体信息。WWW 实际上就是由无数网页构成的海量信息的集合,页面分布在世界各地的计算机上,为信息浏览提供服务的计算机叫 WEB 服务器,WEB 服务器应装有 WEB 服务软件,而信息浏览的一方——普通用户,只要在自己的机器上装有能看网页的浏览器就可以了。

8.3.3.5 Internet 上的其他服务

网络提供的服务真是五花八门,丰富多彩,除了上面提及的服务内容外,还有许多其他形式的服务,如 BBS、网络新闻组、网络电话、信息搜索、视频点播、在线聊天等,其中 BBS 和新闻组的影响较大。

BBS 是 Bulletin Board System 的缩写,中文译作电子公告牌,也叫电子论坛,是为网络用户提供发表与获取信息的场所,随着 Internet 本身的发展和用户需求的增长,BBS 的功能也不断扩充和完善起来。以 BBS 模式的电子论坛大致拥有主题内容讨论区、文件交流区、信息发布区、在线交流区等板块。新闻组(USENET)可以视为全球性的大电子公告牌,一般按主题内容来分类,内容涉及新闻、技术、文字、教育、商务、体育、医疗等各个领域,大类下还可分组,组下还可有范围更小的学术专题,利用这些专题,用户可以发表自己的心得,有问题或困惑也可发帖求助于专家,十分方便快捷。

当然,随网络应用的进一步发展,可能还会有更多、更加激动人心的服务出现。

8.3.4 Internet 接入技术

Internet 接入技术主要关心的是用户连入互联网的实现方式,由于这是 Internet 接入用户的最后一步,故又常被称"最后一公里技术"。Internet 接入方式根据用户所处的环境、用途的不同,可以根据自身的情况灵活地选择不同的接入方式。接入网络时,用户应考虑如下几个方面的问题,如网络的可靠性、安全性、先进性和可扩展性,当然网络上网的速度和成本也是必须考虑的重要因素。

下面仅就目前常见的几种接入方式加以介绍。

8.3.4.1 拨号接入

拨号入网是用户上网最传统的一种方式,它是通过叫做 MODEM(俗称为"猫")的调制解调器将计算机连入公共电话网(PSTN)实现信息传递的。这里 MODEM 的基本作用大致是:当计算机发送数据信息时,MODEM 将其由数字信号转换为模拟信号由电话网送出,当计算机接收信息时,MODEM 又将收到的模拟信号转换为数字信号传给计算机。该接入方式的优点是安装简单、价格低廉,不足的是打电话和上网不能同时进行,且信息传送速度慢,可靠性差。这种接入方式适合条件受限制的个人或小型企业。

8.3.4.2 ISDN 接入方式

ISDN 是英文 Integrated Services Digital Network 的缩写,中文译作综合业务数字网,也被称做"一线通"。ISDN 除了提供电话服务,还支持数据、传真、影像等多项业务的传输。用户只需一条电话线,就可以同时享有多种形式的通信服务,且可同时上网、打电话两不误。理论上讲,ISDN 最多允许在同一条线路上有 8 个不同的终端设备同时连接,从工作机理来说,ISDN 提供端到端的数字连接,支持语音及非语音等多种内容的通信,它与传统上的 MODEM 接入方式的不同在于:ISDN 方式传输的是纯数字信号,它突破了模拟信号带宽的束缚,提高了信号传输的速率。值得一提的是,由于接入技术的进步,特别像 ADSL 这样方便、低价、性能更优越的接入方式的出现,ISDN 已变成昨日黄花,不再风光依旧。

8.3.4.3 ADSL 接入方式

ADSL 是 Asymmetric Digital Subscriber Line 的缩写,意为非对称的数字用户线路。ADSL 是数字用户线路 DSL 家族中的一员,由贝尔实验室 1989 年首先开发,现已有多种技术应用,如 HDSL,SDSL,VDSL,ADSL 等。其中 ADSL 技术成熟,发展较快,得到了广泛的应用。

ADSL 接入方式采用先进的数字信号处理技术,可在铜质双绞线,即普通的电话线上实行上行速率为 640kbps～1Mbps,下行速率可达 8 Mbps 的非对称电信传输,该模式这种上下行速率不对称,下行速率大于上行速率的特点,正好适合用户从 Internet 网上高速下载、视频点播等业务的要求。再加之 ADSL 完全利用现有的电话线网络,不需重新架线铺路,建设成本低,且技术成熟,是目前较为流行的一种接入方式。

ADSL 接入方式的主要优势在于:一是具有较高的传输率,特别是最大 8 Mbps 的下行速率,几乎是传统 MODEM 的 170 倍,非常适宜从 Internet 网上高速下载;二是使用方便,在一条线路上可以同时传输语音和数字两种信息,所以上网、打电话并不冲突;三是技术较为成熟,目前已有了国际电信联盟支持的标准,标准化程度高;四是只需一个 ADSL MODEM 设备即可连入千家万户。

8.3.4.4 DDN 接入方式

DDN 即数字数据网,它是 Digital Data Network 的缩写。DDN 由数字电路、网络节点、网络控制及用户环路构成,是利用数字通信技术来传输数字信号的新型网络模式。利用数字信

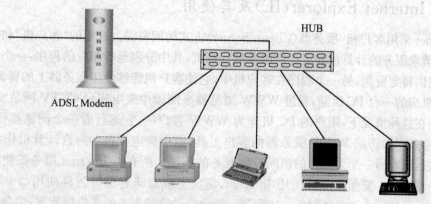

图 8.21　ADSL 接入方式

道传送数字信号与传统的模拟信道的优势在于：传输的数据具有速度快、质量好、带宽利用率高等特点。一般 DDN 主干网的传输媒介有光纤、数字微波、卫星信道等，到用户端常用普通的电缆和双绞线。

DDN 支持一线多用和多种业务服务，为用户传送声音、图像、数据等多媒体信息，DDN 提供点到点的通信，信道分配固定，不会受其他用户的干扰，所以保密性较强。

由于 DDN 具有上述特性，较为适合网络与网络之间，主机与主机之间大容量、多媒体、高速率的数据信息传输。DDN 的接入成本相对较高，该接入模式比较适合机关、高校、大型公司等用户。

8.3.4.5　Cable Modem 接入方式

Cable Modem 即电缆调制解调器，它是利用有线电视（CATV）网接入 Internet 的一种方式。有线电视网规模庞大，已进入千家万户，CATV 传输媒介主要是同轴电缆，为提高传输信号的质量和距离，已逐步改用混合光纤/同轴电缆（Hybrid Fiber Coaxial 即 HFC），HFC 混合网主干部分用光纤，而引入用户一端则用同轴电缆。

混合光纤/同轴电缆网已发展成为较为成熟的技术，它利用上、下行传送不对称的频率划分数字信号与模拟信号于一身，结合光电技术于一体，使得现有的 CATV 不仅可以用来收看传统的电视节目，同时还具有上网冲浪的功能，所以发展潜力更大。

8.3.4.6　无线接入

随着移动通信技术、计算机数据安全技术的发展和用户需求的增加，方便、灵活的无线接入技术也在不断地发展与成熟起来。与其他接入方式类似，无线接入也需要有一个提供无线接入服务的公共无线接入设施或向用户提供各种业务服务的技术手段。对于无线接入 Internet 的用户，计算机本身尚需要插入一块无线接入卡，才能得到无线接入 ISP 的服务，目前无线接入技术大致可分为低速无线本地环、宽带无线接入、卫星接入三大类。

除了以上几种较为有影响的接入方式外，随着技术的不断进步，将来可能还会有更多更加方便、快捷的新的接入方式的出现。

8.3.5　Internet Explorer(IE)及其使用

Internet 采用客户机/服务器(Client/Server)方式访问资源。这里的"客户机"和"服务器"分别是指请求服务的计算机和可提供服务的计算机,其中分别运行相应的程序:一个程序在服务器中,提供特定资源;另一个程序在客户机中,它使客户机能够使用服务器上的资源。例如,坐在学生机房的一台 PC 机前,通过 WWW 浏览器来阅读中央电视台 CCTV 网站发布的"新闻频道"。在这种情况下,用户的 PC 机作为 WWW 客户机,它运行着一个浏览器程序,这个浏览器程序就叫做访问 WWW 服务器的客户工具;而中央电视台的一台计算机作为 WWW 服务器,它运行着另一个为用户的访问提供服务的程序。所有的 Internet 服务都使用这种客户机/服务器关系。要懂得怎样使用 Internet,事实上就意味着懂得怎样使用每个客户机程序。因此,为了使用 Internet 服务,必须了解:学会启动这种服务的客户机程序;学会使用客户机程序;懂得使用哪台服务器。

"浏览器"是专用于查看 Web 页的软件工具,正如以 Microsoft Word 为工具进行文字处理,或者以 Microsoft Excel 为工具进行电子表格的处理和计算一样,Internet Explorer(IE)则是专门用于定位和访问 Web 信息的浏览器工具,高版本的 IE 还可以访问 FTP 服务器。

IE 是 Microsoft 公司的产品,自 Windows 95 OSR2(国内称 Win97)免费捆绑 WWW 浏览器 IE3.0 以来,为了争夺和占领浏览器市场,每个版本都是随 Windows 免费捆绑发送的,直到最近的 IE7.0 也可通过网上免费下载。由于 IE 与 Windows 系统紧密集成,其运行速度快,功能齐全,并集成有 Outlook Express(简称 OE)电子邮件、新闻组等联机通讯软件,基本上满足了上网用户的需求。IE6.0 后增加了 Web 单一文件保存、打印预览等使用功能,使其不断完善。本节以 Windows XP 捆绑的 IE6.0 为基础进行介绍。

8.3.5.1　IE 浏览器的基本设置

IE 浏览器的设置项目较多,为了满足用户的个性化使用,常用设置项目有:常规、安全、内容、连接、程序和高级等 6 项设置。这些设置都是选择 IE"工具"菜单的"Internet 选项",在图 8.22 所示的"Internet 选项"对话框中实现的。

1. 常规设置

单击"Internet 选项"对话框的常规选项卡,进入了常规设置。其中有:默认主页、临时文件夹、历史记录、颜色、字体、语言等设置。

默认主页设置:默认主页即启动 IE 后自动进入网站首页。在主页地址栏输入要设定的主页地址即可,一般设定为空白页,如图 8.22 所示。

临时文件夹设置:IE 在访问网页时会将浏览过的内容存入临时文件夹中。IE 默认的临时文件夹在 Windows 系统文件夹下的 Temporary Internet Files 文件夹中。用户可根据需要更改。单击"Internet 临时文件"的"设置"→"移动文件夹",再选择要更改到的盘符和文件夹即可,如图 8.22 所示。

历史记录设置:可设置自动清除网页缓存的天数和立即清除历史记录,如图 8.22 所示。

语言设置:一般添加中国、香港、台湾的中文语言,以便浏览各种汉字内码的网页,如图 8.23所示。

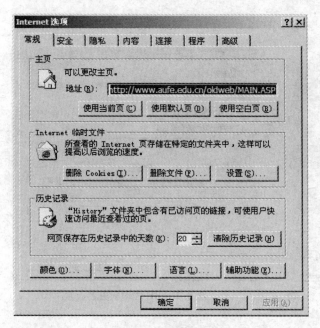
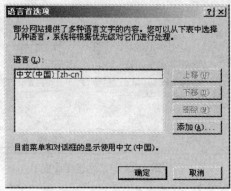

图 8.22　IE 的常规设置　　　　　　　　　图 8.23　IE 的常规设置

颜色、字体和辅助功能是对网页浏览时的个性化设定，一般保持默认即可。

2. 安全设置

许多 Internet 站点均禁止未授权者查看发送到该站点或由该站点发出的信息，这类站点称为"安全"站点。由于 Internet Explorer 支持由安全站点使用的安全协议（128 位加密的安全连接），所以可以放心地将信息发送到安全站点。安全设置有低、中低、中、高等 4 种。一般将安全设置设为"中"即可。

3. 内容设置

内容设置包括分级审查、证书、个人信息等三项，主要设置"分级审查"。其可对网页内容进行分类控制，有助于老师限制学生、家长限制儿童浏览一些不适宜的网站。在"内容"窗口单击"分级审查"，选择要限制的内容即可。

4. 连接设置

用于启动 IE 时自动连接 Internet 的方式和该方式下使用代理服务器访问 Internet 的设置。拨号连接设置可选择自动按默认拨号连接或不拨号。前者为启动 IE 时开始拨号连接，后者为手工先拨号建立连接后，再使用 IE。如常在离线下使用 IE 浏览资料，建议采用后者设置。如为办公室的局域网使用 Internet，也采用后者设置，如图 8.24 所示。使用代理服务器访问 Internet，即访问 Internet 的所有网站，都通过该代理服务器。如是拨号连接，选择拨号设置处的"设置"设定代理服务器，用局域网上 Internet，选择"局域网设置"，并在随后出现的如图 8.25 所示的对话框中，输入代理服务器的 IP 地址和端口。

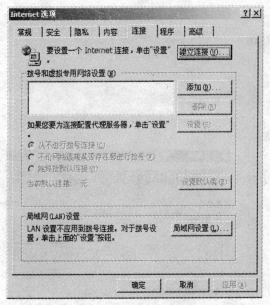

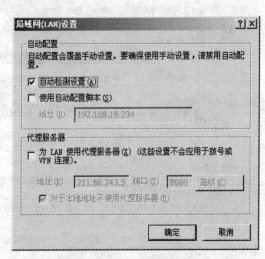

图 8.24　IE 的连接设置　　　　　图 8.25　IE 代理服务器设置

5. 程序设置

主要用于在 IE 中调用电子邮件、新闻组等功能时,使用什么软件,默认为 IE 捆绑的 OE。如在 IE 中调用电子邮件时启动国内的 Foxmail 电子邮件软件,在"程序设置"的"电子邮件"处选择 Foxmail(一定要事先安装该软件),如图 8.26 所示。

6. 高级设置

该项目设置的内容较多,用户使用最多的是多媒体的设置。为了加快网页的访问速度,在网络连接速度较低时,可将多媒体的访问暂时关闭。如将"显示图片"关闭,这样可加快网页的访问速度。但网页中的图片不显示(只显图片占位框),如需显示某页图片,右键单击图片占位框处,在下拉的菜单中单击"显示图片"即可,如图 8.27 所示。

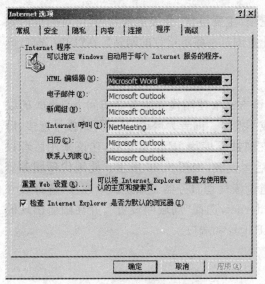

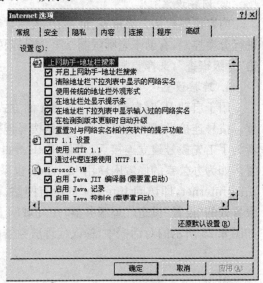

图 8.26　IE 的程序设置　　　　　图 8.27　IE 的高级设置

8.3.5.2　IE 浏览器的常用操作

1. IE 的使用

在连上 Internet 后启动 IE,在"地址栏"处填上要去的网站地址,如中国教育和科研计算机网:www. edu. cn 并回车,下载该网页后出现如图 8.28 所示的主页。网页中有下画线的文字(可设置)或鼠标出现一只"手"的区域表明有下一级的网页连接,单击该处即进入下一连接的网页。在浏览窗口中可使用的工具图标作用为:

前进、后退——网页浏览的前后翻页。

停止——终止网页的传输,在网络拥挤时停止该网页的下载,以后再连接。

刷新——网页被修改后的重新装载。

主页——进入启动的默认主页。

搜索——在网上搜索想要的网站地址,连接进微软公司的搜索站点。

收藏——网页地址标记并保存,用于经常去的站点。

历史——最近浏览过的网页,通过它可再次连接进入。

频道——IE 内置的国内著名站点。

全屏——将浏览窗口置为全屏幕方式。

邮件——启动进入 Outlook Express 收发邮件窗口。

字体——网页中文字内码和字体大小的改变。

打印——打印网页内容。

图 8.28　中国教育和科研计算机网主页

2. 网址的收藏

使用 IE 浏览器在 Internet 网上冲浪,最重要的是对浏览过并感兴趣的网址进行收藏。用传统的笔记方法太不方便且每次浏览还要输入,容易出错,实在繁琐。在 IE 中的"收藏"就是用于标记网址,使网址记录变成一件轻松愉快的事。当浏览到感兴趣、希望以后再次进入的网页时,右键单击该网页的空白处,在弹出的菜单中单击"标记为收藏",取一个一见便知的名字(多数网页带有名字),"确定"后即将该网页的地址记录在"收藏夹"中,下次要进入该网页时,单击"收藏"菜单,在其中找到该网页的名字并单击,即连接到该网页中去。还可以通过"收藏"的编辑功能将其分类整理,便于今后查找。单击"收藏"的"整理收藏夹"选项,在弹出的窗口中创建文件夹,用鼠标拖动功能将网址

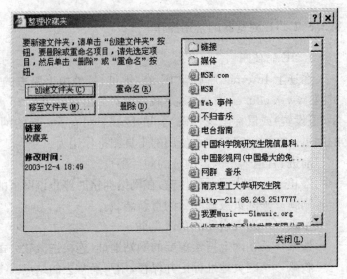

图 8.29　IE 的整理收藏夹

分门别类地拖动到相应文件夹中(见图 8.29)。这些网页标记的文件类型名为 RUL,存放于 Windows 系统文件夹下的 Favorites 子文件夹中,也可以用"资源管理器"加以整理。

3. 网页的保存

在上网时有些浏览过的网页内容精彩或文字较多,为节约上网时间,可将其保存待下网后再慢慢浏览。网页的内容是由多个文件组成,有 html 文件、图片文件等。在 IE5.0 以前的版本只能将网页保存为 html 类型文件及同名的文件夹,其中存放的是除 html 文件以外的网页内容文件。IE5.5 以后可以将网页的所有文件保存为 Web 单一文件,类型名为 mht。使网页的保存和文件的管理更加方便。保存时单击"文件"→"另存为",选择文件类型为"Web 单一文件 mht",取好文件名,选择要保存的文件夹,单击"保存"即可。

IE 浏览器的功能十分强大,当使用熟悉后,就能体会到它的魅力所在,这也是 Windows 将其紧密捆绑的原因之一。

习　　题

1. 什么是计算机网络？其基本功能有哪些？
2. 计算机网络可以分为哪两个子网？它们各自的作用是什么？
3. 网络布局上有哪几种典型的拓扑机构？各有什么特色？
4. 网络中的传输介质主要有哪几种？它们各自的适用场合又如何？
5. Windows 环境下配置 TCP/IP 涉及到哪些配置？
6. 在 Windows 环境下如何共享自己的资源,如何访问网络上的共享资源？
7. 什么是 TCP/IP 协议？它在互联网中的作用是什么？
8. 常见的 Internet 接入方式有哪几种？试比较它们的异同点。
9. 你使用过哪些 Internet 客户工具？试比较一下同类工具的优缺点。

第9章 计算机信息系统安全

本章概要
- 计算机信息系统安全的范畴：实体安全、运行安全、信息安全
- 实现计算机信息系统安全的一般原则、保护技术和管理手段
- 病毒的基本概念、特点及其防治手段
- 计算机网络安全面临的威胁以及实现网络安全的技术措施

学习目标
- 了解计算机信息系统安全所面临的威胁
- 了解实施计算机信息系统安全的一般原则和基本的管理手段
- 掌握计算机信息系统安全的常用保护技术
- 掌握计算机病毒的表现形式以及预防、检查、清除计算机病毒的基本方法
- 了解在网络环境下计算机信息系统安全新的内涵
- 掌握实现网络安全的基本技术手段

  由于计算机信息有共享和易扩散等特性，在处理、存储、传输和使用上很容易被干扰、滥用、遗漏和丢失，甚至被泄露、窃取、篡改、冒充和破坏，还有可能受到计算机病毒的感染，这增加了安全研究的复杂性。随着计算机网络技术的发展，尤其是 Internet 在社会各领域的广泛应用，使得计算机安全的概念发生了根本的变化。本章正是围绕计算机安全、网络安全两个方面的内容进行展开的。作为计算机管理和操作人员，保证计算机能够正常地运行是使用计算机的前提条件。

9.1 概述

9.1.1 计算机信息系统安全范畴

  国务院 1994 年 2 月 18 日颁布的《中华人民共和国计算机信息系统安全保护条例》第一章第三条的定义是：计算机信息系统的安全保护，应当保障计算机及其相关的配套的设备、设施（含网络）的安全，保障运行环境的安全，保障信息的安全，保障计算机功能的正常发挥，以维护计算机信息系统的安全运行。

  计算机信息系统安全范畴包括实体安全、运行安全、信息安全。

9.1.1.1 实体安全

  计算机信息系统的实体安全是整个计算机信息系统安全的前提。因此，保证实体的安全是十分重要的。计算机信息系统的实体安全是指计算机信息系统设备及相关设施的安全、正

常运行。其内容包括以下三个方面：

1. 环境安全

环境安全是指计算机和信息系统的设备及相关设施所放置的机房的地理环境、气候条件、污染状况以及电磁干扰等对实体安全的影响。

2. 设备安全

设备安全是指计算机信息系统的设备及相关设施的防盗、防毁以及抗电磁干扰、静电保护、电源保护等几个方面。

(1) 防盗、防毁保护。主要是防止犯罪分子偷盗和破坏计算机信息系统的设备、设施及重要的信息和数据。这方面的安全保护主要通过安装防盗设备和建立严格的规章制度来实现。

(2) 抗电磁干扰。计算机信息系统的设备在受到电磁场的干扰后，使其设备电路的噪声加大，导致设备的工作可靠性降低，严重时会致使设备不能工作。一般可以通过接地和屏蔽来抑制电磁场干扰的影响。

(3) 静电保护。计算机机房内主要有三个静电来源：一是计算机机房的地板，人行走时鞋底与其摩擦时会引起静电；二是机房内使用的设施，如工作台、工作柜及机架等，不可避免地与之摩擦而产生静电；三是工作人员的服装，尤其是化纤制品的服装，在穿着过程中因摩擦而产生静电并传给人体。在一定的温、湿度条件下会产生高达 40KV 的静电电压，人体带电电压也高达 20KV 左右。静电会引起计算机的误操作，严重时会损坏计算机器件，尤其是以 MOS 为主组成的存贮器件，静电放电时产生的火花也可能产生火灾。

(4) 电源保护。为计算机提供能源的供电及其电源质量直接影响到计算机运行的可靠性。电气干扰超过设备规定值时会影响设备正常工作，降低可靠性，严重时会烧坏计算机。发生停电时致使计算机及设备不能工作。电源的保护一般采用下列措施：一是采用专线供电，以避免同一线路上其他用电设备产生的干扰；二是保证电源的接地满足要求；三是采用电源保护装置。常用的是不间断供电电源，即 UPS。UPS 又分为两种类型：一种是后备式；另一种是在线式。后备式 UPS 在供电系统正常供电时，由供电系统直接供电，只有当供电系统停电时才由 UPS 提供电源。在线式 UPS 在任何时候都不由供电系统直接供电，当供电系统有电时，它通过交流电→整流→逆变器的方法向计算机及其设备提供电源；供电系统停电时由蓄电池→逆变器的方式提供电源。

3. 媒体安全

媒体安全是指对存贮有数据的媒体进行安全保护。在计算机信息系统中，存贮信息的媒体主要有：纸介质、磁介质（硬盘、软盘、磁带）、半导体介质的存储器以及光盘。媒体是信息和数据的载体，媒体损坏、被盗或丢失，损失最大的不是媒体本身，而是媒体中存贮的数据和信息。对于存贮有一般数据信息的媒体，这种损失在没有备份的情况下会造成大量人力和时间的浪费，对于存贮有重要和机密信息的媒体，造成的是无法挽回的巨大损失，甚至会影响到社会的安定和战争的成败。

9.1.1.2 运行安全

运行安全的保护是指计算机信息系统在运行过程中的安全必须得到保证，使之能对信息和数据进行正确的处理，正常发挥系统的各项功能。影响运行安全主要有下列因素：

1. 工作人员的误操作

工作人员的业务技术水平、工作态度及操作流程的不合理都会造成误操作,误操作带来的损失可能是难以估量的。常见的误操作有:误删除程序和数据、误移动程序和数据的存贮位置、误切断电源以及误修改系统的参数等。

2. 硬件故障

造成硬件故障的原因很多,如电路中的设计错误或漏洞、元器件的质量、印刷电路板的生产工艺、焊接工艺、供电系统的质量、静电影响及电磁场干扰等均会导致在运行过程中硬件发生故障。硬件故障轻则使计算机信息系统运行不正常、数据处理出错,重则导致系统完全不能工作,造成不可估量的巨大损失。

3. 软件故障

软件故障通常是由于程序编制错误而引起。随着程序规模的增大,出现错误的地方就会越多。这些错误对于很大的程序来说是不可能完全排除的,因为在对程序进行调试时,不可能通过所有的硬件环境和处理数据。这些错误只有当满足它的条件时才会表现出来,平时我们是不能发现的。众所周知,微软的 Windows 95、Windows 98 均存在几十处程序错误,发现这些错误后均通过打补丁的形式来解决,以至于"打补丁"这个词在软件产业界已经习以为常。程序编制中的错误尽管不是恶意的,但仍会带来巨大的损失。例如,"2000 年问题"是一个因设计缺陷而引起的涉及范围最广,损失最大的特例,各国均花费了巨额资金和大量人力、物力来解决此问题。

4. 计算机病毒

计算机病毒是破坏计算机信息系统运行安全的最重要因素之一。计算机病毒已经进入了Internet 时代,它主要以 Internet 为传播途径,传播速度快,波及面广,造成的损失特别巨大。计算机病毒一旦发作,轻则造成计算机运行效率降低,重则使整个系统瘫痪,既破坏硬件,也破坏软件和数据。

5. "黑客"攻击

黑客一词是网络时代产生的新名词,它是英文 HACKER 的音译,原意是指有造诣的计算机程序设计者,现在专指那些利用所学计算机知识,利用计算机系统,偷阅、篡改或偷窃他人的机密资料,甚至破坏、控制或影响他人计算机系统运行的人。"黑客"具有高超的技术,对计算机硬、软件系统的安全漏洞非常了解。他们的攻击目的具有多样性,一些是恶意的犯罪行为;一些是玩笑型的调侃行为;也有一些是正义的攻击行为,如在美国等北约国家对南联盟轰炸期间,许多黑客对美国官方网站的攻击,他们的目的是反对侵略战争和霸权主义。随着 Internet的发展和普及,黑客的攻击会越来越多。

6. 恶意破坏

恶意破坏是一种犯罪行为,它包括对计算机信息系统的物理破坏和逻辑破坏两个方面。物理破坏只要犯罪分子能足够地接近计算机便可实施,通过暴力对实体进行毁灭。逻辑破坏是利用冒充身份、窃取口令等方式进入计算机信息系统,改变系统参数、修改有用数据、修改程序等,造成系统不能正常运行。物理破坏容易发现,而逻辑破坏具有较强的隐蔽性,常常不能及时发现。

9.1.1.3　信息安全

信息安全是指防止信息财产被故意地或偶然地泄漏、破坏、更改,保证信息使用完整、有效、合法。信息安全的破坏性主要表现在如下几个方面：

1. 信息可用性遭到破坏

信息的可用性是指用户的应用程序能够利用相应的信息进行正确的处理。计算机程序与信息数据文件之间都有约定的存放磁盘、文件夹、文件名的关系，如果将某数据文件的文件名称进行了改变，对于它的处理程序来说这个数据文件就变成了不可用，因为它不能找到要处理的文件。同样，将数据文件存放的磁盘或文件夹进行了改变后，数据文件的可用性也遭到了破坏。另一种情况是在数据文件中加入一些错误的或应用程序不能识别的信息代码，导致程序不能正常运行或得到错误的结果。

2. 对信息完整性的破坏

信息的完整性包含信息数据的多少、正确与否、排列顺序几个方面。任何一个方面遭破坏均破坏了信息的完整性。信息完整性的破坏可能来自多个方面，人为的因素，设备的因素，自然的因素及计算机病毒等均可能破坏信息的完整性。在信息的录入或采集过程中可能产生错误的数据，已有的数据文件也可能被人有意或无意地修改、删除或重排，计算机病毒是威胁信息安全的重要因素，它不但可以轻易破坏信息的完整性，而且通过对文件分配表和分区表的破坏，使信息完全丢失。

3. 保密性的破坏

在国民经济建设、国家事务、国防建设及尖端科学技术领域的计算机信息系统中，有许多信息具有高度的保密性，一旦其保密性遭到破坏，其损失是极其重大的，它可能关系到战争的成败，甚至国家和民族的存亡。当然，对于普通的民用或商业计算机信息系统，同样有许多保密信息，保密性的破坏对于企业来说，同样是致命的。

对保密性的破坏一般包括非法访问、信息泄漏、非法拷贝、盗窃以及非法监视、监听等方面。非法访问指盗用别人的口令或密码等对超出自己权限的信息进行访问、查询、浏览；信息泄漏包含人为泄漏和设备、通信线路的泄漏。废物利用也是犯罪分子获取机密信息的一个主要手段，我们对记录有机密信息的各类媒体，因各种原因要进行销毁时，不能随便扔掉了事，必须进行粉碎性处理或烧毁，即便对于已经损坏了的信息媒体也应如此。坏了的磁盘，不是所有的存储区域都损坏了，通过一些专门的软件，仍可读出许多信息。更不要认为对机密信息文件进行了删除，或对磁盘进行了格式化就已经安全了，删除文件实际上并没有删掉文件的内容，删除的仅仅是文件名。在国外的先进水平中，磁盘被格式化多次仍能恢复其数据。

9.1.2 计算机信息系统安全保护技术

计算机信息系统安全保护技术包括以下几个方面：

9.1.2.1 物理安全

设计或改建计算机机房时必须符合下列标准：《计算机场地技术要求》(GB2887-87)、《计算机场地安全要求》国家标准(待公布)。

计算中心机房建筑和结构还应注意下列问题：

(1) 机房最好为专用建筑，机房应与外部人员频繁出入的场所隔离。

(2) 重要部门的计算机中心外部不应设置标示系统及有关设备所在位置的标志。

(3) 机房进出口应设置应急电话。各房间应设置报警喇叭。进出口应设置识别与记录进出人员的设备及防范设备。

（4）主机及外设的电磁干扰辐射必须符合国家标准或军队标准的要求,外国产品则必须符合生产国的标准。

（5）机要信息处理系统中要考虑防止电磁波信息辐射被非法截收。

（6）磁媒体管理。磁盘、磁带必须按照系统管理员及制造厂确定的操作规程安装。磁带、磁盘应放在距钢筋房柱或类似结构物 10 厘米以上处,以防雷电经钢筋传播时产生的磁场损坏媒体上的信息。存有机要信息的磁带清除时,除进行磁带初始化外,还必须进行消磁。所有人库的盘带目录清单必须具有统一格式。长期保存的磁带应定期转贮。

9.1.2.2　软件安全

1. 系统软件的安全

操作系统应有较完善的存取控制功能,以防止用户越权存取信息。操作系统应有良好的存贮保护功能,以防止用户作业在指定范围以外的存贮区域进行读写。操作系统应有较完善的管理功能,以便记录系统的运行情况,监测对数据文件的存取。操作系统在作业正常或非正常结束以后,应该清除分配给该作业的全部临时工作区域。系统应能像保护信息的原件一样,精确地保护信息的拷贝。

2. 应用软件的安全

应用程序必须考虑充分利用系统所提供的安全控制功能。应用程序在保证完成业务处理要求的同时,应在设计时增加必要的安全控制功能。程序员与操作员职责分离。安全人员应定期用存档的源程序与现行运行程序进行对照,以有效地防止对程序的非法修改。

3. 数据库的安全

数据库必须有严格的存取控制措施,库管理员可以采取层次、分区、表格等各种授权方式,控制用户对数据库的存取权限。数据库管理员应实时检查数据库的逻辑结构、数据元素的关联及数据内容。数据库管理系统应具有检查跟踪能力,可以记录数据库查询、密码利用率、终端动作、系统利用率、错误情况及重新启动和恢复等。库管理系统应能检测出涉及事务处理内容及处理格式方面的错误,并予以记录。必须有可靠的日志记录。对数据完整性要求较高的场合要建立双副本日志,分别存于磁盘和磁带上以保证意外时的数据恢复。

4. 软件开发

软件开发过程应按照国家标准的要求进行,这些标准是:《软件工程术语》《软件开发中的产品文件编制指南》《软件需求说明规范》《软件开发规范》《软件测试规范》。

5. 产品鉴定验收

鉴定验收是软件产品化的关键环节,必须给予足够的重视。提交鉴定的软件产品,应具有上述标准中列出的各种产品文件。将鉴定会上提供的上述文件装订成册,编好页码目录,作为技术档案,妥善保存。未经鉴定验收的软件,不得投入运行。购买的软件应附有完整的技术文件。

9.1.2.3　输入输出控制

（1）明确系统各环节工作人员的责任:系统各程序设计人员与操作人员必须分离。重要事务处理项目,必须规定由合法文件的法定人提交。修改文件必须规定批准和执行的手续。

（2）制定统一的数据格式并尽可能使用统一编码。

（3）对操作人员制定有关处理输入数据的操作制度和规程。严格规定媒体管理制度，以防止媒体中数据的破坏和损失。

（4）数据在投入使用前，必须确保其准确可靠，可采用各种方法进行检验。如：标号检查、顺序检查、极限校验、运算验证、记录数核对等。

（5）数据处理部门的输出控制应有专人负责。输出文件必须有可读的密级标志，输出文件在发到用户之前，应由数据处理部门进行审核。输出文件的发放应有完备手续。

（6）可以设置独立于用户和数据处理部门两者的管理小组，以监督和指导进入或离开数据处理中心的数据。

9.1.2.4　联机系统安全

（1）联机系统应该确定系统安全管理员，对系统安全负责。

（2）用户识别。必须充分利用系统提供的技术手段。如：用户授权表，存取控制矩阵等。

（3）需要保护的数据和软件必须加有标志，在整个生存期，标志应和数据或软件结合在一起，不能丢失。特别是在复制、转移、输出打印时，不能丢失。

（4）计算机通信线路安全问题。通信线路应远离强电磁场辐射源，最好埋于地下或采用金属套管。通信线路最好铺设或租用专线。定期测试信号强度，定期检查接线盒及其他易被人接近的线路部位。

（5）传输需要保密的数据，应该加密保护。

（6）当系统密级发生变化，特别是密级降低时，应用叠写的方法清除全部磁存储器，用停电的方法清除非磁存储器。

（7）计算机系统必须有完整的日志记录。

（8）对特定的终端设备，应限定操作人员。

9.1.2.5　网络管理的安全问题

网络安全比单机系统或联机系统更为重要。如果没有必要的安全措施，网络不能正式投入使用。重要部门的计算机网络应设立全网管理中心，由专人实施对全网的统一管理、监督与控制，不经网络主管领导同意，任何人不得变更网络拓扑、网络配置及网络参数。网络安全可从实际出发，分阶段、分层次逐步完善。

9.1.3　计算机信息系统的安全管理

安全管理是计算机信息系统安全保护中的重要环节。《中华人民共和国计算机信息系统安全保护条例》第十三条明确规定："计算机信息系统的使用单位应当建立健全安全管理制度，负责本单位计算机信息系统的安全保护工作。"这说明计算机信息系统的安全保护责任落到了使用单位的肩上，各单位应根据本单位计算机信息系统的安全级别，做好组织建设和制度建设。

9.1.3.1　组织建设

计算机信息系统安全保护的组织建设是安全管理的根本保证，单位领导必须主管计算机信息系统的安全保护工作,成立专门的安全保护机构,根据本单位系统的安全级别设置多个专兼职岗位,做好工作的分工和责任落实,绝不能只由计算机信息系统的具体使用部门一家来独立管理。在安全管理机构的人员构成上应做到领导、保卫人员和计算机技术人员的"三结合"。在技术人员方面还应考虑各个专业的适当搭配,如系统分析人员、硬件技术人员、软件技术人员、网络技术人员及通信技术人员等。安全管理机构应该定期组织人员对本单位计算机信息的安全情况进行检查,发现问题应及时解决;组织建立健全各项安全管理制度,并经常监督其执行情况;对各种安全设施设备定期检查其有效性,保证其功能的正常发挥。除此以外,还应对当前易遭到的攻击进行分析和预测,并采取适当措施加以防备。

9.1.3.2 制度建设

只有搞好制度建设,才能将计算机信息管理系统的安全管理落到实处,做到各种行为有章可循,职责分明。安全管理制度应该包含以下几个方面的内容:

1. 保密制度

对于有保密要求的计算机信息系统,必须建立此项制度。首先应对各种资料和数据按有关规定划分为绝密、机密、秘密三个保密等级,制定出相应的访问、查询及修改的限制条款,并对用户设置相应的权限。对于违反保密制度规定的应作出相应处罚,直至追究刑事责任,移送公安机关。

2. 人事管理制度

人事管理制度是指对计算机信息管理系统的管理和使用人员调出和调入作出一些管理规定。主要包括政治审查、技术审查及上网安全培训、调离条件及保密责任等内容。

3. 环境安全制度

环境安全制度应包括机房建筑环境、防火防盗防水、消防设备、供电线路、危险物品以及室内温度等建立相应的管理规定。

4. 出入管理制度

包括登记制度、验证制度、着装制度以及钥匙管理制度等。

5. 操作与维护制度

操作规程的制定是计算机信息系统正确使用的纲领,在制定它时应科学化、规范化。系统的维护是正常运行的保证,通过维护及早发现问题,避免很多安全事故的发生。在制定维护制度时,应对重点维护、全面维护、维护方法等作出具体规定。

6. 日志管理及交接班制度

日志是计算机信息系统一天的详细运行情况的记载,分为人工记录日志和计算机自动记录日志两部分。制定该制度时,在保证日志的完整性、准确性及可用性等方面作出详细的规定。交接班制度是落实责任的一种管理方式,应对交接班的时间、交接班时应交接的内容作出规定,交接班人应在记录上签名。

7. 器材管理制度

器材,尤其是应急器材是解决安全事故的物质保证,应对器材存储的位置、环境条件、数量多少、进货渠道等方面作出详细的规定。

8. 计算机病毒防治制度

计算机病毒已经成了影响计算机信息系统安全的大敌。该制度中应该对防止病毒的硬、软件作出具体规定,对于防毒软件一般要求两种以上,并应定期进行病毒检查和清除。对病毒的来源应严格加以封锁,不允许外来磁盘上机,不运行来源不明的软件,更不允许编制病毒程序。

9.1.3.3　计算机信息系统的安全教育

对计算机信息系统的攻击绝大多数都是人为的。一种情况是法制观念不强,对计算机信息系统故意破坏的犯罪行为;另一种是安全意识不够、安全技术水平低,在工作中麻痹大意,造成了安全事故。因此,加强安全教育是保护计算机信息系统安全的一个基础工作。

9.2　计算机病毒

计算机病毒是软件技术高度发展的一个负面产物,它给计算机信息系统的安全造成了严重的威胁,反病毒已经成为了信息产业中一个重要的分支。计算机病毒不但没有随着反病毒软件队伍的不断壮大而退出历史舞台,相反在这个日益信息化、网络化的时代里,它的危害愈演愈烈。近年出现的 CIH、美丽杀手、爱虫等病毒所造成的危害足以证明这一点,它们轻而易举就在全球范围内造成数百亿美元的损失。本节将对计算机病毒的有关知识加以介绍。

9.2.1　计算机病毒的定义及其特点

对于计算机病毒,有多种不完全相同的定义。1984 年 5 月 Cohen 博士在世界上第一次给出了计算机病毒的定义:计算机病毒是一段程序,它通过修改其他程序把自身拷贝嵌入而实现对其他程序的感染。较为普遍的定义认为:计算机病毒是一种人为制造的、隐藏在计算机系统的数据资源中的、能够自我复制进行传播的程序。计算机病毒在《中华人民共和国计算机信息系统安全保护条例》中被明确定义为:"指编制或者在计算机程序中插入的破坏计算机功能或者破坏数据,影响计算机使用并且能够自我复制的一组计算机指令或者程序代码。"

计算机病毒是一种特殊的程序,它不仅能破坏计算机系统,而且还能够传播、感染到其他系统。它通常隐藏在其他看起来无害的程序中,它能复制自身并将其插入其他的程序中以执行恶意的行动。

病毒程序区别于通常程序,有以下主要特性:

1. 计算机病毒的程序性(可执行性)

计算机病毒与其他合法程序一样,是一段可执行程序,但它不是一个完整的程序,而是寄生在其他可执行程序上,因此它享有一切程序所能得到的权力。在病毒运行时,与合法程序争夺系统的控制权。只有当计算机病毒在计算机内得以运行时,才具有传染性和破坏性等活性。

2. 计算机病毒的传染性

传染性是病毒的基本特征。计算机病毒会通过各种渠道从已感染的计算机扩散到未被感染的计算机,在某些情况下会造成被感染的计算机工作失常甚至瘫痪。而被感染的计算机又成了新的传染源,再与其他机器进行数据交换或通过网络接触,病毒会继续进行传播。是否具有传染性是判别一个程序是否为计算机病毒的最重要条件。

3. 计算机病毒的潜伏性

一个编制精巧的计算机病毒程序,进入系统之后一般不会马上发作,可以在几周或者几个月甚至几年内隐藏在合法文件中,对其他系统进行传染,而不被人发现,潜伏性愈好,其在系统中的存在时间就会愈长,病毒的传染范围就会愈大。

4. 计算机病毒的可触发性

病毒因某个事件或数值的出现,使得病毒实施感染或进行攻击的特性称为可触发性。病毒的触发机制就是用来控制感染和破坏动作的频率的。病毒具有预定的触发条件,这些条件可能是时间、日期、文件类型或某些特定数据等。病毒运行时,触发机制检查预定条件是否满足,如果满足,启动感染或破坏动作,使病毒进行感染或攻击;如果不满足,病毒继续潜伏。

5. 计算机病毒的破坏性

所有的计算机病毒都是一种可执行程序,而这一可执行程序又必然要运行,所以对系统来讲,所有的计算机病毒都存在一个共同的危害,即降低计算机系统的工作效率、占用系统资源,其具体情况取决于入侵系统的病毒程序。同时计算机病毒的破坏性主要取决于计算机病毒设计者的目的,如果病毒设计者的目的在于彻底破坏系统的正常运行,那么这种病毒对于计算机系统进行攻击造成的后果是难以设想的,它可以毁掉系统的部分数据,也可以破坏全部数据并使之无法恢复。但并非所有的病毒都对系统产生极其恶劣的破坏作用,有时几种本没有多大破坏作用的病毒交叉感染,也会导致系统崩溃等重大恶果。

9.2.2　病毒的结构及分类

9.2.2.1　病毒的结构

事物自身的结构往往能够决定这一事物的特性,计算机病毒也是这样,计算机病毒本身的特点是由其结构决定的,所以计算机病毒在其结构上有其共同性。一般来说,计算机病毒包括三大功能模块,即引导模块、传染模块和表现或破坏模块。后两个模块各包含一段触发条件检查代码,当各段检查代码分别检查出传染和表现或破坏触发条件时,病毒就会进行传染和表现或破坏。必须指出是,不是任何病毒都包含这三个模块。

9.2.2.2　计算机病毒的分类

从已发现计算机病毒来看,小的病毒程序只有几十条指令,不到上百个字节,而大的病毒程序简直像个操作系统,由上万条指令组成。

计算机病毒一般可分成四种主要类型:引导区型、文件型、混合型和宏病毒。

1. 引导区型病毒

直到 20 世纪 90 年代中期,引导区型病毒是最流行的病毒类型,主要通过软盘在 DOS 操作系统里传播。引导区型病毒侵染软盘中的引导区,蔓延到用户硬盘,并能侵染到用户盘中的"主引导记录"。一旦硬盘中的引导区被病毒侵染,病毒就试图侵染每一个插入计算机的软盘的引导区。

引导区型病毒是这样工作的:由于病毒隐藏在软盘的第一扇区,使它可以在系统文件装入内存之前先进入内存,以便使它获得对 DOS 的完全控制,这就使它可以传播和造成危害。

2. 文件型病毒

文件型病毒是文件侵染者,也称为寄生病毒。它运作在计算机存储器里,通常它感染扩展名为 COM、EXE、DRV、BIN、OVL、SYS 等文件。每一次它们激活时,感染文件把自身复制到其他文件中,并能在存储器里保存很长时间,直到病毒又被激活。

目前,有数千种文件型病毒,它类似于引导区型病毒,极大多数文件病毒活动在 DOS 环境中。然而,也有一些文件型病毒能很成功地感染 Windows、IBM、OS/2 和 Macintosh 环境。

3. 混合型病毒

混合型病毒有引导区型病毒和文件型病毒两者的特征。

4. 宏病毒

宏病毒一般是指用 Basic 书写的病毒程序,寄存在 Microsoft Office 文档上的宏代码。它影响对文档的各种操作,如打开、存储、关闭或清除等。当打开 Office 文档时,宏病毒程序就会被执行,即宏病毒处于活动状态,当触发条件满足时,宏病毒就开始传染、表现和破坏。

按照美国"国家计算机安全协会"的统计,宏病毒目前占全部病毒的 80%。在计算机病毒历史上它是发展得最快的病毒。宏病毒同其他类型的病毒不同,它不特别关联于操作系统,它能通过电子邮件、软盘、Web 下载、文件传输和合作应用很容易地得以蔓延。

9.2.3 计算机病毒的传播途径和危害

计算机病毒可以能过软盘、硬盘、光盘及网络等多种途径传播。当计算机因使用带毒的软盘而遭到感染后,又会感染以后被使用的软盘,如此循环往复使传播的范围越来越大。当硬盘带毒后可以感染所使用过的软盘,在用软盘交换程序和数据时又会感染其他计算机上的硬盘。目前盗版光盘很多,既有各种应用软件,也有各种游戏,这些都可能带有病毒,一旦我们安装和使用这些软件、游戏,病毒就会感染计算机中的硬盘,从而形成了病毒的传播。目前,通过计算机网络传播病毒已经成为了主流方式,这种方式传播的速度极快,且范围特广。我们在 Internet 中进行邮件收发、下载程序、文件传输等操作时,均可被感染病毒。Internet 上的病毒大多是 WINDOWS 时代宏病毒的延续,它们往往利用强大的宏语言读取 E-mail 软件的地址簿,并将自己作为附件发送到地址簿的那些 E-mail 地址,从而实现病毒的网上传播。这种传播方式极快,感染的用户成几何级数增加,其危害是以前任何一种病毒无法比拟的。近期出现的 Internet 病毒有美丽杀手、爱虫、Nimda、红色代码 Ⅱ 等,它们在全球造成的损失均达到百亿美元。

计算机病毒的种类繁多,危害极大,对计算机信息系统的危害主要有以下四个方面:

(1) 破坏系统和数据病毒通过感染并破坏电脑硬盘的引导扇区、分区表,或用错误数据改写主板上可擦写型 BIOS 芯片,造成整个系统瘫痪、数据丢失,甚至主板损坏。

(2) 耗费资源病毒通过感染可执行程序,大量耗费 CPU、内存及硬盘资源,造成计算机运行效率大幅度降低,表现出计算机处理速度变慢的现象。

(3) 破坏功能计算机病毒可能造成不能正常列出文件清单、封锁打印功能等。

(4) 删改文件对用户的程序及其他各类文件进行删除或更改,破坏用户资料。

9.2.4 病毒的预防、检查和清除

搞好计算机病毒的防治是减少其危害的有力措施,防治的办法一是从管理入手;二是采取一些技术手段,如定期利用杀毒软件检查和清除病毒或安装防病毒卡等。

9.2.4.1 病毒的预防

计算机病毒预防是指在病毒尚未入侵或刚刚入侵时,就拦截、阻击病毒的入侵或立即报

警。目前在预防病毒工具中采用的技术主要有：

（1）将大量的查毒/杀毒软件汇集一体，检查是否存在已知病毒，如在开机时或在执行每一个可执行文件前执行扫描程序。这种工具的缺点是：对变种或未知病毒无效；系统开销大，常驻内存，每次扫描都要花费一定时间，已知病毒越多，扫描时间越长。

（2）检测一些病毒经常要改变的系统信息，如引导区、中断向量表、可用内存空间等，以确定是否存在病毒行为。其缺点是：无法准确识别正常程序与病毒程序的行为，常常报警，而频频误报警的结果是使用户失去对病毒的戒心。

（3）监测写盘操作，对引导区 BR 或主引导区 MBR 的写操作报警。若有一个程序对可执行文件进行写操作，就认为该程序可能是病毒，阻止其写操作，并报警。其缺点是：一些正常程序与病毒程序同样有写操作，因而会误报警。

（4）对计算机系统中的文件形成一个密码检验码和实现对程序完整性的验证，在程序执行前或定期对程序进行密码校验，如有不匹配现象即报警。其优点是：易于早发现病毒，对已知和未知病毒都有防止和抑制能力。

（5）智能判断型：设计病毒行为过程判定知识库，应用人工智能技术，区分正常程序与病毒程序的行为。是否误报警取决于知识库选取的合理性。其缺点是：库无法覆盖所有的病毒行为，如对不驻留内存的新病毒，就会漏报。

（6）智能监察型：设计病毒特征库（静态）、病毒行为知识库（动态）和受保护程序存取行为知识库（动态）等多个知识库及相应的可变推理机。通过调整推理机，能够对付新类型病毒，误报和漏报较少。这是未来预防病毒技术发展的方向。

9.2.4.2　病毒的检查

计算机病毒要进行传染，必然会留下痕迹。检测计算机病毒，就是要到病毒寄生场所去检查，发现异常情况，进而验明"正身"，确认计算机病毒的存在。病毒静态时存储于磁盘中，激活时驻留在内存中，因此对计算机病毒的检测可分为对内存的检测和对磁盘的检测。一般对磁盘进行病毒检测时，要求内存中不带病毒，因为某些计算机病毒会向检测者报告假情况。

1. 病毒的检查方法

检测的原理主要是基于下列四种方法：

（1）比较法：比较被检测对象与原始备份。

（2）搜索法：利用病毒特征代码串进行搜索。

（3）特征字识别法：利用病毒体内特定位置的特征字来识别。

（4）分析法：运用反汇编技术分析被检测对象，确认是否为病毒。

2. 病毒扫描程序

反病毒扫描软件运行较简单，它们可以进入系统，对在内存、硬盘或在软盘中的病毒进行扫描。

反病毒扫描软件所采取的主要办法之一是寻找扫描串，有时也称病毒特征。这些病毒特征是计算机程序代码字节，能唯一地识别某种类型的病毒。病毒扫描软件可搜索这些特征或其他能表示有某种病毒存在的代码段。

对于一个好的反病毒扫描软件都应该能报告所有存在于某个特定的磁盘或系统上的病毒，另外，也应该避免识别错误。

新病毒的不断涌现,且使用变异引擎和多态病毒会不停地产生新的品种,因此,反病毒扫描程序也必须是最新的,否则会漏过许多新的病毒。因此,杀毒引擎和病毒代码库及时更新是十分必要的。

3. 病毒的清除

手动检测、清除:通过一些软件工具(DEBUG. COM、PCTOOLS. EXE、NU. COM、SYS-INFO. EXE)等提供的功能进行病毒的检测。这种方法比较复杂,需要检测者熟悉机器指令和操作系统,因而无法普及。它的基本过程是利用一些工具软件,对易遭病毒攻击和修改的内存及磁盘的有关部分进行检查,通过和正常情况下的状态进行对比分析,来判断是否被病毒感染。这种方法检测病毒,费时费力,但可以剖析新病毒,检测识别未知病毒,可以检测一些自动检测工具不认识的新病毒。

自动检测、清除:这种方法是使用杀毒软件来完成,通常比较简单,一般用户都可以进行,但需要较好的杀毒软件。这种方法可以方便地检测大量的病毒,但是,自动检测工具只能识别已知病毒,而且自动检测工具的发展总是滞后于病毒的发展,所以检测工具总是对相对数量的未知病毒不能识别。杀毒软件的种类很多,目前国内比较流行的有公安部研制的 SCAN 和 KILL,北京瑞星科技股份有限公司开发的瑞星杀毒软件、北京江民新技术有限公司开发的 KV3000,以及美国 CENTRAL POINT SOFTWARE 公司开发的 CPAV 等。杀毒软件分为单机版和网络版,单机版只能检查和消除单个机器上的病毒,价格较便宜;网络版可以检查和消除整个网络中各个计算机上的病毒,价格较为昂贵。现有的杀毒软件大多具有实时监控、检查及清除病毒三个功能。监控功能只要在 WINDOWS 系统中安装即可,检查和杀毒功能的使用也很简单,并且一般都支持 Internet 在线升级。

9.3　网络安全初步

传统的计算机安全着眼于单个计算机,主要强调计算机病毒对于计算机运行和信息安全的危害,在安全防范方面主要研究计算机病毒的防治。当前,我们正处在全球信息化、网络化的知识经济时代,离开网络的单个计算机应用即将退出历史舞台,因此,网络安全已成为未来信息技术中的主要问题之一。本节介绍网络安全的基础知识和实现网络安全的技术手段。

9.3.1　Internet 现状

伴随网络的普及与发展,网络安全日益成为影响网络效能的重要问题,而 Internet 所具有的开放性、国际性和自由性在增加应用自由度的同时,对安全也提出了更高的要求,主要表现在:

(1) 开放性的网络:使用的网络技术是全开放的,任何个人和团体都可以获得,因而网络所面临的破坏和攻击可能是多方面的。例如:可能是来自物理传输线路的攻击,也可以是对网络的通信协议与实现实施攻击,还可以是对计算机系统的软件部分实施攻击,也可以对硬件部分实施攻击。

(2) 国际性的网络:网络的攻击不仅仅来自本地网络的用户,也可能来自 Internet 上的任何一台机器,就是说,网络安全所面临的是一个国际化的挑战。

(3) 自由性的网络:网络对用户的使用并没有提供任何技术约束,用户可以自由访问网络,自由使用和发布各种类型的合法信息。

9.3.2　网络安全的基础知识

虽然,开放的、自由的、国际化的 Internet 的发展给政府机构、企事业单位带来了革命性的改革和开放,使得他们能够利用 Internet 提高办事效率和市场反应能力、更具竞争力,可是又要面对网络开放带来的信息安全的新挑战和新危险。如何保护企业的机密信息不受黑客等非法使用者的入侵,已成为政府机构、企事业单位信息化健康发展所要考虑的重要事情之一。

9.3.2.1　网络安全的重要性

计算机网络的广泛使用和网络之间信息传输量的急剧增长,使得一些机构和部门在得益于网络加快业务运作的同时,其上网的数据也遭到了不同程度的破坏,或被删除或被复制,数据的安全性和自身的利益受到了严重的威胁。

无论有意的攻击,还是无意的误操作,都将会给系统带来不可估量的损失。攻击者可以窃听网络上的信息,如用户名与密码。这些黑客在取得可用的用户名与密码后既可闯入数据信息库,篡改数据库内容。或者通过伪造用户身份、否认签名,发布非法的信息,更有甚者,可以删除数据库内容,摧毁网络节点,释放计算机病毒等等。

黑客的威胁见诸报道的已经屡见不鲜。同样来自内部的员工由于不小心甚至充当间谍,也给信息安全带来危险。这些都使信息安全问题越来越复杂。

9.3.2.2　网络面临的威胁

一般认为,目前网络存在的威胁主要表现在以下几个方面:

(1) 非授权访问。没有预先经过同意就使用网络或计算机资源被看作非授权访问。如有意避开系统访问控制机制,对网络设备及资源进行非正常使用,或擅自扩大权限,越权访问信息。它主要有以下几种形式:假冒身份攻击、非法用户进入网络系统进行违法操作、合法用户以未授权方式进行操作等。

(2) 信息泄漏或丢失。指敏感数据在有意或无意中泄漏出去或丢失,它通常包括:信息在传输中丢失或泄漏(如黑客利用电磁泄漏或搭线窃听等方式截获机密信息,或通过对信息流向、流量、通信频度和长度等参数的分析,推出有用信息,如用户口令、账号等重要信息等);信息在存储介质中丢失或泄漏;通过建立隐蔽通道窃取敏感信息等。

(3) 破坏数据完整性。以非法手段窃得对数据的使用权,删除、修改、插入或重发某些重要信息益于攻击者的响应;恶意添加、修改数据,以干扰用户的正常使用。

(4) 拒绝服务攻击。网络攻击会对网络服务系统进行干扰,改变其正常的作业流程,执行无关程序使系统响应减慢甚至瘫痪,影响正常用户的使用,甚至使合法用户被排斥而不能进入计算机网络系统或不能得到相应的服务。

(5) 利用网络传播病毒。通过网络传播计算机病毒,其破坏性大大高于单机系统,而且用户很难防范。

网络安全面临以上的威胁,主要来自于以下几方面的因素。

(1) 使用者的人为因素。从网络内部来说,人为因素造成的网络信息安全问题尤其值得重视。操作失误,从而造成不必要的数据丢失;贸然运行一个不知用途的程序,给系统带来安全隐患;当好心把自己的账号告诉朋友时,却无法了解他会如何使用这一礼物;内部员工有意报复,等等。此外,一些网络系统缺乏安全管理员特别是高素质的网络管理员,这都将使整个网络系统面临危险。

(2) 硬件和网络设计的缺陷。网络的物理安全是整个网络系统安全的前提,而网络拓扑结构设计也直接影响到网络系统的安全性。一点点设计上的失误都有可能被黑客所利用,造成更大的损失。

(3) 协议和软件自身的缺陷。当前,计算机网络系统所使用的绝大部分协议,如 TCP/IP 协议等,都存在着许多漏洞,加上操作系统以及一些使用比较广泛的数据库管理系统等也都存在很多漏洞,这些都为网络安全带来了不小的隐患,而这些隐患所带来的后果通常是致命的。

(4) 网络信息的复杂性。网络中每时每刻都在传送着大量的数据,而其中的一些以明文形式传输的数据,尤其是一些机密数据或者身份验证等信息都是非常不安全的,病毒的侵入,一些防范措施的设置不当等等对网络安全也构成了威胁。

9.3.2.3 网络安全的含义

目前国际上对计算机网络安全还没有一个统一的定义,我国对其提出的定义是:计算机系统的硬件、软件、数据受到保护,使之不因偶然或恶意的原因而遭到破坏、更改、泄露,系统能连续正常地工作。这个定义说明了计算机安全的本质和核心。广义地讲,它涉及的领域相当广泛,这是因为在目前的公用通信网络中存在着各种各样的安全漏洞和威胁。凡是涉及到网络上的信息保密性、完整性、可用性、真实性和可控性的相关技术和理论都是网络安全所要研究的领域。从技术上讲,计算机网络安全分为三种:

(1) 实体的安全性。保证系统硬件和软件的安全。

(2) 运行环境的安全性。保证计算机在良好的环境下连续正常地工作。

(3) 信息的安全性。保障信息不被非法窃取、泄露、删改和破坏,防止计算机网络资源被未授权者使用。

9.3.2.4 网络安全的特征

网络安全包括 5 个基本要素:

(1) 保密性:指信息不泄露给非授权的用户、实体或过程,或供其利用的特性。

(2) 完整性:指数据未经授权不能被改变的特性,即信息在存储或传输过程中保持不被修改、破坏和丢失的特性。只有得到允许的人才能修改数据,并且能够判别出数据是否已被篡改。

(3) 可用性:指可被授权实体访问并按其需求使用的特性。得到授权的实体在需要时可访问数据,即攻击者不能占用所有的资源而阻碍授权者的工作。

(4) 可控性:指对信息的传播及内容具有控制能力。可以控制授权范围内的信息流向及行为方式。

(5) 可审查性:对出现的网络安全问题提供可调查的依据和手段。

9.3.2.5 网络安全的策略

安全策略是指在一个特定的环境里,为保证提供一定级别的安全保护所必须遵守的规则。

安全策略模型包括三个重要组成部分：

（1）威严的法律。安全的基石是社会法律、法规与手段，它规定建立一套安全管理标准的原则、方法和处罚的措施。即通过建立、完善与信息安全相关的法律、法规，使非法分子慑于法律，不敢轻举妄动。

（2）先进的技术。先进的安全技术是信息安全的根本保障，用户对自身面临的威胁进行风险评估，决定其需要的安全服务种类。选择相应的安全机制，然后集成先进的安全技术。

（3）严格的管理。各网络使用机构、企业和单位应建立相宜的信息安全管理办法，加强内部管理，建立审计和跟踪体系，提高整体信息安全意识。

9.3.3　网络安全技术手段

实现网络安全的技术手段近几年发展迅速，网络的管理者可以根据自有网络的特性和安全需求采用相应的技术措施。

9.3.3.1　划分网段、局域网交换技术和 VLAN 实现

划分网段、局域网交换技术和 VLAN 实现主要解决局域网络的安全问题。由于局域网是广播型网络，因此，若在广播域中进行监听，就可以对信息包进行分析，使得本广播域的信息传递暴露无遗。

划分网段，其本质就是限制广播域，将非法用户与网络资源相互隔离，从而达到限制用户非法访问的目的。其方式可分为物理分段和逻辑分段两种。物理分段通常是将网络从物理层和数据链路层上分开网段，使各网段相互间无法进行直接通讯；逻辑分段是指将整个系统在网络层上进行分段。

局域网交换和 VLAN 技术将传统的基于广播的局域网技术发展为面向连接的技术，从广播网络转变为点到点的通讯，除非设置监听口，信息交换一般不会被监听和篡改。但是，用了局域网交换和 VLAN 技术仍然有一定的安全问题，如局域网设备成为新的攻击对象，基于网络广播原理的入侵监测技术在交换网络中存在运用问题，基于 MAC 的 VLAN 不能防止 MAC 欺骗攻击等。

9.3.3.2　加密技术、数字签名和认证、VPN 技术

加密型网络安全技术的基本思想是不依赖于网络中数据路径的安全性来实现网络系统的安全，是通过对网络数据的加密来保障网络的安全可靠性，因而这一类安全保障技术的基石是适用的数据加密技术以及在分布式系统中的应用。

9.3.3.3　防火墙

防火墙通常是网络互连中的第一道屏障，主要解决如下问题：

（1）保护脆弱服务，通过过滤不安全的服务，防火墙可以极大地提高网络安全和减少子网中主机的风险。如，防火墙可以禁止 NIS、NFS、TELNET 服务通过，同时可以拒绝源路由和 ICMP 重定向封包。

（2）控制对系统的访问，防火墙可以提供对系统的访问控制。如允许从外部访问某些主机同时禁止访问某些主机。

（3）集中安全管理，防火墙对企业内部网实行集中的安全管理，在防火墙定义的安全规则可以运用于整个内部网络系统，而无须在内部网每台机器上分别设定安全策略。

（4）增强保密性，使用防火墙可以阻止攻击者攻击网络系统的有用信息，如 Finger、DNS 等。

（5）记录和统计网络利用数据以及非法使用数据。防火墙可以记录和统计通过防火墙的网络通讯，提供关于网络使用的统计数据，也可以提供统计数据来判断可能的攻击和探测。

（6）策略执行。防火墙提供了制定和执行网络安全策略的手段。未设置防火墙时，网络安全仅取决于每台主机的用户。

防火墙还提供许多的流量控制、防攻击检测等手段，直接将攻击挡在外面，充分地保障了网络安全。

9.3.3.4　入侵检测技术

利用防火墙技术，通常能够在内外网之间提供安全的网络保护，降低网络的安全风险。但是，仅仅利用防火墙，网络安全还远远不够：入侵者可寻找防火墙背后可能敞开的后门，入侵者可能就在防火墙内。

入侵检测系统是新型的网络安全技术，目的是提供实时的入侵检测及采取相应的防护手段，实时入侵检测的能力关键在于它能够对付来自内部的攻击，阻止黑客的入侵。入侵检测系统常分为基于主机和网络两类。

基于网络的入侵检测系统是最常用的一种，主要对网络流量进行监控，对可疑的异常活动和具有攻击特征的活动做出反应。它由嗅探器和管理工作站两部分组成，嗅探器放在一个网段上，接收并监听本网段上的所有流量，分析其中的可疑成分，如果发现情况异常，便向管理工作站汇报，管理工作站收到报警后，将显示通知操作员。

基于主机的入侵检测系统主要对本地主机的用户、进程、系统和事件日志进行监控，检测所有的可疑事件，例如登录、不合法的文件存取、未经授权的使用系统等。

9.3.3.5　网络安全扫描技术

网络安全扫描技术可对网络系统的安全作预先的检测，查找安全漏洞，提供解决方案等。对于网络系统的安全，需做好网络系统的安全评估方案，综合利用安全扫描技术、防火墙、安全监听系统、加密技术、防病毒软件等措施，加强管理，综合提高网络的安全性。

9.3.3.6　网络边界的安全保密

网络边界是指本单位（或部门）的网络与外界网络或 Internet 网互联的出口边界。其安全保密主要是针对经边界进出访问和传输数据包时所采取的控制和防范措施。网络边界安全保密通常要采取以下措施：

（1）各部门的计算机网络应采用统一的国际互联网出口，以便加强管理。

（2）计算机网络与 Internet 网或外界其他网络接入口处必须设置安全防火墙系统，该防火墙要具有加密功能或安全加密网关。

（3）重要的涉密计算机网络系统必须在物理上与外界隔离。

（4）由非政府部门承建的涉密计算机网络，对于网络边界安全保密设备系统的 IP 地址分配、数据包过滤策略、认证机制、端口及 VPN 设置等必须与实际使用的配置方案不同,实际使用的配置方案不准对外公开。

(5) 定期扫描网络的安全漏洞,及时消除网络安全的隐患。

(6) Internet 网或外界其他网络上的授权用户要通过安全防火墙或安全加密网关远程进入涉密网络时,必须配备电子印章认证系统,只有认证系统通过的授权用户才可进入。

(7) 各部门的涉密网络一般不允许设置拨号访问服务器和提供远程 Modem 接入,如需要设置,必须经有关部门审批,并采用相关措施。

(8) 各部门的计算机涉密网络若通过网络交换中心与其他部门网络互联,其计算机网络上不允许设置拨号访问服务器和提供远程 Modem 接入,所有拨号访问服务和远程接入,均由交换中心负责设置和提供,并保障网络的安全及保密。对于各部门已设置的,必须与该网络物理断开。

(9) 涉密网络上的用户远程接入 ISP 之前,必须断开与涉密网络的连接(如将双绞线从网卡或信息插座上拔下),并且要确定该接入单机不存在涉密信息、单机接入。

(10) 涉密网络使用 ISDN 接入时,必须注意用户名、密码、电话号码的保密,并在接入端口处加装安全防火墙或加密网关等相关安全保密设备。

9.3.3.7　网络内部的安全保密控制和防范

网络内部安全保密是指采取防范措施控制外界远程用户(或网络)对涉密网络内部数据的存取。常用的技术手段包括:网络安全监测报警系统、数据加/解密卡、电子印章系统等。具体防范措施有以下几方面:

(1) 在网络中应采取对涉密信息进行相应级别的数据源加密。

(2) 涉密信息所需采用的各种加解密设备应采用统一的加密算法和密钥管理,并具有权限分级,以适合不同级别的用户存取。同时密钥必须定期更换。

(3) 加装网络安全监测报警系统,定期扫描网络的安全漏洞,一旦有非法用户进入网络读取信息或篡改网络系统配置,则自动报警。

(4) 通过电子印章系统对计算机网络用户读取涉密信息进行身份认证,并由此获得相应身份的读取权限,以适应不同级别的用户读取不同级别的信息;未经或不能通过电子印章系统认证的用户,将无权读取信息,网络边界安全保密设备将禁止信息传出网络。

(5) 涉密信息从网络边界传输出去以前,必须经过相应密级的数据源加密后才能传输,否则将无法通过网络边界安全保密设备。

(6) 计算机网络服务器必须加装网络病毒自动检测系统,以保护网络系统的安全,防范计算机病毒的侵袭,并且必须定期更新网络病毒检测系统。

习　题

1. 计算机信息系统安全范畴包括哪些内容?
2. 什么是计算机病毒?它有哪些特点?
3. 计算机病毒主要有哪些类型?
4. 如何防治计算机病毒?

5. 网络存在的威胁主要表现在哪些方面?
6. 安全的技术手段有哪些?
7. 计算机信息系统安全保护的一般原则是什么?
8. 计算机信息系统的安全保护技术有哪些?

参 考 文 献

[1] CCC2002 研究组. 中国计算机科学与技术学科教程 2002[M]. 北京:清华大学出版社. 2002.8

[2] 刘莹等. 计算机程序设计基础教程[M]. 上海:上海交通大学出版社. 2005.8

[3] 董荣胜等. 计算机科学与技术方法论[M]. 北京:人民邮电出版社. 2002.9

[4] 谢希仁. 计算机网络(第 4 版)[M]. 北京:电子工业出版社. 2003.6

[5] 潘爱民译. 计算机网络(第 4 版)[M]. 北京:清华大学出版社. 2004.8

[6] 周霭如,林伟健编著. C++程序设计基础[M]. 北京:电子工业出版社. 2004.1

[7] 张尧学,史美林. 计算机操作系统教程(第二版)[M]. 北京:清华大学出版社. 2000.8

[8] A. S. Tanenbaum 著,陈向群等译. 现代操作系统[M]. 北京:机械工业出版社. 1999.10

[9] 陈海波等. 新编程序设计方法学[M]. 杭州:浙江大学出版社. 2004.5

[10] 李传湘等. 程序设计方法学[M]. 武汉:武汉大学出版社. 2002.7

[11] 陈世鸿等. 面向对象软件工程[M]. 北京:电子工业出版社. 1999.5

[12] 卢开澄. 计算机算法导引(第 2 版)[M]. 北京:清华大学出版社. 2004.9

[13] 王晓东. 计算机算法设计与分析(第 2 版)[M]. 北京:电子工业出版社. 2001.1

[14] 冯博琴译. 编译原理及实践[M]. 北京:机械工业出版社. 2000.3

[15] 胡伦骏等. 编译原理[M]. 北京:电子工业出版社. 2005.6

[16] 陈传波等. 计算机图形学基础[M]. 北京:电子工业出版社. 2002.3

[17] 周明德. 微型计算机系统原理及应用(第三版,上册)[M]. 北京:清华大学出版社. 1998.1

[18] David M. Kroenke 著. 数据库处理——基础、设计与实现(第七版)[M]. 北京:机械工业出版社. 2001.3

[19] Ryan K. Stephens,Ronald R. Plew 著,何玉洁,武欣,邓一凡等译. 数据库设计[M]. 北京:机械工业出版社. 2003.6

[20] 邵学才,叶秀明. 离散数学[M]. 北京:电子工业出版社. 2001.7

[21] 左孝凌. 离散数学与计算机(第 2 版)[M]. 上海:上海科技文献出版社. 1982.9